한국 고전소설의

중국 역사소설화 방식과 동인

한국 고전소설의
중국 역사 소설화 방식과 동인

김문희

보고사
BOGOSA

한때 중국은 조선을 포함한 동아시아 국가의 문명과 문화의 전범이 되는 나라였고 중국의 변천과 흥망의 과정을 기록한 중국 역사는 동아시아 국가에서는 자국의 역사만큼 중요한 지식이었다. 그래서 조선시대에 중국 역사는 조선의 역사와 비견할 정도로 당대 양반층과 지식인층이 잘 알고 있는 문화적 소양이자 교양이었다.

이런 이유로 우리 고전소설에서도 중국의 역사적 사건과 인물이 심심치 않게 소설적 사건과 인물로 재구성되는 경우를 발견할 수 있다. 중국의 역사적 사건과 인물을 고전소설의 사건과 인물로 재구성하는 것은 고전소설의 중요한 창작 방법이 된 것이다. 그런데 고전소설을 찬찬히 읽을수록 고전소설에서 중국 역사를 소설화할 때는 다양한 중국 역사를 선택하는 것이 아니라 일정한 역사적 사건과 인물을 선택한다는 것을 발견할 수 있다. 당대 소설 향유층들은 다양한 중국 역사를 알고 있었을 텐데, 왜 고전소설에서 중국 역사를 소설화할 때는 몇 가지 역사로 한정하는 것일까? 그리고 왜 고전소설에서는 이런 역사적 사건과 인물을 반복적으로 소설적 사건과 인물로 재구성하는 것일까? 중국 역사에서 연원하는 사건과 인물은 고전소설에 어떻게 소설화되고 있는 것일까? 이런 의문을 가지게 되면서 이 책의 집필이 시작되었다.

본 저서는 중국 역사를 수용하여 소설의 사건과 인물로 구성하는 일군의 고전소설을 대상으로 하여 우리 고전소설에서 중국 역사를 소설화하는 방식과 역사를 소설화하는 다층적인 동인을 구명하고자 하는 목적에서 기획되었다. 선학의 연구에서도 명사(明史), 한사(漢史), 송사(宋史)를 수용한 고전소설을 대상으로 중국의 역사 수용 양상을 고찰하여 고전소설과 중국 역사와의 관련성을 논의하였다. 이러한 연구는 개별 고전소설 작품에 대한 이해를 돕고 고전소설의 중국 역사 수용에 대한 관심을 촉발하기도 하였다. 본 저서도 선학들의 연구에 감발된 바가 많다. 그러나 한국 고전소설에 편재해있는 중국 역사의 소설적 재현 방식에 대한 연구는 시도되지 못한 것이 사실이다. 또한 고전소설 전반을 대상으로 중국 역사를 소설화하는 방식과 다각적인 소설화 동인에 대한 연구도 부족하고 역사를 소설화하는 소설적 상상력에 대한 연구도 본격적으로 이루어지지 못했다. 이런 상황에서 본 저서는 고전소설에서 중국의 역사적 사건과 인물이 소설화되는 방식과 이러한 소설적 구성을 가능하게 하는 동인과 이유를 소설 내적 측면과 소설 외적 측면의 여러 요소와 연관지어 다각도로 논의하려고 하였다. 또한 이러한 과정을 통해 중국 역사를 소설화하는 방향과 소설적 상상력의 세계를 탐색하였다.

본 저서에서는 우선 17세기~19세기에 창작된 고전소설에서 반복적으로 나타나는 중국 역사의 사건과 인물의 서사 프레임을 설정하였다. 고전소설에 활용되는 중국 역사의 사건과 인물은 일정한 반복성을 띠고 수용되기 때문이다. 먼저 중국 고대사의 역사적 프레임으로 '우순(虞舜)'과 그의 아내 '이비(二妃)'를 설정하였고, '송사(宋史)'의 역사적 프레임으로는 '인종의 곽황후 폐위 사건'과 '구법당과 신법당의 정쟁'을 설정하였다. 또한 '명사(明史)'의 역사적 프레임으로는 '만귀비'와

'엄숭'을 설정하였다.

이에 따라 2장에서는 '고전소설의 우순(虞舜)과 이비(二妃)의 소설화 방식과 동인'을 연구하였다. 우순과 이비의 서사가 실려 있는 원 텍스트인 『서경』, 『맹자』, 『사기』, 『열녀전』에 대한 조선시대의 향유 양상과 영향을 살펴보았다. 그런 후 고전소설 속 우순과 이비의 소설적 재현 방식과 소설화 동인을 논의하였다.

3장에서는 '고전소설의 송사(宋史)의 소설화 방식과 동인'을 연구하였다. 인종의 곽황후 폐위와 구법당과 신법당의 정쟁의 역사가 기술된 원 텍스트인 『송사』, 『송감』, 『송명신언행록』에 대한 당대의 향유 양상과 영향을 살펴보았다. 그런 후 곽황후 폐위와 구법당과 신법당의 정쟁이 소설화된 고전소설을 대상으로 송사의 소설적 재현 방식과 소설화 동인을 논의하였다.

4장에서는 '고전소설의 명사(明史)의 소설화 방식과 동인'을 연구하였다. 우리 고전소설에서 대표적인 악녀와 간신으로 등장하는 만귀비와 엄숭에 주목하였다. 만귀비와 엄숭의 역사가 기술된 원 텍스트인 명사류 사서와 『명사』의 향유 양상과 영향을 논의한 후 고전소설 속 만귀비와 엄숭의 소설적 재현 방식과 소설화 동인을 탐구하였다.

5장에서는 '고전소설의 중국 역사 소설화 방식과 동인 그리고 상상력'을 논의하였다. 2장, 3장, 4장에서 논의했던 고전소설에 나타나는 중국 역사의 소설화 방식과 동인의 특징과 의미를 기반으로 해서 소설 향유층의 윤리적 인식, 소설 장르적 속성, 현실 반영적 측면, 지식과 감성의 욕구가 작동하여 중국 역사가 소설적 사건과 인물로 재구성됨을 정리하였다. 또한 중국 역사를 소설화하는 고전소설의 상상력을 윤리적 상상력, 유희적 상상력, 비판적 상상력, 지성과 감성의 상상력으로 명명하고 그 성격을 논의하였다.

중국 역사는 우리 고전소설을 창작하는 데 활용되는 중요한 소재원이었다. 당대 소설 향유층에게 잘 알려진 중국 역사의 사건이나 인물을 고전소설로 재구성하는 창작 방법은 고전소설 연구에서 반드시 연구되어야 할 과제이기도 하다. 본 저서는 이러한 취지에서 역사적 소재를 고전소설로 재구성할 때 나타나는 구성 방식과 창작 동인과 기제, 상상력을 탐구하였다. 본 저서가 우리 고전소설에 나타난 중국 역사의 소설화 연구에 나름대로 기여하기를 기대한다.

본 저서는 2017년에 한국연구재단의 저술출판지원사업의 지원을 받아 집필을 시작하여 2020년에 대략적인 내용을 완성하였다. 그렇게 1년을 묵혀두었다가 다시 원고를 다듬으니 부족한 점이 적지 않게 보였다. 전체 논의를 수정하고 정리하는 작업은 꽤 지루한 과정이었지만 우리 고전소설과 중국 역사 사이를 왔다 갔다 하면서 역사와 소설 속 사건과 인물을 상상하는 재미는 적지 않았다. 이런 재미가 이 책을 기획하고 완성할 수 있도록 한 원동력이 된 것 같다. 그럭저럭 입을 수 있는 옷을 만들었지만 아직도 부족했던 원고를 그래도 남들 앞에 입고 나갈 수 있는 그럴듯한 옷으로 만들어주신 보고사 관계자들께 감사드린다. 원고를 흔쾌히 출판해주신 김흥국 사장님과 박현정 편집부장님, 원고를 꼼꼼히 살펴보고 교정해주신 이소희 선생님께 감사한 마음을 전한다.

2022년 2월
김문희

차례

제1장

고전소설과 중국 역사의 관련성

1. 고전소설과 역사의 관련성

한국의 고전소설은 사실을 기록하는 역사와 상당한 관련성을 가지고 창작되었다. 한국의 고전소설과 역사의 상호 관련성은 허구(fiction)와 사실(fact)이라는 서로 다른 성격에 기반한 차이에도 불구하고 소설과 역사가 서사를 기술하고 있기 때문에 친연성이 매우 강하다. 역사가 단순한 사실만을 단편적으로 기술하는 것이 아니라 역사적 인물의 행적이나 생애를 서술하거나 역사적 사건의 과정을 기록할 때 시간의 순서에 따라 이야기로 서술하기 때문에 역사적 기술에서도 서사의 형태가 드러난다. 그렇기 때문에 소설은 역사에서 비롯되거나 역사 서술에 내재한 서사의 형태에서 발전한 장르라는 것이 많은 연구자들에 의해 계속해서 논의되어 왔다.

역사와 소설의 관련성에 대한 논의는 서사문학의 핵심인 소설의 기원을 밝히는 일과 관련되기 때문에 중국이나 한국에서 지속적인 논의가 이루어져 양국에서 소설은 역사의 영향을 받아 발전한 문학 장르라는 사실이 널리 인정되고 있다. 역사와 소설의 관련성은 중국 고전소설과 역사와의 관계, 한국 고전소설과 역사와의 관계를 논의한 많은 연구에서 풍부하게 연구되어 왔다.

먼저 중국 고전소설이 역사에서 비롯되었다는 것은 전통시대와 근대이후의 소설 연구자들에게서 지속적으로 논의되었다. 소설이 역사에서 비롯되고 발전했다는 것을 주장하는 연구를 일일이 언급하는 것은 쉽지 않지만 한나라 반고(班固) 이래로 역사에서 중국소설이 발흥했다는 주장은 정설처럼 받아들여지고 있다. 조관희의 정리에 의하면 한나라 때 반고(班固)가 "소설가의 무리는 대개 패관(稗官)에서 나왔으며, 길거리와 골목의 이야기나 길에서 듣고 말한 것으로 지었다"[1]고 말한 이후로 소설은 패관의 기록에서 비롯되었다는 사실이 밝혀졌고, 명나라때의 풍몽룡(憑夢龍)은 "역사를 기록하는 전통이 사라지면서 소설이 흥기했다"[2]고 하면서 소설의 시원을 역시 역사에서 찾고 있다. 근대 이후에도 노신(魯迅)이래로 소설사를 다룬 많은 저작들에서 소설을 '사전(史傳)' 전통과의 연관성 속에서 다루고자 하는 시도[3]를 계속해왔다.

이처럼 중국 소설 연구자들은 중국 소설의 기원을 논의할 때 '패관설(稗官說)'과 '사전설(史傳說)'을 분리해서 다루기도 하지만 '패관설(稗官說)'과 '사전설(史傳說)'은 모두 역사에서 소설이 발생했다고 보는 것은 공통적인 관점이다. '패관설(稗官說)'은 고대의 통치자가 민정을 알기 위해 "길거리와 골목의 이야기나 길에서 듣고 말한 것(街談巷語, 道聽塗說者之所造)"을 패관이라는 관리로 하여금 수집하도록 한 데에서 소설

---

1 조관희, 「이야기와 역사」, 『중국소설론고』 20, 한국중국소설학회, 2004, 334쪽.
2 조관희, 위의 논문, 334쪽.
3 조관희, 위의 논문, 334쪽.

이 나왔다는 것이고, '사전설(史傳說)'은 소설을 사전문학(史傳文學)으로부터 발전해온 것으로 파악하는 것[4]이다. '패관설'과 '사전설' 모두 소설이 역사 기술에서 비롯되었다는 것을 전제로 한 주장이고 '패관설'과 '사전설'에서 중국소설은 역사적 산물이라는 점을 확인할 수 있는 것이다.

한국 고전소설과 역사의 관계도 중국 고전소설의 기원에서 지적되었던 사전문학(史傳文學)의 관련성 속에서 말할 수 있다. 역사서인 사마천의 『사기』는 인물의 행적과 생애를 기술하고 있는 70편의 열전(列傳)을 수록하고 있다. 이러한 열전의 기술양상은 김부식의 『삼국사기』에 수용되어 계승되었는데 이중 『삼국사기』의 김유신, 온달, 설씨녀, 효녀지은 등의 열전은 역사적 인물을 기록한 것이지만 허구적 성격을 띠고 한국 고전소설의 형성에 영향을 주었다고 할 수 있다.

완전히 허구적인 소설의 형태는 아니지만 고려시대에 창작된 가전(假傳)과 본격적인 소설의 시대가 전개되는 조선시대의 가전체 소설, 몽유록, 실기류, 역사 영웅소설 등이 역사와 직접적인 관련성을 가지는 고전 서사 장르라고 할 수 있다.

고려시대 가전이나 조선시대 가전체 소설은 역사서의 체재와 서술방식을 따른다는 점에서 역사를 기술하는 외피적 형태를 모방하고 내용적으로 허구적 상상력을 가미한 것이라고 할 수 있다.

16세기 이후로 역사를 허구화하는 서사 장르인 몽유록은 입몽과 몽중, 그리고 각몽의 구조를 취하면서 주인공이 몽중에서 역사적 인물을 만나 담론을 펼치거나 잔치를 열어 교유하면서 역사를 소설화한다. 몽

---

4 조관희, 위의 논문, 335쪽.

유자가 몽중세계에 들어가 보고들은 경험사가 주된 내용인데, 꿈속의
사건이나 인물들은 역사적으로 실재했던 것들로 작자의 허구적인 형상
화[5]에 의해 소설로 재구성된다. 몽유록은 역사 서술 체재나 서술방식을
모방한 것이 아니라 역사적 인물과 역사적 사건을 서사의 내용으로 삼
는다는 점에서 역사에서 소설적 소재를 취하되 소설적 상상력으로 구
성한 역사의 허구화를 시도하는 장르라고 할 수 있을 것이다.

실기류(實記類)는 16세기 후반에 등장하는데 특정한 역사적 사건에
대응하여 형성된 개인 경험의 기록, 개인의 활성화된 기억을 서술[6]하는
장르이다. 실기류는 임진왜란과 병자호란과 같은 전쟁을 겪은 후 그런
역사적 상황과 구체적 경험을 개인의 시각에서 서술하기 때문에 사실
을 기록한다는 역사적 시각은 유지하지만 부분의 확장, 긴장감, 격렬한
감정의 토로가 나타난다는 점에서 사실의 기록이 개인적 체험의 서사
화로 전화한 것[7]이다.

역사 영웅소설은 임병양란을 시대적 배경으로 하여 역사적 실존인물
이나 역사적 사건을 소설적으로 재창조한 것이다. 임병양란에서 활약
한 역사 영웅 인물을 재현하여 역사적 영웅들이 도술로 크게 활약하여
전쟁에서 승리하게 된다. 역사 영웅소설은 역사적 배경, 역사적 인물,
역사적 사건을 소설적으로 가공한 허구물이다. 역사를 배경으로 하고
역사적 인물을 소설의 인물로 형상화하지만 역사는 배경이 되고 허구
적 상상력이 보다 강하게 작용한 장르라고 할 수 있을 것이다.

---

5 김균태 외, 『한국고전소설의 이해』, 박이정, 2012, 101쪽.
6 우응순, 「고전문학에서 역사를 허구화한 장르들」, 『대중서사의 모든 것-②역사허구물』,
   이론과실천, 2009, 70쪽.
7 우응순, 위의 책, 71쪽.

이러한 역사적 사건이나 인물을 활용하여 창작되는 고전소설의 전통은 근대와 현대에 이르러서도 지속된다. 개화기 시대에 출현한 역사 전기소설이나 1930년대부터 본격적으로 출현하는 많은 역사소설은 한국의 역사적 사건이나 위인을 소재로 하여 창작된다. 혼란한 개화기 시기나 일제치하의 정치, 사회, 경제적 억압 상황이 민족의 정체성이나 자존감을 발견할 수 있는 역사적 사건이나 인물에 관심을 가지게 하고 역사소설을 탄생시키게 된다.

지금까지 한국 고전소설과 역사의 관련성을 일별해보았다. 한국 고전소설의 발생에서부터 중국과 한국의 역사는 한국 고전소설에 지대한 영향을 주었고 본격적 고전소설이 창작되고 향유될 때도 고전소설의 소재원이었다. 본격적 고전소설이 창작되기 이전에는 역사 서술의 체재를 따르는 방식으로 역사서술을 모방하는 역사의 자장 안에 소설이 놓여있었다면 본격적 고전소설이 창작된 이후에는 역사적 사건과 인물을 차용하되 소설적 상상력으로 재구성하여 역사를 활용하는 방향으로 나아갔다. 본격적으로 소설이 창작되면서 중국과 한국의 역사적 사건과 인물은 소설적 상상력에 의해 취사선택되고 변형되는 익숙한 소설적 소재로 자리 잡게 된 것이다.

한국 고전소설 중 중국 역사를 전면적으로 드러내지는 않지만 부분적으로 중국의 역사적 사건과 인물을 재구성하는 일군의 고전소설이 있다. 이러한 고전소설은 역사를 소설적으로 허구화하는 방향성을 잘 파악할 수 있는 작품군이라고 할 수 있을 것이다. 이 소설들에는 중국 역사의 사건, 인물의 일부분을 고전소설의 사건, 인물로 재가공하여 고전소설의 구성, 인물의 일부분으로 삼는 공통점이 드러난다. 이것은 역사가 소설 속 허구 세계의 소재가 되는 것을 의미한다. 본 연구는 중국

의 역사적 사건과 인물을 소설적 상상력으로 재구성하는 일군의 고전
소설에 주목하여 중국 역사와 고전소설의 관련성과 소설화 방식, 그 동
인을 탐구해갈 것이다.

2. 연구 목적과 방향

본 연구는 중국 역사를 수용하여 소설의 사건과 인물로 구성하는 일
군의 고전소설을 대상으로 하여 고전소설에서 중국 역사를 소설화하
는 방식과 역사를 소설화하는 다층적인 동인을 구명하려는 데 목적이
있다.

중국 역사서에서 기술된 역사적 사건과 인물을 재현하는 창작 방법
을 활용하는 고전소설을 역사소설이라고 명명할 수는 없다. 소설 전반
에서 중국 역사서에서 기록된 역사적 사건과 인물을 수용하는 것이 아
니라 부분적으로 활용하기 때문이다. 그러나 중국의 역사적 사건과 인
물을 고전소설의 사건과 인물로 재구성하는 것은 많은 고전소설에서
나타나는 현상이고 고전소설의 중요한 창작 방법이 되고 있다. 흥미로
운 점은 고전소설에서 중국 역사를 수용하여 소설화할 때는 다양한 중
국 역사를 선택하는 것이 아니라 일정한 역사적 사건과 인물을 선택하
는 경향성이 발견된다는 것이다.

이 때문에 본 연구는 중국 역사의 일정한 역사적 사건과 인물을 부분
적으로 수용하여 소설화하는 고전소설을 대상으로 하여 중국 역사를
소설화하는 방식을 살펴보고 이러한 소설적 재현을 가능하게 하는 동
인과 이유를 소설 내적 측면과 소설 외적 측면의 여러 요소와 연관 지

어 다각도로 살펴보려고 한다. 또한 이러한 과정을 통해 중국 역사를 소설화하는 방향과 소설적 상상력의 세계를 탐색하게 될 것이다.

본 연구의 연구 주제와 관련된 선행 연구로는 고전소설의 중국 역사 수용의 문제를 논의한 것이다. 기존 연구는 주로 장편가문소설(국문장편소설, 대하소설)을 대상으로 '명사(明史)'와의 관련성에 집중한 경우[8]가 가장 많다. 또한 '명사(明史)' 이외 '한사(漢史)'를 수용한 개별 고전소설 작품의 연구[9]나 '송사(宋史)'를 수용한 고전소설에 대한 연구[10]와 고

---

8 고전소설과 명사(明史)의 관련성을 연구한 논문은 다음과 같다. 문선규, 「창선감의록고」, 『어문학』 9, 한국어문학회, 1963; 최길용, 「성현공숙렬기 연작소설 연구」, 『국어국문학』 95, 국어국문학회, 1986; 진경환, 「〈창선감의록〉의 작품구조와 소설사적 위상」, 고려대 박사논문, 1992; 김탁환, 「쌍천기봉의 창작방법 연구」, 『관악어문연구』 18, 서울대 국문학과, 1993; 박영희, 「쌍렬옥소삼봉의 구조와 문학적 성격」, 『어문연구』 90, 한국어문교육연구회, 1996; 박영희, 「장편가문소설의 明史 수용과 의미」, 『한국고전연구』 6, 한국고전연구학회, 2000; 조광국, 「고전소설에서의 사적 모델링, 서술의식 및 서사구조의 관련 양상-〈옥호빙심〉, 〈쌍렬옥소삼봉〉, 〈성현공숙렬기〉, 〈쌍천기봉〉을 중심으로」, 『한국문화』 28, 서울대 한국문화연구소, 2001); 정길수, 『한국 고전장편소설의 형성과정』, 돌베개, 2005; 장흔, 「한국 고전소설에 나타난 중국 실존 인물 연구-〈사씨남정기〉와 〈창선감의록〉을 중심으로」, 한국학중앙연구원 석사논문, 2010; 이현주, 「〈성현공숙렬기〉 역사수용의 특징과 그 의미-정난지변과 계후문제를 중심으로」, 『동아인문학』 30, 동아인문학회, 2015; 김동욱, 「고전소설의 정난지변(靖難之變) 수용 양상과 그 의미」, 『고소설연구』 41, 한국고소설학회, 2016; 김서윤, 「〈쌍렬옥소록〉의 정난지변 서술시각과 그 시대적 의미」, 『고전문학연구』 50, 한국고전문학회, 2016; 엄기영, 「〈창선감의록〉의 창작과 명나라 역사 차용의 의미」, 『고전문학연구』 53, 한국고전문학회, 2018.

9 한사(漢史)를 수용한 고전소설에 대한 연구는 다음과 같다. 이승복, 「〈옥환기봉〉과 역사의 소설화」, 『선청어문』 28, 서울대 국어교육과, 2000; 이승복, 「〈옥환기봉〉의 이본을 통해본 역사소설 수용의 한 양상」, 『덕성어문학』 10, 덕성여대 국어국문학과, 2000; 임치균, 「18세기 고전소설의 역사수용 일양상-〈옥환기봉〉을 중심으로」, 『한국고전연구』 8, 한국고전연구학회, 2002; 이승복, 「〈옥환기봉〉의 역사 수용 양상과 그 의미」, 『한국문학논총』 50, 한국문학회, 2008; 구선정, 「〈옥환기봉〉의 인물 연구: 역사 인물의 소설적 재현」, 이화여대 박사논문, 2011.

10 송사(宋史)를 수용한 고전소설에 대한 연구는 다음과 같다. 최길용, 「〈구래공정충직절

전소설의 역사 수용 양상을 고찰한 연구[11]가 있다. 이와 같은 기존 연구
는 특히 명사(明史)와 고전소설의 관련성과 중국 역사 수용의 문제를
풍부하게 논의했고, 개별 고전소설 작품에 대한 이해를 돕고 고전소설
의 중국 역사 수용에 대한 관심을 촉발하였다는 연구사적 의의가 크다
하겠다.

　그러나 한국 고전소설에 편재해있는 전반적인 중국 역사의 소설적
재현 방식에 대한 연구는 시도되지 못한 것이 사실이다. 또한 고전소설
이 중국 역사를 소설화하게 되는 다각적인 동인에 대한 연구도 더 보완
되어야 하고 고전소설 전반을 대상으로 하여 중국 역사의 소설화 방식
연구와 소설적 상상력에 대한 연구도 본격적으로 이루어지지 못했다.
이런 상황에서 본 연구는 중국 역사를 소설화하는 고전소설 전반을 연구
대상으로 하여 기존 연구 성과를 보완하고 중국의 역사적 사건과 인물이
선택되어 소설화되는 소설화 방식과 동인을 구명하게 될 것이다.

　세부적으로 본 연구는 17세기~19세기에 창작된 고전소설에서 반복
적으로 나타나는 중국 역사의 사건과 인물의 서사 프레임을 설정하는
시도를 한다. 고전소설에 활용되는 중국 역사의 사건과 인물은 일정한
반복성을 띠고 수용되기 때문이다. 우선 중국 고대사의 역사적 사건과
인물의 서사 프레임과 '송사(宋史)'의 역사적 사건과 인물의 서사 프레임
그리고 '명사(明史)'의 역사적 사건과 인물의 서사 프레임을 설정한다.

　중국 고대사의 역사적 사건과 인물 프레임은 2장의 '고전소설의 우

　기〉 연구: 역사적 인물의 소설화 문제를 중심으로」,『전주교육대학교 논문집』 27, 전주교
　　육대학교, 1991; 지연숙,「〈옥원재합기연〉의 역사소설적 성격 연구」,『고소설연구』 12,
　　한국고소설학회, 2001.
11 임치균,「고전소설의 역사 수용 양상 고찰」,『우리문학연구』 31, 우리문학회, 2010.

순(虞舜)과 이비(二妃)의 소설화 방식과 동인'에서 본격적으로 논의할 것이다. '송사(宋史)'의 역사적 사건과 인물의 서사 프레임은 3장의 '고전소설의 송사(宋史)의 소설화 방식과 동인'에서 자세히 논의할 것이다. '명사(明史)'의 역사적 사건과 인물의 서사 프레임은 4장인 '고전소설의 명사(明史)의 소설화 방식과 동인'에서 다루게 될 것이다. 고전소설에서 반복되는 중국 역사의 서사 프레임에서 중국 역사의 사건을 구성하고 인물을 형상화하는 고전소설의 서사 구성 방식을 논의할 것이고, 이러한 서사 구성을 가능하게 하는 소설화 동인을 밝힐 것이다. 또한 최종적으로는 고전소설의 중국 역사의 소설화 동인을 종합화하며 역사를 소설화하는 고전소설의 상상력의 세계를 기술하려고 한다.

3. 고전소설 속 중국 역사의 서사 프레임

17세기에서 19세기에 창작된 일군의 소설에서는 중국 역사를 활용하여 소설화할 때 일정한 역사적 사건과 인물을 선택하는 경향성이 있다. 이러한 경향성을 통해 고전소설에서 반복적으로 나타나는 중국 역사의 사건과 인물 프레임을 설정할 수 있다.

고전소설에서 주로 선택되는 첫 번째 역사적 인물은 중국 고대사의 여러 기록에 나타나는 우순(虞舜)과 그의 두 아내인 이비(二妃) 아황(娥皇)과 여영(女英)이다. 고전소설에서 우순과 이비가 소설적 인물로 나타나거나 재구성되는 경우는 다음과 같다.

중국 고대사의 역사적 인물	고전소설 작품
우순	〈유효공선행록〉, 〈현몽쌍룡기〉, 〈창선감의록〉
이비(아황과 여영)	〈여와전〉, 〈황릉몽환기〉, 〈사씨남정기〉, 〈화씨충효록〉, 〈성현공숙렬기〉, 〈현씨양웅쌍린기〉, 〈백학선전〉, 〈장백전〉, 〈춘향전〉, 〈심청전〉

우순의 경우는 중국 역사서에서 기록되는 우순의 모습 그대로 고전소설에서 재현되는 것이 아니라 중국 역사서에서 나타나는 우순의 상황이나 우순의 인물 자질을 변형하여 고전소설의 인물로 형상화하기 때문에 고전소설의 인물에서 우순의 모습을 떠올릴 수 있다. 또한 〈유효공선행록〉과 〈창선감의록〉은 주인공을 형상화할 때 우순의 자질을 활용하지만 〈현몽쌍룡기〉는 주변 인물을 형상화할 때 우순의 자질을 활용한다. 이비의 경우는 고전소설의 주인공으로 형상화되는 것이 아니라 주인공이 꿈속이나 천상계에서 만나게 되는 인물로 설정하는 경우가 많다. 이처럼 중국 고대사의 인물인 우순과 이비는 한국 고전소설에서 각기 다른 양상으로 재현되지만 고전소설에서 자주 등장하는 역사적 인물 프레임으로 설정할 수 있을 것이다.

두 번째는 일군의 고전소설에서 북송의 인종 때 발생한 곽황후 폐위 사건과 북송의 신종 때 있었던 구법당과 신법당의 정쟁이라는 역사적 사건이 반복되는 것을 주목할 수 있다. 이러한 송사(宋史)의 역사적 사건과 인물을 소설화한 고전소설은 다음과 같다.

송대의 역사적 사건	고전소설 작품
인종의 곽황후 폐위	〈소현성록〉, 〈현몽쌍룡기〉, 〈조씨삼대록〉
구법당과 신법당의 정쟁	〈옥원재합기연〉, 〈난학몽〉

인종은 북송의 4대 왕이고 곽황후는 인종의 비(妃)인데 인종이 후궁인 상미인을 총애하자 곽황후는 질투하다 폐위된다. 인종과 곽황후를 둘러싼 이러한 사건이 〈소현성록〉, 〈현몽쌍룡기〉와 〈조씨삼대록〉에 공통적으로 하나의 사건으로 구성되어 있다. 또한 구법당과 신법당의 정쟁이라는 역사적 사건이 〈옥원재합기연〉과 〈난학몽〉에 재현되고 있지만 이 역사적 사건은 소설 전반에서 지속적으로 이어지는 핵심적 사건이라기보다는 두 작품에서 구법당과 신법당의 정쟁과 갈등은 인물의 고난과 갈등의 계기가 되는 사건으로 재현되고 있다. 이 때문에 송대의 역사적 사건인 인종의 곽황후 폐위와 구법당과 신법당의 정쟁은 고전소설 속 송사(宋史)의 서사적 프레임으로 설정할 수 있다.

세 번째는 명나라의 역사를 재현하는 일군의 고전소설에서 명나라의 역사적 인물의 서사적 프레임을 추출할 수 있다. 고전소설에서 반복적으로 재현되는 명사의 역사적 인물은 만귀비와 엄숭이다. 이와 같은 명사의 역사적 인물 만귀비와 엄숭을 소설화하는 고전소설은 다음과 같다.

명대의 역사적 인물	고전소설
만귀비	〈류황후전〉, 〈이씨효문록〉, 〈유효공선행록〉, 〈화문록〉
엄숭	〈창선감의록〉, 〈사씨남정기〉, 〈일락정기〉, 〈낙천등운〉

명사의 인물인 만귀비와 엄숭은 고전소설에서는 주인공으로 형상화되는 것이 아니라 주변 인물, 악인 등으로 형상화되고 있다. 그러나 많은 고전소설에서 이러한 명사의 역사적 인물을 부차적 사건이나 주변적 인물로 재구성한다는 점에서 만귀비와 엄숭은 고전소설의 명사의 인물 프레임으로 설정할 수 있다.

고전소설에서 발견되는 우순과 이비의 서사, 송사의 인종의 곽황후 폐위, 구법당과 신법당의 정쟁, 명사의 만귀비와 엄숭은 조선시대 소설 향유층에게는 익숙한 역사적 레퍼토리이며 중국 역사 중 흥미를 가지고 인구에 회자되는 역사적 사건과 인물일 가능성이 높다. 그렇다면 왜 이러한 중국의 역사적 사건과 인물이 조선시대 고전소설에서 다시 소환되어 소설 속에서 구성되는 것일까? 한국 고전소설 속에서 이러한 서사 프레임이 어떤 방식으로 소설화되고 새롭게 구성되는 것일까? 그리고 이렇게 소설화를 가능하게 하는 동인과 여기에 개입되는 소설적 상상력은 무엇인가? 본 연구는 이와 같은 질문에 응답하는 것으로 각 장들을 구성해나갈 것이다.

제 2 장

고전소설의 '우순(虞舜)'과
'이비(二妃)'의 소설화 방식과 동인

1. 고전소설에서 반복되는 우순(虞舜)과 이비(二妃)의
서사 프레임

앞에서 정리한 것처럼 중국 고대사의 우순(虞舜)과 이비(二妃)의 역사적 기록은 고전소설에서 자주 변용되는 서사 프레임이다. 우순은 상고시대의 어진 정치를 펼친 성군이고 이비는 요임금의 딸이자 우순의 부인인 아황과 여영을 가리킨다. 우리 고전문학에서 관용적으로 유교적 이상 정치를 펼쳐 국가와 백성이 평안하고 잘 다스려진 시기를 '요순(堯舜)시절'이라고 말하는 것처럼 중국 고대사에서 순임금은 요임금과 함께 태평성대를 구가한 대표적 임금이다. 이비는 우순이 요임금에게 왕위를 선양받기 이전에 우순에게 시집가 남편을 내조하는 부덕(婦德)을 갖춘 여성의 전형으로 우리 고전문학에서 거론된다.

특히 우순과 이비에 대한 기록은『서경』,『맹자』,『사기』,『열녀전』,『신서』,『한시외전』,『십팔사략』,『한비자』등 많은 중국 역사서와 문헌에 실려있다. 이중 우순에 대한 가장 풍부한 기록은『서경』,『맹자』,

『사기』에 나타나며, 이비에 대한 가장 풍부한 기록은『사기』,『열녀전』
에서 찾아볼 수 있다.

이처럼 중국 고대사의 성군이었던 우순과 그의 아내 이비에 대한
기록은 중국의 많은 문헌에서 기록되어 전승되고 이러한 중국의 문헌
들이 조선에서도 수용되어 권위적 문화 텍스트가 되면서 우순과 이비
의 기록은 조선에서도 널리 알려진 역사적 내용이 되었을 것이다. 이
러한 이유로 우순과 이비의 서사는 일군의 고전소설에서 수용되어 우
순과 이비의 역사적 기록과 유사한 형태로 인물과 사건이 소설화되기
도 한다.

먼저 우순의 서사가 고전소설에서 수용될 때는 주인공의 이야기인
메인 스토리로 구성되는 경우와 주변 인물의 이야기인 서브 스토리로
구성되는 경우로 나눌 수 있다. 우순의 서사가 메인 스토리로 구성되는
작품은 〈유효공선행록〉과 〈창선감의록〉이며, 서브 스토리로 구성되는
작품은 〈현몽쌍룡기〉이다.

선행 연구 중에서 우순의 기록과 고전소설의 유사성을 논의한 연구
가 있는데 이 연구들에서는 우순의 효행담과 유연의 효행담, 태자의 효
행담 구조가 상동성을 지닌다[1]고 논의했지만 〈유효공선행록〉 이외의
다른 고전소설과의 관련성이나 소설적 재현 방식과 소설화 동인 등에
대한 연구는 이루어지지 못했다.

한편으로는 우순의 아내인 이비의 역사적 기록도 우리 고전소설에서

---

1 박일용, 「유효공선행록의 형상화 방식과 작가의식 재론」, 『관악어문연구』 15, 서울대 국
   어국문학과, 1995, 151~176쪽; 김문희, 「유효공선행록의 다층적 상호텍스트 서사 구성
   과 독서 과정」, 『한국고전연구』 31, 한국고전연구학회, 2015, 211~245쪽.

수용하여 소설화하는 작품이 많다. 이비의 서사는 단순히 등장인물의 말이나 서술자의 설명으로 제시되는 고사(故事) 수준으로 인용되는 경우뿐만 아니라 고전소설 속에서 구체적 사건으로 서사화되는 경우도 많다. 고전소설 속에서 이비의 서사가 새로운 서사적 사건으로 재구성될 때는 이비의 서사가 전체적인 서사로 재구성되는 것이 있고, 삽화적인 사건으로 재구성되는 것도 있다. 고전소설 속에서 이비의 서사가 전체적인 서사로 재구성되는 작품은 〈여와전〉과 〈황릉몽환기〉 등이다. 이에 비해 이비의 서사가 삽화적인 사건으로 재구성되는 작품은 〈사씨남정기〉, 〈화씨충효록〉, 〈성현공숙렬기〉, 〈현씨양웅쌍린기〉, 〈장백전〉, 〈백학선전〉, 〈춘향전〉, 〈심청전〉 등이 있다.

이비 서사의 고전소설적 수용의 문제는 우쾌제, 김종군, 지연숙에 의해 연구된 적이 있다. 우쾌제는 가장 먼저 이비 서사의 소설적 수용 양상을 고찰하였다. 이비전설과 유향의『열녀전』의 〈유우이비전〉을 비교 검토하면서 〈유우이비전〉에서는 고난극복이 단수한 사건으로 평면적으로 서술하고 있으나, 이비전설에서는 고난극복 과정마다 이비의 신이한 역할이 첨가되어 나타난다고 하였다. 또한 이비전설이 고전소설에서 전체적으로 수용되는 것은 〈황릉몽환기〉이며, 이야기 중간에 삽화 형식으로 부분적인 수용을 보이는 것은 〈남정기〉와 〈심청전〉이라고 하였다. 한국 고전소설에서 이비 서사는 정쟁적 정치문제보다는 구고(姑舅)에 대한 지극 정성의 효와 남편을 따라 죽은 순절적 열에 대한 수용이었다[2]고 정리한다.

---

2 우쾌제, 「二妃傳說의 小說的 受容 考察」, 『고소설연구』 1, 한국고소설학회, 1995, 263~293쪽.

뒤이어 우쾌제는 〈황릉몽환기〉에 집중하여 이 작품에 수용된 이비전설의 내용을 조금 더 상세하게 논의하였다. 소상팔경으로부터 동정호 군산을 작품의 배경으로 설정하고 있는 것은 〈황릉몽환기〉와 이비전설의 동일점이라고 지적할 수 있다고 하였다. 또한 이비의 절사를 그대로 수용하여 논의하고 있는 점이나, 이비전설에 나타나는 순임금을 모신 이비의 인간적 고뇌가 그대로 반영되어 나타나고 있는 점 등은 〈황릉몽환기〉의 이비전설의 수용관계를 잘 보여주는 것[3]이라고 하였다.

김종군은 고전소설에 나타난 이비 서사 수용의 심리적 요인을 고찰하였다. 이 연구는 고전소설에 나타나는 남녀결연서사 가운데 여성의 남성 공유의식이 특징적으로 드러나는 단위담들을 대상으로 삼아, 이비 서사의 문학치료적 효용을 고찰한다는 목적으로 연구된 것이다. 다수의 여성이 한 명의 남성과 결연하는 결연모티프에 집중하여 애욕 해소의 방편으로 〈최치원〉의 장팔낭과 장구낭의 경우를, 신분 상승욕망의 해소방안으로 〈구운몽〉의 계섬월과 적경홍의 경우를, 동성애적 화합의 방편으로 〈창선감의록〉의 윤옥화와 남채봉의 경우를 논의하였다. 이를 통해 이비 서사는 비정상적인 결연을 정상으로, 세속적인 욕망을 신성한 사랑으로 승화시키는 효용을 가진 시료가 되었다[4]고 하였다.

지연숙은 상호텍스트성의 관점에서 고전소설에 나타난 황릉묘 공간의 상호텍스트성을 주네트의 트랜스 텍스트성 분류를 원용하여 연구하였다. 황릉묘의 하이퍼텍스트성은 에피소드 공간으로서 황릉묘를 그대

---

3 우쾌제, 「황릉몽환기 연구」, 『어문학』 58, 한국어문학회, 1996, 112~116쪽.
4 김종군, 「고소설에 나타난 이비고사(二妃故事) 수용의 심리적 요인」, 『문학치료연구』 2, 한국문학치료학회, 2005, 147~166쪽.

로 수용한 것과 황릉묘를 소설의 주된 공간으로서 확장한 경우로 나누었다. 메타텍스트성은 새로운 텍스트가 원텍스트에 대해 논평하는 성질을 말하는데 명시적인 메타텍스성의 사례를 보여주는 것은 〈여와전〉이고 묵시적 메타텍스트성의 사례를 보여주는 것은 〈속남정기〉가 있다고 하였다. 협의의 상호텍스트성은 단순한 언급인 경우를 말하는데, 〈숙영낭자전〉, 〈옥수기〉 등에서는 여성의 사후세계로서 이비가 주재하는 황릉묘가 별도의 설명이나 맥락 없이 언급된다[5]고 하였다.

이처럼 고전소설에서 이비 서사에 대한 선행연구는 이비 서사가 시부모에 대한 효와 남편에 대한 열(烈)의 측면에서 고전소설에서 수용되었고, 남녀 결연서사에서 여성의 남성 공유의식적 측면으로 수용되었으며, 황릉묘 공간이 상호텍스적인 성격을 지니고 몇 가지 방식으로 수용된다는 것이 논의되었다.

본 연구의 2장에서는 고전소설 속에 편재해있는 우순과 이비 서사의 소설화 구성 방식과 소설화 동인을 탐색하려고 한다. 특히 우순과 이비 서사를 소설화하고 있는 많은 고전소설을 망라하여 고전소설 속에 나타나는 우순과 이비 서사의 소설 구성 방식과 소설화 동인을 본격적으로 살펴보게 될 것이다. 이 장에서 다루는 작품은 다음과 같다.

〈유효공선행록〉(김기동 편, 『필사본고소설전집』 15, 아세아문화사, 1980)
『창선감의록』(이래종 역주, 고려대 민족문화연구원, 2003)
『현몽쌍룡기』 1~3(김문희 외 역주, 소명출판, 2010)

---

5 지연숙, 「고전소설의 공간의 상호텍스트성」, 『한국학연구』 36, 고려대 한국학연구소, 2011, 141~165쪽.

『사씨남정기』(김만중 지음, 이래종 옮김, 태학사, 2004)

〈성현공숙렬기〉(『한국고전소설총서』 12, 김기동 편, 태학사, 1983)

『현씨양웅쌍린기』 1~2(이윤석, 이다원 교주, 경인문화사, 2006)

〈화씨충효록〉(한국학중앙연구원 소장본)

『고대소설 쟝빅젼』(대성서림, 1936)

〈백학선전〉(『운영전 – 우리 고전 다시 읽기』, 구인환 옮김, 신원문화사, 2003)

〈여와전〉(한국학중앙연구원 소장본)

〈황릉몽환기〉(고려대학교 도서관 소장본. 장효현, 「〈황릉몽환기〉에 대하여」, 『한국고전소설사연구』, 고려대 출판부, 2002)

『새롭게 풀어쓴 열여춘향수절가』(김현룡 편저, 아세아문화사, 2008)

『심청전』(정하영 역주, 고려대 민족문화연구소, 1995)

2. 『서경』, 『맹자』, 『사기』, 『열녀전』의 향유와 영향

우순의 서사는 중국의 역사서, 철학서, 문헌 등에서 발견할 수 있지만 가장 풍부한 기록과 평가가 나타나 있는 것은 『서경』, 『맹자』, 『사기』라고 할 수 있다.

『서경』은 중국 상고시대의 정치를 기록한 책으로 유교에서 가장 이상적인 제왕으로 평가받는 요(堯), 순(舜)과 우(禹), 탕(湯), 문무(文武) 삼왕이 몸을 닦고 집안을 화목하게 하고 그 덕을 펼쳐서 나라를 다스리고 결국 온 천하에 평화를 이룩한 도를 기록[6]하였다. 『서경』은 유교정

---

6 「서경」, 『한국민족문화대백과』(https://encykorea.aks.ac.kr.)

치의 핵심인 군주의 덕치를 강조하고 애민과 중민(重民)사상[7]을 드러내
어 민본주의의 맹아를 발견할 수 있는 책으로『서경』은 중국에서뿐만
아니라 오래전부터 우리나라에서도 지식 계층의 필독서가 되었다.

　신라 청년들이 충성을 맹세하고 학업 성취를 약속한 내용을 새긴 임
신서기석에는『시경』,『예기』,『춘추전』과 함께『서경』을 필독서로 하
였다[8]는 기록이 있다. 또한 고려시대에는『서경』이 과거의 중요한 과
목이었으며, 정주학(程朱學)을 수용한 이후『서경집주』가 통용되었다.
조선시대에는 이언적, 조광조 등은『서경』에 대한 선도적 연구를 하였
으며, 이황, 이이 등 많은 학자들이 사상적으로 부연하는 글들을 문집
에 남기기도 하였다.[9] 조선에서『서경』은 유교정치의 이념을 담은 책
으로 매우 귀중하게 취급되었고, 특히 정치 이념을 논하거나 행정 방안
을 제시하는 상소문에서도『서경』은 자주 인용되었다.[10] 이처럼『서경』
은 조선시대 상층 지식계층이라면 반드시 읽어야 하는 필독서였다.

　『맹자』는 맹자가 왕도정치의 이상을 당대에 실현할 전망을 상실하
고 고향으로 돌아와 제자들과 유학정신에 대해 토론하면서 만든 책[11]이
다.『맹자』는 덕에 의한 정치인 왕도정치를 주장하는데 왕도정치는 백
성을 위주로 하고 민생을 돌보는 위정자의 도덕적 교화에서 완성된다
고 보았다.『맹자』에서는 왕도정치를 전설적인 인물인 요순(堯舜)이래

7　「서경」, 위의 자료.
8　심경호, 「서경」,『동양의 고전을 읽는다』(https://terms.naver.com.)
9　「서경」, 앞의 자료.
10　심경호, 「서경」, 앞의 자료.
11　이혜경, 「맹자『맹자』」,『철학사상』별책 제3권 제2호, 서울대학교 철학사상연구소, 2003,
　　3쪽.

의 정치라고 주장하면서 공자에게까지 이어지는 성왕의 계보를 제시했다.[12] 주자학 이후로『맹자』는『논어』,『대학』,『중용』과 더불어 '사서(四書)'의 하나로서 유교의 주요한 경전이 되었다.

고려시대 말부터 주자학이 도입되면서『맹자』는 당시 지식인들의 핵심적인 유교경전으로 발전하였고 이를 유입하여 널리 보급하였다. 특히 조선시대에는 유교적 통치 규범에 입각하여 중앙집권적 관료 체계를 확립하였는데, 교육과 인재 등용에 있어서 유교 경전은 필수과목이었다. 사서의 교육과 보급정책의 일환으로 중앙에서는 활자본과 목판본으로『맹자』류의 간행이 활발하게 이루어졌고, 이렇게 중앙에서 간행된 책을 전국 각 지방에 보급하여 조선시대 내내『맹자』류의 간행이 지속되었다[13]는 연구를 통해 볼 때『맹자』는 국가의 주도로 지방과 민간으로 보급되어 읽기를 장려했다는 것을 알 수 있다. 또한『맹자』에 대한 학자마다의 견해나 사상을 피력한『맹자』주석서와 언해류도 활발하게 간행되었다.[14] 이처럼『맹자』는 조선시대 내내 국가와 지식층의 주도하에 널리 전파되어 유학자가 향유하는 필독서였다.

『사기』는 한(漢)나라 무제 때 사마천에 의해 지어진 중국의 기전체 통사이다.『사기』는 본기(本紀), 표(表), 서(書), 세가(世家), 열전(列傳) 등 5개 부분으로 구성되어 있다. 제왕의 연대기인 본기(本紀) 12편, 연표인 표(表) 10편, 역대 제도 문물의 연혁에 관한 서(書) 8편, 제후왕을 중심으로 한 세가(世家) 30편, 시대를 상징하는 뛰어난 개인의 활동을

---

12 이혜경, 위의 논문, 6쪽.
13 우태웅, 「조선시대 〈맹자〉류의 간행과 판본」, 경북대 석사논문, 2005, 1쪽.
14 우태웅, 위의 논문, 2쪽.

다룬 전기 열전(列傳) 70편, 총 130편으로 구성[15]되어 있다. 『사기』는 중국의 남북조시대부터 청나라에 이르기까지 셀 수 없는 많은 판본들이 있으며 『사기』의 내용을 뽑아 만든 선집들도 세상에 선보였다.[16] 그만큼 중국인들에게 『사기』는 역사서의 전범(典範)이 되었다고 할 수 있을 것이다.

우리나라에서도 『사기』는 고구려 때부터 오경과 『한서』, 『후한서』, 『삼국지』 등과 함께 유포되어 읽힌 이래 수많은 문인들에 의해 그 평가가 제기[17]되었던 책이다. 특히 조선시대에는 『사기』 애호와 열독 현상이 일어났는데 이것은 명나라에서 간행된 『사기평림』과 『사찬』의 유입에서 기인한다. 『사기평림』은 명대(明代)의 능치융(凌稚隆)이 당대까지의 역대 제가의 주석과 비평을 집대성하여 130권으로 편찬한 책이다. 이 책이 조선에 유입되어 활자본과 목판본으로 간행되어 보급되기에 이른다.[18] 『사찬』은 능치융이 『사기평림』 간행 이후 『사기평림』의 130권의 분량을 대폭 줄여 중요한 부분만 간추려 뽑아 만든 선집(選集)이다. 그런데 『사기평림』의 선집이라고 할 수 있는 『사기찬』을 조선에서 다시 가려 뽑아 조선판 『사찬』을 만들게 된다. 그 후 조선후기에는 『사찬』뿐만 아니라 별도로 독자적인 『사기』 선집이 성행하기도 하고, 『사기』가 여러 텍스트에서 정수만 골라 한데 모은 문장 선집에 포함되기도 하는 등 『사기』의 열독 현상[19]이 나타나기 시작했다.

---

15 정범진, 『사기본기』, 까치, 2014, 398~400쪽.
16 정범진, 위의 책, 401~402쪽.
17 윤지훈, 「조선후기 문인의 『사기』 인식과 평가에 대한 일고」, 『동방한문학』 35, 동방한문학회, 2008, 254쪽.
18 이현호, 「조선후기 『사기』 비평 연구」, 부산대 박사논문, 2011, 35~37쪽.

『사기평림』과『사기찬』이 17세기 초 조선에 유입되어 널리 퍼지기 시작했고, 또한 이를 바탕으로 조선의 대표적 문인들이 조선간본『사찬』을 새롭게 편집하여 지식계에 간행, 보급함으로써 조선에서도 문장 비평과 산문 창작의 관점에서『사기』를 이해하는 하나의 시발점이 되었다.[20] 조선시대에『사기』는 중국의 역사를 기술한 역사서로만 읽힌 것이 아니라 문장 비평과 산문 창작을 위해 반드시 학습해야 할 하나의 전범이자 고전으로서의『사기』의 위치를 굳건하게 확립시켰다.

『열녀전』은 중국 최초의 여성 전기로 서한(西漢)의 사상가 유향이 역사적 인물 106명의 여성을 열전의 형식으로 서술한 것[21]이다.『열녀전』의 내용은『시경』,『서경』,『좌전』,『사기』 등에 산재한 기사를 토대로 하여 유향이 그 기사에 등장하는 여성을 중심으로 하여 다시 가필한 것[22]이다.『열녀전』은 총 7권으로 구성되어 있는데, 106명의 여성들의 행적을 모의(母儀), 현명(賢明), 인지(仁智), 정순(貞順), 절의(節義), 변통(辯通), 얼폐(孽嬖)의 주제로 나누어 싣고 있다.『열녀전』은 한나라 이후 여성 교훈서의 전범으로 자리 잡으면서 북송 때『속열녀전』이 간행되고, 명나라 때에는『고금열녀전』이 편찬되었으며, 청나라 때는『열녀전보주』,『열녀전교주』가 편찬되었다. 또한 그 이후에도『광열녀전교주』및『전고열녀전』등 후속 작품들이 지속적으로 출현하였다.[23]

---

19 이현호, 위의 논문, 41~58쪽.
20 박경남, 「왕세정의『사기』인식과 계승 양상」,『대동문화연구』93, 성균관대 동아시아학술원, 2016, 194쪽.
21 유향 지음, 이숙인 옮김, 『열녀전』, 예문서원, 1997, 9쪽.
22 이성원, 「고대 중국 여성상의 이해를 위한 시론-『열녀전』의 분석을 중심으로」,『중국학보』66, 한국중국학회, 2012, 193쪽.
23 민관동, 「유향 문학작품의 국내 유입과 수용」,『중국학보』76, 한국중국학회, 2016, 126쪽.

『열녀전』이 우리나라에 유입된 것은 고려시대일 가능성이 높지만 본격적인 유입의 기록은 조선 태종 연간에 집중적으로 나타난다. 1403년에 명나라에서 『고금열녀전』을 새롭게 편찬하였고, 다음 해인 태종 4년(1404년)에 『고금열녀전』이 3월에 110부가 유입되고 11월에 500부를 재차 수입하였다[24]는 기록이 있기 때문이다. 이렇게 조선에 유입된 『열녀전』은 여성 교훈서로서 궁중의 독서물, 사대부층의 여성 수신서로, 민간의 여성들도 읽을 수 있도록 전파되었다.

세종 때 간행된 『삼강행실도』 「열녀편」은 그림과 찬(讚)을 붙여 시골 부녀자들까지도 쉽게 익히고 실천하도록 하였고, 성종의 생모인 소혜왕후 한씨에 의해 저술된 『내훈』은 『열녀전』의 내용을 그대로 인용하여 여성 교훈서를 만들었다. 또한 숙종대의 영빈 이씨의 『여범』은 여성교육에 본이 될만한 것을 골라 저술한 것으로 『고열녀전』과 『고금열녀전』, 『회도본열녀전』의 내용을 그대로 인용[25]하여 직접 수용하고 있다. 사대부 여성들이 『열녀전』을 직접 베껴 써서 책을 만들기도 하였고, 여성을 대상으로 쓴 행장, 묘지명, 제문의 대상이 되는 여성의 행실을 기록한 뒤 그 모범으로 『열녀전』의 기록을 인용하는 경우[26]도 허다하다. 결국 조선시대 『열녀전』은 국가가 나서서 보급하였고, 양반층 가문에서 열성적으로 받아들여 여성들이 읽었고, 여성들 스스로가 자발적으로 수용하여[27] 조선시대의 대표적인 여성 수신서로 자리 잡게 되었다.

---

24 우쾌제, 「열녀전의 한, 일 전래와 그 수용양상 고찰」, 『어문연구』 21, 어문학연구회, 1991, 3쪽.
25 우쾌제, 위의 논문, 136~137쪽.
26 김경미, 「『열녀전』의 보급과 전개」, 『한국문화연구』 13, 이화여대 한국문화연구원, 2007, 65쪽.

3. 고전소설의 우순(虞舜) 서사의 소설적 재현 방식과
   소설화 동인

1) 우순 서사의 기록

그렇다면 먼저 『서경』, 『맹자』, 『사기』에 우순의 서사는 어떻게 기록되어 있을까? 『서경』, 『맹자』, 『사기』의 저작 순서는 『서경』, 『맹자』, 『사기』 순이지만 세 책에 기록되어 있는 우순에 대한 기록을 살펴보면 우순에 대한 서사는 책의 저작 순서대로 기록되어 있지는 않다. 우순의 서사는 『서경』에서 가장 먼저 기록되어 있지만 『맹자』와 『사기』의 경우는 책의 저작 순서대로 기록되어 있는 것은 아니라 서로 영향 관계 속에 있다. 『사기』에서 『서경』의 결손된 부분을 다른 저작에서 보완하여 『사기』의 「오제본기」를 저술했다[28]는 것으로 보아, 『사기』의 우순의 서사는 『서경』을 참고하여 저술한 것이라고 할 수 있다. 그러나 『맹자』의 우순의 서사는 「만장장구(萬章章句)」에서 『서경』과 『사기』의 우순의 내용을 원문과 주석에서 인용하여 풍부하게 드러내고 있다. 『맹자』와 『사기』의 저작 시기로 보았을 때는 『맹자』의 저작 시기가 『사기』보다 훨씬 앞선다. 그러나 『맹자』의 「만장장구(萬章章句)」의 원문과 주석에서 『사기』의 우순의 서사가 인용되어 언급되는 이유는 맹자 사후

---

27 김경미, 위의 논문, 65쪽.
28 『사기』의 「오제본기」의 말미에는 다음과 같은 서술이 나타난다. "『상서』에는 결손된 부분이 많은데, 그 산실된 부분들은 왕왕 다른 저작에서 발견된다. 배우기를 좋아하고 생각을 깊이 해서 마음속으로 그 뜻을 알고 있는 사람이 아닌 이상, 견문이 좁은 사람에게 이런 이야기를 한다는 것을 실로 어려운 일이다! 그래서 나는 여러 학설을 수집하여 이를 검토하고, 그 가운데 비교적 전아하고 합리적인 것을 골라 본문을 저술해서 「오제본기」의 제1편으로 삼았다."(사마천, 정범진 외 옮김, 『사기본기』, 까치, 1994, 27쪽.)

에 여러 제자와 후대 학자들이 주석을 달았기 때문에『맹자』보다 늦게 저작된『사기』의 우순의 서사가『맹자』의 원문과 주석에 들어갈 수 있는 것이다.

이처럼『서경』,『맹자』,『사기』에서도 우순의 서사는 한 텍스트의 내용을 그대로 받아들이는 것이 아니라 앞 텍스트의 내용에서 빠져있거나 부족한 점을 보완하여 내용을 가감하면서 각 텍스트에서 우순의 서사를 조금씩 다른 관점에서 바라보고 논평하고 있다는 것을 예상할 수 있다.

고전소설의 작가는 당대의 권위적 텍스트인『서경』,『사기』,『맹자』 등을 통해 우순의 서사를 읽었을 것이고 우순에 대한 재해석과 평가의 관점을 학습하였을 것이다. 그래서『서경』,『사기』,『맹자』는 우순의 서사를 소설화하는 데 영향을 준 고전소설의 선행 텍스트라고 명명할 수 있다.

먼저『서경』에서는「우서(虞書)」의 〈요전(堯典)〉과 〈순전(舜典)〉에서 우순의 서사를 살펴볼 수 있다. 〈요전〉은 요임금이 관리를 임명하고, 농경력(農耕曆)을 만들었으며, 곤(鯀)을 발탁해 홍수를 다스렸고, 순(舜)임금을 등용하여 시험해보고 순에게 왕위를 선양(禪讓)한 사실을 서술하고 있다. 순의 서사는 요임금이 사악(四岳)에게 왕위를 선양할 자를 천거하라고 했을 때 서술의 문면에 나타난다.

　　① 제요(帝堯)가 말씀하시기를 "현달한 자를 밝히며 미천한 자를 천거하라." 하였다. 여럿이 제요에게 말씀드리기를 "홀아비가 아래에 있으니, 우순(虞舜)이라 합니다." 하였다. 제요가 말씀하기를 "아! 너의 말이 옳다. 나도 들었으니, 어떠한가?" 하니, 사악이 말하기를 "소경의

아들이니, 아버지는 완악하고 어머니는 어리석으며 상(象)은 오만한데
도 능히 효로 화하게 하여 점점 다스려져 간악한 데에 이르지 않게 하였
습니다." 하였다. 제요가 말씀하시기를 "내가 시험해보겠다. 이에게 딸
을 시집보내어 그 법을 두 딸에게서 관찰하겠다." 하시고, 두 딸을 치장
하여 위수의 북쪽에 하가(下嫁)하여 우순의 아내가 되게 하시고는 제
요는 딸들에게 "공경하라."고 당부하셨다.

- 성백효 역주, 『현토완역 서경집전』,
전통문화연구원, 1998, 32~35쪽

위의 〈요전〉의 서술에서 우순과 관련된 서사를 정리한다면 순은 완
악한 소경인 아버지와 어리석은 계모, 오만한 동생 상과 살았지만 이들
을 효로 화합하고 간악한 곳에 이르지 않게 하였으며 요임금이 순의
됨됨이를 시험하기 위해서 두 딸을 순에게 시집보내 순을 공경하게 했
다는 것이다.

〈요전(堯典)〉의 뒤를 잇는 〈순전(舜典)〉에서는 순의 서사가 본격적으
로 서술되어 있다. 요임금이 순에게 직위를 주어 시험하고, 제위를 순
에게 물려주자 순은 성군으로서의 치적을 이행해간다. 순은 제위에 올
라 역법을 바르게 정리하고, 도량형을 통일시킨다. 형벌을 법도에 맞게
정비하고 당시의 악인인 공공, 환도, 삼묘의 왕, 곤을 처벌하고 우, 기
(棄), 설, 고요, 수, 익, 백이, 기(夔) 등을 등용하여 임무를 주고 공적에
따라 평가하여 나라를 잘 다스린다. 이처럼 〈순전〉은 순이 제위에 오르
는 과정과 제위에 올라 행한 치적 중심으로 서술되어 있다.

『서경』 「우서(虞書)」의 〈요전(堯典)〉에는 제위에 오르기 전의 순의
상황이 간략하게 서술되어 있고, 〈순전(舜典)〉에는 요임금에게 직위를
받고 등용된 순의 행적과 제위에 오른 후 순의 행적이 서술되어 있다.

무엇보다 〈순전〉은 순이 제위에 오른 후 이상적 정치를 실현한 행적에 집중하여 서술하고 있다.『서경』이 가장 이상적인 이제삼왕(二帝三王)인 요(堯), 순(舜)과 우(禹), 탕(湯), 문무(文武)의 도와 정치를 보여주는 대경대법(大經大法)의 정치서[29]라는 점을 감안할 때『서경』의 〈요전〉과 〈순전〉이 이상적 정치를 실현한 순의 행적 중심으로 서술된 이유를 이해할 수 있을 것이다.

이에 비해『사기』의 「오제본기(五帝本紀)」에서는 제위에 오른 후 위정자로서의 행적뿐만 아니라 제위에 오르기 전 순의 상황이 보다 상세하게 서술되어 있다.『사기』, 「오제본기(五帝本紀)」에 서술된 우순의 서사는 다음처럼 정리해볼 수 있다.

1. 순의 가계 서술 2. 맹인 아버지 고수(瞽叟), 계모, 아우 상(象)에 의해 순은 자주 벌을 받지만 이들에게 정성을 다함 3. 사악이 순을 요임금에게 추천하고 요임금이 두 딸을 순에게 시집보내고 아홉 아들을 순과 함께 생활하게 하자 두 딸과 아홉 아들이 순을 따라 성실해짐. 4. 순은 농사, 어렵(漁獵), 도자기 굽기 등 모든 일에 성실하고 근면하여 성과를 냄 5. 고수가 순을 죽이기 위해 창고에 불을 지르고, 우물을 메워 매장하려 했으나 순은 지혜로 살아나 효제를 다함. 6. 순이 팔개와 팔원을 등용해 유교 정치를 펼침 7. 순이 혼돈, 궁기, 도올, 도철 등 악인을 변방으로 유배 시켜 세상의 악을 없앰. 8. 요임금이 순에게 제위를 물려주고 붕어하자 순은 요임금의 아들 단주에게 제위를 양보했으나 천하는 순에게로 귀의함. 9. 순은 제위에 올라 우, 고요, 설, 후직, 백이, 기, 용, 수, 익, 팽조 등에게 전문적 직분을 주고 이들이 공적을 세울 수 있도록 함. 10. 순은 제위 39년 만에 남쪽을 순수하다가 창오의 들에

29 성백효 역주,『현토완역 서경집전』, 전통문화연구원, 1998, 5~8쪽.

서 붕어함. 11. 순이 제위에 올라 부친에게 인사하러 갔을 때 공손하여 자식의 도리를 다하였고, 동생 상을 제후로 봉하였음. 12. 순은 아들 상균보다 뛰어난 우(禹)를 천거하여 제위를 물려주고 세상을 떠남.

『사기』의 「오제본기(五帝本紀)」에서 우순의 서사는 덕으로 유교적 기틀을 세운 위정자로서의 면모와 효도와 우애를 지극히 실천하는 인간적 면모가 잘 기술되어 있다. 위 단락에서는 어진 위정자로서의 행적(단락 4, 6, 7, 8, 9, 12번)과 효성과 우애를 잃지 않고 아버지와 동생에게 독실하게 행동하는 효제의 실천자(단락 2, 5, 11번)로서의 면모가『사기』의 「오제본기(五帝本紀)」에 서술되어 있는 것이다.

결국『사기』의 「오제본기(五帝本紀)」의 우순의 서사는 유교적 덕치를 실현한 성군(聖君)의 면모와 어리석은 아비, 악한 계모와 이복동생이 가하는 고통을 견디고 효도와 우애로 이들을 감화시키는 효제의 전형으로 의미화되고 있는 것이다. 특히 우순에게 가해지는 두 번의 고난과 그 고난의 극복 상황은 가정내의 어진 주인공과 악한 적대자의 갈등과 화해를 보여주는 전형적인 가족 갈등담과 화해의 서사 구조라는 원형적 형태를 취하고 있다. 이 때문에 고전소설에서 우순의 서사가 널리 수용되어 어진 아들과 어리석은 부모, 악한 아우의 갈등과 같은 가족내 구성원의 갈등담의 원형적 형태로 자리 잡게 되는 것이다.

『맹자』의 경우는 순의 도를 효제(孝悌)의 도라고 언급하고 효와 우애를 설명할 때 순의 행적을 자주 거론한다. 특히 「만장장구(萬章章句)」상(上)은 순의 효와 우애를 가장 집약적으로 설명한 부분이다. 「만장장구(萬章章句)」상은 제자인 만장, 함구몽과 맹자의 문답이 주를 이루는데, 이 문답은 만장과 함구몽이 순의 행동에 대한 궁금증과 의미를 묻고 맹자가 이를 설명하고, 해석하며 평가하는 방식으로 서술되어 있다. 『맹자』의 「만장장구(萬章章句)」는 이야기 구조를 지닌 것은 아니지만 맹자의 설명과 해석, 평가를 통해 『서경』이나 『사기』의 순의 서사를 떠올리게 하고 그 의미를 이해할 수 있게 한다.

  만장은 순임금이 역산에서 경작하면서 하늘을 부르짖으며 운 까닭과 순이 부모에게 알리지 않고 장가를 든 이유를 묻는다. 맹자는 순이 아버지 고수에 대한 대효(大孝) 때문에 그러한 것이라고 설명하고 순을 칭송하고 효의 의미, 그 실천의 문제를 설파한다. 또한 만장과 함구몽은 아우 상이 두 번이나 순을 죽이려고 했는데 순이 그 사실을 몰라서 상을 보고 기뻐한 것인지를 묻고, 순이 천자가 된 후 상을 유비라는 곳에 제후로 보낸 까닭이 무엇인가를 묻는다. 맹자는 순이 형제에 대한 애정과 우애 때문에 그러한 것이라고 답변한다. 맹자는 순의 행적을 사례로 들어 우애의 의미, 동생을 친애하는 방법을 논변하는 것이다. 만장과 함구몽의 질문과 맹자의 답변은 『사기』의 「오제본기(五帝本紀)」에서 서술된 아버지 고수와 동생 상에 의해 순이 고난을 받는 서사를 화두로 삼아 아버지 고수에 대한 순의 대효(大孝), 동생 상에 대한 순의 우애를 다시 평가하여 효제의 개념을 정립하고 있는 것이다.

  『맹자』는 덕에 의한 왕도정치를 주장하는 정치 철학서이다. 왕도정치는 민생의 보장을 출발로 하여 도덕적인 교화에서 완성되는데, 인의(仁義)를 왕도정치의 밀접한 가치[30]로 본다. 『맹자』에서는 인(仁)의 개념에 효를 연결시키고 의(義)의 개념에 제(弟)를 연결시킨다. 그래서 인의 덕이 실제 생활에서는 어버이를 섬기는 데서 드러나고, 의의 덕은

---

30 이혜경, 앞의 논문, 6쪽.

형에게 순종하는 데서 드러난다[31]고 본다. 이런 맥락에서 「만장장구(萬章章句)」상의 만장, 함구몽의 질문과 맹자의 답변은 고수와 상에 대한 순의 효제를 예로 들어 맹자가 중요한 가치라고 생각하는 인과 의를 설명하는 장이 되는 것이다. 그러므로 『맹자』의 「만장장구(萬章章句)」상은 지극한 효제를 실천하는 모범 사례로 우순을 제시하고 효제의 대명사로 우순을 각인시키는 역할을 한다.

우순의 서사는 조선시대 권위적 문화 텍스트라고 할 수 있는 『서경』, 『사기』, 『맹자』 등에서 중요하게 서술되고, 평가되고 재해석됨으로써 고전소설의 구성에 영향을 준다. 『서경』, 『사기』, 『맹자』에서는 각 텍스트의 정치적, 역사적, 철학적 관점에 따라 우순의 서사에 대한 강조점이 달라진다는 것을 알 수 있다. 위에서 논의한 내용을 바탕으로 『서경』, 『사기』, 『맹자』에서 의미화되는 우순의 강조점을 정리하면 다음과 같다.

선행 텍스트	우순의 자질과 성격
『서경』의 〈요전〉, 〈순전〉	유교적 이상정치를 실현하는 위정자
『사기』의 「오제본기」	유교적 이상정치를 실현하는 위정자/ 고난을 극복하는 효제의 실천자
『맹자』의 「만장장구」	효제와 인의의 실천자

고전소설의 선행 텍스트인 『서경』에서는 이상적 정치를 실현한 우순의 위정자의 행적에, 『사기』에서는 이상적 정치를 실현한 우순의 위정자의 행적과 함께 2번의 죽을 고비를 넘기고 지극한 효제를 실천한

---

31 이혜경, 앞의 논문, 67~68쪽.

인간형에, 『맹자』에서는 효와 우애로 인의(仁義)의 도를 실천하는 인간형에 강조점이 주어짐으로써 우순의 서사에 대한 몇 개의 의미의 스펙트럼이 마련되게 되는 것이다. 이러한 의미의 스펙트럼은 고전소설을 구성할 때 영향을 주고 우순의 서사가 고전소설에서 소설화되는 중요한 서사 동인으로 작용하게 된다.

2) 우순 서사의 소설적 재현 방식

(1) <유효공선행록>의 서사 구성 방식

〈유효공선행록〉은 지극한 효성과 우애를 가진 대현군자 유연이 형을 시기하고 적장자 자리를 탐내는 동생 유홍과 어리석은 아버지 유정경이 가하는 수차례의 고난을 이겨내고 유씨 가문을 화합하는 장편가문소설이다.

주인공 유연과 유홍, 유정경의 갈등으로 전개되는 전반부는 우순의 서사를 수용하여 〈유효공선행록〉의 메인 플롯으로 구성하고 있다. 또한 태자는 유연의 고난을 해결하는 역할을 하는데 태자의 서사도 우순의 서사와 관련성이 있다. 태자가 천자의 후궁인 만귀비의 모함을 받아 고통을 당하지만 천자로 즉위하여 어진 정치를 편다는 점에서 우순의 서사를 수용하고 있다고 하겠다. 이 때문에 〈유효공선행록〉은 메인 플롯과 서브 플롯 모두에 우순의 서사를 수용하고 있어서 〈유효공선행록〉은 어떤 고전소설보다 우순의 서사와 상호 관련성이 높다.

〈유효공선행록〉의 유연의 서사와 태자의 서사가 우순의 서사와 관련성이 높다는 것은 작품 문면 여기저기서 유연의 행적을 우순의 행적과 동일시하는 서술에서 알 수 있다.

1 여러 달이 되민 가닉 날로 불평ᄒ고 공즈 뎜 ⁄⁄ 닉당의 즈최 드믈고 혹 ᄉ오일의 한 번식 드러오이 ⁄⁄ 시나 믹양 미우를 씽기여 울고즈ᄒ는 ᄉ쉭ᄯᆞᆫ이오 입을 열어 호화흔 말이 업ᄉ니 이ᄂ 그 야 ⁄⁄ 의게 득지치 못ᄒᆞ믈 셜워ᄒ고 동싱의 ᄯᅳᆺ이 갈니이믈 한ᄒᆞ여 일야의 싱각ᄂ 비 즁 ⁄⁄ 녜ᄒᆞ여 불격간ᄒᆞ신던 대효를 흠앙ᄒᆞ민 본바다 감화코즈 ᄒᆞᄂ 무음이 줌즈기와 밥 먹기를 폐ᄒᆞ니   − 〈유효공선행록〉, 66~67쪽

2 공이 크게 탄왈 이도 녜 무음 ᄡᅳ기를 과도이 ᄒᆞ여 즁홰 대회로딕 고슈의 부즈ᄒᆞ믈 만나 우물의 굼글 ᄯᅮ루며 불 가온딕 ᄯᅱ여 ᄃ라나민 이 비를 두시고 탄금슬ᄒᆞ시니 네 이졔 닉 명을 거ᄉᆞ려 칼을 머무러 죽지 아니코 글을 지어 졍을 펴미 듕화의 젹덕을 츄모ᄒᆞ미로딕 홀노 심녀를 허비ᄒᆞ미 탄금ᄒᆞ시ᄂ딕 불급ᄒ고 도로혀 한혜의 젹은 ᄯᅳᆺ을 본바다 의 ᄡᅳ기의 피토ᄒᆞ미 잇고 우름이 혈누 나기의 밋ᄎ니
                − 〈유효공선행록〉, 434~435쪽

1은 유연이 유홍의 모함에 의해 아버지 유정경으로부터 장책을 당하고 아우 유홍과 화목하지 못하고 아버지 유정경에게 미움을 받는 자신의 상황을 비관하는 대목이다. 유연은 "아버지에게 뜻을 얻지 못하고 아우와 뜻이 다른 것을 한하여 밤낮으로 증증예 불견각하던 대효를 흠양하며 본받아 아버지와 아우를 감화하고자 하는 마음"으로 잠을 자는 것과 밥 먹는 것을 잊을 정도로 고민한다. "증증예(烝烝乂) 불격간(不格姦)"이라는 구절은 순이 극진한 효로 점점 잘 다스려 완악한 아버지와 사나운 계모와 거만한 아우를 간악한 데 이르지 않게 한다는 뜻으로 『서경』「우서(虞書)」의 〈요전(堯典)〉의 구절을 그대로 가지고 온 것이다. 순이 했던 효우를 행동 규범으로 삼고 있는 유연은 아버지께 효도하지 못하고 아우와 화목하지 못한 자신의 상황을 해결하기 위해 고민

하고 있는 것이다.

②는 개과한 유정경이 유배생활로 쇠약해져 피를 토하고 쓰러져 있는 유연을 위로하면서 하는 말이다. 유정경은 유연의 효성과 우순의 효성을 동일시하면서도 유연의 행동을 우순의 행동과 비교하며 유연을 걱정하고 있다. 유정경은 고수가 우순(虞舜)을 죽이려고 한 2가지 사건과 자신이 유연에게 저지른 사건을 비교한다. 고수가 우순에게 창고에 올라가서 벽토를 바르게 하고 불을 지르자 우순이 뛰어내려 살아온 것과 고수가 우순에게 우물을 파게하고 우순이 나오지 못하도록 흙으로 우물을 막아버리자 우순이 비밀 구멍을 뚫어서 나온 것과 자기가 자결하라는 명령을 내렸지만 죽지 않고 마음을 담은 편지를 보낸 유연의 행동이 위기 속에서 살아난 우순의 행동과 같다고 말하는 것이다. 그러나 '홀로 심려를 허비하고 애를 쓰고 피를 토하는 것'은 우순이 이비와 거문고를 연주하며 화평하게 지내는 것에 미치지 못하는 행위라고 하며 유연을 나무란다. 고수와 상이 우순을 죽이려고 한 두 사건은 『사기』의 「오제본기(五帝本紀)」에서 연원하는 서사이다. 이처럼 유연의 서사에서는 유연과 우순을 동일시하거나 비교하는 서술이 자주 나타난다.

〈유효공선행록〉의 서사 문면뿐만 아니라 인물 구성과 서사 구성의 측면에서 우순의 서사와의 관련성을 분석해볼 수 있다.

	유연의 서사	태자의 서사
인물 구성	·유연: 지극한 효성과 우애를 가진 효우관인한 인물. ·유정경: 유연의 아버지, 잔인하고 편벽되며 어리석음. ·유홍: 유연의 동생, 시기심 많고 교활하고 간사함.	·태자: 어질고 명석하며 효성과 성군의 자질을 가짐. ·헌종: 태자의 아버지, 사리에 밝지 않고 어리석음. ·만귀비: 헌종의 후궁으로 간악하고 흉악함.

사건 구성	· 유연은 동생 유홍이 요정에게 뇌물을 받은 것과 자신의 아내인 정씨의 미모를 시기하는 유홍의 가사를 보고는 유홍을 꾸짖고, 유홍은 이 사실이 세상에 탄로날까 염려하여 유정경에게 유연을 모함함. · 유홍의 갖은 흉계에 속은 유정경은 유연 대신 유홍을 적장자로 삼고 유연과 정씨를 취설각과 하영당에 유폐시킴. · 유홍은 정씨가 하인과 정을 통했다고 참소하고 유정경은 유연이 정씨를 직접 치죄하게 하고 정씨를 친정으로 내쫓음. · 천자가 후궁인 만귀비를 총애하여 황후를 폐하고 태자를 박대하자 유홍은 흉계를 내 유연이 상소를 올리도록 하고 천자는 이에 분노해 유연을 수십 대 곤장으로 치고 유배보냄. · 유홍은 하인을 매수하여 유배지로 떠나는 유연을 죽이려고 하나 정씨와 박상규의 도움으로 위기를 모면함. · 유홍은 유연이 유정경의 명령에 따르지 않고 유배지에서 정씨와 강생과 지낸다는 사실을 유정경에게 알리고 유정경은 분노하여 편지와 칼을 보내 유연에게 자결하라고 함. 유연은 정씨와 강생과 헤어지고 유정경에게 속죄의 편지를 보냄. · 유정경은 우연히 초서당에서 유홍의 악행이 기록된 편지를 보고 유홍의 간계를 깨닫고 60대의 매로 유홍을 다스림. 유정경은 유연에게 편지를 보내지만 유홍이 중간에서 이간질하는 편지로 바꾸어 버림. · 태자가 왕위에 오르고 유홍의 죄상이 밝혀져 유홍은 유배를 가게 되고, 유연은 유배지에서 돌아옴. · 유연은 효성으로 유정경을 모시고 10년 후 유배지에서 돌아온 유홍을 우애로 대하고 유홍은 개과하게 됨.	· 태자는 어린 나이지만 성숙하고 현명함. · 천자가 후궁인 만귀비를 총애하자 만귀비는 황후를 참소하고 천자는 황후를 폐하고 태자를 멀리함. · 만귀비가 태자를 해치기 위해 천자에게 태자를 참소하자 천자는 태자를 소주로 순행가게 함. · 왕후는 천자의 박대와 태자를 만나지 못하자 병이 들어 죽게 되고 태자는 황후의 임종을 받들지 못한 것을 슬퍼함. · 천자도 갑자기 병이 들어 죽게 되자 태자는 지극히 슬퍼하다 즉위함. · 만귀비는 궁인과 공모하여 천자를 죽이려다 발각되고 천자는 만귀비 일파를 죽이지만 선제를 생각하여 만귀비는 죽이지 않고 북궐의 심궁에 유폐시킴. · 천자는 간신과 악신을 폐하고 유연과 같은 충신을 곁에 두고 천하의 인재를 등용함. · 천자는 검소함과 소박함을 숭상하고 아름다운 덕과 밝은 정사를 펴 나라를 잘 다스림.

우선 〈유효공선행록〉의 유연의 서사에서 인물 구성은 '유연 : 우순, 유정경 : 고수, 유홍 : 상'의 구도로 되어있는데 이러한 인물 구성은 우순의 서사와 깊은 관련성을 지닌다는 것을 알 수 있다. 유정경의 첫째 부인 경부인이 죽자 후처로 주부인이 들어오지만 주부인은 현숙한 여인이기 때문에 우순의 서사에서 나타나는 간악한 계모와는 다르다. 그렇기 때문에 〈유효공선행록〉은 효우관인한 아들, 어리석은 아버지, 악한 동생의 인물 구성을 취한다.

앞에서 정리한 것처럼 유연의 서사에서 사건 구성은 유연에 대한 유홍의 열등감과 적장자 자리를 빼앗고 싶은 시기심, 아버지의 어리석음에서 비롯되는 형제 갈등과 부자 갈등이 주를 이룬다. 여기에 가정 밖의 악인인 요정, 만귀비 일파가 결탁하면서 유연의 고난은 점층되는 양상으로 구성되고 있다. 유연의 고난은 장자 자리를 유홍에게 뺏기고, 아내 정씨와 헤어지고, 천자에게 곤장을 맞고 유배당하며, 유배 길에서 자객에게 살해당할 위기를 맞고, 자결하라는 아버지의 편지와 칼을 받는 사건으로 심화된다. 이런 점에서 볼 때 유연이 직면한 고난은 우순의 서사에서 나타난 우순의 2번의 고난보다 더욱 복잡하고 심각하게 구성된다. 이것은 다대한 갈등 상황을 사건화하는 소설 장르와 단형 서사인 우순의 서사와의 차이[32]에서 기인하는 것이라고 할 수 있다. 그러므로 〈유효공선행록〉의 유연의 서사는 우순의 서사를 모티프로 삼았지만 주인공의 고난을 누적적으로 구성하는 방식으로 갈등을 첨예화한다.

이러한 고난의 누적적 구성은 주인공 유연에게만 해당하는 것이 아

---

32 김문희, 「유효공선행록의 다층적 상호텍스트 서사 구성과 독서 과정」, 『한국고전연구』 31, 한국고전연구학회, 2015, 219쪽.

니라 유연의 아내 정씨에게도 해당된다. 정씨는 어질고 현숙한 여인인데 유연과 혼인함으로써 유홍과 유정경이 가하는 유연의 고난에 연루된다. 유연이 적장자 자리를 뺏기고 취설각에 유폐될 때 정씨도 하영당에 유폐되어 병이 들어 죽을 지경에 이른다. 유홍이 유정경을 부추겨 정씨를 모함하고 유정경이 유연에게 정씨를 치죄하라고 하자 유연은 아버지의 명에 따라 정씨를 매로 다스리고 정씨는 혼절하기도 한다. 유씨 집안에서 쫓겨난 정씨는 자기를 개가시키려는 아버지 때문에 집을 나와 떠돌다 자결하려고도 한다. 친정식구들이 귀양가는 도중에 몰살했다는 소식을 들은 정씨는 기절하기도 하고 깊은 병이 들기도 한다.

정씨는 우연히 유배지에서 유연과 해후하여 함께 생활하지만 유정경이 이 사실을 알고 유연에게 자결하라는 편지를 보내자 정씨는 유연과 헤어진다. 정씨는 임신한 몸으로 머리를 깎고 절에 들어가 5년 동안 비구니로 산다. 이처럼 유홍과 유정경이 유연에게 가하는 고난은 아내인 정씨에게도 방사적으로 확대된다. 이것은 선행 텍스트인『사기』의 우순의 서사에서 찾아볼 수 없는 것이다. 우순의 서사에서도 우순의 아내 아황과 여영이 등장하지만 이들의 고난 상황은 나타나지 않기 때문에 정씨의 고통은 고전소설 〈유효공선행록〉에서 새롭게 구성된 부분이다.『사기』우순의 서사가 우순의 2번의 고난과 극복의 서사라면 〈유효공선행록〉은 남녀 주인공인 유연과 정씨의 고난의 누적적 강화와 그 극복의 서사라고 할 수 있을 것이다.

이러한 고난은 효제를 실천하는 유연의 노력과 주변인, 태자의 도움으로 해결되고 극복된다. 이런 맥락에서 〈유효공선행록〉의 유연의 서사는 유연의 효제를 강화하는 서사로 선행 텍스트인『사기』,『맹자』에서 담론화되었던 지극한 효제를 실천하는 인간형이라는 의미의 패턴을 반복적으로 드러내고 있다.

그렇다면 〈유효공선행록〉에서 서브 플롯으로 구성되는 태자의 서사는 어떠한가? 위의 분석에서 보는 것처럼 태자의 서사도 우순의 서사와 깊은 관련성에서 구성된다는 것을 알 수 있다.

먼저 인물 구성에 있어서 '태자 : 우순, 헌종 : 고수, 만귀비 : 계모'의 인물 구도가 우순의 서사와 상동적이라는 것을 지적할 수 있다. 그러나 태자의 서사에서는 악한 아우인 상과 같은 존재가 없다는 점이 우순의 서사와의 차이이다.

태자의 서사에서 사건 구성은 어리석은 헌종이 후궁 만귀비에게 현혹되어 만귀비의 참소를 그대로 믿고 황후를 폐위시키고 태자를 박대하는 데서 시작된다. 만귀비는 황후를 폐위시키자 태자를 내쫓기 위해 태자를 참소하고 태자는 소주로 순행을 가게 된다. 폐위된 왕후는 헌종의 박대와 태자를 만나지 못하는 슬픔으로 병이 들어 죽게 된다. 왕후의 상을 치르기 위해 입궐한 태자는 어머니의 임종을 받들지 못한 것을 슬퍼하여 침식을 잊어버리게 된다. 천자도 갑자기 병이 들어 죽게 되자 태자는 지극히 슬퍼하다 즉위한다. 만귀비가 즉위한 태자를 죽이려고 시도하지만 이것이 발각되어 공모자들이 모두 죽임을 당하지만 태자는 아버지를 생각하여 만귀비를 죽이지 않고 심궁에 가두어두는데 이것은 태자의 효심을 잘 보여주는 대목이다. 이러한 일련의 사건 구성은 태자의 서사가 우순의 서사에서 나타나는 효성을 실천하는 인간형을 계승적으로 소설화하고 있다는 것을 보여준다.

즉위 후 태자의 서사는 만귀비 일파를 치죄하고 간악한 신하를 폐하고 유연, 정관, 정서 등의 신하를 가까이 두고 천하의 어진 인재를 뽑아 신하로 등용한다. 태자는 검소하고 소박한 것을 좋아하고 후비가 사치하지 않도록 경계하고, 어진 임금으로서 아름다운 덕과 밝은 정사를 편다. 이러한 서사 구성은 『서경』, 『사기』 등에서 이상적 정치를 실현한 우순의 위정자로서의 행적과 오버랩되고 상동성을 지니는 것이라고 할 수 있다.

그러므로 〈유효공선행록〉의 태자의 서사는 우순의 서사에서 나타나는 효를 실천하는 인간형과 이상적 정치를 실현하는 위정자의 모습을 소설적으로 재현하고 있으며 이것은 〈유효공선행록〉이 선행 텍스트에서 나타나는 두 가지 의미의 자장에서 구성되고 있음을 보여주는 것이다.

(2) <창선감의록>의 서사 구성 방식

〈창선감의록〉은 화씨 가문의 어질고 현명한 차자(次子) 화진과 이를 시기하는 장자(長子) 화춘과 그의 어머니 심씨의 갈등이 주가 되고, 여기에 조씨, 장평, 범한, 엄숭 등의 악인이 화춘과 심씨와 결탁하여 화진의 고통을 강화하지만 화진의 입공과 지극한 효제에 의해 화씨 가문이 화평하게 된다는 장편가문소설이다.

〈창선감의록〉은 우순의 서사를 주인공 화진의 서사와 윤옥화, 남채봉의 서사와 유사하게 구성한다는 점에서 메인 플롯으로 우순의 서사를 구성하고 있다. 〈창선감의록〉의 서사의 문면에는 우순의 서사와 관련성을 짐작할 수 있는 서술들을 발견할 수 있다.

> ③ "생각건대 필시 덕을 쌓고 인을 행하는 집안에 한 대인군자(大仁君子)가 났으므로, 우리 두 아이도 그에 응하여 태어난 것이리라." 조 부인이 곁에 있다가 물었다. "상공의 말씀하시는 뜻을 보건대, 아황(娥皇)·여

영(女英)의 옛일을 본받고자 하심이 아닙니까?"

-『창선감의록』, 108쪽

위의 예문은 윤혁이 아내 조 부인에게 친딸 윤옥화와 양녀 남채봉을 화진과 정혼시키려는 의사를 말하자 조 부인이 윤혁의 의도를 되묻는 부분이다. 윤혁은 화씨 집안에서 화진을 보고 화진이 대인군자임을 깨닫고 두 딸을 시집보내려고 한다. 이에 윤혁의 아내 조 부인은 한 명의 대인군자에게 두 딸을 시집보내는 일은 요임금이 두 딸인 아황과 여영을 우순에게 시집보낸 것과 같다고 말한다. 조 부인은 두 딸이 각기 다른 배필에게 시집가 행복하게 살기를 원하지만 윤혁의 설득에 못 이겨 화진과 윤옥화, 남채봉의 정혼에 찬성하게 된다. 이처럼 윤혁은 화진을 우순과 같이 하늘이 낸 대인군자로 보고, 정숙하고 부덕(婦德)을 가진 두 딸을 아황과 여영에 동일시하며 조 부인을 설득하는 것이다.

〈창선감의록〉이 우순의 서사와 상동성을 가진다는 것은 인물 구성과 사건 구성 양상을 통해서도 분명히 알 수 있다. 우순의 서사와 〈창선감의록〉의 관련성을 인물 구성과 사건 구성 측면에서 정리하면 다음과 같다.

	〈창선감의록〉
인물 구성	・화진: 어질고 영특하며 효성이 지극한 대인군자. ・화춘: 화진의 형으로 인품이 용렬하고 시기심이 많음. ・심씨: 화진의 의붓어머니로 말을 잘하고 시기심이 많으며, 음험함. ・윤옥화・남채봉: 화진의 두 부인으로 부덕을 가지고 현숙함.
사건 구성	・화욱의 세 번째 부인 정씨가 수려한 아들 화진을 낳자 화욱은 첫째 부인 심씨가 낳은 장자 화춘보다 화진을 더 사랑하고 심씨와 화춘이 이를 시기함. ・화욱의 지기인 윤혁이 화진을 보고 감탄하여 친딸 윤옥화와 양녀 남채봉과 화진을 정혼시킴.

· 화욱과 정부인이 병으로 세상을 떠나자 화춘과 심씨는 화진을 더욱 박해하지만 화진은 심씨와 화춘에게 순종함.
· 화진이 윤옥화와 남채봉과 혼인하자 심씨와 화춘이 두 부인을 못마땅해하고 화진과 두 부인을 괴롭히지만 화진과 두 부인은 공손하게 심씨를 대함.
· 화춘이 악녀 조녀를 소실로 맞아들이고 악한 친구 범한과 장평과 가까워지고 조녀는 범한과 내통하여 화춘과 심씨를 도움.
· 조녀와 범한이 엄숭의 측근 언무경에게 뇌물을 써서 화진을 서인으로, 남채봉을 소실로 강등시키고 조녀와 심씨가 화진과 두 부인을 더욱 괴롭힘.
· 조녀는 청옥패를 주지 않은 남채봉을 미워하여 남채봉을 살해하고 시체를 산속에 버리지만 청원 이고가 환약을 먹여 남채봉을 살리고 서촉으로 데리고 감.
· 조녀와 범한이 어리석은 화춘과 심씨를 이용하여 화씨 집안의 보물을 빼앗기 위해 먼저 화진을 내쫓고, 화춘을 없애자는 계략을 세움. 이들은 화진에게 심씨를 살해하려 했다는 누명을 씌워 화진을 하옥시키고 화진을 살해하려고 하지만 계화와 이숙의 도움으로 이루지 못함.
· 화춘과 장평은 윤옥화를 엄숭의 아들 엄세번에게 바쳐 엄숭의 권력을 빌리려고 하고 윤옥화의 쌍둥이 남동생 윤여옥의 기지로 윤옥화는 화씨 집안을 나와 산동에 은거함.
· 조녀와 범한이 이소 등을 사서 유배지로 떠나는 화진을 죽이려고 하지만 유성희의 도움으로 이소를 응징함.
· 화진이 유배지에서 백발노인을 만나 병법을 수학하고 신부(神符)를 받아 해적 서산 해군을 무찌르고 남방을 평정함.
· 조녀와 범한이 금은을 훔쳐 도망가고 심씨, 화춘, 장평의 죄를 관가에 알리자 화춘이 형부에 잡혀가고 화춘과 심씨는 지난날의 잘못을 후회함.
· 촉적 채백관이 침범하자 화진은 채백관을 평정하고 화씨 가문으로 복귀함.
· 조녀와 범한이 형부에 잡혀 응징되고 엄숭이 패망함.
· 화진은 황제에게 형의 죄를 대신하겠다고 청하고 황제는 화춘을 방면함.
· 심씨와 화춘이 과오를 사죄하고 화진을 더욱 사랑함.
· 윤옥화와 남채봉이 다시 화씨 집안으로 들어오고 화진은 심씨를 효도로 봉양하고 화춘과 우애를 나누며 생활함.

〈창선감의록〉의 인물 구성은 '화진 : 우순, 화춘 : 상, 심씨 : 계모, 윤옥화·남채봉 : 아황·여영'의 구도로 구성되어 있어서 우순의 서사와 인물 구성이 유사하다는 것을 알 수 있다. 고수와 같은 어리석은 아버지가 〈창선감의록〉에는 없지만 화욱이 일찍 죽고 집안을 다스리는 아버지가 존재하지 않는다는 점, 형이 어리석고 동생이 어질다는 점이 우순의 서사와 변별되는 지점이다. 또한 아황과 여영과 같은 존재로 윤옥화와 남채봉이라는 여성 인물을 설정한 것도 새로운 점이라고 할 수 있다.

사건 구성의 측면에서는 〈창선감의록〉은 심성이 좋지 않은 첫째 부인과 장남과 어진 심성을 가진 세 번째 부인의 소생인 차남의 갈등으로 서사가 추동된다는 점에서 처처 갈등과 형제 갈등이 주를 이룬다고 하겠다. 화씨 집안 내의 악인으로 설정된 화춘과 심씨가 조녀, 범한, 장평을 끌어들이고 이들이 가문 밖의 악인 엄숭, 엄세번과 공조함으로써 화진의 고난은 더욱 심화되는 양상을 보인다.

화진에 대한 화욱의 편애에서 갈등의 싹이 배태되고 집안의 가부장이 부재하면서 화춘과 심씨는 화진을 모함하여 고통을 가한다. 화진이 장원급제를 하자 화춘과 심씨는 이를 시기하여 화진이 관직을 사양하게 하여 조정에 나가지 못하게 한다. 화진을 미워한 범한과 남채봉을 미워한 조녀는 언무경과 엄숭의 힘을 빌어 화진을 서인으로, 남채봉은 소실로 강등시키고 화춘과 심씨는 죽우당에 화진을 유폐시키고 고통을 가한다. 급기야 조녀와 범한이 누급을 시켜 심씨를 죽이려다 실패하고 심씨의 시비를 칼로 죽이고 이 사건을 화진의 소행이라고 누명을 씌운다. 심씨와 화춘은 화진을 관가에 고발하여 화진은 하옥된다. 조녀와 범한은 옥졸들을 사서 화진을 죽이려고 하지만 계화와 이숙이 옥문에서 화진을 지켰기 때문에 화진은 목숨을 구하게 된다. 하춘해와 서계, 윤여옥의 도움으로 화진은 목숨을 구하고 유배지로 향한다. 이처럼 〈창선감의록〉의 화진의 고난 역시 점진적으로 강화되어 누적되고, 화진이 당하는 고통은 최고조에 이른다. 이런 점에서 〈창선감의록〉은 우순의 서사보다 누적적인 고난의 구조를 창안하여 소설화하고 있다고 하겠다. 〈창선감의록〉은 기본적 서사 구성의 뼈대는 우순의 서사에서 출발하고 있지만 많은 악인의 공모와 이에 따라 주인공의 고난이 누적적으로 심화되는 구조로 만드는 것은 소설 장르가 새롭게 구성한 서사적 시도라고 할 수 있다.

한편으로는 화진의 두 아내로 화씨 가문에 시집오는 윤옥화와 남채봉 역시 화진과 같은 고난의 삶의 과정을 통과하게 된다. 그러나 선행 텍스트인 『서경』, 『사기』, 『맹자』에는 우순의 두 부인인 아황과 여영의 고난은 드러나지 않는다. 여성 주인공의 고난은 〈창선감의록〉에만 축조되어 있는 것으로 이것은 우순의 서사를 수용하여 창작되는 후행 텍스트인 고전소설의 한 특징이라고 할 수 있을 것이다.

윤옥화와 남채봉은 화진과 혼인함으로써 화춘과 심씨, 조녀, 범한, 장평 등이 가하는 고난 속에 들어오게 된다. 화진이 죽우당에 유폐될 때 윤옥화와 남채봉은 화진과 같은 처지가 되고 화진이 서인이 될 때 남채봉은 소실로 강등된다. 화진이 심씨를 죽이려고 했다는 누명을 쓰고 화옥되자 남채봉은 조녀가 주는 독이 든 죽을 먹고 죽음을 맞는다. 남채봉의 시체는 산속에 버려지지만 이고 청원에게 구원되어 남채봉은 서쪽의 산사로 들어간다. 윤옥화는 화춘과 장평의 계략으로 엄숭의 아들 엄세번의 처로 바쳐질 위기에 처하지만 남동생 윤여옥의 도움으로 윤옥화는 화씨 집안에서 탈출해 산동에 은거한다. 윤옥화와 남채봉의 고난은 화진의 고난에 연루되고 이들의 고난도 점진적으로 강화되는 소설적 구성을 취한다.

화진과 윤옥화, 남채봉의 고난은 화진의 입공과 조녀, 범한, 장평, 엄숭 등의 악인들의 자멸로 해결된다. 〈창선감의록〉의 화진은 화춘과 심씨가 가하는 고통이 부당하다고 말하지 않고 묵묵하게 받아들이고 형과 어머니에게 순종하는 태도를 보인다. 화진의 지극한 효제는 주변 사람을 감동시키고 화춘과 심씨를 개과하게 한다. 이런 점에서 〈창선감의록〉은 효제의식을 실천하는 우순의 서사의 의미를 화진이라는 인물을 통해 드러내고 있다. 그러나 소설의 기본 모티프는 우순의 서사에서 연원하지만 화진과 윤옥화, 남채봉이 겪는 고난의 양상과 갈등의 스케일은 우순의 서사와 결코 비교할 수 없을 정도로 확장되어 있다. 이 점은 필연적으로 소설 장르에서 우순의 서사를 변이적으로 재구성한 부분이라고 할 수 있다.

또한 우순의 서사가 고수, 상, 계모와 우순의 갈등을 통해 심성의 선악의 문제를 보여주는 것이라면 〈창선감의록〉은 여성의 고난과 당대의 가족구조의 많은 문제를 보여주는 서사로 구성된다. 그러므로 〈창선감의록〉은 선행 텍스트에서 보이는 심성의 선악이라는 문제를 넘어서서 우순의 서사에서 부각되지 않았던 여성 주인공의 고난과 일부다처제에서 나타나는 갈등 양상을 부각시킨 것은 후행 텍스트인 장편가문소설의 새로운 소설적 재현이라고 할 수 있다.

(3) 〈현몽쌍룡기〉의 서사 구성 방식

〈현몽쌍룡기〉는 조씨 가문의 쌍둥이 형제인 조무와 조성과 그의 아내 정소저와 양소저가 가정내외적 고난을 겪으면서 온전한 부부가 되어 조씨 가문의 안정을 이룬다는 장편가문소설이다. 〈현몽쌍룡기〉에서 우순의 서사는 조무의 아내인 정소저와 그의 동생 정천희와 관련된다. 우순의 서사가 조무와 조성의 서사와 관련되는 것이 아니라 조무의 아내인 정소저와 정소저의 친정에서 펼쳐지는 사건에서 나타나기 때문에 앞의 두 작품과는 달리 〈현몽쌍룡기〉는 우순의 서사를 서브 플롯에서 활용하고 있다.

〈현몽쌍룡기〉의 서술 문면에는 정소저와 정천희의 효성을 우순에게
비유하는 부분을 자주 찾아볼 수 있다.

> ④ 상소를 보신 천자의 용안이 갑자기 놀라움으로 가득하여 여러 신
> 하들을 돌아보며 말하였다. "짐이 정세추가 인륜도 알지 못하고 사리에
> 밝지 못한 것을 통탄스럽게 여기고 여러 차례 형장을 더하여 먼 변방에
> 군졸로 보내고자 하였는데 그 아들 천희의 어짊과 그 딸의 효성과 절개
> 가 이와 같으니 진실로 고수(瞽叟)에게 아들 순(舜)이 있음을 깨우치
> 게 되는구나. 아까 조성이 주청한 말과 지금 정녀가 아뢴 글이 많이 상
> 통하니, 남녀가 비록 다르나 현인은 소견이 서로 비슷하다고 할 것이다.
> 세추가 용렬함에도 불구하고 그 자녀의 출천지효(出天之孝)가 이렇게
> 기특할 수 있는가?"   -『현몽쌍룡기』3, 92쪽

위의 예문은 정소저가 아버지와 동생 정천희를 구하기 위해 올린 혈
서를 보고 천자가 하는 말이다. 계모 박씨의 계략으로 정천희가 아버지
정세추를 죽이려고 했다는 누명을 쓰고 형부에 잡혀가 있고, 그 후 정
세추의 잘못이 밝혀져 정세추가 감옥에 갇히자 정소저는 사건의 전말
을 적은 상소를 천자에게 올린다. 천자가 정소저의 혈서를 읽고는 정씨
집안에서 일어난 사건의 자초지종을 알게 되고 정소저와 정천희의 효
성을 '출천지효(出天之孝)'라고 칭찬한다. 천자는 정세추와 정소저, 정
천희 남매의 관계를 고수와 순임금의 관계에 비유하며 정소저와 정천
희의 어짊과 지극한 효성에 감탄하여 박씨는 죽이지만 정세추는 관직
을 삭탈하는 선에서 일을 처결한다. 이처럼 〈현몽쌍룡기〉에는 어리석
은 아버지 정세추의 박해에도 지극한 효성을 보이는 정소저와 정천희

는 우순과 비교되고, 정세추는 고수에 비교되는 서술이 자주 발견된다. 그렇다면 〈현몽쌍룡기〉의 정소저와 정천희 서사에서 나타나는 우순 의 서사와의 관련성을 살펴보도록 하자.

	〈현몽쌍룡기〉 정소저·정천희의 서사
인물 구성	· 정소저: 효성 깊고 정숙하며 어짊. · 정천희: 정소저의 동생으로 효성 깊은 정인군자(正人君子). · 정세추: 정소저, 정천희의 아버지로 탐욕이 많고 어리석음. · 박씨: 정세추의 두 번째 부인으로 일을 잘 꾸미고 간사하며 약삭빠름.
사건 구성	· 조무의 누이가 시누이의 딸 정소저를 조무의 배필로 추천하여 정소저와 조무가 정혼함. · 정세숙의 두 번째 부인 박씨는 정씨 가문의 재산이 정소저 남매에게 돌아갈까 두려워하여 외가에 있는 정소저 남매를 데려오려고 하지만 정소저는 동생 정천희를 살리기 위해 혼자 정씨 집안으로 들어감. · 박씨는 정소저의 시비가 박씨를 욕했다는 이유로 정소저를 때리고 정세추 앞에서는 정소저가 자신을 때렸다고 함. 또한 무고사를 만들어 깊이 병이 든 척하고 이를 정소저의 소행이라고 정세추를 속이고 정소저를 더욱 박해함. · 박씨는 정소저가 조씨 가문에 시집가는 것을 시기해 정세추를 부추겨 조카 박수관과 강제로 혼인시키려 하자 정소저가 남장을 하고 정씨 가문에서 나옴. · 정소저를 잡으러 온 박수관 무리를 피해 정소저가 강물에 투신하지만 조무, 조성 형제가 정소저를 구해주고, 이 사실을 알게 된 조씨 가문에서는 조무와 정소저를 서둘러 혼인시킴. · 정소저가 아들을 낳고 조씨 가문에서 입지를 굳히자 박씨는 다시 정소저를 없애려고 박수관과 함께 박귀비를 부추겨 박귀비의 딸 금선공주를 조무의 처로 사혼하게 함. · 금선공주는 정소저의 빼어남을 보고 정소저를 시기하여 박수관과 음모를 꾸밈. · 금선공주는 최무랑이 준 요약을 조무에게 먹여 조무가 정소저를 미워하고 금선공주를 찾게 하고 박수관은 양계에게 정소저를 주겠다고 하고 앙계와 악행을 공모함. · 박수관은 정소저가 음란하다고 황제에게 상소하고 황제는 금선공주와 조무 부부의 화락을 위해 정소저를 친정으로 돌려보내자 정소저는 박씨의 음모를 피하기 위해 미친 척하고 괴이한 행동을 함. · 박수관을 도왔던 양계는 정소저를 달라고 하고 박씨는 양계에게 관왕묘에 기도하러 가는 정소저를 직접 납치하라고 함. 정소저는 시비 벽난과 옷을 바꿔 입고 탈출해 외가인 석부로 몸을 피신함. · 박씨는 정소저가 죽었다고 생각하고 정천희를 없애려고 정세추가 아프다는 핑계로

> 외가에 있는 정천희를 불러들이고 강후신에게 정천희를 죽이라고 함.
> - 정천희는 정씨 집안에 왔다가 밤에 석부로 돌아가고 그 방에서 자던 서동이 강후신의 칼에 맞아 죽고 마침 술에 취해 그곳을 지나던 정세추도 강후신의 칼에 부상을 입지만 자신을 찌른 사람을 아들 정천희라고 착각함.
> - 박씨는 정천희에게 모든 죄를 씌우기 위해 박수관에게 형부에 고소장을 내게 하고 형부상서 승언의 어머니에게 뇌물을 주고 정천희를 죽여달라고 하고, 정세추의 첩들에게도 뇌물을 주어 입단속을 함.
> - 정세추는 아들이 자신을 칼로 찔렀다고 주장하고, 정천희는 자기 가문의 부끄러운 일이 세상에 드러나는 것을 꺼려 자기가 아버지를 찔렀다고 거짓 복초함.
> - 형부상서 승언의 어머니와 정세추의 첩들이 사실을 말하자 박씨의 죄가 드러나게 되고 정세추도 하옥됨.
> - 정소저는 아버지 정세추와 정천희를 구하기 위해 등문고를 치고 혈서를 써서 그간의 사실을 황제에게 고하자 황제가 정소저와 정천희의 효성에 감동해 박씨를 죽이고 정세추는 관직을 삭탈하는 선에서 용서함.
> - 정세추는 정소저와 정천희에게 자신의 잘못을 사죄하며 수신하며 집안을 화평하게 잘 다스림.

〈현몽쌍룡기〉의 정소저와 정천희의 서사와 우순의 서사의 인물 구성을 비교해보면 '정소저·정천희 : 우순, 정세추 : 고수, 박씨 : 계모'의 구도를 취한다는 것을 쉽게 알 수 있다. 어리석은 아버지 정세추와 간사하고 약삭빠른 계모와 어질고 효성이 지극한 딸과 아들의 인물 구성은 우순의 서사와 유사하다. 그러나 우순의 서사와는 달리 어질고 효성이 지극한 아들과 함께 딸을 우순형의 인물로 설정한 것은 〈현몽쌍룡기〉의 인물 구성의 특징이라고 할 수 있다. 〈현몽쌍룡기〉의 전반부는 계모 박씨와 아버지 정세추가 가하는 고난을 딸 정소저가 온몸으로 받고, 후반부에서는 아들 정천희가 계모 박씨와 정세추가 가하는 고난을 받는 것으로 구성되어 있다. 그러므로 〈현몽쌍룡기〉는 우순의 효성을 정소저와 정천희 남매의 효성의 서사로 변형하여 어리석은 아버지가 개과하는 이야기로 재구성하고 있는 것이다.

〈현몽쌍룡기〉의 정소저와 정천희의 고난은 어질지 못하고 어리석은 아버지 정세추와 두 번째 부인 박씨의 간사함과 탐욕에서 비롯된다. 박씨는 정씨 가문의 모든 재산이 정소저 남매에게 돌아갈까 봐 두려워해 집 밖의 악인 박수관, 양계, 박귀비, 금선공주와 결탁하여 전처 소생인 정소저와 정천희를 제거하려고 한다.

박씨가 정소저에게 가하는 고난은 어리석은 정세추를 감정적으로 격동 시켜 정소저가 자신을 구타한다고 딸과 아버지 사이를 멀어지게 하고, 자신의 처소에 흉물을 숨기고 저주를 퍼부어 자신을 죽이려고 한 누명을 정소저에게 씌워 정세추가 정소저를 의심하고 미워하도록 한다. 또한 박씨는 정소저가 조씨 집안으로 시집가자 정소저 부부를 멀어지게 하기 위해 금선공주를 사혼 시키고, 정소저가 음란하다는 상소를 올리기도 하여 친정으로 돌아가게 하며, 친정에서 살아남기 위해 미친 척하는 정소저를 양계에게 넘기려고 한다. 박씨가 정소저에게 가하는 고난의 강도는 점진적으로 강해진다. 이처럼 〈현몽쌍룡기〉의 정소저의 고난은 우순의 서사보다 강하고 심각한 양상으로 구성된다.

한편으로 박씨는 정천희를 없애기 위해 아버지를 칼로 죽이려고 한 강상(綱常)의 죄를 씌워 정천희를 형부에 고발한다. 정세추는 상황을 제대로 파악하지 못하고 술에 취해 박씨와 강후신이 꾸미는 계략에 말려 정천희가 자기를 죽이려고 한 범인이라고 주장한다. 어리석은 아버지가 간계한 계모의 부추김 때문에 아들을 죽이는 상황으로 몰고 간다는 것은 우순의 서사보다 심각한 갈등 상황이라고 할 수 있다.

정소저와 정천희의 고난은 지극히 공손하고 효성을 다하는 정소저 남매의 태도와 정소저 남매의 편에 선 주변인의 도움으로 해소된다. 정천희는 박씨와 아버지가 일으킨 정씨 집안의 변란이 외부에 알려지면 아버지가 질책받을 것을 염려하여 자신이 아버지를 살해하려 했다는 누명을 쓰고 벌을 받으려고 한다. 정소저는 어리석은 아버지에 대한 원망을 드러내지 않고, 옥에 갇힌 아버지 정세추와 동생 정천희를 구하기 위해 천자에게 상소를 올리고 천자의 선처로 정소저 남매의 고난은 해결한다. 이처럼 정소저와 정천희의 고난과 갈등이 정소저와 정천희의 지극한 효성으로 해결되는 구조를 취함으로써 〈현몽쌍룡기〉는 서사의 큰 틀에서는 지극한 효를 실천하는 우순의 서사와 의미적으로 동질적인 서사가 된다 하겠다.

그러나 〈현몽쌍룡기〉의 정소저·정천희 서사는 우순의 서사보다 여성 주인공의 고난을 전면화하였고, 집안을 제대로 관리하고 다스리지 못한 어리석은 아버지 정세추의 부정성을 도드라지게 하였다. 박씨의 간계에 계속해서 넘어가고 제대로 된 판단을 하지 못하는 어리석은 가부장 정세추의 모습은 〈현몽쌍룡기〉가 단순히 정세추를 악인으로 다루기보다는 당대에 존재하는 가부장의 일면을 포착하여 인물화한 것이라고 할 수 있다. 또한 정소저를 효성이 지극한 대인군자의 아내로 혼인하면서 남편의 고통 속에 연루되는 여성 인물이 아니라 친정 가족인 친정아버지와 계모가 가하는 고통을 온몸으로 겪는 여성 인물로 형상화하는 것은 장편가문소설에서 우순의 서사를 변형하여 여성의 고난 서사로 새롭게 재현하는 시도라고 할 수 있을 것이다. 이 점은 우순의 서사를 모티프로 하되 고전소설의 새로운 서사 동인에 의해 선행 텍스트의 우순의 서사를 소설적 상황에 맞게 재현한 것이라고 할 수 있다.

3) 우순 서사의 소설화 동인

(1) 효우의식 주제화의 유교 윤리적 동인

앞에서 살펴본 것처럼『서경』,『사기』,『맹자』등에서 나타나는 우순의 서사는 이상적 정치를 실현하는 위정자의 서사로, 지극한 효제의식을 실천하는 서사로 의미화되어 있다. 고전소설에서는 이러한 선행 텍스트의 의미를 그대로 수용하여 창작하기도 하는데 이것을 선행 텍스트와의 반복소라고 할 수 있을 것이다. 또한 우순의 서사를 고전소설에서 새롭게 변형 시켜 구성하는 것을 선행 텍스트와의 변이소라고 할 수 있을 것이다.

〈유효공선행록〉, 〈창선감의록〉, 〈현몽쌍룡기〉는 지극한 효우의식을 실천하는 인간형을 수용하여 효우의식을 주제화하고 있다. 이런 측면에서 고전소설의 효우의식의 주제화는 선행 텍스트인 우순의 서사를 그대로 수용한 반복소라고 할 수 있다. 선행 텍스트에서 드러내고 있는 효우의식을 고전소설에서 주제화하는 이유는 당대 지배이념인 유교 윤리적 동인이 강하게 작용하기 때문이다. 무엇보다 선행 텍스트인 우순의 서사가 고전소설의 주요 모티프로 안착되고 이것이 반복되는 데에는 당대의 지식 문화 담론 속에서 우순의 서사가 끊임없이 논의되고 재해석되기 때문이다. 우순의 서사는 이상적 유교 정치를 실현하는 위정자의 이야기이면서도 지극한 효우의식을 실천하는 어진 아들의 이야기이다. 우순의 서사는『서경』,『사기』,『맹자』등에서 이 두 가지 의미가 함께 논의되고 향유되었고 이런 과정에서 유교적 지배 이념을 집약하고 구체화하는 전범이 되는 권위적 텍스트가 되었다. 이상적 유교 정치를 실현하는 위정자의 덕치와 지극한 효우의식을 실천하는 효제를 강조하는 우순의 서사는 조선시대의 역사, 정치, 철학, 문화, 지식 담론 속에서 반복적으로 소환되어 회자됨으로써 고전적 권위를 지닌 담론으로 자리 잡게 되는 것이다.

그러나 『서경』, 『사기』, 『맹자』에서 우순의 서사는 이상적 정치를 실현하는 위정자의 모습과 지극한 효우의식을 실천하는 인간형을 드러내는 데 초점이 맞추어져 있지만 고전소설에서는 효우의식을 실천하는 어진 아들과 딸에 초점을 맞추어 서사화하고 있다. 〈유효공선행록〉의 유연의 서사, 〈창선감의록〉의 화진의 서사, 〈현몽雙룡기〉의 정소저·정천희의 서사가 지극한 효우의식을 구현하는 서사 형태로 선행 텍스트인 우순의 서사를 수용하고 있는 것이다. 이것은 소설 장르가 이상적 정치의 실현이라는 국가적 거대 담론보다는 개인의 윤리적 담론에 더 많은 가치와 의미를 두고 소설화의 길을 모색하기 때문이다. 이상적 정치를 실현하는 우순의 이야기보다는 효우로 부모와 형제를 감화시키는 우순의 이야기가 보다 장편가문소설 장르에서 담아내기 좋은 감동적인 서사의 틀이라고 여겨지기 때문에 선행 텍스트의 효제담을 장편가문소설에서 선택하게 되는 것이다.

효도와 우애는 유교사회의 대가족제나 가부장제를 제대로 유지하도록 하는 핵심적 윤리이다. 가정내 효도와 우애가 제대로 자리 잡을 때 가정은 물론 유교사회는 안정적으로 유지될 수 있다. 그러므로 효도와 우애는 유교적 윤리 중에서는 매우 기본적인 것이면서 현실에서 실천되어야 하는 당위성을 가지지만 추상적이고 관념적인 성격을 띤다. 이에 비해 우순의 서사는 효우의 성격이 무엇이며 어떠해야 하는가를 보여주는 효우의 구체적 사례담이다. 이 때문에 고전소설은 우순의 효우담을 참고하여 유사한 인물 구성과 사건 구성으로 모방하는 소설화 방식을 선택하는 것이다.

고전소설은 다른 문학 텍스트뿐만 아니라 다른 문화 텍스트나 당대 인식과 관념이 습윤되기 쉬운 개방적 성격을 지닌다. 그렇기 때문에 선행 텍스트를 참고하여 상호 관련성을 가지고 고전소설이 창작되는 기반이 쉽게 만들어질 수 있는 것이다. 우순의 서사에서 의미화되는 효우의식은 무엇보다 당대의 유교적 관념에 부합하는 주제이기에 고전소설의 주제로 안착되기 쉬운 것이다. 고전소설의 효우의식의 주제화와 같은 선행 텍스트와의 반복소는 이런 맥락에서 만들어지고 재생산되는 것이다. 특히 장편가문소설의 유교적 인식은 선행 텍스트의 효우의식의 주제화라는 요소에 가장 매력을 느끼며 선행 텍스트의 인물과 사건을 장편가문소설 속에 지속적으로 서사화하여 효우의식을 소환하게 되는 것이다.

특히 장편가문소설은 발랄한 개인인식을 텍스트 속에 새기기보다는 당대의 사회적 이념과 인식을 수용하여 허구적 소설 세계를 축조하는 경향성이 많다. 오늘날 이러한 요소가 봉건적이고 구시대적인 것이라고 비판받을 수 있지만 소설을 창작하고 읽는 향유층들이 유교적 인식을 교육받고 여기에 견인되면서 살아간다는 점을 감안한다면 효우의식을 주제화하는 유교 윤리적 동인은 장편가문소설 창작에 있어서 핵심적 창작 동인이자 요소라고 할 수 있을 것이다.

(2) 소설 흥미 강화를 위한 유희적 동인

〈유효공선행록〉, 〈창선감의록〉, 〈현몽쌍룡기〉는 『서경』, 『사기』, 『맹자』 등에서 나타나는 우순의 서사와 유사한 인물 구성, 사건 구성으로 유사성을 가지지만 선행 텍스트의 우순의 서사보다 남녀 주인공의 고난을 보다 강화시켜 구성하고 있다. 이것은 우순의 서사와 대비되는 고전소설의 변이소라고 할 수 있을 것이다.

우순의 서사에는 고수와 상이 우순에게 가하는 고난은 2번으로 구성되어 있는데 그 고난과 극복 과정은 소략하게 서술되어 있다. 그러나 고전소설의 주인공의 고난은 우순의 서사에 나타나는 고난보다는 심각하고 다단한 양상으로 구성되어 있다. 〈유효공선행록〉의 유연의 서사, 태자의 서사나 〈창선감의록〉의 화진의 서사, 〈현몽쌍룡기〉의 정천희 서사에서 고난은 점점 강해지는 고난의 누적적 구조를 취한다. 이 주인공들의 고난은 가정 내외의 여러 악인들과 얽히고설켜 서사를 추동해가는 주요한 동력이 된다. 하나의 고난이 사라지면 그다음 고난이 펼쳐지고, 그다음 고난은 더 큰 강도로 나타나고 누적됨으로써 주인공은 가정에서 축출되고 유배를 가거나 산사에 은거한다.

또한 고전소설은 남성 주인공의 고난뿐만 아니라 여성 주인공의 고난도 함께 축조한다는 점에서 선행 텍스트와 다른 새로운 구성을 취한다. 선행 텍스트인 우순의 서사에서 우순의 아내인 아황과 여영에게는 특별한 고난 상황이 나타나지 않는다. 그러나 〈유효공선행록〉의 정씨의 경우, 〈창선감의록〉의 윤화옥·남채봉의 경우, 〈현몽쌍룡기〉의 정소저의 경우는 남자 주인공에 비견될만한 심각한 고난의 일대기를 살아간다. 이들은 시부모나 친정 부모를 무고사하거나 외간 남자와 사통했다는 모함을 받고 시가나 친정에서 축출되어 산사나 친척 집에 은거하는데, 이것은 여성으로서 가장 큰 고통을 받는 것이다.

이처럼 고전소설은 우순의 서사를 근간으로 하되 남녀 주인공의 고난이 누적적으로 구성되는 것과 그 극복의 서사를 전면화한다. 그렇다면 선행 텍스트인 우순의 서사와는 달리 고전소설에서 남녀 주인공의 고난이 누적적으로 구성되는 것과 그 극복의 서사를 새롭게 변형하여 소설화하는 이유는 무엇인가를 생각해보지 않을 수 없다. 고전소설의 남녀 주인공의 고난의 누적적 구성과 그 극복의 구조에는 고난과 성숙의 통과의례를 통해 소설의 흥미를 강화하려는 의도가 개입되어 있다.

통과의례란 본래 신화에서 형성된 것으로 한 존재가 고난과 시련을 겪고 일정한 통과의례를 거친 후 자기갱신을 이루어 성숙한 인간으로 변화하는 과정을 의미한다. 단군신화나 주몽신화에서 연원하는 통과의례적 과정은 우리 고전소설의 서사 모형이라고 할 만큼 편재해있다. 고전소설에서 이러한 통과의례적 절차는 분리, 시련, 자기 갱신, 귀환[33]으로 서사화된다.

〈유효공선행록〉, 〈창선감의록〉, 〈현몽쌍룡기〉도 고난과 성숙의 통과의례적 서사를 통해 남녀 주인공의 성숙의 구조를 만든 것이다. 고난이 주는 수많은 고통을 겪으면서 남녀 주인공이 가정내로 복귀하여 어진 아들과 딸, 아내가 된다는 고전소설의 구성은 선행 텍스트의 우순의 서사를 자아성숙의 구조로 변형한 것이라고 할 수 있다.

이처럼 고전소설은 선행 텍스트인 우순의 서사에다 통과의례를 통한 자아 성숙의 구조를 결합하여 새로운 서사를 만들었다. 개인의 성숙의 서사는 시련과 고난을 점층적으로 이어나갈 수 있고 시간의 변화에 따라 자아가 성장하는 것을 보여줄 수 있다. 이러한 성숙의 서사는 소설 텍스트의 소설화 과정에서 가능한 것이지 정치 텍스트, 역사 텍스트, 철학 텍스트 속에 담기는 어렵다. 이 때문에 고전소설은 선행 텍스트인

---

33 서대석, 「한국소설문학에 반영된 신화적 양상」, 『관악어문연구』 20, 서울대 국어국문학과, 1995, 81쪽.

우순의 서사에다 고전소설의 일반적 모형인 통과의례를 통한 인간의 성숙 구조를 결합하고 새롭게 창안하여 소설의 장편화의 방법을 시도 한다.

이러한 고난과 성숙의 통과의례적 서사 구성은 고전소설의 흥미를 강화하려는 소설의 유희적 동인이 만든 것이다. 갈등이 첨예하게 발생 하고 누적될수록 서사에 대한 몰입도는 높아지는데 고전소설의 남녀 주인공의 고난의 누적적 구성이 서사에 대한 몰입도를 높이고 소설적 흥미를 불러일으키는 기능을 하는 것이다. 특히 남성 주인공뿐만 아니 라 여성 주인공의 고난을 심각하게 구성하는 것은 여성 독자층의 몰입 을 용이하게 할 수 있다. 〈유효공선행록〉, 〈창선감의록〉, 〈현몽쌍룡기〉 는 규방 여성들이나 사대부가 여성들이 애독하던 장편가문소설이다. 이들 소설에 여성 주인공의 고난과 성숙의 통과의례적 서사를 새롭게 모색한 것도 결국 여성 소설 독자층의 관심사를 투영하여 서사화하기 때문이다. 이러한 여성 주인공의 고난과 성숙의 통과의례적 모티프가 장편가문소설, 대하소설이라고 불리는 고전소설 하위 장르종에서 반복 적으로 나타나는 이유도 바로 여기에 있다.

결국 소설 흥미 강화를 위한 유희적 동인은 고전소설의 남녀 주인공 의 고난의 누적적 구성과 그 극복의 서사를 구성하는 원동력이 되는 것이다. 소설 흥미 강화를 위한 유희적 동인은 우순의 서사를 새롭게 변형하여 남녀 주인공의 고난과 성숙의 통과제의적 서사 구성을 만들 어 소설 장르가 줄 수 있는 재미를 부여하고, 여성 독자층을 텍스트로 끌어들이고 있는 것이다.

(3) 가부장제 가족 문제에 대한 비판적 동인

선행 텍스트의 우순의 서사와 대별되는 고전소설의 또 다른 변이소는 가족의 갈등을 첨예하게 구성하는 것이다. 우순의 서사가 우순과 고수, 상의 갈등담인 것처럼 〈유효공선행록〉, 〈창선감의록〉, 〈현몽쌍룡기〉도 이러한 가족 구성원들 간의 갈등에 기반한 서사로 구성된다. 그러나 고전소설에서는 가부장제에서 일어나는 가족 구성원의 갈등을 총망라하고 있는 것처럼 가족 갈등이 전면적으로 구성되어 있다.

〈유효공선행록〉의 유연과 유정경, 유홍의 갈등은 어리석은 아버지와 적장자 자리를 노리는 아우의 계략에서 비롯되는 부자 갈등과 형제 갈등이다. 유연과 유정경의 갈등은 어리석은 가부장의 문제를 직면하게 하고, 가부장의 자질이 무엇인가를 생각하게 한다. 유연과 유홍의 갈등은 적장자에게 주어진 권리와 혜택이 무엇이며 이것을 탐내는 유홍의 욕망을 짐작하게 한다.

〈창선감의록〉의 화욱과 심씨, 화춘의 갈등에서는 일부다처제에서 가부장에게 사랑받지 못하는 아내와 자녀의 피해의식에서 기인하는 부부 갈등과 부자 갈등을 발견할 수 있다. 화진과 심씨, 화춘의 갈등에서는 적장자 자리를 지키기 위한 욕망 때문에 발생하는 형제간 갈등 상황을 목격하게 된다. 이처럼 〈창선감의록〉은 일부다처제에서 발생하는 많은 문제 때문에 가족 구성원이 불화하고 반목하는 여러 사례를 여실히 보여준다.

〈현몽쌍룡기〉의 정소저, 정천희와 정세추와 박씨의 갈등 역시 일부다처제에서 기인하는 가족 갈등의 한 양상이라고 할 수 있다. 어리석은 아버지와 자녀 사이에 벌어지는 부자 갈등과 두 번째 처인 박씨의 재산에 대한 욕망 때문에 전처 자녀와 계모 사이의 갈등이 첨예하게 만들어지는 것이다.

고전소설의 가족 구성원의 갈등 구조는 결국 가부장제에서 나타날 수 있는 가족 문제의 여러 양상을 드러낸 것이다. 이와 같은 고전소설의 가족 구성원의 다양한 갈등 구조는 선행 텍스트인 우순의 서사를 현실적 맥락을 반영하여 새롭게 구성한 고전소설의 변이적 측면이라고 할 수 있다. 이 때문에 고전소설의 가족 구성원의 갈등 구조는 당대의 현실에서 일어나고 있는 가부장제 가족 문제를 반영하고 이를 비판하는 비판적 동인이 만든 고전소설적 변이소라고 할 수 있다.

조선시대의 가부장제는 가족 구성원 간의 많은 갈등을 야기할 수 있는 가족 구조이다. 한 명의 남편과 여러 명의 아내를 거느리는 일부다처제에서는 필연적으로 처처 간의 갈등, 처첩 간의 갈등이 양산되기 쉽다. 이에 따른 형제 갈등도 부대적으로 발생했을 것이며, 장자상속과 재산권에 대한 갈등도 적지 않게 발생했을 것이다. 또한 집안을 제대로 다스리지 못하는 어리석은 가부장과 다른 가족 구성원의 갈등도 발생하였을 것이다. 고전소설은 이와 같은 조선시대 가부장제하에서 비일비재하게 일어나는 가족 구성원의 갈등을 우순의 서사라는 틀에 담아 표현하고 있다.

어리석은 가부장의 문제와 가부장의 자질, 일부다처제에서 기인하는 다처, 처첩의 문제와 처와 첩의 자질, 적장자 상속의 문제와 적장자의 자질 등 고전소설은 당대 현실에서 일어나고 있는 가족 문제의 다양한 양상을 반영하고 모방하여 가부장제 가족 구조를 문제제기하고 있는 것이다. 이 때문에 우순의 서사는 우순과 고수, 상의 갈등이 서사의 흥미를 위해 구성된 것이라면 고전소설에 총망라되는 가족 구성원의 갈등은 현실의 가족 구조의 문제점을 소설에 담기 위한 구성이라고 할 수 있을 것이다. 우순의 서사를 가부장제 가족 문제를 드러내는 서사로 변형하는 가부장제 가족 문제를 비판하는 동인은 고전소설에서 가부장제 가족 구조의 문제점만 제시하는 데 그치지 않고 가부장의 자질, 처첩의 자질, 적장자의 자질이 어떠해야 하는가를 되짚어 보게 한다.

4. 고전소설의 이비(二妃) 서사의 소설적 재현 방식과 소설화 동인

1) 이비 서사의 기록

이비 서사는 『사기』와 『열녀전』, 〈이비전설〉 등에서 찾아볼 수 있다. 『사기』의 「오제본기」에서는 이비의 이야기가 단독으로 기술되는 것이 아니라 우순의 아내로 간단히 기술되어 있다. 「오제본기」는 우순의 행적을 중심적으로 서술되고 있기 때문에 이비에 대한 서술은 매우 간략하게 나타난다. "순이 나이 스물에 효성이 지극하다고 소문이 났고, 서른 살 때에는 요가 등용할만한 사람이 있느냐고 묻자 사악이 입을 모아 우순을 추천하여 요가 좋다고 승낙했다. 이에 요는 두 딸을 순에게 시집보내어 집안에서의 행동을 관찰하였다. 순은 규예에 기거하면서 가정생활이 더욱 근엄하였으므로 요의 두 딸은 자신들이 고귀한 신분이라고 해서 감히 순의 가족에게 오만하게 대하지 않았고 부녀자의 도리를 다했다."는 것에서 알 수 있는 것처럼 이비에 대한 서술은 고귀한 신분임에도 자신을 낮추는 겸손함이 있고, 부녀자의 도리를 다하는 것으로 평가하고 있다.

사마천의 『사기』가 순임금을 중심으로 서술된 것이라면 유향의 『열

녀전』은 이비의 행적을 중심으로 이비의 전기를 서술한 것이다. 『열녀
전』의 〈유우이비〉에는 아황과 여영에 대한 평가가 『사기』보다 더 구체
적이고, 이비가 순을 도와 순이 고난에서 벗어날 수 있도록 하는 행적
이 서술되어 있다.

> ① 요임금을 보좌하는 중신 사악이 요임금에게 순을 추천하였다. 요
> 임금은 두 딸을 순에게 시집보내 집안에서의 인격을 살펴보게 하였다.
> 요임금의 두 딸은 순의 시골집으로 내려가 순의 일을 도왔는데, 천자의
> 딸이라고 교만하거나 게으르지 않았다. 그녀들은 오히려 겸손하고 부지
> 런하였으며, 또 검소함으로써 부도(婦道)를 다하려고 하였다. 〈중략〉
> 송(頌)에 이렇게 말하였다. '처음에 두 비는 요임금의 딸이었네. 빈으로
> 유우와 나란히 섰지만 아래에서 순을 보좌하였네. 높은 신분으로 낮은
> 신분의 순을 섬겼으니 그 노고 심하였도다. 까다로운 고수와 화목하니
> 마침내 복을 즐길 수 있었다네.'
> ― 유향 지음, 이숙인 옮김, 〈유우이비〉, 『열녀전』,
> 예문서원, 1996, 36~38쪽

위의 예문에서처럼 이비는 '겸손하고, 검소하며 부지런하고 부도(婦
道)'를 지닌 인물로 평가된다. 이비의 이러한 자질은 『사기』의 「오제본
기」에서도 반복적으로 나타나는 것이었다. 그러나 『열녀전』의 〈유우
이비〉에는 고난을 당하는 순과 이비가 이런 순을 도와 고난을 극복하
게 하는 행적이 부가적으로 서술되어 있다.

순의 아버지인 고수와 이복동생 상은 순을 죽이기 위해 음모를 꾸미
고 여러 차례 일을 꾸미지만 번번이 실패한다. 마지막으로 고수는 술에
독약을 타서 순에게 술을 마시게 하여 죽이려고 한다. 이비는 술을 마
셔도 취하지 않는 약을 순에게 먹이고 순의 목숨을 구한다. 이처럼 『열

녀전』의 〈유우이비〉의 이비는 겸손, 검소, 근면, 부도의 자질을 가진
여성 이미지와 함께 남편의 고난 극복을 돕는 여성 이미지로 서술되어
있다.

아황과 여영의 이야기를 보다 서사적으로 풍부하게 서술하고 있는
것은 〈이비전설〉이다. 〈이비전설〉은 중국의 군산지역에 전해지고 있
는 이야기[34]로, 순과 이비의 고난담이 더욱 구체적으로 서술되어 있다.
전설은 원형적 서사에서 시작해서 구전되는 과정을 거치는데 구전되
는 과정에서 첨가와 부연되는 내용이 많으므로 기록된 역사인 〈유우이
비〉의 이비의 서사보다 〈이비전설〉의 내용이 보다 풍부하게 서술되어
있는 것이 특징이다. 〈이비전설〉은 『사기』, 〈오제본기〉의 이비 서사와
『열녀전』의 〈유우이비〉보다 허구적 요소가 더욱 가미된 서사라고 할
수 있다.

〈이비전설〉의 전반부에는 순의 고난과 순의 고난을 지혜로 극복할
수 있도록 도와주는 아황과 여영의 행적이 잘 드러나 있다. 순의 아버
지 고수, 계모, 상이 계략을 세워 순에게 창고의 지붕을 고치게 하고
불을 질러 순을 죽이려고 한다. 아황은 이것을 예견하고 순에게 채색한
옷에 봉황의 날개를 그려 입게 하고 화를 모면하게 한다. 순의 두 번째
고난에서는 여영의 지혜가 드러난다. 상이 순과 술을 마시자고 권하면
서 술에 독약을 넣지만 여영은 순이 상의 집에 가기 전에 순에게 억지
로 약 한 사발을 마시게 하고 또 약물로 목욕을 하게 한 후 술을 마시게

---

34 이경수(李敬垂), 강종복(姜宗福) 편저, 〈二妃的傳說〉, 『君山一部書』, 國際展望出版社,
   1992. 〈이비전설〉의 원문은 우쾌제, 「二妃傳說의 小說的 受容 考察」, 『고소설연구』1,
   한국고소설학회, 1995, 295~302쪽에 실려있는데 이것을 재인용한다.

한다. 이 때문에 순은 독이 가득 든 술을 마시고도 죽지 않는다. 순의 세 번째 고난에서는 아황과 여영이 함께 순의 목숨을 구한다. 요임금이 순을 미워하여 아들 단주와 상을 이용하여 순을 죽이기 위해 음모를 꾸민다. 아황과 여영은 용의 도안이 그려진 내복을 만들어 순에게 입힌다. 상은 우물을 판다는 핑계로 순의 도움을 요청하고 순이 우물 안으로 들어가자 우물에 흙을 넣어 순을 생매장시켜 버린다. 그러나 순은 우물 밑에서 창용으로 변하여 다른 우물로 빠져나온다. 순은 자력으로 자신의 고난을 극복하는 것이 아니라 아황과 여영의 예견과 지혜로 고난에서 빠져나오게 되는 것이다. 이처럼 〈이비전설〉에서 아황과 여영은 남편의 고난을 돕는 조력자의 자질을 가진 인물로 의미화된다고 하겠다.

그러나 〈이비전설〉의 후반부에는 순의 죽음과 이로 인한 이비의 고난, 슬픔이 서술되어 있다. 순은 남순길에 오르고 이비는 순이 오랫동안 돌아오지 못하자 순이 군사를 이끌고 떠났던 남순길을 되밟아간다. 이비는 길 위에서 노숙도 하고 많은 행고를 겪기고 하며, 배를 빌려 타고 물을 거슬러 올라가 무한땅 – 파릉현(삼묘국) – 동정산의 여정에 오른다. 이비는 동정산에서 순의 소식을 듣고 순이 돌아오기를 기다리지만 순이 창오의 산기슭에서 악용과 싸우다 전사했다는 비보를 듣는다. 이비는 순의 시체를 찾기 위해 다시 고단한 남행길에 올라 창오에 도착하지만 끝내 순의 시체를 찾지 못하고 동정산에서 생을 마감한다.

2 이비는 간신히 일어나 비참한 소리로 부군을 부르며 슬피 울 때 피눈물을 대숲에 뿌리니 얼룩무늬가 생겼다. 사람들은 비바람이 칠 때마다 슬픈 소리가 들리는 것 같다고 하며, 대나무의 변색된 것을 보면

푸른 하늘이 흐느껴 우는 것 같다고 했다. 이비는 창오로 부군의 시신을 찾으러 떠나기로 결심했다. 죽은 부군의 얼굴이나마 마지막으로 한번 보려고 배를 타고 남행길에 올라 산 넘고 물 건너 끝내 창오에 도착, 곳곳마다 돌아보았어도 부군의 시체는 여전히 찾아내지 못했다. 〈중략〉 이때 이비는 대단한 절망 상태로 슬픔을 안고 동정산으로 돌아왔다. 그 후 우울하게 지내다 죽었다고 한다. 그들은 천국에서 부군과 함께 만났다. 그리하여 순임금과 이비는 상수(湘水)의 신이 되었다. 그래서 그들은 '상군(湘君)' '상부인(湘婦人)'이라 불리우고 동정산(洞庭山)은 군산(君山)이라고 불리게 되었다 한다. 그리고 이비를 기념하기 위해 사람들은 그의 묘 뒤산에 상비사(湘妃祠)를 지었다 한다.

- 이경수(李敬垂), 강종복(姜宗福) 편저,
〈二妃的傳說〉, 『君山一部書』, 國際展望出版社, 1992[35]

〈이비전설〉에는 순의 시체를 찾지 못하고 처절한 슬픔을 느끼는 이비의 비애가 매우 상세하게 묘사되어 있다. 순의 시체를 찾지 못한 아황과 여영의 깊은 슬픔은 피눈물이 되어 대숲에 뿌려져 얼룩무늬(반점)가 된다. 아황과 여영의 슬픔은 비바람이 칠 때마다 사람들에게 그 슬픈 소리를 듣는 것 같은 환청을 느끼게 하고, 대나무의 변색으로 푸른 하늘이 흐느껴 우는 것 같은 감정적 동일시를 불러일으키도록 서술되어 있다. 〈이비전설〉의 후반부는 이비의 고난과 이비의 깊은 슬픔을 묘사하는 데 초점이 맞추어져 있다는 것을 알 수 있다. 〈이비전설〉은 이비의 고난 상황을 서사화하였고, 이비의 슬픔을 상세하게 서술하고 있어서 우리 고전소설에서 이비 서사를 활용하여 소설화할 때 보다 많

---

35 우쾌제, 「二妃傳說의 小說的 受容 考察」, 『고소설연구』 1, 한국고소설학회, 1995, 301쪽에서 재인용.

은 참고의 틀이 되었으리라고 예상된다. 앞에서 논의한 내용을 바탕으로 선행 텍스트라고 할 수 있는 이비 서사의 형태에서 추출할 수 있는 이비의 자질과 성격을 정리해보면 다음과 같다.

선행 텍스트	이비의 자질과 성격
『사기』의 「오제본기」	겸손, 부녀자의 도리를 아는 여성
『열녀전』의 〈유우이비〉	겸손, 검소, 근면, 부도(婦道)를 가는 여성/ 고난 극복의 지혜를 가진 조력자
〈이비전설〉	고난 극복의 지혜를 가진 조력자/ 고통과 비애의 체험자

선행 텍스트에서 이비는 순임금의 아내로 부도(婦道)를 가지고 남편의 내조를 잘하는 현부로, 고난 극복의 지혜를 가진 원조자로, 삶의 고통과 비애를 느끼는 체험자로서 의미화된다. 그러나 고전소설에서 이비 서사는 선행 텍스트의 의미를 수용하면서 새로운 의미를 드러내기도 한다.

2) 이비 서사의 소설적 재현 방식

(1) 고난에 대한 조력과 천정원리 구현의 서사 구성

고전소설에서 이비 서사는 앞에서 살펴본 우순의 서사와는 달리 한 작품에서 메인 플롯으로 구성되는 것보다 삽화적 사건으로 구성되는 경우가 더 많다. 그래서 개별 작품을 일일이 분석하기보다는 여러 작품에서 나타나는 공통되는 요소나 성격을 중심으로 분석하는 것이 더 효과적일 것이다.

고전소설에서 이비 서사가 삽화적 사건으로 서사화될 때는 이비는

여성 주인공의 현실적 고난 상황에서 고난을 견딜 수 있도록 이끌어주
는 조력자의 역할을 수행한다. 이것은 이비 서사의 선행 텍스트 중에
하나인 〈이비전설〉에서 드러나는 '고난 극복의 지혜를 가진 조력자'의
의미를 수용한 결과라고 할 수 있다. 또한 〈이비전설〉에서 아황과 여영
이 고난과 고통을 체험하는 당사자였다면 고전소설에서는 〈이비전설〉
의 아황과 여영이 경험했던 고난을 여성 주인공이 대신한다는 것이 차
이점이라고 할 수 있다.

 고전소설의 여성 주인공은 현실적 삶의 고통을 직면한 상태에서 꿈
을 꾸고 천상계에 초대되어 이비를 만나게 된다. 여성 주인공은 악인에
의해 모함을 당하거나 고통을 겪을 때 이비를 만나서 이야기를 나누게
된다. 고전소설에서 이비는 여성 주인공에게 자신의 목소리로, 혹은 대
변자의 목소리를 빌어 여성 주인공이 고통스러운 삶을 이겨낼 수 있도
록 이끄는 조력자로 기능하는 것이다.

 〈사씨남정기〉의 경우 사씨는 교씨의 계략으로 간통의 누명을 쓰고
유씨가문에서 쫓겨난다. 시가의 선영에서 머물다가 위급한 화가 닥쳤
다는 것을 알고 길을 떠나지만 소상강가에서 길을 잃고 만다. 사씨는
하늘을 우러러 "푸른 하늘이여! 어찌하여 나로 하여금 이렇게 혹독한
지경에 이르게 하시는가? 옛 사람이 이른바 복선화음이라는 말도 부질
없는 소리 아닌가?" 하고 울부짖는다. 이런 사씨의 울부짖음에 응답하
듯 이비는 자서, 굴원, 장강, 반첩여의 예를 들면서 "생전에 한때 곤궁
을 당했으나 사후에는 만세토록 영화를 누렸으니 천도가 소소(昭昭)하
니 어찌 어긋나는 일이 있겠소? 사람이 선을 행하지 않을지언정 하늘
이 어찌 선인을 저버리겠소?" 하며 천도와 복선화음의 당위성을 역설
한다. 그리고는 이비는 사씨에게 남해도인과 숙세의 인연이 있으며, 그

에게 몸을 의탁하라고 당부한다.

〈성현공숙렬기〉의 주소저 또한 여씨 모자의 계략으로 누명을 쓰고 시가에서 쫓겨나 유배를 가게 된다. 주소저는 유배지에서 화적을 만나고 의탁할 곳을 찾아 길을 떠나는 도중에 꿈속에서 이비를 만난다. 이비가 직접 말하는 것은 아니지만 이비의 대변인격이라고 할 수 있는 주소저의 시어머니 성씨의 입을 통해 주소저의 현재의 고통에 대한 이유와 미래사와 과거사가 전해진다. 성씨는 주소저에게 주소저의 현재의 고통이 하늘이 준 운명이기 때문에 사람의 힘으로 미칠 수 없는 것이며, 임희린이 악한 여씨와 임희린을 감화시킬 것이니 괴로움을 견디라고 말한다. 그리고 주소저가 남복으로 바꿔입고 신기한 계책으로 시가의 큰 걱정거리를 덜게 하여 이름을 알리게 될 것이라고 예견한다. 또한 산동으로 가지 말고 뱃머리를 경사로 돌려서 가라고 하고 한소저가 천상계 선녀로 임희린과 숙년이 있다는 과거사를 알려주고 후일에 임희린과 한소저가 결연을 이룰 수 있도록 한다.

〈화씨충효록〉의 경우는 남채봉의 고난 상황에 이비가 나타난다. 남공이 엄숭을 폄론하다가 서촉지방으로 유배를 가게 되고 도중에 도적을 만나 남채봉은 부모와 헤어져 모래사장에 버려진다. 남채봉은 자신의 신세를 통곡하다 잠이 들고 꿈속에서 이비를 만나게 된다. 이비는 현세의 고통을 토로하는 남채봉에게 윤회와 복선의 원리를 말해준다. 남공 부부와 남채봉의 현세의 고통은 전세의 죄악 때문에 비롯된 것이며, 시간이 지나면 이러한 고난이 해결될 것이라고 말한다. 또한 이비는 천상 선녀와 선관이었던 남채봉, 윤옥화, 화진의 과거사를 알려준다. 10년 후에 부모를 만나게 된다는 것과 남채봉이 윤씨 가문에 의탁하여 지내게 되는 것이 하늘의 뜻이라는 것을 말한다.

〈현씨양웅쌍린기〉의 주소저는 임씨의 계략에 의해 산적에게 납치되자 강물에 투신한다. 주소저는 일광도사에게 구출을 받고 도술을 배워 전쟁터에서 남복을 입고 현경문 형제를 돕지만 현경문이 주소저의 정체를 의심하자 주소저는 편지를 써놓고 도망 나와 장사땅에서 밤을 보내게 된다. 주소저는 꿈에서 이비를 만나게 되는데 주소저는 이비에게 길 위에 떠도는 자신의 신세를 토로하며 자신이 여자의 도를 잃었다고 한탄한다. 이비는 주소저에게 현문경이 주소저를 버리지 않고 부부의 인연을 이을 것이라고 말한다. 또한 이비는 현재의 삶에는 재액이 많겠지만 이것은 다 뜬구름같이 될 것이니 근심하지 말라고 주소저를 위로한다.

〈백학선전〉의 경우는 이비가 여성 주인공 조은하의 고통을 위로하고 미래사를 고지한다. 유백로의 아버지인 기주자사 유공은 조은하가 자기 가문의 보물인 백학선을 가지고 있다는 사실을 알고 조은하를 잡아 하옥시킨다. 조은하는 유백로의 신물인 백학선을 내놓지 않고 옥중에서 기절하고 꿈속에서 이비를 만난다. 이비는 조은하를 위로하며 옥중에서 1년을 더 고생하면 유백로를 만나 부부의 인연을 이을 것이란 사실과 유백로가 등과하여 순무사가 되었다는 사실을 알려준다. 또한 신통력을 발휘하는 술을 조은하에게 마시게 하고 조은하가 나중에 신통력을 쓸 수 있을 것이라고 예견한다.

〈장백전〉에서는 이비가 장소저의 고난을 도와주는 존재로 나타난다. 왕평이 장소저에게 구혼했다가 거절당하자 왕평은 장소저를 납치해오고 장소저는 왕평을 속이고 그 집에서 도망쳐 나온다. 그러나 장소저는 얼마 못 가서 소상강에 가로막혀 울부짖고 꿈속에서 이비의 여동을 만난다. 이비는 여동을 시켜 장소저가 소상강을 무사히 건널 수 있도록 하고 장소저를 불러와 전생사와 미래사를 말해준다. 이비는 장소저가 전생에 월궁항아였으며, 광한전 잔치에서 선관 심성과 눈빛을 주고받은 죄로 현세에 적강했으며, 선관 심성은 대명 태조 주원장으로 태어났으며 장소저와 인연이 있음을 알려준다. 날이 밝으면 장소저를 구할 사람이 있을 것이란 사실도 고지한다.

이처럼 이비 서사를 재현하는 고전소설에서 이비는 여성의 현실적 고난과 고통을 극복할 수 있도록 도와주는 기능을 한다. 이것은 〈이비 전설〉에서 나타나는 고난에 대한 조력자라는 의미를 고전소설에서 그대로 수용하고 있다는 것을 보여준다. 그러나 고전소설 속의 이비는 고난에 대한 조력자이면서도 〈이비전설〉에서 보이지 않았던 천정원리를 구체적인 언어로 전달하는 중계자의 의미도 지니게 된다. 고전소설에서 이비는 천상계의 여신이지만 인간의 현실적 삶에 관여하면서 인간에게 천도(天道), 복선화음(福善禍淫), 인간의 전생사와 미래사를 고지하며 천정원리를 전하는 존재로 보다 구체화되고 있는 것이다. 그렇기 때문에 고전소설에서 이비는 고난에 대한 조력자라는 의미 외에 천상계의 천정원리가 있다는 사실을 구현하고 전달하는 중계자로서의 의미를 새롭게 획득하게 된다. 고전소설 속에서 이비 서사는 여성의 현실적 고난에 대한 조력자와 천정원리를 전달하는 중계자의 모습으로 전형화되고 이비의 서사는 고난에 대한 조력과 천정원리 구현의 서사로 구성되는 것이다. 고전소설에서 나타나는 이비 서사의 이와 같은 전형화는 당대인들이 가지고 있는 유교적 윤리나 신념체계가 만든 소설 구성이라고 할 수 있다.

(2) 역사와 허구적 현부, 열녀와의 동일화의 서사 구성

이비 서사가 고전소설에서 서사화될 때 나타나는 또 하나의 서사 구성은 이비를 중심으로 역사에서 나타나는 현부와 열녀 혹은 소설 속에 나타나는 현부와 열녀를 주인공이 조우하는 것이다. 주인공은 꿈속에서 역사적으로 현부와 열녀로 평가되거나 소설에서 현부와 열녀라고 여겨지는 여성들을 만나고 그들과 같은 존재로 승격화되는 경험을 하게 된다.

이비 서사를 삽화적 사건으로 서사화한 고전소설에는 여성 주인공이 천상계로 들어가 이비를 비롯한 역사적 현부와 열녀가 한자리에 모여 조회를 하고 있는 광경을 본다. 이비는 역사적 현부와 열녀가 앉아있는 자리에 여성 주인공을 앉게 하고 그들과 여성 주인공을 동렬로 대우한다. 이러한 사건이 고전소설에서 유형적으로 구성되는 이유는 여성 주인공을 역사적 현부와 열녀와 동일화하여 여성 주인공의 고통을 위로하고 의미를 부여하려고 하기 때문이다.

이비 서사를 전체적 사건으로 서사화하는 고전소설인 〈여와전〉은 황릉묘에서 펼쳐지고 있는 투색창업연을 미색이 아니라 현부와 열녀가 중심이 되는 모임으로 바로 세운다는 내용이다. 이비가 중심이 되어 미모를 자랑하는 27명의 미인이 모여 좌차(座次)를 정하여 투색창업연을 열고 있는데 여와낭랑의 명령을 받은 문창성군과 문일성군이 27명을 내몰고 진정한 현부와 열녀 4명을 천거하여 현부와 열녀의 새로운 위차를 만들게 된다. 이런 점에서 〈여와전〉은 이비 서사를 삽화적 사건으로 수용한 고전소설과 차이가 있지만 이비와 현부, 열녀의 조회가 주요한 사건으로 설정된다는 기본 틀은 유사하다. 〈황릉몽환기〉에는 남성 주인공인 경암과 계암이 꿈속에서 이비를 비롯한 역사적 현부와 열녀,

소설 속의 현부와 열녀를 만나서 그들의 인간적 고통을 듣는다는 내용
으로 이비 서사를 삽화적 사건으로 서사화하고 있고, 고전소설과 비교
했을 때는 얼마간의 변화가 있다.

이처럼 이비 서사를 활용하여 역사적 현부와 열녀를 만나는 사건을
구성하고 있는 고전소설에서는 이비의 삶의 과정과 이비 이외의 다른
역사적 현부와 열녀의 삶, 당대의 소설 속 현부와 열녀들의 삶이 빈번
하게 나타난다.

먼저 우리는 이비 서사를 활용하여 서사화한 고전소설에서 이비의
말을 통해 이비의 삶을 떠올리는 서술을 쉽게 살펴볼 수 있다. 여성 주
인공이 이비를 만날 때, 이비는 자기를 소개하면서 자신의 삶을 제시하
기도 하고, 자신의 삶과 견주어 주인공의 고통을 위로하면서 자신의 삶
을 요약적으로 제시하기도 한다.

> ③ 과인 형졔는 다른 스룸이 아니라 당요의 두쌀 아황여영이니 부황
> 의 명으로 계슌을 셤겨 형졔 영욕을 혼가지로 ᄒ더니 부군이 남슌ᄒ샤
> 챵오들의 가 붕ᄒ시니 과인의 형졔 쏠와가지 못ᄒ고 눈물 쇼샹강의 쩌
> 리니 후인이 차셕ᄒ여 황능묘를 짓고 회사정을 셰워 과인의 고젹을 쳔
> 의 민멸치 아니ᄒ고   - 〈화씨충효록〉 4권, 268쪽

> ④ 우리는 댓슌(竹筍)과 더불어 낭군을 이별하고 창오산과 소상강에
> 서 와서 찾으려다가 찾지 못하고 혈루(血淚)를 머금어 슬픔을 금하지
> 못하였다. 그러나 낭자는 멀지 않아서 낭군을 만나볼 것이니 우리의 형
> 상에 비하면 얼마나 좋으랴   - 〈백학선전〉, 105쪽

> ⑤ 우리 순군 뒤슌씨가 남슌수하시다가 창오산의 붕하시니 속졀업는
> 이 두몸이 소샹죽임의 피눈물을 쑤려노니 가지마닥 알롱〃 입〃이 원

한이라. 창오산봉상수절리라야 죽상지누늬가멸을, 천추의 집푼 한을 하소연할 곳 업셔써니 네 절힝 기특기로 너다려 말하노라. 송건기천연의 청빅은 어느 써며, 오현금 남풍시를 이졔까지 젼하던야

– 『새롭게 풀어쓴 열여춘향수절가』, 276~277쪽

③은 〈화씨충효록〉의 일부분으로, 이비가 전생에 천상 선녀였다는 사실을 잊고 있는 남채봉에게 자신이 누구인가를 소개하는 부분이다. 이비는 남채봉에게 자신들이 요임금의 딸이며 순임금을 섬기고 순임금과 영욕을 함께 하였고 순임금의 죽음을 슬퍼하며 소상강에 눈물을 뿌렸다는 자신의 삶의 과정을 말한다. 이러한 이비의 말을 통해 독자는 『열녀전』의 〈유우이비〉나 〈이비전설〉의 이비 서사를 쉽게 떠올릴 수 있게 되는 것이다.

④는 〈백학선전〉의 일부분으로, 이비가 백학선을 지키려다 옥에 갇힌 조은하를 만나 자신을 소개하고 조은하를 위로하고 있다. 이비는 자신들이 창오산과 소상강에 순임금의 시체를 찾으러 왔지만 찾지 못하고 슬픈 눈물을 뿌린 사연을 언급한다. 또한 머지않아 조은하가 낭군을 만날 것이라고 말하며 조은하를 위로하고 있다. 이 부분은 이비에 대한 짧은 소개이지만 〈백학선전〉안에서 〈이비전설〉의 내용을 떠올릴 수 있도록 서술하고 있다.

⑤는 〈춘향전〉의 일부분이다. 춘향은 변학도의 수청을 거절하고 감옥에 갇히게 되고 그런 춘향의 꿈에 이비가 나타나 자신의 한을 춘향에게 하소연하고 춘향의 열(烈)을 칭찬한다. 〈춘향전〉에서 이비고사가 삽입되는 이유는 이비의 한과 춘향의 한을 동일시하고 절행을 실천한 이비의 입을 빌어 춘향의 절행을 칭찬하기 위해서이다. 이비는 '소상반죽(瀟湘斑竹)'을 언급하고 이백의 시 〈원리별편(遠離別篇)〉의 한 구절인

"창오산붕상수절(蒼梧山崩湘水節: 창오산 무너지고 상수가 끊어져야)이라야 죽상지루내가멸(竹上之淚乃可滅:대나무의 눈물자국도 없어지리라)"을 인용한다. 소상반죽과 〈원리별편(遠離別篇)〉을 통해 독자는 이비의 삶을 떠올릴 수 있게 된다. 이것은 독자가 선행 텍스트인 〈이비전설〉의 내용과 한의 정서를 오버랩시키면서 〈춘향전〉을 읽을 수 있도록 한다.

이와 같은 양상은 〈사씨남정기〉, 〈성현공숙렬기〉, 〈현씨양웅쌍린기〉, 〈심청전〉, 〈황릉몽환기〉에도 두루 나타나는 것이다. 〈황릉몽환기〉에는 이비의 말을 통해 〈이비전설〉의 전체 내용이 매우 자세하게 말해지기도 한다. 이런 서술은 〈이비전설〉에서 나타나는 고통과 비애의 체험자로서의 이비의 의미를 수용하여 이비의 고통과 주인공이 겪고 있는 고통을 동일시하고자 하기 때문에 반복적으로 드러난다.

또한 이비 서사를 서사화한 고전소설에는 주인공이 이비 이외의 또 다른 현부와 열녀를 만나는데 각 작품에는 이비가 상위에서 현부, 열녀를 거느리고 그 아래에 역사적으로 존재했던 현부와 열녀, 당대 애독되었던 소설 속 인물이 자리에 있거나 등장하는 것으로 설정되어 있다. 각 작품에서 주인공이 천상세계나 꿈속에서 만나는 현부, 열녀는 다음과 같다.

작품	현부, 열녀의 양상
〈사씨남정기〉	이비, 장강, 반첩여, 조대가, 맹덕요
〈성현공숙렬기〉	이비, 반첩여, 장강, 제갈공명의 처 황씨, 맹덕요
〈백학선전〉	이비, 태사, 반첩여, 장강, 맹덕요
〈춘향전〉	이비, 농옥, 왕소군, 척부인
〈여와전〉	이비, 장강, 조대가, 반첩여, 양백영(옥교행), 정씨(유효공선행록), 이씨(유효공선행록), 이씨(현봉쌍의록), 단씨(현봉쌍의록), 영주(유씨삼대록), 홍염(미상), 양씨(유씨삼대록), 설씨(유씨삼대록)
〈황릉몽환기〉	이비, 주실 삼모(태강, 태임, 태사), 장강, 반첩여, 정씨(유효공선행록)

위의 표에서 확인할 수 있는 것처럼 〈사씨남정기〉, 〈성현공숙렬기〉, 〈백학선전〉, 〈여와전〉, 〈황릉몽환기〉에는 장강, 조대가, 반첩여, 태사, 맹덕요, 황씨 등이 황릉묘에서 이비를 모시고 조회하는 여성들로 등장한다. 이들은 역사적 현부, 열녀이면서 지략과 재주를 가진 여성들이다.

장강은 춘추 전국시대의 위나라 장공의 아내이다. 장강은 장공에게 버림받아 절의를 지키며 백주시(栢舟時)를 읊은 것으로 유명하며 얼굴이 아름답고 부덕을 갖춘 여인이다. 조대가는 오빠인 반고가 서역 땅을 진압하러 가서는 돌아오라는 명을 받지 못하자 대궐에 나아가 황제에게 글을 올려 오빠의 귀환을 요청할 정도로 기개가 있는 여성이다. 희등태우가 조대가의 기개와 지조를 높이 평가하여 스승으로 삼을 정도이다. 조대가는 어질고 현철한 여인의 대명사라고 할 수 있다. 반첩여는 한나라 성제의 후궁으로 성제의 애정이 조비연에게 옮겨가도 인고하면서 장신궁에서 〈원가행(怨歌行)〉을 짓는다. 반첩여는 남편의 박대를 참는 어질고 현숙한 여인이다. 태사는 주나라 문왕의 아내이자 무왕의 어머니이다. 현숙한 아내와 훌륭한 어머니로 『시경』과 『열녀전』 등에 태사의 부덕이 높이 평가되어 있다. 맹덕요는 후한 때 사람인 양홍의 아내이다. 힘이 세고 허리가 굵은 추녀였으나 덕행이 매우 뛰어난 여인이다. 밥상을 눈썹에까지 들어올려 남편에게 바칠 정도로 남편을 지극하게 공경한 거안제미(擧案齊眉)의 고사로 유명하다. 황씨는 제갈공명의 아내인 황아추이다. 몸매도 좋지 않고 추녀이지만 재능과 지략이 있어서 제갈공명을 잘 보필했기 때문에 추녀이지만 현부로 칭송되는 인물이다.

그런데 〈춘향전〉에 등장하는 인물은 다른 작품의 현부, 열녀의 양상과 얼마간의 차이가 나타난다. 〈춘향전〉에서는 농옥, 왕소군, 척부인이 등장하여 자신의 사연을 이야기한다. 이들은 자신의 삶 전체를 요약적으로 말하고 임과 이별하거나 다른 여인의 질투로 고통을 당하는 여성의 한을 표현해낸다. 농옥의 이야기, 왕소군의 이야기, 척부인의 이야기는 〈춘향전〉 속에 각각의 선행 텍스트의 내용과 의미를 오버랩시키면서 〈춘향전〉을 읽게 한다.

이처럼 고전소설에서 역사적 현부와 열녀와의 동일화의 서사 구성은 1차적으로 여성 주인공의 고통을 위로하고 여성 주인공을 역사와 허구적 현부, 열녀와 동일시하여 정신적으로 격상하고 위로하는 의미로 만들어진 서사이지만 한편으로는 여성 독자층의 교양과 지식을 소통하고 확인하는 장으로 구성한 것이기도 하다. 고전소설 이전의 선행 텍스트에서 나타나는 현부와 열녀의 서사가 현재의 고전소설 맥락 안에서 소환되어 의미 해석을 가능하게 함으로써 소설 독자가 소설을 읽으면서 선행 텍스트인 당대의 고전에 대한 지식을 확인할 수 있도록 하는 것이다.

〈여와전〉과 〈황릉몽환기〉에는 당대 소설 속의 여성 주인공들이 대거 등장한다. 〈여와전〉의 경우는 미모를 기준으로 정한 황릉묘의 기존 위차를 혁파하고 부덕, 절의, 덕행 등을 기준으로 당대 여성들이 많이 읽었던 소설 속의 여성 인물들을 뽑아 현부와 숙녀의 위치에 올린다. 흥미로운 것은 황릉묘 모임에서 미모를 다투며 기존 위차에 있는 여성들도 소설 속 여성 인물이고 기존 위차를 혁파하는 인물도 소설 속 여성 인물이라는 점이다. 〈여와전〉이 고전소설의 여성 인물을 논평하는 소설[36]이기 때문에 역사적 현부, 열녀 대신에 당대에 애독되었던 고전

---

36 지연숙은 〈투색지연의〉, 〈여와전〉, 〈황릉몽환기〉가 연작임을 밝히고 이들을 '소설을 비평

소설의 여성 인물이 새로운 위차에 올라가게 되는 것이다. 문창성군과 문일성군은 각각 〈유씨삼대록〉의 진양공주이며, 문일성군은 〈옥교행〉의 문성공주이다. 또한 문창성군과 문일성군은 미모를 기준으로 만든 황릉묘의 현부, 열녀의 위차를 혁파하고 네 명의 여성을 천거하여 그들을 따르는 여성들을 포함하여 새로운 위차를 만든다. 이 네 명은 양백영(옥교행), 정씨(유효공선행록), 이씨(유효공선행록), 이씨(옥교행)이며 그들을 따르는 여성들은 단씨(현봉쌍의록), 영주(유씨삼대록), 홍염(미상), 양씨(유씨삼대록), 설씨(유씨삼대록) 등이다. 이들은 당대의 여성들이 많이 읽었던 소설 속의 여성 인물들이다. 〈황릉몽환기〉 역시 〈유효공선행록〉의 유연의 처 정씨를 등장시켜 정씨가 자신의 삶의 과정과 고통, 자신에 대한 오해를 말하게 한다.

〈여와전〉과 〈황릉몽환기〉에서는 당대 여성 독자층에게 많이 읽혔던 소설을 선택하여 다시 고전소설 속 여성 인물을 현부와 열녀로 뽑아 이비의 조회에 참여시키고 주인공이 이들을 만나게 한다. 이러한 구성은 허구의 현부와 열녀를 재현하여 선행 텍스트인 소설의 세계와 의미를 떠올리게 하고 현재 읽고 있는 소설 속에서 선행 텍스트의 의미를 병렬 시켜 해석하도록 한다.

역사와 허구적 현부, 열녀와의 동일화의 서사는 고전소설에서 이비 서사를 수용하면서도 이비 서사를 변용하는 지점을 보여준다. 고전소설에서 선행 텍스트인 〈이비전설〉의 내용과 의미를 이비의 말을 통해

하는 소설'이라는 관점에서 연구하였다. 〈여와전〉에 나타난 고전소설의 여성 인물에 대한 비평 양상과 각 출전 작품에 대한 정리는 지연숙의 연구에서 잘 제시되고 있다. (지연숙, 『장편소설과 여와전』, 보고사, 2003, 116~194쪽.)

재현한다는 점에서는 이비 서사를 수용한 것이고, 역사적 현부와 열녀, 소설 속 허구적 현부와 열녀를 등장시켜 그들의 이야기를 새롭게 재현한다는 점에서는 변용의 측면이라고 할 수 있는 것이다.

(3) 비애에 대한 공감적 서술의 재현

이비 서사가 고전소설에서 서사적 사건으로 구성되는 것과 함께 서술의 측면에서도 일정한 유형적 서술을 발견할 수 있다. 이것은 우순의 서사가 서사 구성의 뼈대를 활용해 고전소설의 사건으로 재현되는 측면과는 다른 이비 서사의 소설적 재현에서 발견되는 특이점이라고 할 수 있다. 이비 서사가 고전소설에 재현될 때 나타나는 일정한 유형적 서술은 바로 비애에 대한 공감적 서술로 〈이비전설〉에서 나타나는 '고통과 비애의 체험자'로서 이비의 의미를 수용한 것이다. 그러나 고전소설에서는 〈이비전설〉의 이비의 비애적 감정을 수용하면서도 여성 주인공이 느끼는 비애가 보다 확대되어 서술되거나 새로운 형태로 서술되기도 한다.

고전소설의 비애에 대한 공감적 서술은 다음과 같은 〈이비전설〉에서 연원한다. "비참한 소리로 부군을 부르며 슬피 울 때 피눈물을 대숲에 뿌리니 얼룩무늬가 생겼다. 사람들은 비바람이 칠 때마다 슬픈 소리가 들리는 것 같다고 하며, 대나무의 변색된 것을 보면 푸른 하늘이 흐느껴 우는 것 같다고 했다."에서처럼 이비의 슬픔은 비바람과 하늘에 이입되어 표현된다. 〈이비전설〉에서 이비의 비애는 '소상반죽(瀟湘斑竹)'이라는 구체적 사건의 서술-자연물에 비애의 감정을 이입-인간이 비애에 공감하는 형태로 서술되고 있는 것이다. 이와 같은 비애의 서술은 고전소설에서도 유사하게 나타나지만 자연물에 비애의 감정을 이입하는 부분에서는 변용이 나타난다.

6 소상강 들어가니 악양루 높은 누각 호수 위에 떠 있고, 동남으로 바라보니 산들은 겹겹이 쌓여 있고 강물은 넓고 넓다. 소상팔경이 눈앞에 벌여 있어 찬찬히 둘러보니 물결이 아득한데, '주루룩 주루룩' 내리는 비 아황 여영의 눈물이요, 대나무에 어린 반점 점점이 맺혔으니 '소상강 밤비'가 이 아니냐.〈중략〉하늘에 떠다니는 갖가지 구름들은 뭉게뭉게 일어나서 한 떼로 둘렀으니 '창오산 저녁 구름'이 이 아니며, 푸른 물 하얀 모래 이끼 낀 양쪽 언덕에 시름을 못 이기어 날아오는 기러기는 갈대 하나 입에 물고 점점이 날아드며 '끼룩끼룩' 소리하니 '모래밭에 내려앉은 기러기'가 이 아니냐. 상수로 울고 가니 옛 사당이 분명하다. 남쪽 지방 찾아왔던 두 자매의 혼이라도 있을 줄 알았는데 제 소리에 눈물지니 '황릉묘의 두 부인 사당'이 이 아니냐.' -『심청전』, 139쪽

7 일쳑 거름이 쳔산(千山)을 볼으며 자최 만학(萬壑)의 머므러 샹슈(湘水)의 비롤 쓰오고 쇼샹팔경(瀟湘八景)을 츠즐식 금풍(金風)은 삽삽ᄒᆞ야 듁엽(竹葉)을 뒤 잇고 츄슈(秋水)는 딩딩ᄒᆞ야 칠빅니 동뎡호(洞庭湖)의 ᄀᆞ을 둘이 비겻거놀, 구의산(九疑山)의 져믄 안개 니러나고 황능묘(皇陵廟)의 두견이 슬피 우니, 녜롤 므릭며 이제롤 늣기미 회포(懷抱)ㅣ 감발ᄒᆞ야 계암이 거문고롤 나와 줄을 고릭며 경암이 옥소(玉簫)롤 드러 곡됴롤 마초니, 류슈(流水)ㅣ 위ᄒᆞ여 흐르디 아니ᄒᆞ고 쳥산의 구름이 다시 니러나니 자던 학(鶴)은 소릭 뇨료ᄒᆞ고 심산(深山)의 호표(虎豹)는 굉녀ᄒᆞ더라.   -〈황릉몽환기〉, 145쪽

6은 〈심청전〉의 일부분으로 심청이 공양미 삼백 석을 받고 인당수에 제물로 바쳐지기 전 소상팔경을 보면서 심청의 심회를 서술한 것이다. 이 대목은 소상팔경 중에서 이비의 흔적이 있는 황릉묘 풍경에 집

중해서 서술하고 있는데 '이비의 눈물', '소상반죽', '황릉묘' 등은 〈이
비전설〉의 내용을 언급하여 이비의 비애를 환기한다. 그러나 〈심청전〉
에서는 '소상강 밤비', '창오산 저녁구름'이라는 자연물을 더 동원하여
비애의 감정을 이입하고 심청의 슬픔을 표현하고 있다. 그러므로 이 대
목은 '이비의 눈물', '소상반죽', '황릉묘'라는 선행 텍스트인 〈이비전
설〉의 구체적 사건을 환기하고 '소상강 밤비', '창오산 저녁구름'이라
는 자연물에 비애의 감정을 이입하고 이것을 바라보는 심청이 비애적
감정을 느끼는 방식으로 죽음을 목전에 둔 심청의 슬픔을 표현해내고
있다. 〈심청전〉의 인당수 대목에 이비고사가 활용되는 이유는 순임금
의 시체를 찾지 못하고 창오산에서 죽은 이비의 슬픔과 곧 인당수에
제물로 희생될 심청의 비애를 견주어 표현할 수 있기 때문이다.

　⑦은 〈황릉몽환기〉의 일부분이다. 〈황릉몽환기〉는 현실적으로 불운
한 선비인 경암과 계암이 꿈속에서 이비를 만나고 천상계의 현부, 열녀
의 인간적 비애를 듣고 계암의 현실적 고통을 토로하는 몽유록이다. 이
부분은 경암과 계암이 꿈속에서 이비를 만나기 전에 상수에 배를 띄우
고 소상팔경을 찾아들어가는 대목이다. '죽엽', '황릉묘'는 선행 텍스트
인 〈이비전설〉의 비애를 환기하는 대상물이다. 이에 더하여 '동정호의
가을달', '구의산의 안개', '황릉묘 두견의 슬픈 울음소리'는 자연물에
비애의 감정을 이입한 표현으로 경암과 계암이 비애에 공감하도록 만
든다. 이러한 자연물을 바라보는 경암과 계암은 이에 감발되어 거문고
와 옥소를 분다. 그러므로 〈황릉몽환기〉의 이러한 서술은 선행 텍스트
인 〈이비전설〉의 비애에 대한 공감적 서술방식을 근간으로 하면서도
보다 풍부하게 자연물에 감정 이입을 하는 방식으로 비애에 대한 공감
적 서술을 만들고 있다.

〈이비전설〉에서 나타나는 비애에 대한 공감적 서술은 고전소설의 맥락 속에서 보다 풍부한 비애적 서술로 표현된다. 〈사씨남정기〉의 비애에 대한 공감적 서술이 바로 그것이다.

⑧ ㉠순임금이 남방으로 순수(巡狩)하다가 창오(蒼梧)의 들에서 붕어(崩御)하셨다. 두 왕비 아황과 여영은 따라가 갈 수가 없었으므로 상강(湘江) 물가에서 눈물을 뿌렸다. 그 눈물이 피로 변하여 대나무 숲을 덮었다. 이른바 소상(瀟湘) 반죽(斑竹)이 그것이다. ㉡그 후 초나라의 어진 신하 굴원은 회왕을 섬기며 나라에 충성을 다했다. 그러나 소인의 참소를 받자 『이소경』을 짓고 물속으로 뛰어들어 스스로 목숨을 끊었다. 한나라 가의는 낙양의 재자였다. 그런데 당시 대신에게 미움을 사서 장사(長沙)로 추방을 당했다. 그도 이곳에 이르러 글을 지어 물에 던져 굴원을 조상하였다. 저들 네 사람의 유적이 아직도 남아있었다. ㉢매양 구의산(九疑山) 기슭에 구름이 일거나 소상강에 밤비가 내리거나 동정호에 달이 밝거나 황릉묘에서 두견이 슬피 울거나 하면, 비록 그럴 만한 이유가 없는 사람이라 하더라도 처연하게 눈물을 흘리며 크게 탄식을 발하지 않는 이가 없었다. 참으로 이른바 천고(千古) 단장(斷腸)의 땅이었던 것이다. 〈중략〉 ㉣세 사람은 서로 순을 잡고 강물을 내려다보았다. 파도가 크게 출렁이고 있었다. 그 깊이는 헤아릴 수조차 없었다. 일색(日色)은 참담하고 음산한 구름은 사방에서 몰려들었다. 원숭이가 슬피 울고 귀신은 휘파람을 불었다. 마치 모든 것이 사람의 비분(悲憤)을 돕는 듯하였다. 마침내 세 사람은 함께 큰 소리로 울었다.

-『사씨남정기』, 93쪽, 97쪽

㉠은 〈이비전설〉의 '소상반죽'을 그대로 반복하여 비애를 드러내는 것으로 〈이비전설〉의 비애에 대한 공감적 서술을 수용한 것이다. 그러나 ㉡~㉣까지의 서술은 〈사씨남정기〉에서 창안된 새로운 표현이다.

ⓛ에서는 장사땅이 이비의 비애뿐만 아니라 역사적으로 굴원의 한이 서린 곳이고, 가의가 대신의 미움을 받아 장사로 추방당해 글을 지어 굴원을 조상한 곳으로, 장사땅에 서린 한과 비애를 보다 강화한다. ⓒ 에서는 '구의산 구름', '소상강 밤비', '동정호 밝은 달', '황릉묘 두견의 울음'으로 자연물에 비애의 감정을 이입하여 비애감을 표현하고 있다. ⓔ에서는 '참담한 일색', '음산한 구름', '원숭이가 슬피 울고 귀신이 휘파람을 분다'는 것처럼 보다 많은 자연물을 동원하여 비애의 감정을 이입하고 이것을 바라보는 사씨 일행도 함께 큰 소리로 울음을 터트리는 방식으로 비애의 공감적 서술을 극대화하고 있다. 〈사씨남정기〉는 〈이비전설〉에서 나타나는 비애적 표현을 근간(ⓐ)으로 하면서도 장사 땅의 비애적 이미지를 강화(ⓛ)하고, 보다 많은 자연물에 비애의 감정을 이입(ⓒ,ⓔ)하여 사씨가 느끼는 비애적 감정을 효과적으로 서술하고 있다. 이것은 〈사씨남정기〉가 비애에 대한 공감적 서술을 새로운 방향으로 개척한 것이라고 평가할만하다.

그러나 이비 서사를 서사화한 고전소설 중에는 선행 텍스트인 〈이비전설〉의 '소상반죽'이나 '황릉묘'의 언급 없이도 여성 주인공의 비애가 공감적으로 서술되는 경우도 있다. 이러한 서술은 현실적 고난을 겪고 있는 여성 주인공이 장사땅이나 소상강을 지나면서 이비를 만나기 직전에 자신의 비애를 드러내는 대목에서 주로 나타난다. 이것은 〈이비전설〉의 비애에 대한 공감적 서술을 보다 폭넓게 변용한 것이라고 할 수 있다.

⑨ 일척 소선(小船)에 몸을 실어 중류(中流)하여 경사(京師)로 향할 새, 이때 납월(臘月) 초생(初生)이니 천기(天氣) 대한(大寒)하여 능히

행치 못할 것이로되 일기(日氣) 훈열(薰熱)하여 깊은 물이 반빙(半氷)하여 소선을 얻어 십여 일이나 행할새, 좌우에 한낱 비자가 없고 동서에 알 이 없어 만경창파에 일엽편주가 홀로 행하니 한낱 늙은 사공이 외로이 대를 저을 뿐이라. 앞 뫼에 분분히 떨어지는 목엽(木葉) 소리와 뒤 산에 초부(樵夫)의 나무 베는 도채 성(聲)이 처량한데, 추천(秋天)이 높았으며 북풍(北風)이 급히 불거늘 남녘 기러기 북으로 가는 소리 원방객(遠方客)의 슬픔을 돋우니 운유자를 일러 무엇하리오.

- 『현씨양웅쌍린기』 1, 316쪽

⑩ 쥬쇼졔 연기언ᄒ여 노상 긱졈이 번요ᄒᄆᆯ 피ᄒ여 젹은 비ᄅᆯ 스틱고 슈로〃 힝홀식 그 쳐량ᄒ 힝식 비길 딕 업거늘 만경창파의 외로온 쇼션 믈결흘 좃챠 씌엿시니 챠시 츈 이월 습슌이라. 츈풍이 화창ᄒ여 쵸목군싱지물이 개유이ᄌ락하여 버들은 취막을 드리오고 니른 꼿치 만발이라. 홍안이 놉히 날며 현뫼 쳠하의 깃드리니 쥬쇼졔 당년의 부모ᄅᆯ 뫼셔 형졔 ᄌᄆᆡ 훤쵸지낙을 늣기던 회푀 쑴ᄀᆞᆺᄒ여 오늬여활ᄒᄂ지라. 슬픈 눈믈이 강쳔을 보틱니 한쇼졔 ᄯ한 죵텬지통이 잇ᄂ지라. 셔로 위로ᄒᄆᆯ 마지아니터니 힝ᄒ여 장ᄉ지경의 밋ᄎᄆᆡ

- 〈성현공숙렬기〉, 50~51쪽

⑨와 ⑩은 〈현씨양웅쌍린기〉와 〈성현공숙렬기〉의 일부분이다. 〈현씨양웅쌍린기〉의 주소저는 남복으로 바꿔입고 장사땅으로 배를 저어 들어가고, 〈성현공숙렬기〉의 주소저 역시 한소저와 함께 남복으로 바꿔 입고 장사땅으로 들어간다. 그런데 이 두 작품에는 〈이비전설〉의 이비의 비애감을 떠올릴 수 있는 구체적인 어휘는 사용되지 않고 있다. 다만 이비의 행적과 고난이 새겨져 있는 장사땅에 들어감과 동시에 자신의 처지에 대한 비애감이 촉발되고 있는 것이다.

⑨의 〈현씨양웅쌍린기〉는 '좌우에 한낱 비자가 없다', '동서에 알 이

없다', '만경창파에 일엽편주가 홀로 행하다'와 같은 외로운 처지를 나타내는 서술과 '분분히 떨어지는 목엽 소리', '초부의 나무 베는 도채성이 처량하다', '추천이 높았으며 북풍이 급히 불다', '남녘 기러기 북으로 가다'라는 표현으로 자연물에 쓸쓸함과 비애감을 이입하여 서술하고 있다. 이러한 주변 자연물을 보면서 장사땅으로 향하는 주소저는 외로움과 비애감을 느끼게 되는 것이다.

⑩의 〈성현공숙렬기〉의 경우도 이와 유사하지만 보다 많은 변용이 나타난다. '적은 배를 타고 수로로 향할 때 그 처량한 행색은 비길 데가 없다'는 표현에서처럼 외로운 처지를 나타내는 서술과 '만경창파의 외로운 소선이 물결을 쫓아 떠 있다'라는 표현으로 자연물에 쓸쓸함을 이입하여 서술하고 있다. 또한 더 나아가 자연물에 비애를 이입하는 방식뿐만 아니라 봄 경치와 역동적인 자연물이 인간의 비애의 감정을 촉발하는 방식으로 변형하기도 한다. '초목군생지물이 개유이자락하다', '버들은 취막을 드리우다', '이른 꽃이 만발하다', '홍안이 높이 날며 현조가 처마에 깃들이다'라는 표현은 부모 형제와 떨어져 타향에서 떠돌고 있는 주소저의 처지와 대조되고, 주소저는 이런 자연물을 보면서 자신의 신세를 한탄하고 슬퍼하면서 비애를 느낀다.

이 두 작품에는 〈이비전설〉의 비애감을 표현하는 구체적인 어휘는 없고 장사땅과 소상강으로 들어가면서 장사땅, 소상강이 환기하는 비애적 분위기만 서술 문면에 드러난다. 자연물의 경색에 외로움과 비애의 감정을 이입하여 표현하거나 여성 주인공이 자연물에 의해 비애가 촉발되는 방식으로 비애의 감정을 변용하여 서술한다는 점에서 이 두 작품은 비애에 대한 새로운 공감적 서술방식을 만들었다고 할만하다.

이처럼 서술의 측면에서 〈이비전설〉에서 드러나는 비애에 대한 공감

적 서술은 고전소설에서 여성의 비애를 표현하는 방식으로 유형화된
다. 그러나 다양한 자연물에 감정 이입을 하여 비애를 표현하거나 이비
에 대한 구체적 사건 서술 없이 자연물에 감정을 이입하는 것으로 새롭
게 변용되기도 한다. 이러한 비애에 대한 공감적 서술은 고통에 직면한
여성의 내면을 고전소설에서 발화할 수 있도록 한다는 점에서 여성의
고통을 서사화하는 고전소설에서 보다 폭넓게 사용되는 서술 기제로
활용될 수 있는 것이다.

3) 이비 서사의 소설화 동인

(1) 천정원리 공고화의 유교 윤리적 동인

앞에서 살펴본 것처럼 선행 텍스트에서 이비는 겸손하면서도 부도
(婦道)를 가진 여성, 고난 극복의 지혜를 가진 조력자, 고통과 비애의
체험자라는 의미의 자장 속에 있다. 고전소설에서 이비 서사는 현실적
고통을 받은 여성 주인공의 고난을 극복하게 하는 조력자의 의미를 수
용하면서도 천정원리, 천도, 복선화음을 구현하는 중계자로서의 의미
를 새롭게 만들어낸다고 하겠다. 고전소설에서 이비 서사의 이러한 변
용은 소설 향유층이 가지고 있는 유교 윤리적 의식을 드러내기 위한
방편으로 이비 서사가 새롭게 활용되고 소설화되고 있음을 의미한다.

많은 고전소설에서 주인공을 돕는 조력자가 등장하는데 그 조력자는
선녀, 선관, 승려, 도사 등 초월적 존재가 대부분이다. 그런 의미에서
이비도 고전소설에서 나타나는 많은 초월적 조력자 중에 하나라고 할
수 있다. 이러한 조력자의 도움은 결국 선한 주인공이 악한 적대자나
불의의 현실을 극복하게 하고 복선화음, 권선징악과 같은 소설 전체의

주제의식을 드러내기 위해 마련된 서사적 요소라고 할 수 있다. 사실 대부분의 고전소설이 이러한 복선화음, 권선징악과 같은 윤리적 의식에 견인되어 있기 때문에 현실적 고난에 대한 조력자로서의 이비의 의미는 이러한 소설적 전형성에서 기인하는 것이기도 하다.

그러나 이비는 여성 주인공의 고난과 관련해서 고난을 극복할 수 있도록 도와주고 천정원리를 현실에서 받아들일 수 있도록 하기 위해서 선택된 인물이다. 여성 독자층에게 천정원리, 천도, 복선화음에 대한 믿음을 불어넣기 위한 적임자로 이비가 선택되고 이비 서사가 만들어지는 것이다. 이비는 고전소설 속에서 고난을 겪는 체험자이면서도 고난을 극복하게 하는 조력자이고 천정원리를 말하는 존재이다. 선행 텍스트인 〈이비전설〉의 이비도 여성 주인공과 같은 고난을 겪었고 이런 고난을 겪고 난 후 현부로서 최고의 위치에 오른다. 이비는 천상계의 존재로 천정원리, 천도, 복선화음을 말함으로써 여성 독자들은 의심 없이 이것을 받아들일 수 있게 된다. 지난한 고난을 먼저 경험한 이비의 위로와 조력은 여성 독자층에게 큰 위안과 도움이 될 수 있고 이비가 전하는 천정원리의 신빙성은 더 높아질 수 있는 것이다. 그렇기 때문에 이비 서사는 당대 소설 향유층이 가지고 있는 윤리의식과 신념체계를 보다 구체적으로 고전소설 속에 기입하고 여성 독자층을 윤리적으로 견인할 수 있는 유용한 선택이 될 수 있다.

실제 삶에서는 천정원리, 천도, 복선화음과 배치되는 일이 비일비재하게 일어난다. 그렇게 되면 천정원리, 천도, 복선화음에 대한 믿음은 공허한 것이 될 가능성이 크다. 고전소설 속 고난을 당하는 여성 주인공들도 자신의 고난 앞에서 천도와 복선화음이 있는 것이냐는 회의적인 질문을 던지거나 자신이 왜 고난을 당하는지 의문스러워한다. 그러나 현실적 고통 속에서 순임금을 보필한 현부와 열녀의 전형인 이비는 천도가 분명히 있으며, 복선화음은 하늘의 이치라고 응답한다. 그리고 현재의 삶은 전생사와 연관되고 있는 것이며, 미래사 역시 하늘의 이치에 따라 조절되는 것임을 전달한다. 이비의 말은 천정원리, 천도, 복선화음이 공허한 믿음이 아니라 소설 향유층이 가지고 있는 윤리의식과 신념체계를 보다 굳건하게 만들기 위해 마련된 것이다. 이러한 천정원리, 천도, 복선화음에 대한 믿음은 당대인이 가지고 있는 유교 윤리적 의식에서 비롯된다.

그러므로 이비 서사에서 변용되는 고전소설의 고난에 대한 조력과 천정원리를 구현하는 서사 구성은 고전소설의 향유층이 가지고 있는 천정원리, 천도, 복선화음에 대한 믿음을 보다 공고하게 하기 위한 유교 윤리적 동인에서 추동되는 소설화 방식이다. 곧 소설 향유층이 가지고 있는 천정원리를 공고하게 하고자 하는 유교 윤리적 동인이 이비 서사를 변용하여 고전소설 속에서 새로운 이비모티프를 만들고 고전소설 속에서 유사한 형태로 반복되게 하는 것이다.

(2) 여성의 교양과 지식 재현의 동인

앞에서 살펴본 역사와 허구적 현부, 열녀와의 동일화의 서사 구성은 고전소설 읽기를 통해 여성 독자층이 가지고 있는 고전 텍스트와 당대 소설 텍스트에 대한 지식과 교양을 소통하고 고양할 수 있는 통로가 된다는 점에서 의미를 지닌다.

이비 서사를 서사화한 고전소설에는 기본적으로 이비의 삶의 과정을 재현하는 서술이 빈번하게 나타난다. 이것은 현재 읽고 있는 소설 속에서 선행 텍스트인 『열녀전』의 〈유우이비〉와 〈이비전설〉의 내용과 의미를 떠올릴 수 있도록 한다. 또한 소설의 주인공이 역사적으로 존재했던 현부와 열녀를 만난다는 사건 구성은 이들의 삶이 기록된 『시경』, 『열녀전』, 『춘추좌씨전』, 『사기』, 『후한서』 등과 같은 고전 텍스트의 내용과 의미를 떠올릴 수 있도록 한다. 더불어 당대 여성들이 많이 읽었던 〈유효공선행록〉, 〈유씨삼대록〉, 〈현봉쌍의록〉, 〈옥교행〉 등의 여성 주인공을 현부와 열녀로 등장시켜 독자가 국문장편소설의 내용과 의미를 떠올리면서 소설 읽기를 가능하도록 한다. 이러한 과정을 통해 이비 서사는 고전소설 속에서 여성 독자들의 지식과 교양을 소통하고 고양시키는 계기를 마련할 수 있게 되는 것이다.

『시경』, 『열녀전』, 『춘추좌씨전』, 『사기』, 『후한서』 등과 같은 고전 텍스트와 〈유효공선행록〉, 〈유씨삼대록〉, 〈현봉쌍의록〉, 〈옥교행〉 등의 국문장편소설 텍스트는 당대 여성 독자층에게 권해지고 여성 독자층에게 선호되는 텍스트들이다. 당대 여성 독자들의 지식과 교양은 이러한 고전 텍스트와 문학 텍스트의 향유 속에서 만들어지고 소통되는 것이다. 역사와 허구적 현부, 열녀와의 동일화의 서사 구성은 당대 여성 독자층의 지식과 교양의 내용이 무엇이며 고전소설을 통해 작자와 독자가 여성적 교양과 지식을 소통하려는 지적 소통 체계를 모색한다는 것을 보여준다.

또한 고전소설의 역사와 허구적 현부, 열녀와 동일화의 서사는 소설 읽기를 통해 여성 독자들의 지식과 교양을 고양시키기는 기능도 하게 된다. 여성 독자들은 역사와 허구적 현부, 열녀와 동일화하는 서사를 통해 자신이 알고 있는 것과 모르는 것을 확인할 수 있는 기회를 가지게 된다. 여성 독자들은 현재의 고전소설에서 제시되고 있는 고전 텍스트와 소설 텍스트를 이미 알고 있다면 이 텍스트들에 대한 지식을 확인하면서 자신의 지식을 숙련할 수 있다. 또한 이 텍스트들을 제대로 잘 알지 못한다면 이 텍스트들을 읽어보고자 하는 지적 자극을 받고 이 텍스트들을 실제로 읽을 수도 있다. 이러한 과정을 통해 고전과 소설 텍스트에 대한 지식이 습득되고 이것이 내면화되면 여성의 교양으로 자리 잡게 되는 것이다. 이런 측면에서 역사와 허구적 현부, 열녀와의 동일화의 서사는 소설 작가와 소설 독자층이 여성의 교양과 지식을 재현하고자 하는 동인에 의해 만든 이비 서사의 변형인 셈이다.

그렇다면 이비 서사를 서사화한 고전소설에서 현부와 열녀 스토리를 재현하고 소설 주인공이 이들을 만나는 사건으로 구성하는 이유는 무엇인가를 생각해보지 않을 수 없다. 현부와 열녀 스토리는 당대 사회가 선호하는 이상적인 여성 담론이다. 이러한 이상적인 여성 담론이 당대 여성들에게 교육되고, 이것을 여성들이 수용하여 체내화할 때 그것은 여성적 지식과 교양이 될 수 있다. 당대 사회적 이념에 의해 조선시대의 여성적 교양과 지식의 체계가 만들어지고 여성들이 애독하는 소설 읽기와 같은 문학적 행위를 통해서 여성적 교양과 지식이 소통되고 고양된다는 사실을 알 수 있는 것이다. 그러므로 이비 서사를 서사화하는 소설들에서 나타나는 역사와 허구적 현부, 열녀를 주인공과 동일화하는 서사 구성은 당대 사회가 선호하는 이상적인 여성 담론과 여성의 교양과 지식을 재현하는 것이다. 당대 사회가 선호하는 여성적 교양과 지식을 재현하고 고양시키고자 하는 여성의 교양과 지식 재현의 동인이 고전소설에서 역사와 허구적 현부와 열녀와 동일화라는 서사 구성을 만들게 되는 것이다.

(3) 여성의 감성적 서술 표현의 동인

앞에서 살펴본 비애에 대한 공감적 서술은 〈이비전설〉을 환기하는 이비와 관련된 구체적 사건을 서술하고, 자연물에 비애의 감정을 이입하여 인간의 공감을 불러일으키는 방식으로 고전소설에서 변주된다. 이와 같은 비애에 대한 공감적 서술은 이비 서사를 수용하여 서사화하는 고전소설뿐만 아니라 우리 고전소설 전반에서 여성의 비애를 표현하는 방법으로 확장되어 여성의 감성적 서술세계를 구축한다는 점에서 의미를 찾을 수 있다.

비애에 대한 공감적 서술에서 선행 텍스트인 〈이비전설〉을 환기하는 이비와 관련된 구체적 사건은 주로 '소상반죽(瀟湘斑竹)', '황릉묘', '이비의 눈물'과 같은 어휘로 표현된다. 자연물에 감정이 이입될 때는 '소상강 밤비', '창오산 저녁구름', '동정호의 밝은 달', '동정호의 가을달', '구의산의 안개', '구의산의 구름', '황릉묘의 두견의 슬픈 울음'에서 알 수 있는 것처럼 일정한 유형적 표현이 나타나게 된다. 비애의 감정이 이입된 자연물을 통해 표현되고 이것을 바라보는 인간도 비애에 공감되는 방식으로 비애에 대한 공감적 서술이 패턴화되고 있는 것이다.

〈심청전〉과 〈황릉몽환기〉는 〈이비전설〉에서 나타나는 비애에 대한 공감적 서술 패턴을 그대로 수용하고 있다. 그러나 〈사씨남정기〉는 〈이비전설〉의 비애에 대한 공감적 서술패턴을 받아들이면서도 소설의 맥락 속에서 보다 풍부하게 변용하고 있다. 〈이비전설〉의 맥락을 떠올리게 하는 자연물 이외에도 보다 풍부한 자연물에 감정을 이입하여 인간의 공감을 불러일으키기 때문이다. 〈사씨남정기〉는 〈이비전설〉의 비애에 대한 공감적 서술을 근간으로 하면서도 새로운 서술패턴을 구축하고 있다고 하겠다.

비애에 대한 공감적 서술은 고전소설에서 여성의 비애를 표현하는 서술방식을 구축하게 된다. 이비와 관련된 구체적 사건은 서술되지 않고, 다양한 자연물에 감정이입을 하여 인간의 공감을 불러일으키는 방식이 그것이다. 이런 의미에서 〈현씨양웅쌍린기〉나 〈성현공숙렬기〉는 비애에 대한 공감적 서술을 새롭게 변화시킨 것이라고 할 수 있다. 이 것은 다양한 자연물에 비애적 감정을 이입하여 여성의 내면적 슬픔을 표현하는 것으로 장편가문소설에서 여성의 비애를 표현하는 서술방식으로 보다 폭넓게 활용되고 있다. 현실적 고통을 받는 여성 주인공들의 내면적 슬픔을 서술하기 위해 자연물에 비애의 감정을 이입하고 이것을 바라보는 여성 주인공들이 비애를 느끼는 방식으로 변주되어 장편가문소설과 같은 소설군에서 이러한 비애에 대한 공감적 서술이 선택되고 있는 것이다.

이와 같은 비애에 대한 공감적 서술은 여성의 고통이 강화되고 여성의 고난 상황이 빈발하는 고전소설에서 유사하게 드러나는데 그 이유는 이러한 서술을 통해 고통에 직면한 여성의 내면을 효과적으로 드러낼 수 있기 때문이다. 고통과 슬픔은 말해져야 하고 표현되어야 해소될 수 있다. 비애에 대한 공감적 서술은 자연물에 인간의 고통과 슬픔을 이입함으로써 고통과 슬픔을 나누고 이에 공감할 수 있도록 한다는 점에서 여성이 고통과 슬픔을 표현하는 방편이 되고 고통과 슬픔을 극복하기 위한 수단이 되는 것이다. 이러한 비애에 대한 공감적 서술에서 독자의 공감은 더 커지고 감정적 카타르시스를 느낄 수 있게 되는 것이다. 여성의 고통을 서사화하는 고전소설들에서 비애에 대한 공감적 서술이 선택되고 몇 가지 방식으로 변주되어 여성의 감성적 서술세계를 드러내는 것은 바로 이런 이유 때문이다. 이런 점에서 〈이비전설〉에서 연원하는 비애에 대한 공감적 서술은 소설 여성 향유층의 감성과 이를 표현하고자 하는 동인이 만든 소설적 표현의 양상이다. 비애에 대한 공감적 서술은 우리 고전소설에서 비애를 표현하는 유형적 형태로 자리 잡게 되고 여성의 감성적 서술세계를 구축하는 데 일정한 기여를 했다고 할 수 있을 것이다.

5. 고전소설의 우순(虞舜)과 이비(二妃)의 소설적 재현의 특징과 의미

우순과 이비의 서사는 조선시대에 정치, 사회, 문화, 역사적으로 권위를 가졌던 텍스트였던『서경』,『맹자』,『사기』,『열녀전』에서 연원하여 우리 고전소설의 인물과 사건으로 재구성되는 서사 프레임이 되었다. 고전소설에서 우순과 이비의 서사를 소설적으로 반복해서 재현하는 것은 이들 텍스트가 조선시대 당대의 지식 문화적 맥락에서 매우 중요한 담론이기 때문이다.『서경』,『맹자』,『사기』,『열녀전』은 조선시대에 국가가 관장하여 교육하고 널리 읽도록 장려된 텍스트로 이 텍스트들에 대한 교육과 전파를 통해 우순과 이비의 서사는 친숙하고 일상적인 이야기로 소설 향유층에게 각인되었다.

고전소설에서 재현되는 우순의 서사는『서경』,『맹자』,『사기』를 선행 텍스트로 하여 고전소설에서 새롭게 재구성되고 있고, 이비의 서사는『열녀전』과 민간에서 구전되는 〈이비전설〉을 선행 텍스트로 하여 고전소설에서 재구성되고 있다. 우순의 서사가 고전소설에서 메인 플롯으로 인물과 사건으로 재구성되는 것과 달리 이비의 서사는 고전소설에서 메인 플롯으로 구성되는 것이 아니라 부차적 인물과 삽화적 사건으로 재구성되는 차이점이 있다. 이러한 차이는 선행 텍스트의 우순과 이비 서사의 성격에서 기인하는 것이라고 할 수 있다. 선행 텍스트에서 이비는 우순의 아내로 상과 고수에게 직접적으로 고통을 받는 인물은 아니고 우순의 고통과 고난을 도와주고 조력하는 역할을 하기 때문에 고전소설에서도 고통과 고난을 겪는 주인공으로 형상화되지는 못한다. 이에 반해 우순은 고통과 고난을 온몸으로 받으면서 지극한 효우로 제가(齊家)하고 어진 정치를 펴기 때문에 고전소설에서도 우순형 인물로 고전소설의 남성 주인공으로 형상화되고 이비는 고전소설에서 삽화적 사건으로 구성되고 부차적 인물로 형상화되는 이유가 여기에 있다. 또한 이비 서사는 고전소설에서 사건 구성의 측면에서만 아니라 고전소설의 서술 표현에서 내면의 감정을 표현하는 새로움을 구축한다는 특징을 지닌다.

우순과 이비의 서사가 고전소설로 재현될 때는 유교 윤리적 측면, 소설 장르적 측면, 현실 반영적 측면, 여성의 지식과 감성 표현의 측면에서 작용하는 서사 동인에 의해 소설의 서사 구성과 서술 표현이 만들어진다는 것을 알 수 있었다.

먼저 우순의 서사를 소설화하는 고전소설에서 추출했던 효우의식 주제화의 유교 윤리적 동인과 이비의 서사를 소설화하는 고전소설에서 추출했던 천정원리 공고화의 유교 윤리적 동인은 공통적으로 조선시대를 지배했던 당대의 유교 이데올로기의 메커니즘에서 만들어지는 소설적 소산이라고 할 수 있다. 지극한 효우의식은 유교적 윤리 중에서 가장 중요하고 기본적인 것이다. 가정내에서 효와 우애가 바로 서야 가정은 물론 사회도 안정적으로 유지될 수 있다. 이 때문에 우순의 서사에서 의미화되는 효우의식은 우순의 서사를 소설화하는 고전소설의 주제로 안착되고 반복적인 주제소가 된다. 또한 이비의 서사를 소설화하는 고전소설에서 나타나는 고난에 대한 조력과 천정원리 구현의 서사도 유교적 이념의 메커니즘에서 만들어지는 것이다. 현실의 고난과 고통은 하늘의 이치와 복선화음의 이치에 따라 처리되고 해결된다는 믿음은 유교적 윤리의식과 신념을 소설의 주제로 반영한 것이다. 유교 이데올로기의 메커니즘은 우순과 이비 서사의 소설적 주제화에 관여하는 동력이라고 할 수 있을 것이다. 효우의식과 천정원리는 유교적 이념의 중요한 덕목이기에 이것을 가장 잘 구현할 수 있는 서사가 바로 우순과 이비의 서사이고 고전소설에서는 효우의식과 천정원리에 적합한 인물 형상화와 소설 구조로 재구성하는 것이다.

우순의 서사를 소설화하는 고전소설에서 추출되는 고난과 성숙의 통과의례적 서사구성은 소설 흥미 강화를 위한 유희적 동인에 의해서 만들어지는 구성이다. 이것은 소설이 지닌 장르적 속성에서 비롯되는 것이다. 소설 장르는 고난과 고통을 겪는 과정에서 주인공의 성장과 성숙을 보여주고 자아와 세계의 대결을 통해 흥미를 유발한다. 우순의 서사는 다른 역사적 인물보다 고난과 극복 상황이 도드라진다. 고전소설은 이런 우순의 서사에다 통과의례를 통한 자아 성숙의 구조를 결합하여 새로운 서사형을 만든다. 우순의 서사에서 나타나는 2번의 고난 상황보다 더 심각하고 다단한 고난 상황을 만들고 남녀 주인공의 고난의 누적적 구성과 그 극복 서사를 구성하여 소설의 흥미를 배가하는 것이다.

우순의 서사를 소설화하는 고전소설에서 나타나는 가부장제 가족 문제에 대한 비판적 동인은 소설 밖 현실을 반영하고 투영하려는 것이다. 고전소설은 가부장제 가족 구조가 지니고 있는 문제점을 비판하면서 이것을 해결하려고 하기 때문에 소설 밖 현실의 문제와 해결을 고민하는 서사 구조를 고안한다. 그러나 고전소설은 현실을 반영하지만 있는 그대로의 현실을 반영하는 것이 아니라 당위적 현실을 그려낸다. 당위적 현실은 가부장제 가족 구조의 문제점을 드러내면서도 이것이 쉽게 해결될 수 있다는 믿음을 드러내는 것이다. 우순의 서사는 소설 밖 현실의 문제를 완전하게 반영하지는 못하고 당위적 현실만을 재현하는 불완전한 현실 반영적 서사 구조로 재구성되고 있다. 이것은 있는 그대로가 아니라 있어야 하는 당위적 현실을 재현하는 서사적 틀로 변형되는 것이다.

한편으로 이비 서사를 소설화하는 고전소설에서는 여성의 교양과 지식을 재현하고 여성의 내면을 재현하는 표현을 새롭게 구축한다. 고전소설의 주인공이 이비와 함께 역사적이고 허구적인 현부와 열녀를 만나는 사건은 당대 사회가 선호하는 여성적 교양과 지식을 재현하고 고양하고자 하는 서사 동인이 작용한 것이다. 또한 여성의 비애를 표현하는 비애에 대한 공감적 서술은 여성의 감성을 표현하는 서술을 정교화하는 것인데 이것은 내면의 감정을 토로하고 이를 표현하려는 여성의 감성적 서술 표현의 서사 동인이 고안해낸 것이다.

결국 우순과 이비의 서사는 고전소설이 창작되고 향유된 조선시대의 유교 이데올로기적 측면, 소설 장르적 요구, 현실 반영적 측면 그리고 여성의 지식과 감성적 표현이라는 서사 동인에 의해 중국의 역사는 고전소설의 새로운 허구적 인물과 서사 그리고 표현으로 전화되는 것이다.

제 3 장

고전소설의 '송사(宋史)'의
소설화 동인과 방식

1. 고전소설에서 반복되는 송사(宋史)의 서사 프레임

송나라의 역사를 재현하는 일군의 고전소설에서도 반복되는 역사적 사건이 있다. 송사(宋史)를 소설화하는 고전소설에서는 북송(北宋)의 인종대에 있었던 '인종의 곽황후 폐위'와 신종대와 철종대에 있었던 '구법당과 신법당의 정쟁'이라는 역사적 사건을 주목할 수 있다. 먼저 인종의 곽황후 폐위라는 역사적 사건에서는 인종과 곽황후라는 역사적 인물이 소설화된다. 구법당과 신법당의 정쟁이라는 역사적 사건에서는 구법당의 역사적 인물인 사마광, 구양수, 여공저, 범순인, 정호, 정이, 소식, 사마강 등과 신법당의 역사적 인물인 왕안석, 왕방, 여혜경, 채확 등이 등장한다. 이러한 송사의 역사적 사건과 인물이 고전소설의 사건과 인물로 소설화되어 허구적 세계 속에서 재구성된다. 인종의 곽황후 폐위는 〈소현성록〉과 〈현몽쌍룡기〉와 〈조씨삼대록〉에서 소설화되고 구법당과 신법당의 정쟁은 〈옥원재합기연〉과 〈난학몽〉에서 소설화된다.

인종의 곽황후 폐위는 〈소현성록〉과 〈현몽쌍룡기〉와 〈조씨삼대록〉
에 메인 스토리가 아니라 에피소드적 차원의 삽화로 구성된다는 공통
점을 지닌다. 인종은 북송의 4대 왕이고 곽황후는 인종의 정궁(正宮)이
다. 인종이 후궁인 상미인을 총애하자 곽황후는 질투하다 인종의 얼굴
에 상처를 입힌 사건으로 폐위되고 그 이후 자성광헌조황후가 정궁이
된다. 인종과 곽황후의 갈등과 폐위와 관련된 일련의 역사적 사건이
〈소현성록〉, 〈현몽쌍룡기〉, 〈조씨삼대록〉에서는 공통적으로 삽화 차원
에서 재현되어 있다. 이 때문에 송대의 역사적 사건인 인종의 곽황후
폐위는 고전소설에서 반복되는 송사(宋史)의 첫 번째 서사적 프레임으
로 설정할 수 있다.

구법당과 신법당의 정쟁이라는 역사적 사건은 〈옥원재합기연〉과 〈난
학몽〉에 재현되고 있다. 〈옥원재합기연〉에서 구법당과 신법당의 대립
과 정쟁은 전반부의 소설적 갈등을 추동하는 중요한 요소로 전반부의
메인 스토리와 관련되어 구성되어 있다. 〈난학몽〉의 경우는 구법당과
신법당의 대립과 정쟁이 소설 전체의 소설적 갈등을 추동하는 중요한
요소로 전반부와 후반부의 메인 스토리와 관련되어 구성되어 있다. 구
법당과 신법당에 속한 역사적 인물도 두 작품의 인물로 재구성되고 있
다. 이 때문에 두 작품에서 구법당과 신법당의 정쟁과 갈등은 고전소설
에서 반복되는 송사(宋史)의 또 하나의 서사적 프레임으로 설정할 수
있는 것이다. 이 장에서 다루는 작품은 다음과 같다.

송대의 역사적 사건	대상 작품
인종의 곽황후 폐위	『소현성록』 1~4, 조혜란 외 역주, 소명출판, 2010.
	『현몽쌍룡기』 1~3, 김문희 외 역주, 소명출판, 2010.
	『조씨삼대록』 1~5, 김문희 외 역주, 소명출판, 2010.
구법당과 신법당의 정쟁	〈옥원재합기연〉, 『필사본 고전소설전집』 27~30, 김기동 편, 아세아문화사, 1980.
	〈난학몽〉, 『(교감본 한국한문소설) 가정가문소설』, 장효현 외, 고려대 민족문화연구원, 2007.

2. 『송사(宋史)』, 『송감(宋鑑)』, 『송명신언행록(宋名臣言行錄)』의 향유와 영향

고전소설이 인종의 곽황후 폐위와 구법당과 신법당의 정쟁을 소설화하는 기저에는 당대에 향유되었던 송나라 역사서인 『송사(宋史)』와 『송감(宋鑑)』, 송나라 명신(名臣)들의 짧은 전(傳)과 언행을 기록한 『송명신언행록(宋名臣言行錄)』의 영향이 컸을 것이다. 『송명신언행록』은 주희와 그의 외손자 이유무가 남송대에 저술한 것이고, 『송사(宋史)』는 원나라 탈탈(脫脫) 등이 칙명으로 함께 착수하여 1345년에 완성하였다. 『송사』는 송대의 서적과 자료를 참고하여 완성된 것인데 『송명신언행록』도 『송사』를 완성하는 데 참고가 된 자료라고 할 수 있다. 『송감(宋鑑)』은 명나라 선종 때 유섬(劉剡)이 편집하고 장광계(張光啓)가 정정한 것을 유문수(劉文壽)가 1429년에 간행한 송원(宋元)의 역사서이다. 『송감』은 『송사』를 참고하여 썼기 때문에 『송사』의 내용이 많이 들어가 있다. 『송사』와 『송감』, 『송명신언행록』은 조선시대에 왕실과 조정, 사대부와 양반층에 유입되어 널리 향유되었다.

1) 『송사(宋史)』와 『송감(宋鑑)』의 향유와 영향

『송사(宋史)』는 원나라 때인 1345년에 편찬되었는데, 세부적인 내용으로는 본기(本紀) 47, 지(志) 162, 표(表) 32, 열전(列傳) 255권으로 나누어 전체 469권으로 구성되어 있고 북송(北宋)의 각 황제마다 편찬한 국사나 실록이나 일력(日曆) 등을 기초로 하여 편찬되었다.

『송사』가 조선에 유입된 상황을 살펴보면 태종 13년(1413년)에 태종이 『송사』를 읽었다는 기록이 있다. 태종은 조영무와 유양을 부원군으로 봉하고 남재 등을 우정승으로 임명하면서 다음과 같이 말하고 있다.

> ① "이제 조영무가 병든 지 날이 오래이니 누가 대신할 만한 자인가? 내가 《송사(宋史)》를 보니, 재상(宰相)이 된 자가 혹은 파직되고 혹은 제거(除去)되는 일이 거의 없는 해가 없었다. 나는 재상이 될 자로서 그 적당한 사람을 고르기가 실로 어렵다고 생각한다. 태조 때의 재상은 오직 조준(趙浚)·김사형(金士衡)뿐이다. 이제 이직(李稷)이 있어 그 직임을 대신시키는 것이 마땅하나, 세자(世子) 때에 이르러 어찌 재상이 없을 수 있겠는가? 또 이직이 좌상(左相)과 더불어 친척의 혐의(嫌疑)가 있으니 지금은 불가하고, 오직 남재(南在)가 있을 뿐이다. 그러나, 남재는 모든 일에 용기 있게 행동함에 나약한데, 이를 재상으로 삼는 것이 어떠할까?"   -『태종실록』, 태종 13년 10월 22일

위의 기록을 보면 태종은 여러 신하들을 관직에 임명하면서 재상이 될 사람을 고르는 게 어렵다는 것을 말하면서 자신이 본 『송사』를 언급하고 있다. 태종의 언급을 통해 본다면 『송사』는 조선 초기에는 조선에 유입되었고 임금이 그것을 읽었다는 것을 알 수 있다. 그러나 어떤 경로로 태종이 『송사』를 구하여 읽었고, 조선에 어느 정도 유입되었는지

정확히 알 수 없다. 세종 때에도 중국 측에『송사』를 수입하게 해달라
는 요청을 했다는 기록이『세종실록』에 나온다. 세종 17년 8월 24일에
세종은 남지를 북경에 보내어 중국 황제의 생일을 축하하면서『자치통
감』외『송사』등을 보내 달라고 부탁한다. 그런데 이런 주청에도 불구
하고 세종 때에는 곧바로『송사』가 수입된 것은 아닌 것 같다.

> ② 백관(百官)이 칙명(勅命)으로《송사(宋史)》를 내려 준 것에 대하
> 여 하례하였다. 대개 우리나라의 서적(書籍)에《송사》가 빠져서, 세종
> (世宗)이 매양 북경(北京)에 가는 자에게 구입(購入)하게 하였으나 구
> 하지 못하였고, 또 일찍이 주청(奏請)하였으나 중국 조정(朝廷)에서 또
> 한 말하기를, "한림원(翰林院)에《송사》가 없으니, 장차 간인(刊印)하
> 여 내려 주겠다."고 하였는데, 이때에 이르러 다시 청하여 내려 준 것이
> 었다.   -『단종실록』, 단종 2년 9월 11일

②의 내용을 보면 세종 때 조선에 보내달라고 했던『송사』는 단종
때에 조선에 유입된 것으로 나온다. 백관이 칙명으로『송사』를 내려준
것을 하례한다는 위의 기록으로 보아 세종 때 조선에 보내달라고 주청
했던『송사』는 단종 2년(1454년) 이후에 중국에서 간인(刊印)되어 조선
에 널리 유포된 것으로 보인다.

그 후 중종 7년에는 조정대신 조원기 등이 올린 소릉 복귀에 대한
차자(箚子)에는『송사』의 내용이 전폭적으로 인용되고 있다. 단종의
어머니인 현덕왕후의 능인 소릉을 복귀하자는 조원기의 차자(箚子)에
는『송사』의 철종의 황후 맹씨의 예가 언급되고 있다.

> ③ 조원기(趙元紀) 등이 차자(箚子)를 올리기를, "신 등이 삼가《송

사(宋史)》를 상고하건대, 철종(哲宗)의 황후 맹씨(孟氏)가 두 차례나 폐출하는 죄를 받았었는데, 처음에는 휘종(徽宗)이 그 위호(位號)를 복구하였고, 다음에는 고종(高宗)이 기폐(起廢)하여 존숭해서 섬겼으나, 당시에 한 사람도 선대(先世)에 폐출된 것 때문에 의심하는 말이 있었다는 것을 듣지 못하였고, 후세에도 이 때문에 맹씨를 논란하거나 휘종과 고종을 비난했다는 말을 듣지 못하였습니다. 지금 소릉이 죄가 없음은 맹씨에 비하여 몇만 배뿐만이 아니며, 당초에 폐출되도록 세조를 그르친 자는 대신들인데, 성종 때에는 옛 대신들이 아직 생존해 있었으니, 추복(追復)하자는 의논을 도리상 들려드릴 수가 없는 일이어서, 원통한 원혼이 떠돌며 일반 백성만도 못하게 된 지가 지금 몇 해가 되었습니다."

　　　　　　　　　　　　　　-『중종실록』, 중종 7년 12월 22일

위의 조원기의 차자를 살펴볼 때『송사』는 중종대에는 왕뿐만 아니라 조선의 사대부, 관리 등이 폭넓게 읽고 그 내용을 이해하고 있었다고 할 수 있을 것이다. 조원기는 단종의 어머니인 현덕왕후가 세조 때 황후에서 폐위되고 일반인의 묘로 이장된 것을 안타까워하여 현덕왕후의 복위를 주창하고 선릉을 복귀하자고 주청한다. 이런 주청의 당위성을 말하기 위해 송대 철종의 황후 맹씨의 사례를 들고 있는 것이다.『중종실록』의 기록을 살펴보면 중종 이후『송사』를 언급한 왕의 하교나 신하의 상소가 빈번함을 알 수 있는데,『송사』는 중종대 이후 그 내용을 공유할 수 있을 정도로 폭넓게 읽히고 유통되었다는 것을 알 수 있다.

정조 때는 정조와 신하들이 아침에 유학의 경서를 강론하는 시간에 『중용』의 내용을 토론하다가『송사』의 신종, 사마광, 왕안석을 두고 의견을 나누기도 한다.

　　④ 상이 이르기를, "인품이야 물론 어질고 못난 차이가 있지만 세상

에 쓰이는 재주로 말한다면 왕안석이 절대로 사마광보다 못하지 않을 것이다." 하니, 지영이 아뢰기를, "안석은 사실 뛰어난 재주를 지녔지만 정치를 하는 데 있어서야 어찌 사마광처럼 거의 완전한 사람을 당해낼 수 있겠습니까." 하고, 의봉은 아뢰기를, "만약 사마광이 임금의 신임을 전적으로 받고 오랫동안 정사를 행했더라면 소강(小康)상태의 정사를 이루었을 뿐만 아니라, 반드시 삼대(三代) 때의 이상적인 정사도 회복할 수 있었을 것입니다." 하고, 채제공은 아뢰기를, "요즘 유자들의 논의는 사마광과 왕안석은 서로 비교할 수도 없다고 말하는데 이는 정말로 편협한 것입니다. 신의 생각에는 사마광은 신법이 백성들을 뒤흔든 뒤에 나서게 되었으므로 마치 청렴한 관리가 탐욕스러운 관리의 뒤를 이어 쉽게 청렴하다는 이름을 얻은 것과 같다고 봅니다. 이 때문에 온 천하가 지금까지 그를 칭송하니, 좋은 팔자라고 하겠습니다. 구법을 바꾸는 것은 극히 어렵지만 신법을 혁파하는 것은 극히 쉬운 법이니, 어찌 사마광의 재간이 왕안석보다 확실히 뛰어난 점이 있겠습니까." 하니, 상이 이르기를, "그렇다. 유신들은 비록 송 신종이 적임자를 쓰지 못했다고 말하지만 그 당시 천하의 형세가 크게 떨쳐 쇄신하지 않을 수 없었기 때문에 정신을 가다듬고 훌륭한 정치를 꾀하면서 굳게 마음을 먹고 흔들리지 않았던 것이다. 내 생각에는 한(漢) 무제(武帝) 이후로는 오직 송 신종만이 일을 일답게 해보려는 뜻을 가졌었다고 여긴다. 국초(國初)에 《송사(宋史)》가 우리 나라에 미처 들어오지 않았을 때 이름 있는 석학들이 미리 헤아려 보고 혹자는 '왕안석은 반드시 영행전(佞幸傳)에 들어갈 것이다.' 하고, 혹자는 '마땅히 명신전(名臣傳)에 들어갈 것이다.' 하였는데, 나중에 《명신록(名臣錄)》을 보니 과연 그 가운데 들어 있고, 《송사》에서도 역시 그러하였다. 주자(朱子)도 이미 명신으로 인정했으니, 어찌 얻기 어려운 인재가 아니겠는가. 다만 여혜경(呂惠卿) 같은 무리들을 등용해 진출시킨 것이 큰 착오였던 것이다. 대체로 세도(世道)를 만회하는 것 역시 운수가 좋고 나쁜 것에 관계되는 것이다. 군주는 운명에 대해 말하는 것이 아니라고 하지만, 나는 그때의 운수가 그렇게 만든 것이라고 여겨진다."
-『중종실록』, 중종 7년 12월 22일

　정조와 지영, 의봉, 체제공의 토론을 살펴보면『송사』의 사마광, 왕안석에 대한 당대의 다양한 인식들이 있다는 것을 짐작할 수 있다. 조선시대 많은 유자(儒者)들이 사마광을 높이 평가하고 왕안석을 낮게 평가하고 있다는 점과 왕안석을 바라보는 다양한 시각도 있다는 점이다.
　위 강론에서 지영과 의봉은 사마광을 완전한 사람이라고 칭송하고, 당대의 유자들도 그렇게 판단하고 있는데 반해 체제공은 사마광이 신법의 폐단 뒤에 나서게 된 사람이기 때문에 사마광에 대한 칭송은 과한 부분이 있다는 주장을 한다. 또한 정조도 신종이 천하의 쇄신을 위해서 주변에 흔들리지 않고 왕안석을 쓴 것이며, 주희도 왕안석을『명신록』에 넣어 송나라 명신으로 다루고 있고,『송사』에서도 그렇게 하는 것으로 보아 왕안석은 인재라고 평가하며 운수가 좋지 않아 결과가 그렇게 된 것이라고 말하고 있다. 정조와 신하들의『송사』에 대한 토론은 정조대『송사』는 이미 조선조 왕과 유자들 사이에서 대중적으로 읽혔고 신종, 사마광, 왕안석에 대한 다양한 해석을 하고 있다는 것을 보여준다. 특히 왕안석을 부정적으로 바라보는 일반적인 시선과 왕안석이 재주 있는 신하이지만 운이 좋지 않았다는 시선이 혼재하고 있다는 것을 알 수 있고, 이는 후에 상론하겠지만 조선시대 창작된 고전소설에서도 비슷한 생각과 인식들이 반영되어 있다는 것을 지적할 수 있다.
　정조는『송사』를 읽고 토론하고 논평하는 것에서만 머물지 않았다. 정조는 1791년 일부 학자들의 도움을 받아『송사전(宋史筌)』을 완성하기도 한다. 정조는 세손 시절『송사』를 공부하면서 그 체재와 내용에

많은 불만을 가지면서『송사』를 개수(改修)하기로 결심하고,『송사』의
편목(編目)을 정리하고 없앨 것은 없애고 보충할 것은 보충하여 즉위
전에 약 80권의 초고를 완성하였다. 정조가 즉위 후에 자신의 초고를
주변의 학자들에게 주고 개정하게 한 다음 서명응(徐命膺)에게 주어 수
정하도록 했다. 그 결과 1780년(정조 4년)에 100권 40책의 경자본(庚子
本)『송사전』이 편찬됐지만, 정조는 그 내용에 만족하지 못하고 이를
이덕무(李德懋)에게 주어 다시 개정하도록 했다. 이덕무는 정조와의 긴
밀한 협의 속에 수정 작업을 진행했고, 결국 1791년에 최종적으로 150
권 61책의『송사전』을 완성하였다.[1]

　이처럼『송사』는 조선 초기부터 유입되어 처음에는 왕이나 소수의
지식인들만 읽는 역사서였지만 조선 중기 이후에는 왕과 신하, 사대부
전체가 읽는 역사서가 되었다. 특히 신법을 둘러싼 송대의 상황과 조선
의 상황을 빗대어 논하는 경우도 있었고, 신법의 창시자인 왕안석을 둘
러싼 평가도 왕왕 경연의 자리에서 언급되고 있었다. 이는 조선시대『송
사』와 관련된 핫이슈라고 할 수 있을 것이며, 고전소설에 구법당과 신
법당의 정쟁이라는 역사적 사건이 소설화될 수 있는 지적 기반을 만든
것이라고 하겠다.

　한편『송사』와 더불어 조선에『송감(宋鑑)』이 수입되어 인쇄 유통되
기도 한다.『송감』은 전대의 역사서인『송사』,『송조장편』,『강의정방』,
『통요』,『절요중략』등을 참조[2]하여 완성하였다. 이 때문에『송감』에

1　이성규,「『宋史筌』의 편찬배경과 그 특색」,『진단학보』49, 진단학회, 1980, 87~91쪽.
　　김문식,「『宋史筌』에 나타난 이덕무의 역사의식」,『동아시아문화연구』33, 한양대학교
　　동아시아문화연구소, 1999, 32~35쪽.
2　김민현,「『增修附註資治通鑑節要續篇』의 유통과 활용에 대한 연구」,『규장각』52, 서울

는『송사』의 내용이 전폭적으로 기록되어 있다.『송감』의 정식 명칭은
『증수부주자치통감절요속편(增修附註資治通鑑節要續篇)』이다.『조선왕
조실록』이나 사인의 문집 등 옛 기록에는『증수부주자치통감절요속편
(增修附註資治通鑑節要續篇)』,『송원절요(宋元節要)』,『송원통감(宋元通
鑑)』,『송감(宋鑑)』등으로 혼용되기도 하지만『송감(宋鑑)』이라는 약
서명(略書明)으로 기록된 사례가 가장 많다. 이로 보아 조선에서는『송
감』이라는 이름으로 널리 사용한 것[3]으로 보인다.

　『송감』은 세조 무렵부터 조선에 본격적으로 유입되었다고 할 수 있
다.『송감』의 정식 명칭인『증수부주자치통감절요속편』의 가장 오래
된 조선의 금속활자본 초주갑인자본(初鑄甲寅字本)이 세종조에서 세조
조에 간행된 것으로 추정되고 있고[4]『세조실록』에도 다음과 같은 내용
을 확인할 수 있다.

　　⑤ 도승지(都承旨) 신숙주(申叔舟)에게 전교하기를, "경연(經筵)이
　　란 인주(人主)와 유신(儒臣)이 도의(道義)와 정치를 강론하는 자리이
　　니, 잠시라도 폐지할 수 없다. 내가 날마다 경연에 임어하려고 하는데,
　　다만 승지(承旨)와 집현전(集賢殿)의 사관(史官)으로 하여금 각기 1명
　　만이 들어와 참여하게 하는 것이 어떻겠는가? 또《송원절요(宋元節
　　要)》·《통감강목(通鑑綱目)》·《대학연의(大學衍義)》는 모두 나라를 다
　　스리는 법도에 긴절한 것인데, 무엇을 먼저 해야 할 것인가? 군주가 대
　　신(大臣)을 접견할 때는 본시 많으나 미관(微官)에 이르러서는 얻어 볼
　　수가 없어 내 윤대(輪對) 하는 법제를 다시 행하려고 한다. 다만 개중에

　　대 규장각 한국학연구원, 2018, 164쪽.
3　김민현, 위의 논문, 166쪽.
4　김민현, 위의 논문, 166쪽.

는 간혹 참소(讒愬)하는 사람이 있어 만일 이를 좇는다면 인주로서 아름다운 일이 아니다. 나는 결단코 참소는 들어주지 않을 것이다. 그러나 후세의 인주로서 혹시 믿는 자가 있을까 두려우니, 네 사람[四人]으로 하여금 함께 진대(進對)케 하는 것이 어떻겠는가? 몇 품 이상 진대 하는 것이 옳겠는가? 또 무반(武班)부터 먼저 하려고 하는데, 이는 어떤가? 윤대와 경연을 하루에 아울러 거행하기는 어려우므로 나는 하루 걸러서 하려고 한다." 하였다. 신숙주가 아뢰기를, "세 가지 서적이 모두 폐할 수 없는 것들입니다. 다만《송원절요(宋元節要)》는 근대의 일이라서 응당 먼저 강론하여야 할 것입니다."

-『세조실록』, 세조 1년 6월 13일

세조는 경연과 윤대에서 먼저 읽을 책과 방법에 대해서 도승지 신숙주와 논의하면서 『송원절요』, 『통감강목』, 『대학연의』 중에서 어떤 책을 먼저 할 것인가를 묻는다. 신숙주는 『송원절요』가 세조 당대와 가장 가까운 근대의 일을 기록한 책이기 때문에 『송원절요』를 먼저 읽어야 한다고 대답하고, 세조는 신숙주의 의견에 따른다. 『송원절요』는 『송감』의 다른 명칭인데, 이로 볼 때 『송감』은 세조때부터 경연에서 읽힌 책이라는 사실을 알 수 있다.

『송감』은 국가 주도로 금속 활자본과 목판본으로 간행[5]되었다. 세종 말 세조초에 간행되었다고 추정되는 금속활자본인 초주갑인자본(初鑄甲寅字本)을 필두로 금속활자본 7종, 목판본 2종 등이 간행되었다.

또한 『송감』은 조선조 전 시기에 걸쳐 학습서로 활용되었다. 조선 중기의 문신 택당 이식(1584년~1647년)은 자손들에게 교시하는 글에서

---

5 김민현, 위의 논문, 161쪽.

가장 먼저 읽어야 할 책으로『시경』,『서경』,『논어』,『맹자』,『중용』,
『대학』,『강목』과 더불어『송감』을 꼽았다.[6] 서원에서도 유생들의 교
육을 위해『송감』을 활용하였는데, 조선 최초의 서원인 백운동 서원
장서목록에도『송감』이 소장되었던 것으로 나오고, 소수서원의 서책
목록에도『송감』이 기록되어 있다.[7] 최고 교육기관이었던 성균관에서
는『송감』이 과목(科目)으로 지정되어 있었다. 세조 10년(1464년) 예
조에서 성균관 구재(九齋)의 강경(講經)에『송원절요』를 요청하자 세조
가 윤허하고 그 후 성균관의 교과과정 중에『송원절요』를 익히는 것이
학령으로 지정되었다.[8]

『송감』이 가정과 교육기관에서 학습서로 사용했던 것은『송감』이
과거 교재였기 때문이다.『송감』이 본격적으로 과거 교재로 선정된 것
은 세조 2년이다.

> [6] 문과(文科)는《사서》·《오경》외에《좌전(左傳)》·《사기(史記)》
> ·《통감(通鑑)》·《송원절요(宋元節要)》·《삼국사기(三國史記)》·《고
> 려사(高麗史)》만을 강하며, 중장을 표(表)·전(箋)을 시험하여 신자
> (臣子)로 임금 섬기는 글을 익히게 하고, 교조(敎詔)를 시험하여 군상
> (君上)이 영하(令下) 하는 글을 익히게 하며, 종장(終場)에는 역대와
> 시무를 번갈아 출제하되, 만일 금년에 역대(歷代)를 시험하였으면 명년
> 에는 시무(時務)를 시험하여, 이것으로 제도를 정하여 과거(科擧)의 법
> 을 새롭게 하소서.   -『세조실록』, 세조 2년 3월 28일

6 김민현, 위의 논문, 174쪽.
7 김민현, 위의 논문, 174쪽.
8 김민현, 위의 논문, 174쪽.

위의 기록은 문무의 과법을 개선할 것을 상소한 양성지의 상소문이다. 양성지는 현재 문과의 초장(初場)에서 강경할 때 사서오경 외에는 정규가 없으며, 중장(中場)에서도 역사 분야가 부족하다고 하면서『좌전』,『사기』,『통감』,『송원절요』,『삼국사기』,『고려사』만을 강하고 격년으로 종장(終場)에서 시무(時務)와 역대(歷代)를 시험하는 과거법을 만들자고 건의한다. 세조는 양성지의 상소를 받아들인다. 그 이후 무과의 시험 교재나 역과(譯科)의 복시(覆試)에서도『송감』을 선택과목으로 지정[9]되기도 하였다.

『송감』은 경연의 교재로 활용되기도 하고, 세자의 학습서로도 사용되었다. 중종은 중종 5년(1510)부터 중종 9년(1514년)까지 4년간『송감』을 경연에서 활용하면서 이와 관련된 기록을 많이 남겼고, 영조도 재위 초년과 말년에 두 차례에 걸쳐『송감』을 읽었다. 1544년(중종 39년) 시강원에서 당시 세자의 학습교재로『송감』을 제안하자 중종이 이를 윤허하고 경종과 사도제사가 세자 시절에『송감』을 학습하였다[10]는 것을 확인할 수 있다.

이처럼 조선에서『송감』은 가정과 교육기관의 학습서, 과거시험 과목, 경연 등의 교재로 폭넓게 활용되었다.『송감』이 조선에서 가정과 교육 기관의 학습서로 사용되고, 국가의 과거시험 과목이 되고 왕과 신하가 읽는 경연의 교재가 되었기 때문에『송감』은 왕, 왕세자, 사대부, 문인과 무인 등이 읽어야 하는 보편적인 역사서가 된 것이다. 이와 같은『송감』의 대중화는 곽황후 폐위 사건이나 구법당과 신법당의 정쟁

---

9 김민현, 위의 논문, 175쪽.
10 김민현, 위의 논문, 175쪽.

같은 송대의 역사를 조선인이 보편적으로 숙지할 수 있도록 하는 계기가 된다.

2) 『송명신언행록(宋名臣言行錄)』의 향유와 영향

『송명신언행록(宋名臣言行錄)』은 남송초 주희와 주희의 외손자인 이유무가 편찬한 인물들의 언행록을 합친 것이다. 주희가 먼저 북송시대의 명신들의 언행을 기록한 『오조명신언행록(五朝名臣言行錄)』과 『삼조명신언행록(三朝名臣言行錄)』을 간행하고, 주희의 외손자인 이유무는 『황조명신언행속록(皇朝名臣言行續錄)』, 『사조명신언행록(皇朝名臣言行錄)』, 『황조도학명신언행외록(皇朝道學名臣言行外錄)』을 간행하였다. 이러한 저작들이 남송말부터 『송명신언행록』(75권)이란 단일 책으로 합본되어 주희의 저술이 전집과 후집, 이유무의 저술이 속집, 별집, 외집이라 명명되기에 이른다.[11] 특히 주희가 저술한 『오조명신언행록』은 북송의 태조, 태종, 진종, 인종, 영종시대의 명신의 행적을 뽑아 저술한 것이고 『삼조명신언행록』은 북송의 신종, 철종, 휘종시대의 명신의 행적을 뽑아 저술한 것으로 두 책을 가리켜 『팔조명신언행록』 혹은 『명신언행록』이라고도 한다.

주희는 남송이 금과의 전쟁에서 패배한 결과로 받은 실추된 자존심과 상실한 국사의 회복을 위하여 내정의 정비를 통한 이적(夷狄)인 금을 격퇴하는 것을 당시의 시대적 책무이며 대의명분이라고 보았다. 이 대의명문을 실현하는 방안으로 명리를 중심으로 한 군덕(君德)의 수양

---

11 이근명, 「『송명신언행록』의 편찬과 후세 유전」, 『기록학연구』 11, 한국기록학회, 2005, 256쪽.

과 국계(國計)의 조속한 확정과 조정의 숙정과 기강의 확립을 제시하는
방편[12]으로 『명신언행록』을 저술하게 되는 것이다.

　『명신언행록』이 대상으로 삼고 있는 명신은 부전자(附傳者)를 포함
하여 모두 104명으로 재상과 집정이 54명, 한림학사 및 관각의 관리들
이 16명, 어사대부와 어사중승이 8명, 재야학자와 처사가 12명[13]이다.
『명신언행록』의 명신 중 이적, 여이간, 한기, 왕안석, 사마광, 여공저,
범순인, 소송, 문언박, 범중엄, 구양수, 당개, 소식, 범조우, 사마강, 유
안세, 공도보, 여회, 정이, 범순인, 여희철 등은 본 연구에서 다룰 고전
소설 속에 등장인물로 소설화되는 인물이다.

　『송명신언행록』은 명신들의 간략한 소전을 기록한 다음 그들이 남
긴 언행의 자취들을 기존의 서적에서 채록하여 나열하는 형식을 취한
다. 『송명신언행록』은 역사서이므로 그 속에는 편찬자인 주희와 이유
무의 역사인식과 인물평가가 반영되는데, 이러한 역사인식과 인물평가
가 가장 잘 나타난 사례는 인종의 치세 후반기 경력신정이라 일컬었던
범중엄 중심의 개혁과 신종 연간의 왕안석의 신법이라고 할 수 있다.[14]
특히 신법 계열의 재상으로서 왕안석만 명신으로 다루고 다른 신법 계
열의 재상은 다루지 않으며, 왕안석의 신법에 대해서도 매우 부정적인
평가를 견지한다. 이러한 역사인식과 인물평가는 구법당과 신법당의
인물들을 형상화하는 고전소설에서도 영향을 준다.

　특히 주희의 『송명신언행록』은 간행 이후 당대 사대부들 사이에 급

12　신승운, 「주자의 명신언행록 편찬과 그 자료」, 『서지학보』 22, 한국서지학회, 1998, 71쪽.
13　신승운, 위의 논문, 71쪽.
14　이근명, 앞의 논문, 272쪽.

속히 유포되어 갔고 그 편찬 방식을 원용한 언행록체 역시 상당히 광범
위하게 답습되어 아종(亞種)의 저작이 간행되기도 한다. 주희의 명성과
함께『송명신언행록』은 전근대 중국의 지식인 사회에 폭넓게 유포되
어 다양한 영향을 주었다[15]고 할 수 있다.

그렇다면 조선시대에는『송명신언행록』이 어떻게 유포되고 향유되
었을까?『송명신언행록』은 조선 초기부터 수입되어 왕과 사대부, 양반
들에게 읽혔다는 기록이 있다.『조선왕조실록』에서『송명신언행록』은
『명신언행록』,『언행록』등으로 통용되기도 하였다.

『송명신언행록』은 세종 16년(1434)에 경연에서 진강하여 강독했다
는 기록이 있다.

> ⑦ 경연에 나아가《명신언행록(名臣言行錄)》을 강(講)하다가, 온공
> (溫公)이 맹자를 논하는 대목에 이르러 말하기를, "대개 온공은 자품
> (資稟)이 맑고 아름다운데, 맹자는 높고 엄하여, 기질이 서로 합하지 않
> 기 때문에, 온공이 맹자를 추존(推尊)하지 아니한 것이다." 하니, 경연
> 관 정창손(鄭昌孫)이 아뢰기를, "온공이 맹자의 글을 사서(四書) 중에
> 서 빼고자 하였습니다." 하였다.   -『세종실록』, 세종 16년 7월 8일

위의 기록은『세종실록』의 기록인데, 세종이 경연에 나아가『명신언
행록』을 강하다가 온공에 대하여 토론하는 장면이다. 온공은 북송의
사마온공인 사마광을 지칭하는 것이다. 세종은 사마광이 맹자를 논하
는 부분을 읽다가 사마광이 맹자를 추존하지 않은 이유를 사마광과 맹
자의 기질이 맞지 않아서라고 평가하고, 경연관 정창손은 사마광이 맹

---

15 이근명, 앞의 논문, 288~289쪽.

자의 글을 사서(四書) 중에서 빼려고 했다는 것을 덧붙이고 있는 것이다. 이처럼 세종이 경연에서 『명신언행록』을 진강한 것은 세종 16년(1434년) 3월 16일, 8월 11일 두 차례 더 있었다.

그 이후 성종 6년(1475년)에 좌의정 한명회가 명나라를 방문 후 『신증강목통감』, 『명신언행록』 등을 하사받았다는 것을 성종에게 보고하는 내용이 『성종실록』[16]에 있음을 확인할 수 있고, 성종이 경연에서도 『명신언행록』을 읽었다는 것을 다음의 기록에서도 알 수 있다.

> ⑧ 명하여 석강(夕講)에서 《명신언행록(名臣言行錄)》을 진강(進講)케 하니, 승지(承旨) 등이 아뢰기를, "신(臣) 등의 생각으로는, 아침에 《강목(綱目)》을 강(講)하고 낮에 《대학(大學)》을 강하고서는 또 마땅히 온고(溫故)해야 하니, 강하는 것이 너무 많습니다. 《언행록》은 진강하지 않는 것이 어떻겠습니까?" 하니, 전교(傳敎)하기를, "경(卿) 등이 알 바가 아니다. 아침에 《강목》을 강하고는 내가 이미 한 번 읽었으니, 주강(晝講)에서는 굳이 읽을 필요가 없으므로 석강(夕講)에서는 《언행록》만은 강할 수 있다" 하였다. -『성종실록』, 성종 7년 10월 13일

승지들은 성종이 아침에 『강목』을 강하고 낮에 『대학』을 강하고 이것을 복습해야 한다고 하며 저녁에 『명신언행록』을 강하는 것을 폐하자고 건의한다. 그러나 성종은 아침에 읽은 것을 다시 복습했기 때문에 저녁에 『명신언행록』을 강할 수 있다고 하며 『명신언행록』을 계속 읽겠다는 뜻을 드러낸다. 이 기록을 보면 성종이 『명신언행록』에 열의를 가지고 읽었다는 것을 짐작할 수 있다. 성종이 경연에서 『명신언행록』

---

16 『성종실록』, 성종 6년 6월 5일.

을 읽었다는 것은 성종 7년(1476년) 10월 21일, 12월 22일자『성종실록』기록에서도 확인할 수 있다.

『송명신언행록』은 조선에서 간행된 이본들[17]도 많다. 세종 연간에 경자자(庚子字)로 인출한 경자자본이 고려대학 도서관에 전해지고, 국립중앙도서관에 소장된 갑진자본(甲辰字本)은 성종 6년(1486년) 이후에 간행된 것이라고 볼 수 있다. 국립도서관에 소장된 경자자 번각본은 연산 8년(1502년)에 청도에서 간행한 사실이 밝혀져 있기 때문에 이때 간행한 것이라고 할 수 있다. 도산서원에 소장하고 있는 을해자본(乙亥字本)은 1567~1573년 사이에 간행된 것임을 알 수 있다. 또한『고사촬요』 책판목록 선조 18년(1585년)판에는 전라도 광주와 경상도 성주에『명신언행록』 책판이 수록되어 있어서 임진왜란 이전에 청도 이외에 두 곳의 지방관아에서도 책판이 판각되어 보급되었음[18]을 알 수 있다. 16세기에는 더욱 많은 학자들이 책판을 인출해 이 책을 학습하였고 선조 4년(1571년)에는『명신언행록』100권이 인출된 것을 보면 선조대에도 『송명신언행록』은 많이 인출되어 널리 읽혔다[19]는 것을 알 수 있다.

『송명신언행록』의 간행과 보급은 조선에 맞는 언행록류를 저술하는 계기가 되기도 한다. 중종 33년(1538년)에는『송명신언행록』의 체재를 모방하여 조선시대 명신의 언행록인『동국명신언행록』을 편찬하게 된다. 이 책은 전해지지 않지만 이 책의 편찬 목적은 주희의 언행록을 따

---

17 『송명신언행록』의 이본과 영향에 대한 내용은 다음의 논문을 참고하였다. 우정임, 「言行錄'類 서적의 수입과 이해과정을 통해 본 16세기 道統 정립 과정 연구」, 『역사와 세계』 47, 2015, 효원사학회, 127~157쪽.

18 우정임, 위의 논문, 132~133쪽.

19 우정임, 위의 논문, 133쪽.

라서 선대 명신들의 언행을 수집하여 간행하고 사(士)의 규범을 세우고자 하는 것[20]이다. 그 이후 다양한 언행록류가 조선의 학자들에 의해 저술되고 간행되는 상황을 맞이하게 된다.

『송명신언행록』은 조선시대 왕의 교육서로 사용되고, 양반과 사대부들에게도 중요한 필독서로도 인식되어 널리 읽혔으며, 『송명신언행록』의 체재와 서술 방식을 모방한 언행록류가 저술되기도 하였다. 고전소설에 형상화되는 북송의 역사적 인물은 『송명신언행록』에서 서술된 인물로 북송을 대표하는 인물들이라고 할 수 있다. 이들은 고전소설 속에서 주인공의 원조자, 이웃, 스승과 제자, 친구, 친인척 등 주인공의 주변 인물로 소설적으로 재구성된다. 북송대 역사적 인물을 고전소설에서 다시 소환하여 소설적 인물로 형상화할 수 있는 데에는 조선시대 『송명신언행록』의 수입, 간행, 열독, 모방작 등의 향유가 있었기 때문이다.

3. 〈소현성록〉, 〈현몽쌍룡기〉, 〈조씨삼대록〉의 송사(宋史)의 소설적 재현 방식과 소설화 동인

〈소현성록〉과 〈현몽쌍룡기〉, 〈조씨삼대록〉에는 송대에 있었던 인종의 곽황후 폐위 사건이 소설화되어 있다. 그러나 세 작품에는 인종의 곽황후 폐위가 메인 스토리가 아니라 부차적 스토리와 삽화 수준에서 소설화되고 있다.

---

20 우정임, 위의 논문, 152쪽.

기존 연구 중에서도 〈소현성록〉 연작과 〈현몽쌍룡기〉 연작의 역사적 허구 인물인 소황후 차용의 문제를 논의한 것이 있다. 허순우는 〈현몽쌍룡기〉 연작의 〈소현성록〉 연작 수용 양상과 서술시각을 논의하면서 인종과 소황후에 대한 논의를 하였다.[21] 이 연구는 두 연작에서 곽황후 폐위 이후에 새롭게 정궁이 되는 소황후의 서사적 기능에 집중하였다. 두 연작 모두에서 인종과 곽황후는 역사를 차용했지만 〈소현성록〉의 허구적 인물 소황후는 가문의 영화의 극단을 상징하는 인물이라면 〈조씨삼대록〉에서 소황후는 보다 확대된 서사적 기능을 한다고 지적하였다. 이 연구는 〈소현성록〉 연작과 〈현몽쌍룡기〉 연작에서 곽황후 폐위 후 정궁이 되는 소황후의 서사적 기능에 초점을 두고 〈현몽쌍룡기〉 연작에 영향을 준 〈소현성록〉 연작의 관련성을 소상하게 밝힌 점에서 의미가 있다. 그러나 인종의 곽황후 폐위라는 역사적 사건이 소설화되는 방식과 소설화 동인에 대해서는 논의하지 않았다.

본 장에서는 〈소현성록〉, 〈현몽쌍룡기〉, 〈조씨삼대록〉에서 삽화로 구성된 인종의 곽황후 폐위라는 송사의 역사적 사건이 『송사』와 『송감』에 어떻게 기술되어 있고, 이것이 소설적으로 재현되는 방식과 이러한 소설적 재현을 가능하게 하는 소설화 동인에 대해 논의할 것이다.

1) 인종의 곽황후 폐위

인종의 곽황후 폐위는 『송사』 권242의 〈후비상(后妃上)〉과 『송감』 4권에 기록되어 있다. 인종은 두 명의 황후와 5명의 후궁을 아내를 두

---

21 허순우, 「〈현몽쌍룡기〉 연작의 〈소현성록〉 연작 수용 양상과 서술시각」, 『한국고전연구』 17, 한국고전연구학회, 2008, 319~351쪽.

었는데, 곽황후는 인종의 첫 번째 정궁이었다. 『송사』와 『송감』의 곽황후 폐위 사건의 전말을 살펴보도록 하자.

　①　인종의 곽황후는 선친이 응주의 금성인이며, 평로군절도사 숭의 손녀다. 천성 2년에 황후로 책봉되었다. 처음 황제께서 장미인을 총애하여 황후로 책봉하려 하였으나 장헌태후가 이에 반대를 하였다. 곽황후가 태후로 책봉된 후 황제의 총애를 받지 못하였고, 상미인, 양미인이 모두 총애를 받자 여러 차례 다툼이 일어났다. 하루는 상씨가 인종 앞에서 황후에 대한 불손한 말을 하자, 황후는 참지 못하고, 뺨을 후려쳤다. 황제가 상씨를 감싸고 돌자 황후는 황상의 목을 졸랐고, 황상은 크게 노하였다. 황상은 내시성에 들어가 도지함 염문응과 황후를 폐위시킬 방법을 도모하였는데, 염문응은 황제에게 할퀸 자국을 보이고 죄를 묻도록 권한다. 황상은 상처를 여이간에게 보여주고 황후를 폐위하려는 까닭을 알리자 여이간은 전에 파직된 것에 대한 원한을 품고 있었던 터라 "과거에도 그러한 일이 있었사옵니다"라고 하며 황상의 말을 따랐다. 그리고 황후를 정비, 옥경충묘선사로 강등하는 조칙을 내리고, 청오라는 명을 내리고 장악궁에 머물게 하였다. 이때 중승 공도보, 간관어사 범중엄, 단소연 등 십인이 부복하여 아뢰었다. "황후는 죄가 없으니 폐위하시면 아니 되옵니다." 그러나 공도보 등 신하들은 모두 파천되었다. 경우 원년에 다시 황후를 요화궁에 거주하게 하고, 상미인은 동진궁에서 폐위하고 도교에 입적시켰고, 양미인은 다른 곳으로 머물게 하였다. 후호금정교주, 충정원사라는 호를 사하였다. 황제는 나중에 곽황후에 대한 그리움이 생겨 사람을 보내 문안을 하고 약을 하사하였다. 나중에 서로 서신을 오가며 애석해하고 슬퍼하였다. 황제는 자주 밀명을 내려 다시 곽황후를 불러들이려 했으나, 곽황후는 "다시 나를 궁으로 부르려면 백관들이 서서 황후에 책봉을 해야 돌아갈 것입니다."라고 하였다. 그리고 몸에 사소한 병이 생기자 염문응과 어의를 보내 진찰하도록 하였다. 그리고 며칠 후 곽황후는 세상을 뜬다. 궁 안팎에서는 염문응이

약에 독을 탔다는 소문이 돌았으나 실상은 알 수 없었다. 상은 깊이 슬퍼하며 황후로 복위시켰으나, 시호를 내리는 칙서와 제묘에 모시는 예는 하지 않았다. (『송사』 권242, 〈후비상－곽황후〉[22])

[2] 곽황후를 폐위시켜 정비옥경충묘선사로 삼고 장녕궁에 거처하게 하였다. 어사중승 공도보 등 10명을 먼 주로 축출하였다. 이때 상미인과 양미인 모두가 황제에게 총애를 받자 자주 곽황후와 다툼이 있었다. 하루는 상미인이 황제 앞에서 황후에 대한 불손한 말을 하자, 곽황후가 참지 못하고 상미인의 뺨을 때렸다. 황제가 스스로 일어나 상미인을 감싸고 돌자 곽황후가 잘못하여 황제의 목을 때렸다. 황제가 크게 분노하여 내시 염문응과 더불어 황후를 폐위시킬 것을 도모하였다. 염문응은 황제에게 권하여 손톱에 긁힌 상처를 집정에게 보이게 하였다. 황제는 여이간에게 황후를 폐위하려는 까닭을 알리자 여이간은 황후에게 유감이 있었던 터라 드디어 황후를 폐위시키는 것을 주도하였다. 그러나 황제가 오히려 황후의 폐위를 주저하니 여이간이 말하길 "광무제는 후한의 현명한 군주입니다. 광무제의 곽후는 단지 원망만 했어도 앉은 자리에서 폐위되었는데 하물며 폐하의 목 상처는 어떻게 해야 하겠습니까?"라고 하였다. 황제가 황후를 폐할 뜻을 결정하였다. 여이간은 유사에게 칙령을 내려 대간의 상주를 받지 않게 하였다. 이때 중승 공도보가 간관 손조덕, 범중엄, 송상, 유환, 어사 장당, 곽권, 양해, 마강, 단소연 10명을 거느리고 수공전에 이르러 엎드려 아뢰었다. "황후는 천하의 어머니인데, 가볍게 폐출을 논의하는 것은 마땅하지 않습니다. 원컨대, 황제와 대면하는 것을 허락하시어 다 말하게 해주시길 바랍니다." 황제가 내시에게 공도보 등을 타일러 중서령에 가게 하고 여이간이 황후를 마땅히 폐위해야 하는 상황을 알리게 하였다. 공도보가 여이간에게 말하였다.

22 中央研究院·歷史語言研究所, 「宋史」, 『漢籍電子文獻資料庫』(https://hanchi.ihp.sinica.edu.tw/ihpc/hanjiquery.) 인용한 원문의 번역은 저자가 하였다.

"대신에게 황제와 황후는 자식이 부모를 섬기는 것과 같소. 부모가 불화한다고 충고하는 것이 옳은 것이지 어찌 아버지의 뜻에 따라 어머니를 내쫓을 수 있소?" 여이간이 말하였다. "황후를 폐위하는 것은 한나라와 당나라의 고사에도 있소." 공도보와 범중엄이 말하였다. "광무제의 실덕은 어찌 법에 맞는 것이라 하겠소. 황후를 폐위하는 것은 전시대에도 임금을 미혹되게 하기에 충분히 남음이 있는 것이오. 신하는 마땅히 요순으로 이끌어야 하는데 어찌 한나라, 당나라의 실덕을 인용하여 법으로 만들려고 하는 것이오?" 여이간이 대답을 하지 않으니 즉시 상소하여 아뢰었다. "대궐 문 앞에 엎드려 황제께 뵙기를 청합니다. 이 일은 태평성대의 아름다운 일이 아닙니다." 그러나 공도보 등 모두를 먼 주의 지사로 파출하라는 조칙이 내려졌다. 다음날 공도보 등이 조정에 나가 백관을 모으게 하여 여이간과 조정에서 다투려고 하여 대궐문 앞에 이르렀는데 조칙이 들려 이에 물러나게 되었다. 공도보가 성정이 곧고 바르며 재주가 빼어났지만 우연히 탄핵을 만나 피할 방법이 없었다. 천하가 모두 공도보가 바른 행동을 했다고 그를 인정하니 지금까지 이름이 중해지게 되었다.   - 『증수부주자치통감절요속편』 권4[23]

②은 『송사』의 기록이고 ②는 『송감』(『증수부주자치통감절요속편』)의 기록이다. 『송사』의 인종의 곽황후 폐위는 인종의 후궁 총애, 곽황후의 투기, 곽황후의 용안 훼손, 폐위 찬성론자인 염문응과 여이간과 폐위 반대론자인 공도보, 범중엄, 단소연 등의 대응, 곽황후 폐위와 인종의 후회, 곽황후 사망으로 서술되어 있다. ②의 『송감』에서는 곽황후 폐위와 공도보 등의 파출, 인종의 후궁 총애, 곽황후의 투기, 용안 훼손, 여이간과 공도보, 범중엄의 대립, 공도보에 대한 평가로 서술되어 있다.

23 유섬 편집, 장광계 정정, 『增修附註資治通鑑節要續篇』, 한국학중앙연구원 장서각 소장본, MF35-785-787.

이처럼 『송감』의 기록은 『송사』의 기록과 매우 유사하다. 그러나 『송사』의 「열전」 권242의 〈후비상(后妃上)〉은 곽황후의 폐위, 인종의 후회, 곽황후의 죽음에 집중했다면 『송감』 권4의 곽황후 폐위 사건의 기록은 곽황후 폐위와 공도보 등의 파출이라는 결과를 먼저 제시하고 이 사건이 일어난 경위를 쓰고 있다. 또한 곽황후 폐위를 반대하는 공도보, 범중엄과 곽황후 폐위를 찬성하는 여이간의 대립을 보여주는 설전이 더 풍부하게 서술되어 있고 공도보의 곧고 바른 성정과 이에 대한 평가도 덧붙어 있다. 『송감』의 기록은 『송사』의 「열전」 권242의 〈후비상(后妃上)〉의 곽황후 폐위 내용과 『송사』의 「열전」 권297의 〈공도보(孔道輔)〉의 내용을 합한 것이다.

『송사』와 『송감』에 기록된 곽황후 폐위는 인종이 곽황후보다 상미인과 양미인을 총애하자 곽황후는 상미인과 다투다 상미인을 때리게 되고 인종이 상미인을 두둔하자 곽황후가 인종의 목에 상처를 내는 데서 시작된다. 인종의 후궁 총애가 곽황후의 투기를 불러일으키고, 곽황후는 황제의 신체를 훼손한 불경한 죄로 폐위된다. 인종의 후궁 총애와 황제의 신체를 훼손하는 과격한 곽황후의 투기, 그리고 이에 대한 인종의 징치는 곽황후 폐위의 역사적 사건이 여성의 투기와 그에 대한 징치라는 대표적 스토리 구조를 배태하게 되는 것이다.

또한 『송감』 권4의 곽황후 폐위 사건은 당시에 곽황후의 폐위를 적극 주장하고 이를 실현시키려는 여이간과 이를 반대하는 공도보, 범중엄 등 10인의 대립도 여실히 보여주고 있다. 곽황후 폐위를 둘러싸고 곽황후에게 유감을 가지고 있던 여이간은 황후의 폐위를 주창하고 공도보, 범중엄 등 10인은 공론과 도리를 앞세워 곽황후 폐위를 반대하는데 이들의 대립은 소인과 군자의 갈등을 연상케 한다. 인종은 그 사이에서 여이간에게 의지하여 곽황후를 폐위하고 이를 반대하던 공도보 등 10인을 먼 주로 파출시키고 조정에서 쫓아낸다. 이런 측면에서 『송감』의 곽황후 폐위 사건은 소인과 군자, 간신과 충신의 대립과 함께 소인에게 좌지우지되는 인종의 실책을 확인할 수 있다. 그러므로 『송감』의 곽황후 폐위 사건은 소인과 군자의 갈등, 그 속에서 어리석은 임금의 모습을 보여주는 역사로 평가할 수 있는 것이다.

조선에서도 『송감』의 곽황후 폐위의 역사적 사건을 가법의 혼란함과 현명하지 못한 임금의 처신으로 평가하는 반응이 적지 않았다. 그러한 예를 어렵지 않게 발견할 수 있다.

> ③ 신 등으로서는 당초의 사유를 자세히 알지 못하온대 무슨 큰 사고가 있었습니까. 어떠한 큰 명분에 의해서 이런 너무나 놀라운 일을 하셔야 했습니까. 무릇 임금이 대통을 받들어 선왕의 뒤를 계승하게 되면 먼저 부부(夫婦)의 도를 바르게 하여 천지와 나란히 하고, 안으로는 음교(陰敎 내교(內敎))로써 밖으로는 양덕(陽德)으로 다스려서 묘사(廟社)와 신지(神祇)를 주재하는 것입니다. 대저 배필이란 그 중대함이 이와 같으니, 만약에 부모에게 불순하였거나 종묘·사직에 죄를 짓지 않았다면, 설사 자질구레한 허물이 있었다 하더라도 결코 의절(義絶)할 수는 없는 것입니다. 하물며 명분도 사고도 없이 폐척하였으니 어떻게 종묘를 받들 수 있겠으며 하늘의 뜻에 부합할 수 있겠습니까. 옛적 한(漢)나라 광무제(光武帝)는 원망한다는 이유로 곽후(郭后)를 폐하였고, 송(宋)나라 인종(仁宗)은 질투한다는 이유로써 황후를 폐하였는데, 당시뿐만 아니라 후세에까지 기롱하고 풍자하여 명군(名君)으로서 큰 과오였다고 여겨 왔습니다. 이제 신씨는 폐출할 만한 사유가 있었다는 말을 듣지 못하였는데, 전하께서 폐출하신 것은 과연 무슨 명분 때문이었습니까. – 충암, 〈제현봉사(諸賢封事)〉, 『기묘록별집』[24]

④ 김용경이 아뢰기를, "곽황후(郭皇后)의 일을 가지고 보면 인종(仁宗)은 가법(家法)이 몹시 문란하였습니다. 상미인(尙美人)과 양미인(楊美人)이 감히 황후와 다툼을 벌이다가 인종 앞에서 황후를 침해하는 말을 하였으니 그것은 적처와 첩에 대한 구분이 명확하지 않았기 때문입니다. 황후가 뺨을 때린 것은 몹시 옳지 않은 일인데 황제가 친히 일어나 감싼 것도 잘못이었습니다. 인종은 어진 임금이지만 가법이 이와 같아서 결국 여이간(呂夷簡)이 협조해서 마침내 황후를 폐출하는 일까지 있었습니다. 이런 내용은 인군이 거울삼아 살펴보고 경계해야 할 부분입니다." 하니, 상이 이르기를, "그렇다." 하였다. 이정주가 아뢰기를, "인종의 가법이 이와 같은 것은 전적으로 소인(小人)을 기용한 데서 연유합니다. 그러므로 끝내 소강(小康)의 시대를 이룩하는 다스림을 펴지 못하였으니 몹시 애석하다고 할 만합니다."

-『승정원일기』, 「영조」, 〈영조 2년 6월 22일〉

③은 『기묘록별집(己卯錄別集)』에 실려 있는 글로 1567년에 눌재 박상과 충암 김정이 폐비 신씨의 복위를 청하는 상소문이다. 『기묘록별집(己卯錄別集)』은 기묘사화와 관련된 6편의 봉사문(封事文)을 수록한 문집이다. 신씨는 중종비 단경왕후(端敬王后)로 연산군 때 좌의정이었던 신수근(愼守勤)의 딸인데, 중종반정 후 정국공신(靖國功臣)에 의해 폐출되었다. 박상과 충암은 중국 역사에서 정궁이 폐출되고 첩을 정궁으로 삼으려고 하면서 일어났던 가정, 국가의 화란을 열거하고 신씨를 궐밖에서 12년이나 두는 것은 옳지 않다고 말하고 있다. 특히 송나라 인종이 질투한다는 이유로 곽황후를 폐위하였는데 이것은 당시뿐만 아니라 후세에서도 두고두고 인종이 기롱당하고 풍자받는 역사적 사건이

---

24 한국고전번역원, 『한국고전종합 DB』(https://db.itkc.or.kr.)

라는 점을 들어 신씨의 폐출 사유가 명확하지 않고 폐출의 명분이 없다고 하였다. 이 봉사문에서 언급하고 있는 것처럼 당시 조선에서 인종의 곽황후 폐위는 현명하지 못한 임금이 정궁을 폐출한 사건으로 해석하고 있음을 확인할 수 있다.

④는 『승정원일기』에 기록된 것으로 1726년 영조 2년에 정사에 관한 의견을 상주하는 소대(김對)에서 김용경이 『송감』의 '인종황제재위 사십이 년' 부분을 읽은 후 영조와 나눈 대화 내용이다. 김용경은 인종이 곽황후를 폐위했던 부분을 읽은 후 곽황후 폐위는 처와 첩을 구분하지 않고 가법을 제대로 세우지 못한 인종의 실책이라고 논평하고 있다. 가법을 제대로 세우지 못한 인종의 곽황후 폐위는 후대의 인군이 거울삼아 살펴보고 경계해야 한다고 말한다. 또한 이정주는 곽황후 폐위는 인종이 여이간 같은 소인을 기용하여 쓴 것에서 기인한다고 말하며 소인을 경계해야 한다고 덧붙이고 있다. 『송감』의 곽황후 폐위를 읽었던 영조와 김용경, 이정주의 대화에서는 적처와 첩을 엄격히 구분하여 대우하지 못한 인종의 실책, 임금으로서 여이간 같은 소인을 기용해서는 안 된다는 메시지를 거듭 강조하고 있다. 이와 같은 메시지는 당시 조선에서 『송감』의 곽황후 폐위 사건을 읽고 해석하는 역사에 대한 비평적 시각이라고 할 수 있을 것이다.

결국 『송감』의 인종의 곽황후 폐위 사건은 곽황후의 행동을 중심으로 해석할 때는 여성의 투기와 그에 대한 징치의 메시지로 읽을 수 있으며, 인종의 행동을 중심으로 해석할 때는 집안의 가법을 세우지 못하고 소인을 기용하여 올바른 정사를 펴지 못하는 불명(不明)한 남편과 임금에 대한 경계의 메시지로 읽을 수 있다. 이와 같은 인종의 곽황후 폐위 사건에 대한 해석은 당대 조선인이 가지고 있었던 일반적인 시각이었고 이것은 인종의 곽황후 폐위 사건을 국문장편소설 속에 변주하는 의미적 토대[25]가 된다 하겠다.

2) 〈소현성록〉, 〈현몽쌍룡기〉, 〈조씨삼대록〉의 송사의 소설적 재현 방식

〈소현성록〉과 〈현몽쌍룡기〉, 〈조씨삼대록〉에는 송대에 있었던 인종의 곽황후 폐위 사건이 부차적 스토리와 삽화 수준에서 소설화되고 있다. 〈소현성록〉에는 소씨 가문의 딸인 소수주가 인종의 황후가 되는 과정 속에 인종의 곽황후 폐위가 소설화된다. 〈조씨삼대록〉의 경우는 반동 인물 설강과 난교가 조유현을 해치기 위해 꾸미는 계략 속에서 인종의 곽황후 폐위가 소설화되고 있어서 보다 복잡한 양상을 보여주고 있다. 또한 〈현몽쌍룡기〉와 〈조씨삼대록〉에서는 곽황후의 용안 훼

----

25 송대 있었던 곽황후 폐위 사건과 유사한 왕비 폐위 사건이 조선 인종대에도 있었다. 바로 인종의 계비 윤씨의 폐위 사건이 그것이다. 그런데 윤씨 폐위의 결정적 이유로 알려진 윤씨가 성종의 얼굴에 상처를 냈다는 구체적 기록은 정사인 『성종실록』에는 드러나지 않고 다만 『성종실록』에는 윤씨의 폐위 이유를 윤씨의 질투와 부덕(不德)한 행동과 패악 때문이라고 기록하고 있다. 야사의 성격을 지닌 『기묘록보유』 상권 「이청전」에 "성종조에 공혜왕비가 죽은 다음 숙의 윤씨를 올려서 비(妃)로 삼았다. 성화(成化) 병신년에 연산을 낳아 은총이 융숭하니 교만하고 방자하여 여러 숙원을 투기하였고 임금에게 불손하였다. 하루는 임금이 얼굴에 손톱 자국이 있으므로 인수대비가 크게 노하여 천위(天威)를 격동시켰다. 임금이 외정에 나가자 대신 윤필상 등이 영합하여 의논을 올려 윤씨를 폐하여 친정으로 나가게 하였다"로 기록하고 있다. 「이청전」에 기록된 윤씨 폐위 과정은 송대의 곽황후 폐위 사건과 매우 유사한 형태를 취한다. 정사와는 달리 야사에서 성종대의 윤씨 폐위 사건을 송대의 곽황후 폐위 사건과 비슷한 사건으로 재구성하고 있다는 것을 알 수 있다. 조선의 성종대 있었던 윤씨 폐위 사건은 송대 곽황후 폐위 사건과 비교되고 국문장편소설에서 곽황후 폐위 사건을 소설화하는 데 영향을 끼친 또 하나의 역사적 사건이라고 할 수 있다. (한인숙, 「조선 중기 성종비 윤씨 폐비폐출 논의 과정」, 『한국인물사연구』 4, 한국인물사연구회, 2005, 149~153쪽 참조. 「이청전」, 『기묘록보유』 상권 참조.)

손과 유사한 아내의 남편 구타담이 삽화의 형태로 변주된다.

(1) 투기와 부덕(婦德)의 대조적 구성 - <소현성록>

〈소현성록〉은 소현성과 그의 아들 대의 이야기로 소씨 가문의 번화와 영화를 다룬 15권 분량의 국문장편소설이다. 인종의 곽황후 폐위는 〈소현성록〉 14권에서부터 구성되어 있다. 소현성과 석씨의 딸인 소수주가 인종의 정궁이 되는 과정을 그린 이야기 속에 인종이 곽황후를 폐위시키는 역사적 사건이 소설화되고 있는 것이다. 소씨 가문의 딸 소수주가 인종의 정궁이 되고 부덕(婦德)과 인(仁)으로 임금과 주변을 살핌으로써 뛰어난 황후로 칭송되고 소씨 가문의 부귀와 영화는 더욱 부가된다. 소수주의 황후 등극은 소씨 가문의 번화를 보여주는 부차적 스토리 라인인 것이다. 그러므로 소황후는 소씨 가문의 현숙하고 고귀한 기풍을 가진 부덕(婦德)의 대명사로 형상화되고 있다.

소황후가 되는 소수주와 곽황후, 양귀비는 태자비 간택의 물망에 올랐지만 곽황후 아버지 곽시랑이 관상을 보는 술사를 매수하여 술사가 소수주 대신 곽황후를 만승국모로 지목함으로써 곽황후가 정궁이 된다. 소수주는 귀비로 책봉되어 모든 일에 조심하고 겸손하며 부덕을 드러내자 인종은 소수주를 공경하고 중대하게 여긴다. 곽황후는 인종이 소수주를 사랑하고 아끼는 것을 알고 소수주를 해치려고 하다가 이 계획이 실패하자 소수주를 자신에 대한 불경죄로 춘원대에 가두어버린다. 소수주는 인종의 총애와 곽황후의 질투가 계속되자 태후를 모신다는 핑계로 태후궁에 들어가 나오지 않기도 하고, 북궁에 따로 거처하며 외부와 인연을 끊으며 지낸다. 소수주가 이런 행동을 하는 이유는 곽황후의 곤욕과 후궁들의 투기를 피하고 싶었기 때문이었다. 소수주는 『송사』나『송감』에 등장하지 않는 〈소현성록〉만의 허구적 인물이고 곽황후는 역사적 인물을 그대로 차용한 것으로 〈소현성록〉의 곽황후는 부덕(婦德)을 가지지 못하고 투기를 가진 인물로 형상화된다. 그러나 〈소현성록〉에서 곽황후는『송사』나『송감』에서보다 더욱 악행과 투기를 저지르는 인물로 그 부정성이 강화된다.

인종은 소수주를 그리워하고 곽황후는 다른 귀비들과 화목하지 못하다가 양미인과 상미인이 곽황후의 투기를 인종에게 말하면서 사건이 일어난다.

> ⑤ 곽후가 평생의 투기를 어찌할 길이 없어 순응하지 않는 일이 빈번하니 황제가 몹시 한스럽게 여겼다. 하루는 양미인과 상미인이 황제를 모시고 있었는데 황제가 물어보셨다. "경들이 일찍이 소귀비의 안부를 아는가?" 두 사람이 대답하였다. "소귀비가 북궁으로 간 후, 저희들이 사람을 보내어 물어보았으나 궁문에 사람을 들이지 않는다고 하였습니다." 황제가 탄식하시고 말씀하셨다. "태후가 돌아가신 후 짐이 마음을 세상에 붙이지를 못하겠기에 후궁들을 찾지 못하였구려." 두 사람이 아뢰었다. "곽후가 요사이 새삼 저희들을 보채고 죽이고자 하시는데, 저희가 인체(人彘)의 화를 얻을까 서러워합니다." 말을 마치기도 전에 곽후가 엿들으시고 크게 노하여 즉시 내달아 두 미인을 끌어내 던지고 몹시 꾸짖으며 말하였다. "네 이제 내 허물을 상께 참소하니 죽을지언정 너희를 가만히 두지 않을 것이다." 곽후가 벽에 걸려있는 칼을 빼내 사람을 죽이고자 하였는데, 황제가 급히 일어나 곽후의 손을 잡아 칼을 빼앗고 말하였다. "만일 이러한 행동이 드러나면 짐이 황후를 두고자 하여도 황후가 보전할 수 없을 것이니 화를 그치십시오." 황후가 더욱 화를 내며 두 미인을 박차고 황제를 밀칠 때 목이 상화여 피부가 벗겨지니 황제가 몹시 화를 내며 말하였다. "그대가 진실로 이렇게 하고자 하십니까?" 황후가 대답하였다. "제가 오늘은 임금께 죽임을 받는다 해도 가만히

있지 못할 것이니 마음대로 하십시오." 말을 마치고 두 손으로 황제의
뺨을 치자 황제가 가만히 앉아 황후의 내몰음을 다 받으신 후 일어나
외전으로 나가셨다.   -『소현성록』4, 265~266쪽

곽황후는 양미인과 상미인에 대한 미움과 투기로 두 사람을 죽이려
고 하고 이를 말리는 인종의 목에 상처를 내게 된다. 이 일 때문에 곽황
후는 폐위된다. 〈소현성록〉에는 인종의 곽황후 폐위 과정은 환관 여문
응이 황제의 얼굴을 보고 놀라 곽황후를 폐위하라고 말하면서 시작된
다. 인종은 곽황후가 조강지처이기 때문에 내치는 것이 어렵다고 하자
여문응이 집정대신인 여이간을 불러서 이 일을 물어보라고 하고 여이
간은 곽황후의 폐위를 주장하며 인종을 설득한다. 인종은 곽황후의 폐
위를 결정하고 "공도보, 범중엄 등이 대의를 내세워 비방을 하여 짐을
책망하는데 임금과 신하의 뜻이 다르니 알지 못하겠구나"라고 하며 아
쉬움을 토로한다. 이처럼 ⑤의 내용은 앞에서 살펴본 『송사』와 『송감』
의 곽황후의 투기, 곽황후와 상미인의 갈등, 곽황후의 용안 훼손, 곽황
후의 폐위의 과정과 유사하다.

그러나 역사에서는 곽황후 폐위를 둘러싼 찬성파와 반대파의 대립과
갈등은 심각했지만 〈소현성록〉에서 곽황후 폐위 찬성파와 반대파의 대
립과 갈등은 거의 다루지 않는다. 〈소현성록〉에는 곽황후 폐위 주장파
인 여이간과 반대파인 공도보, 범중엄 등은 이름만 언급되는 수준에서
서술되어 있을 뿐이다.

곽황후가 폐위되고 다시 정궁을 물색하던 중 인종은 북궁에 있는 소
수주를 정궁으로 삼는다. 그러나 소수주는 곽황후를 폐위하고 자신이
정궁의 자리에 오르는 것은 옳지 않다고 거절하자 인종은 소수주의 아

버지 소현성을 불러 소수주를 설득하게 한다. 소현성은 소수주에게 "이
제 폐후하고 귀비를 세우는 것은 이미 하늘이 정하신 것이다. 이러므로
폐후에 대해서 다투지 않고 귀비를 황후로 맞아들이는데 사양하지 않
는 것은 하늘을 따르는 것이다"라고 말한다. 소현성은 소수주가 정궁이
되는 것은 하늘의 뜻이라는 점을 강조하면서 소수주에게 정궁의 자리
에 오를 것을 설득하고 있다. 인과 부덕을 갖춘 소수주가 정궁이 되는
것은 하늘의 이치로 이미 정해진 수순이라는 것이다. 이러한 생각은 인
종의 말에서도 드러난다.

> ⑥ 국운이 불행하여 곽후를 폐위하였는데 이는 구태여 짐이 하고자
> 한 것이 아닙니다. 형세가 마지못해서 그런 것입니다. 흠천관(欽天官)
> 과 모든 신하들이 어진 귀비가 팔덕(八德)을 갖추었음을 알고 궁중에
> 황후성이 당당히 밝아 북궁을 응하고 인심(人心)이 그곳으로 돌아가기
> 에 하늘에 응하고 사람들을 따라 책봉을 올바르게 한 것이었는데 어찌
> 고집스럽게 사양하십니까?   -『소현성록』 4, 273쪽

소수주가 정궁의 자리에 오르는 것을 거절하자 인종은 소수주를 찾
아가 귀비가 덕을 갖추고 하늘과 인심이 모두 귀비에게 향하기 때문에
정궁으로 책봉한 것이라고 말한다. 소수주가 정궁이 되는 것은 인심과
천심이 일치되는 일임을 말하고 있는 것이다.

그러므로 황후의 자질과 품성이 부족한 곽황후는 물러나고 황후의
자질과 품성을 가진 소수주가 원래 자기 자리인 정궁으로 복원되는 것
이 합당한 것이라는 인식에 기반하여 〈소현성록〉에서는 인종의 곽황후
폐위가 소설화되고 있음을 알 수 있다. 투기와 부덕을 갖추지 못한 곽
황후와 겸손과 부덕을 갖춘 소수주를 대조적으로 구성함으로써 곽황후

의 폐위와 소황후의 입후(立后)의 당위성을 보여주고 있는 것이다.

(2) 어리석은 가부장 재현의 구성 - <조씨삼대록>

40권 40책 분량의 국문장편소설 <조씨삼대록>에도 곽황후의 폐위와 소황후의 즉위가 삽화로 구성되어 있다. 주인공 조유현을 시기하던 설강이 난교라는 후궁을 들여 인종을 유혹하고 인종에게 개심단을 먹여 조유현에 대한 인종의 총애를 없애는 과정에서 곽황후의 투기와 폐위 그리고 소황후의 즉위가 소설화되어 있다. 곽황후의 폐위를 둘러싼 사건들이 <조씨삼대록>에서는 <소현성록>보다 복잡하게 구성되어 있다. <조씨삼대록>의 곽황후 폐위 사건은 <조씨삼대록>의 전체적 서사에서는 유현과 유현의 아내 정씨의 고난을 만드는 계기가 된다. 설강이 난교와 공모하여 황제를 혼미하게 하고, 유현이 인종의 잘못을 직언하게 되고, 이로 인해 유현이 유배를 가게 되기 때문이다. 그런 의미에서 곽황후 폐위와 소황후의 입후는 <조씨삼대록>의 서사를 확대시키는 서사적 기능[26]을 한다.

<조씨삼대록>의 설강은 조유현의 아내 정씨를 흠모하다 정씨가 조유현과 혼인하자 조유현을 해칠 계교를 낸다. 설강은 자기 유모의 양녀인 난교를 인종의 후궁이 되게 하여 궁궐에 보낸다. 난교에게 침닉한 인종은 총기를 잃어버리는 개심단을 먹고 정궁인 곽황후에 대한 애정이 식는다. 설강이 개심단을 먹고 조유현으로 변해 난교와 사통하는 말을 하

---

26 허순우는 곽황후의 폐위와 소황후의 입후(立后)는 <조씨삼대록> 연작의 서사를 확대시키는 기능을 한다고 하였다. 예컨대, 설강과 난교의 악인의 결탁, 선인형 여성들의 고난과 극복, 사건의 해결의 개연성을 부여한다고 보았다. (허순우, 앞의 논문, 325~326쪽.)

고 인종을 두고 "어리석은 임금이 무도하여 정궁을 소박하고 아름다운 여인들과 연희하며 망극한 모습이니 대장부가 북면(北面)하여 신하라고 말하는 것이 욕될 것"이라고 하며 인종을 욕하고 칼을 내어 인종을 죽일 것이라고 하고 도망간다. 이 때문에 인종은 조유현에 대한 깊은 의심을 가지면서도 확증이 없는 가운데 밤마다 난교와 즐기면서 다른 후궁과 곽황후는 찾지 않는다. 이에 곽황후는 난교에 대한 질투심을 가지고 곽황후와 후궁이 자주 다투다 곽황후는 후궁이 자신을 원망하는 말을 인종에게 알리자 후궁을 때리고 인종의 얼굴을 상하게 한다.

> ⑦ 이때 후궁이 서로 임금의 총애를 다투고 정공을 원망하며 임금께 아뢰다가 곽후에게 이 사실이 들리게 되어 곽후가 분함을 이기지 못하고 두 귀비를 친히 마구 때려 체면을 매우 잃게 되었다. 임금이 이르러 이것을 보고 말리다가 곽후가 분기를 억제하지 못하여 두 귀비를 구타하는 것을 그치지 않고 화나는 마음에 잘못하여 임금의 얼굴을 상하게 하였다. 임금이 매우 노하여 외전에 나와 곽후의 죄상을 중신들에게 알리고 모든 학사와 의논하였다. 온 조정이 일시에 폐위는 옳지 않다고 온 힘을 다해 아뢰었지만 설강 등이 폐위를 주장하여 임금의 뜻에 영합하고 곽후를 폐위시키게 하였다.　　　　-『조씨삼대록』1, 348쪽

〈조씨삼대록〉의 곽황후 폐위 과정은 『송사』나 『송감』의 내용과 유사하게 서술되어 있다. 그러나 〈조씨삼대록〉은 곽황후 폐위의 발단과 결과는 다른 방향으로 변주하고 있다. 인종은 설강과 난교가 준 개심단을 먹고 난교와 후궁에게 성적으로 침닉하고 충신 조유현의 행동을 의심하는 이성을 읽은 행동을 일삼는다. 곽황후의 투기는 개심단을 먹고 행하는 인종의 무분별한 행동에서 기인하고 곽황후의 용안 훼손은 인

종이 자초한 것이라는 방향으로 서사를 구성하고 있다.

인종이 곽황후를 폐위시키자 유현과 기현은 인종이 노한 것을 조금도 두려워하지 않고 곽황후 폐위는 옳지 못하다고 간언한다.

> ⑧ "폐하께서 한갓 정궁의 허물을 크게 책망하시지만 처음에 정궁에 대한 성상의 대접이 박하셔서 정궁께서 분노를 드러내신 것입니다. 성상께서 후궁에 대한 총애가 대단하셔서 본처와 첩의 직분을 지키지 못하여 궁녀의 일이 이와 같게 되었습니다. 슬픕니다! 필부의 집에도 가장이 눈멀고 귀먹지 않으면 집안을 다스리지 못하는데 하물며 사해를 통솔하는 만승천자에게 있어서는 어떠하겠습니까? 폐하께서는 윤리와 의무가 중한 것을 아시고 계시며 게다가 정궁은 선제(先帝)께서 간택하신 분으로 어릴 때 혼인하여 작은 허물이 있다고 해서 폐위시키지 못할 것입니다. 빨리 정궁의 자리를 회복해주시고 궁녀 중에서 황후를 헐뜯어 간하게 하고 정궁이 되고자 도모하는 후궁에게 독약을 내려 죽이셔서 왕법을 바르게 하십시오." -『조씨삼대록』1, 348~349쪽

정궁의 투기는 황제가 후궁을 후하게 대접하고 정궁을 박하게 대접한 것 때문에 발생한 것이며 이것은 필부의 집에서도 가장이 제대로 치가하지 못하면 이런 일이 난다고 하며 유현과 기현은 황제가 치가를 제대로 못한 것을 은근히 질책하고 있다. 유현과 기현은 정궁이 용안을 훼손한 근본적 원인은 본처와 첩의 직분을 망각하게 하고 제가를 제대로 못한 인종에게 있다는 점을 지적하며 곽황후 폐위를 결사적으로 반대하고 있는 것이다. 그러나 인종은 유현과 기현의 간언을 듣지 않고 두 사람을 하옥시키고 정궁을 폐위시키기에 이른다.

『송감』에서는 곽황후 폐위를 둘러싸고 여이간과 공도보, 범중엄이

날선 공방을 벌이고 공도보, 범중엄 등 폐위 반대파 10명이 인종의 뜻에 반하는 간언을 하려다 먼 주로 파출된다. 그러나 〈조씨삼대록〉에서는 여이간과 공도보, 범중엄 같은 역사적 인물을 거론하지 않고 "임금이 분노하여 간하는 무리 십여 인을 하옥시키니 폐위를 반대하던 중론이 줄어들자 기꺼이 폐위시켰다"로만 간단히 언급하고 있다. 그 대신 곽황후 폐위를 둘러싸고 설강 대 유현과 기현의 대립, 갈등을 재구성하고 있다. 난교와 공모하여 인종에게 개심단을 먹이고 인종을 혼미하게 만드는 설강을 여이간과 같은 폐위 찬성론자로 만들고, 유현과 기현이 공도보와 범중엄 등과 같은 폐위 반대론자의 역할을 하도록 바꾸고 있는 것이다. 『송감』에서 공도보가 여이간에게 신하의 도리로 황후를 폐위해서는 안 된다고 주장했던 것처럼 〈조씨삼대록〉에서는 유현과 기현이 황후를 폐위해서는 안 된다고 주장한다. 또한 『송감』의 내용에서 더 나아가 유현은 임금에게 가장의 처첩 대우와 제가의 태도를 직언하고 있는 것이다.

  그러므로 〈조씨삼대록〉에서 곽황후 폐위 사건을 선택하여 삽화로 구성하는 이유는 인종의 처첩에 대한 공정하지 못한 대우와 잘못된 치가를 보여주기 위해서이다. 또한 〈조씨삼대록〉의 곽황후 폐위는 유현을 해치기 위한 설강과 난교의 계략과 이들의 계략에 쉽게 빠져드는 인종의 어리석음과 관련된다. 이 때문에 〈조씨삼대록〉에서 곽황후 폐위는 곽황후의 질투와 투기에 초점이 맞추어져 있는 것이 아니라 설강과 난교의 공모에 의해 쉽게 이성을 잃어버리고 후궁에게 성적으로 침닉하는 어리석은 황제, 제가를 제대로 하지 못하여 처첩 간에 분란을 만드는 남편의 무능력을 잘 보여주는 삽화로 재구성되는 것이다. 이것은 『송사』나 『송감』의 곽황후 폐위를 읽고 인종을 바라보는 후대의 역사

적 평가와 유사하다. 곽황후 폐위는 통치자로서도 가장으로서도 잘못
된 판단과 행동을 하는 어리석은 가부장을 비판적으로 재현하는 삽화
로 〈조씨삼대록〉에서 재구성되는 것이다.

(3) 현실의 전도된 부부상 재현의 구성
-〈현몽雙룡기〉와 〈조씨삼대록〉

〈현몽雙룡기〉와 〈조씨삼대록〉에는 『송사』나 『송감』의 곽황후 폐위
와 똑같은 형태는 아니지만 아내가 남편의 얼굴을 구타하는 삽화가 구
성되어 있다. 〈현몽雙룡기〉와 〈조씨삼대록〉에서 나타나는 아내의 남편
구타담은 후처나 첩을 총애하는 남편에 대한 분노로 본처가 남편을 구
타하다 벌을 받거나 친정으로 내쫓기는 스토리이다. 인종과 곽황후를
직접적으로 언급하고 이들을 소설화하지는 않지만 본처가 후처나 첩에
대한 투기로 분노하여 남편을 구타하고 그 처벌로 감금되거나 친정으
로 돌아가는 설정은 『송사』나 『송감』의 인종과 곽황후 사건과 유사하
다. 이 때문에 아내가 투기로 남편의 얼굴이나 신체를 때리는 스토리는
곽황후 폐위라는 역사적 사건을 염두하고 곽황후 폐위 사건과 상동적
인 형태의 사건을 만드는 소설적 변형이라고 할 수 있을 것이다.

〈현몽雙룡기〉와 〈조씨삼대록〉에는 이러한 아내의 남편 구타담이 가
족들이 모인 자리에서 폭로되고 가족들의 비웃음을 사는 장면이 꽤 등
장한다.

> ⑨ "오늘 임금님 앞에서 저를 구타하려고 관을 벗기고 손을 들어 방
> 자한 거동이 이와 같았습니다. 〈중략〉 그런데 성상의 말씀이 신하의 마
> 음을 감동시키셔서 여자에게 머리가 잡혀 휘둘리고 맞는 욕을 보았지만

오히려 참았는데 차마 부부의 즐거움을 다시 생각하겠습니까?"〈중략〉
조소저들이 조무가 전하는 말을 통해 공주가 했던 행동을 듣고 손바닥
을 치고 크게 웃으며 말하였다. "공주같이 시원스러운 여자는 없구나.
너의 거동이 좀 미웠으면 쳤겠느냐? 그래도 공주가 용하기 때문에 덜
쳤다." 채빙이 웃으며 말하였다. "옥주가 오히려 생각이 없어서 저 미운
상공을 임금님 앞에서 한 바퀴 잡아당기며 쳤구나." 조무가 웃으며 말하
였다. "남편을 잡아당기고 쳐 본 여자가 여기 있구나. 위생이 약하고 변
변치 않아서 누이의 강악함에 잡아당겨져 오리(五里) 밖에 내쳐졌는가
보구나."   -『현몽쌍룡기』 2, 98~99쪽

위의 예문은 〈현몽쌍룡기〉에서 조무가 아내인 금선공주에게 상투를
잡아당기는 폭행을 당한 사건을 가족들에게 말하는 대목이다. 〈현몽쌍
룡기〉는 〈조씨삼대록〉의 전편으로 쌍둥이 형제 조무와 조성을 중심으
로 서사가 펼쳐진다. 조무는 영웅호걸형 인물로 정씨와 혼인한 후 임금
의 사혼으로 금선공주를 처로 맞아들인다. 금선공주는 절색이지만 투
기가 많아 조무는 금선공주에게 애정을 느끼지 못한다. 조무가 낮에는
명창들과 놀고 금선공주의 처소에 들어가지 않자 금선공주는 투기로
명창 중 홍앵을 잡아 와 귀를 베고 때려죽인다. 조무는 이 사실을 알고
금선공주를 돕던 상궁들을 벌주고 금선공주를 처소에 감금하는 벌을
내린다. 이에 분노한 금선공주는 대궐로 들어가 임금 앞에서 조무가 임
금을 모욕했다고 거짓으로 말하여 조무를 처벌하라고 임금을 부추긴
다. 임금은 조무를 불러들여 금선공주의 말이 사실인가를 묻자 조무는
금선공주의 포악함과 어질지 못한 행동을 말한다. 그러자 금선공주는
분노를 이기지 못하고 자리에서 일어나 조무에게 달려가 조무의 사모
를 벗기고 상투를 잡아당기고 흔들며 욕하기에 이른다.

궁궐에서 이런 일이 난 후 집안으로 돌아온 조무는 금선공주가 자신에게 했던 패악을 말하자 조무의 누이들은 금선공주의 행동을 나무라기보다는 금선공주의 구타가 속 시원하다고 금선공주를 두둔한다. 조무의 누이들은 금선공주의 투기와 폭행을 문제 삼는 것이 아니라 오히려 아내에게 봉변을 당한 조무를 웃음거리로 만드는 것이다. 그러자 조무는 누이 채빙을 공격하기 위해 "위생이 약하고 변변치 않아서 누이의 강악함에 잡아당겨져 오리 밖에 내쳐졌다"고 말하고 채빙이 분노하여 남편을 때리고 내쫓았던 사건을 폭로하며 좌중을 한바탕 웃게 한다. 금선공주가 임금 앞에서 조무의 사모를 벗기고 상투를 잡아당긴 사건은 가족들 앞에서 조무가 아내에게 구타당하는 용렬한 남편으로 전락하는 부끄러운 사건이 된다. 또한 여기에 남편 위생을 구타하여 내쫓은 채빙의 남편 구타담이 덧붙어짐으로써 아내의 남편 구타담은 표면화되고 또 하나의 웃음거리로 제시된다.

인종의 곽황후 폐위는 황후가 투기 때문에 황제의 신체를 훼손하고 정궁의 자리에서 폐출되는 심각한 역사적 사건이지만 금선공주나 채빙의 남편 구타담은 웃음을 유발하는 가십거리가 되는데 이것은 〈현몽쌍룡기〉에서 꽤 많은 소설적 변형을 보여주는 것이다. 실상 남편이 후처나 첩을 총애한다고 해서 아내가 남편을 구타하는 행위는 사대부 부부 사이에서는 자주 일어나는 일은 아니었을 것이다. 그러나 이런 삽화는 현실과 반대되는 반대급부로 현실의 전도된 부부상을 재현하고 웃음을 만들기 위한 구성이라고 할 수 있다. 〈현몽쌍룡기〉의 아내의 남편 구타담은 인종의 곽황후 폐위라는 역사적 사건에서 촉발된 것이지만 인종의 곽황후 폐위 사건을 비틀어 현실의 전도된 부부의 모습을 재현하기 위한 것으로 〈현몽쌍룡기〉에서 소설적으로 창안되는 삽화인 것이다.

〈현몽쌍룡기〉의 후편인 〈조씨삼대록〉에도 또 하나의 아내의 남편 구타담을 발견할 수 있다. 바로 진왕 조무와 금선공주의 딸 후염이 투기로 남편의 뺨을 때리는 사건이다. 후염은 박색에 성품마저 험악하여 나이가 들도록 혼처를 구하지 못하다가 철수문에게 시집가게 된다. 철수문은 후염의 외모와 성품 때문에 후염을 가까이하지 않고 부부 관계가 소원해지고 철수문은 두 번째 부인으로 유씨를 맞아들인다. 후염은 유씨에 대한 미움을 참지 못하고 철수문과 유씨가 함께 있는 방에 들어가 칼로 유씨를 죽이려고 한다. 철수문은 이를 말리려다 후염에게 뺨을 여러 대 맞고 긁히게 된다.

⑩ 다음 날 아침에 철생이 어제 조씨를 실어 보내고 오히려 마음이 편치 않았다. 맞고 뜯긴 얼굴이 헐어 세수도 못하고 차마 사람들 모인 가운데에 참여하여 인사드릴 수가 없어 진왕을 뵙는 것도 부끄러워하였다. 하지만 마지못하여 조씨 집에 진왕과 초공을 뵈러 왔더니, 모든 아들들이 자리에 참석하여 있었다. 진왕이 철생을 보니 온 얼굴에 손톱으로 긁힌 자국이 모두 엉겨 말랐으니 보기에 참혹하였다. 진왕이 짐작하고 물었다. "네 얼굴이 그렇게 상한 것은 무슨 일 때문이냐?"〈중략〉 운현이 말하였다. "너는 이제 머리의 갓을 벗고 다녀라. 사람이 어찌 여자에게 뺨을 맞고 다니느냐?" 영현이 말하였다. "그렇다고 죽겠느냐. 어쩌겠느냐? 부질없는 말로 돋우지 마라. 그래도 다행이다. 만약 매로 때리기라도 했으면 더욱 어찌했겠느냐?" 몽현이 말하였다. "차라리 볼기를 맞는 것이 나았겠습니다. 여러 사람들이 다 보고 있는 곳에 밝은 대낮에 저 얼굴을 들고 나왔으니 참으로 담이 큰 사람입니다." 철생이 흥이 나지 않는 말들을 듣다가 여러 조씨 형제들의 희롱이 괴롭기도 하고 후회되기도 하여 가만히 웃으며 말하였다. "황제의 위엄으로도 태후께 용체를 상하셨는데 하물며 보통 사내야 어떻겠는가? 너희 누이의 패악스러운

행동이 한심하지 나야 단지 부끄러울 뿐이다. 무엇이 대단하겠느냐?"
　　　　　　　　　　　　　　　　　－『조씨삼대록』 3, 26~29쪽

　철수문은 후염의 투기로 얼굴을 두들겨 맞고 후염을 조부로 내쫓고는 마음이 편치 않아 조부로 찾아간다. 후염의 오빠들은 후염에게 맞아 얼굴이 엉망인 철수문을 보고 돌아가면서 놀린다. 후염의 오빠들은 철수문에게 "남자가 여자에게 맞고 다니냐, 오히려 매로 맞지 않는 것이 다행이다, 볼기 맞는 것이 낫지 이런 얼굴로 대낮에 다니는 것이 담이 크다"고 하면서 철수문을 희롱한다. 후염의 오빠들은 후염의 투기와 남편 폭행을 문제 삼는 것이 아니라 후염에게 얼굴을 맞은 철수문의 변변치 못함을 조롱거리로 삼고 있는 것이다.

　이에 철수문은 황제의 경우를 가지고 와서 자신이 당한 일은 별것 아니라는 식으로 대응한다. 철수문은 위엄을 가진 황제도 태후에게 용체를 긁히는데, 필부인 자신의 수모는 대단하지 않다고 맞받아친다. 철수문은 자신이 후염에게 얼굴을 구타당한 사건과 인종이 곽황후에게 얼굴을 맞은 사건을 동일시하는데 여기서 후염의 철수문 구타담이 곽황후의 용안 훼손을 전제로 하여 만들어진 상동적인 삽화라는 것을 알 수 있다. 그러나 〈조씨삼대록〉의 후염의 남편 구타담은 인종의 곽황후 폐위 사건과 형태는 상동적이나 이를 비틀어 현실의 전도된 부부상을 재현하는 삽화이다.

　아내의 남편 구타담은 인종의 곽황후 폐위 사건의 기본 골격을 모방하면서 표면적으로는 여성의 투기와 부덕을 갖추지 못한 여성을 그대로 노출시키지만 한편으로는 다른 여성을 총애하는 남편에 대한 분노를 억누르지 않고 남편을 구타하여 분노를 해소하는 탈출구를 만드는 구성이다. 온 가족이 모인 자리에서 아내의 투기로 남편이 구타당하는 사건이 보고되고 가족들은 아내의 투기를 문제 삼지 않고 남편의 변변 치 못함, 나약함을 문제 삼고 한바탕 웃으면서 문제의 심각성을 무화하 는 것은 여성의 감정을 자유롭게 표현하는 것을 용인하는 소설적 변형 이라고 할 수 있을 것이다.

3) 〈소현성록〉, 〈현몽쌍룡기〉, 〈조씨삼대록〉의 송사의 소설화 동인

(1) 투기 제어와 부덕(婦德) 강조의 유교 윤리적 동인

〈소현성록〉에서 곽황후 폐위 사건은 곽황후의 투기와 소수주의 부덕 (婦德)을 대조하는 방식으로 소설화된다. 이것은 조선시대 사대부 여성 의 자질과 행동 규범을 강조하는 〈소현성록〉의 창작 목적에 부합하는 역사의 소설화 방식이다. 〈소현성록〉의 인종의 곽황후 폐위 삽화는 조 선시대 여성들의 투기 제어와 부덕(婦德)을 재현하기 위한 구성이므로 여기에는 당대의 유교 윤리적 동인이 강하게 개입되어 있다.

부덕은 조선시대 여성이라면 가져야 하는 덕목으로 남편에게 순종하 고 질투하지 않으며 겸손함을 의미한다. 이러한 부덕은 조선시대 여성 의 자질과 품성을 평가하는 기준이 되었고, 가정, 사회, 국가에서 부덕 에 따라 여성을 평가하고 표창하기도 하였다. 이런 의미에서 〈소현성 록〉의 소황후는 가장 모범이 되는 부덕의 체현자이고 황후로서의 자질 과 품성을 지닌 인물로 형상화되고 있는 것이다. 이에 비해 곽황후는 투기하고 남편에게 복종하지 않는 인물로 형상화되며 이런 곽황후가 황후의 자리에서 폐위되는 것은 당연하다는 인식이 〈소현성록〉에는 내재해 있다.

송대에 있었던 곽황후 폐위는 용안에 불경을 저지른 황후에 대한 처벌이지만 이를 둘러싼 곽황후, 여이간, 공도보, 범중엄 등의 갈등과 대립이 여실히 드러난 역사적 사건이라고 할 수 있다. 『송사』와 『송감』에서는 곽황후가 여이간을 좌천시켰기 때문에 그 원한으로 여이간이 곽황후 폐위를 주도한 것으로 되어 있다. 곽황후는 인종의 생모를 장의황후로 추존할 때, 적모(嫡母)였던 장헌황후 유씨의 섭정기에 권세를 지녔던 재상들을 좌천시킬 것을 인종에게 조언하고 인종은 그에 따른다. 이때 여이간도 좌천되는데 이 때문에 여이간은 곽황후가 인종의 목에 상처를 내게 되자 곽황후 폐위에 적극 나서게 되는 것이다. 많은 대신이 인종과 여이간의 뜻에 동조했지만 공도보, 범중엄 등 간관(諫官)들이 가볍게 황후를 폐할 것이 아니라고 극간하였다. 여이간은 인종을 움직여 공도보와 범중엄 등 10명을 지방관으로 좌천시키고 다른 간관들은 그들의 도당이라고 치부하고 좌천시켰다.[27]

이처럼 역사에서 곽황후의 폐위는 인종을 중심에 두고 곽황후, 공도보, 범중엄과 여이간의 대립과 갈등이 표출된 사건이지만 〈소현성록〉에는 이런 정치적 상황은 과감히 소거하고 있다. 원칙과 도리를 내세워 곽황후 폐위를 반대하는 공도보와 범중엄과 사사로운 감정 때문에 곽황후 폐위에 찬성하는 여이간의 대립을 소설화한다면 소황후의 입후(立后)는 정당성이 없는 것으로 보여질 수 있기 때문이다. 〈소현성록〉

---

27 『송사』 권311 열전 제70, 〈여이간〉; 『송사』 권297 열전 제56, 〈공도보〉; 『송사』 권314 제73, 〈범중엄〉 참조. 中央研究院·歷史語言研究所, 『宋史』, 漢籍電子文獻資料庫 (https://hanchi.ihp.sinica.edu.tw.)

은 소황후의 부덕과 곽황후의 투기가 명확하게 대조될 수 있도록 하기
위해 곽황후의 폐위 사건에서 곽황후의 악행과 투기, 폐위만을 초점화
하여 이를 모방하여 소설화하는 것이다. 인종의 곽황후 폐위가 드러내
고 있는 여러 가지 문제 중에서 투기를 부려 폐위된 곽황후의 행위만을
가지고 와서 곽황후의 악행과 투기를 더욱 강화하는 역사 프레임을 만
들고 있는 것이다. 이런 점에서 〈소현성록〉의 인종의 곽황후 폐위는
여성의 투기를 제어하고 부덕을 강조하기 위해 취사선택한 역사 프레
임이라고 할 수 있다. 이것은 『송사』와 『송감』의 곽황후 폐위 사건에
서 곽황후의 투기와 징치를 가장 핵심적으로 보고 이를 평가하는 관점
을 취한 것이다.

〈소현성록〉 텍스트가 견지하고 있는 여성 교화적 태도가 곽황후 폐
위 사건에서 곽황후의 투기와 징치의 역사 프레임을 만들어 소황후의
부덕과 그 포상의 서사와 대조되도록 구성하는 것이다. 여성의 투기는
왕후라도 용납될 수 없고 처벌받는다는 사례로 인종의 곽황후 폐위 사
건이 선택되고 곽황후 폐위 사건을 그대로 모방하고 이와 대조되는 허
구적 인물 소황후를 창조하여 〈소현성록〉에서 투기를 제어하고 부덕을
강조하는 것이다. 겸손함과 부덕을 갖춘 소현성의 딸 소수주 같은 여성
이 정궁이 되어야 국가가 바로 서고 가문이 영화롭게 된다는 점을 강조
하기 위해 그 반대의 역사적 사건인 곽황후의 폐위를 선택하여 소설에
서는 역사적 인물과 소설적 인물이 대조되도록 구성하는 것이다. 결국
투기는 규제하고 여성의 부덕을 강조하는 유교 윤리적 동인이 역사를
모방하면서도 역사와 허구가 대조되는 방식을 만들게 되는 것이다.

(2) 암혼한 가부장과 임금에 대한 비판적 동인

앞에서 우리는 〈조씨삼대록〉에 재현된 인종의 곽황후 폐위는 곽황후의 부덕에 초점이 있는 것이 아니라 정궁과 후궁을 공평하게 대우하지 못하는 인종의 어리석은 가부장의 모습을 재현하는 구성을 살펴보았다. 이러한 어리석은 가부장의 모습을 재현하는 구성에는 암혼한 가부장과 임금에 대한 비판적 동인이 개입되어 있다.

〈조씨삼대록〉은『송사』와『송감』의 곽황후 폐위 사건의 전모를 소설화하는데 부분적 변개의 방식으로 역사를 소설화한다. 인종의 후궁 총애, 정궁과 후궁의 다툼, 인종의 후궁 두둔, 정궁의 용안 훼손, 정궁 폐위, 폐위 반대론자와 찬성론자의 갈등과 대립이라는 곽황후 폐위 사건의 과정 전체를 얼마간의 변화를 주어 유현의 고난담이라는 이야기 속에 재배치하고 있는 것이다.

〈조씨삼대록〉에서 일어나는 곽황후 폐위의 첫 번째 변개는 설강과 난교의 주도로 곽황후의 폐위가 일어난다는 것이다. 반동 인물인 설강과 난교가 임금의 판단력과 총명함을 없애기 위해 임금에게 개심단을 먹이고 곽황후의 폐위를 주도한다. 임금은 설강과 난교의 계략에 의해 난교와 후궁을 총애하고 이에 곽황후가 용안에 손상을 입히자 임금은 곽황후를 폐위한다. 〈조씨삼대록〉에서는 역사에서 없었던 간인 설강과 난교를 설정하여 임금이 이들의 계략에 빠지고 개심단을 먹고 이성을 상실한다는 설정을 하고 있는데 이것은『송사』와『송감』의 인종보다 더 암혼하고 무분별한 임금의 모습을 보여주기 위한 것이다.

〈조씨삼대록〉에서 일어나는 곽황후 폐위의 두 번째 변개는 곽황후 폐위를 반대하는 인물로 유현과 기현을 설정한다는 것이다.『송사』와『송감』에서는 공도보, 범중엄, 단소연 등 10명이 곽황후의 폐위를 강력히 반대하고 여이간과 대립하지만 〈조씨삼대록〉에서는 이 역할을 유현과 기현이 하는 것으로 변개한다. 특히 유현은 임금의 처첩에 대한 불공평한 대우 때문에 이 사달이 일어났고 선제가 왕후로 정한 정궁을 폐위해서는 안 된다는 주장을 하면서 왕후 폐위가 부당하다고 직언한다. 그러나 임금은 이런 직언을 귀담아듣지 않고 유현과 기현을 감옥에 하옥시킨다. 또한 유현을 없애고자 하는 설강의 계략에 휘말려 유현에게 죄를 주어 먼 지방으로 유배 보낸다.

이처럼 〈조씨삼대록〉에서 곽황후 폐위 사건을 역사와 다르게 부분적으로 변개하는 이유는 인종의 제가와 치세의 문제를 더욱 부각시키기 위해서이다. 인종은 가장으로서는 처첩을 공평하게 대우하고 거느리지 못하였고 위정자로서도 옳고 그름을 제대로 파악하지 못하고 직언하는 신하를 하옥시키는 문제를 드러낸다. 〈조씨삼대록〉은 가정내의 가부장, 가정 밖의 임금이 그 역할을 제대로 하지 못하는 인종의 실책과 암혼함을 드러내는 역사 프레임으로 곽황후 폐위 사건을 변개한다. 그러므로 〈조씨삼대록〉은 인종의 곽황후 폐위에서 곽황후의 투기와 그 징치에 주목하기보다는 임금의 자질을 문제 삼고 소설화를 시도한다고 할 수 있다. 이것은 인종의 곽황후 폐위를 여성의 투기의 서사로 표면적으로만 해석하지 않고 제가와 치세를 제대로 하지 못하는 어리석은 남편과 임금을 비판적으로 바라보는 서사 동인이 만든 구성이다. 이는 후대 역사에서 곽황후 폐위 사건을 볼 때 치가와 치세를 제대로 하지 못한 불명한 임금으로 인종을 평가하는 시각과 맞닿아 있다.

〈조씨삼대록〉의 이와 같은 역사의 소설화는 암혼한 남편과 임금에 대한 비판적 시각을 보여주면서도 더 나아가 남편의 올바른 제가와 임금의 올바른 치세의 자세가 어떠해야 하는가를 다시 생각할 수 있도록 이끈다. 남편은 가정내에서 처첩간에 분란이 일어나지 않도록 처와 첩에 대한 공평한 대우로 집안을 다스려야 하며, 임금은 정사를 할 때 소인과 간신의 계략이나 간언에 휘둘리지 않고 올바른 판단을 해야 한다는 것을 강조하고 있는 것이다.

이런 의미에서 〈조씨삼대록〉은 가부장제와 봉건제라는 사회 체제가 보여주는 현실의 문제를 역사에서 읽어내고 이를 소설화한다고 할 수 있다. 가장에게 전권이 주어지는 가부장제와 임금에게 전권이 주어지는 봉건제에서 일어날 수 있는 유사한 문제를 곽황후 폐위 사건에서 읽어내고 역사와 현실을 견주는 것이다. 암혼한 가부장과 임금에 대한 비판적 동인은 〈조씨삼대록〉에서 곽황후 폐위 사건을 어리석은 가부장의 모습을 재현하는 서사 구성으로 변형하고 가부장제와 봉건제에서 일어나는 현실의 문제를 드러내고 남편과 임금의 올바른 제가와 치세의 자세를 고민하도록 이끄는 것이다.

(3) 여성의 욕구와 감정 분출의 서사 동인

〈현몽쌍룡기〉와 〈조씨삼대록〉의 아내의 남편 구타담은 『송사』와 『송감』의 곽황후 폐위 사건을 모방하는 것이기는 하지만 인종과 곽황후를 소설 속에 등장시키지 않는다. 그러나 아내가 투기 때문에 남편의 얼굴을 때리고 처벌을 받는다는 점에서 곽황후의 폐위 사건과 상동적이다.

『송사』와 『송감』의 곽황후 폐위 사건에서는 인종의 처신이 문제라는 시각이 존재하지만 곽황후에게 얼굴이 긁힌 인종을 놀림거리로 삼거나 희화화하지는 않는다. 그러나 〈현몽쌍룡기〉와 〈조씨삼대록〉의 아내의 남편 구타담은 투기를 부리고 남편을 구타하는 아내를 처벌하는데 집중하고 있는 것이 아니라 오히려 아내에게 구타당하는 남편을 조롱하고 희화화하는 데 집중하고 있다. 여기서 우리는 〈현몽쌍룡기〉와 〈조씨삼대록〉이 곽황후 폐위 사건을 비틀기하여 웃음을 창출하는 것을 발견할 수 있다. 〈현몽쌍룡기〉와 〈조씨삼대록〉은 곽황후 폐위 사건이라는 역사의 외피를 가지고 오지만 이를 비틀기하여 웃음과 소설적 재미를 창출하는 삽화로 재구성한다. 곽황후 폐위 사건은 여성의 투기와 그 징치 혹은 인종의 치가와 치세의 문제를 제기할 수 있는 사건이지만 〈현몽쌍룡기〉와 〈조씨삼대록〉의 아내의 남편 구타담은 남편을 오입쟁이나 투기유발자로 만들어 아내에게 구타당하는 용렬한 사람으로 전락시켜 사람들 앞에서 웃음거리로 만든다. 이것은 심각한 역사적 사건을 일상의 한담과 웃음을 창출하는 유희적 비틀기이고 이러한 유희적 비틀기는 여성의 내면적 욕구와 감정을 분출하고자 하는 서사 동인에서 만들어진다.

이러한 역사의 비틀기는 두 가지 서사적 충동에서 만들어진다. 우선 이러한 역사의 비틀기는 아내가 남편보다 우위에서 남편의 외도와 외입을 징치하고자 하는 여성 우위의 부부 관계를 열망하는 여성의 욕구를 드러내는 것이다. 곽황후는 후궁을 총애하는 남편에게 분노하여 용안을 훼손했다고 폐위되었지만 아내의 남편 구타담에서는 아내가 자신보다 후처나 첩을 총애하자 분노로 남편의 얼굴을 때려 처벌받지만 얼마 후 시가로 다시 복귀한다. 또한 온 가족이 모인 자리에서 아내에게 맞은 남편은 웃음거리가 되고 은근히 아내의 구타가 용인되기도 하는 것이다. 현실에서는 아내의 남편 구타는 용인될 수 없는 행동이지만 소설에서는 이 행동을 웃음으로 무마하고 심각하게 받아들이지 않는다. 〈현몽쌍룡기〉와 〈조씨삼대록〉의 아내의 남편 구타담은 아내가 우위에서 남편의 부당한 행위를 처벌하고자 하는 욕구를 역사 비틀기로 창안한 삽화인 것이다.

　두 번째는 〈현몽쌍룡기〉와 〈조씨삼대록〉의 아내의 남편 구타담은
현실에서 해소할 수 없었던 여성의 억압된 감정을 풀어보고자 하는 서
사적 충동에서 만들어진다. 현실에서는 남편의 외도와 외입으로 아내
가 느끼는 분노는 매우 컸지만 이것을 해소할 수 있는 방법은 없었을
것이다. 축첩이 용인된 사회에서 여성이 느끼는 분노를 해소할 수 있는
방법을 찾는 것은 쉽지 않았기 때문에 허구적으로 이를 해소하고자 하
는 욕구가 아내의 남편 구타담을 만들게 되는 것이다. 〈현몽쌍룡기〉와
〈조씨삼대록〉의 아내의 남편 구타담은 일부다처제에서 처와 첩으로 살
아가면서 남편의 외도와 외입을 참아야 하는 여성의 원한과 분노를 드
러내고 억압된 감정을 상상적으로 분출할 수 있도록 하는 통로가 되는
것이다.

　결국 〈현몽쌍룡기〉와 〈조씨삼대록〉에서는 곽황후 폐위 사건을 가장
적극적으로 변형하는 방식으로 아내의 남편 구타담을 구성한다. 상상
적으로 아내 우위의 부부상을 재현하여 다른 여자에게 애정을 주는 남
편을 응징하고자 하는 내면적 욕구를 드러내고 한편으로는 남편에 대
한 억압된 분노와 원한의 감정을 분출할 수 있도록 한다. 이러한 여성
의 욕구와 감정 분출의 서사 동인은 역사적 사건의 외피만 차용하고
그 내용과 의미는 허구적 상상력으로 완전히 비틀기 하여 가장 적극적
인 역사의 변형을 가능하게 한다.

4. 〈옥원재합기연〉과 〈난학몽〉의 송사(宋史)의
소설적 재현 방식과 소설화 동인

1) 구법당과 신법당의 정쟁

구법당과 신법당의 정쟁과 갈등은 북송을 개혁하려는 왕안석의 신법 시행과 신법의 부작용 발생이 가장 강하게 나타났던 신종과 철종대의 역사적 사건이다. 신법을 통해 송대 정계를 개혁하려는 왕안석의 개혁은 북송의 신종 희녕 2년(1069년) 제치삼사조례사가 설치되면서 시작되었다.[28] 조례사 설립 이후 개혁의 각 제도를 심의하여 입안하고 희녕 2년 7월 이후부터 균수법(均輸法), 청묘법(青苗法), 농전수리법(農田水利法) 등 신법들이 시행되었다. 왕안석의 신법은 기존의 제도 거의 모두에 대해 대대적인 개혁을 단행한 것이었기 때문에 북송의 정계는 신법에 대해 찬성하는 관료인 신법당과 이에 반대하는 구법당으로 양분되었다.

신법의 조항이 발포될 때마다 반대파인 구법당의 반대는 컸지만 가장 큰 논란이 된 것은 청묘법이었다.[29] 청묘법은 청묘(青苗)의 시기인 춘궁기에 정부가 저리로 농민에게 대출해주고 가을 수확이 끝난 후에 상환하게 하는 제도로 정부는 그간 고리대금업자에게 빌린 고리의 이자보다 이자를 낮추어 2할 정도의 이자로 징수하게 하는 것이었다. 그

---

28 이근명, 「왕안석 신법의 시행과 당쟁의 발생」, 『역사문화연구』 46, 한국외대 역사문화연구소, 2013, 225쪽. 구법당과 신법당의 정쟁에 대한 전체적 내용은 이근명의 논문을 참고하여 정리하였다.
29 이근명, 위의 논문, 229쪽.

런데 지방에서 무리하게 청묘법을 실시하여 많은 폐단을 불러일으켰
다. 필요하지 않은 사람에게 대부를 강요한다거나, 가을에 원리금을 갚
지 못해 도망간 사람 대신 이웃에게 상환하게 하는 것 등이 그것이다.[30]
이러한 폐단 때문에 청묘법에 대한 구법당의 격렬한 반대가 일어났다.

청묘법에 대한 논란이 가장 격심했던 것은 1069년(희녕 2년) 말부터
1070년(희녕 3년) 초까지의 시기이다.[31] 이 시기는 신법당과 구법당의
대립이 가장 치열하게 벌어진 때이기도 했다. 희녕 연간에 신법이 시행
될 때 신법에 대한 반대는 조정과 재야를 막론하고 광범위하게 자리
잡았다. 사마광, 한기, 문언박, 구양수, 당개 등의 노신들은 한목소리를
내어 신법에 반대하였다. 젊은 언관들도 신법이 실시되자 노신들과 함
께 신법에 반대하였다. 어사인 유술, 유기, 전의, 손창령, 왕자소, 정이,
진양, 진천, 사경온, 양회, 유지와 간관(諫官)인 범순인, 이상, 손각, 호
종유 등이 반대하였고 이들은 자신들의 반대가 받아들여지지 않자 잇
따라 물러났다.[32] 이처럼 청묘법을 둘러싼 논쟁과 대립은 구법당과 신
법당을 결정적으로 갈라서게 만들었고 그 후 구법당은 차례차례 파면
되어 중앙의 조정에서 사라지게 되었다.

이에 비해 왕안석의 신법에 동조하는 신법당의 중심적 인물은 한강,
여혜경, 증포, 왕안석의 아들 왕방, 장돈, 등관, 여가문 등이었다. 이들
은 모두 신법이 시행되던 시기에 40살 전후로 정계에서 신진이라고 할
만한 연배였다. 구법당측에서는 이를 두고 왕안석이 정계의 원로들을

---

30 이근명, 위의 논문, 229쪽.
31 이근명, 위의 논문, 229쪽.
32 이근명, 위의 논문, 241쪽.

배척하고 경박한 젊은이들만 등용한다고 비판하기도 하였다.[33] 또한 이들은 대부분 집권자인 왕안석에 아부함으로써 입신출세를 노리는 경향이 강하였다. 신법당 진영에 선 인물들은 도덕성과 품행에 문제가 많았는데, 이것은 신법의 개혁이 좌초되는 데 있어 커다란 영향을 미쳤다.[34] 신법당 중 여혜경과 증포는 왕안석의 신임을 두고 경쟁하면서 나중에 원수 같은 사이가 되기도 하였다. 또한 여혜경은 왕안석이 퇴진하고 부재상으로 승진한 직후부터 왕안석을 등지기 시작하였고 자기 주변 사람들을 모아 정치집단을 구성하였다. 여혜경은 왕안석에 동조하는 사람을 견제하였고, 왕안석을 원수 같이 생각하며, 왕안석의 아들 왕방과 동생 왕안국 등에 대해 온갖 모략을 가하였다.[35] 왕안석은 자신이 발탁하고 기용했던 여혜경에게 배신을 당하게 되는 것이다.

신종 때는 신법당의 정책이 힘을 얻고 신법당이 득세했지만 신종이 죽고 철종이 즉위하여 조모인 선인태후가 섭정하면서 사마광을 재상으로 하고 구법당이 다시 정국을 담당하게 되었다. 구법당은 신법당이 실시했던 신법을 폐지하고 신법당을 몰아내었다. 선인태후가 섭정에서 물러나고 철종이 친정을 하게 되자 신법당 관료들을 기용하게 되는데 이 때문에 구법당은 다시 조정에서 물러나게 되었다. 이와 같은 구법당과 신법당의 정쟁과 대립은 고전소설의 사건으로 허구화되고 구법당과 신법당의 인물들은 소설의 인물로 허구화되는 것이다.

---

33 이근명, 「왕안석 신법의 시행 경과와 구법당의 비판」, 『중앙사론』 44, 중앙대학교 중앙사학연구소, 2016, 111쪽.
34 이근명, 위의 논문, 111쪽.
35 이근명, 위의 논문, 105쪽.

2) 〈옥원재합기연〉의 송사의 소설적 재현 방식과 소설화 동인

〈옥원재합기연〉은 구법당과 신법당의 정쟁이 활발했던 북송대 신종과 철종대를 시간적 배경으로 하여 구법당에 속한 소세경과 신법당에 붙어 이익을 추구하는 이원의의 딸 이현영이 완전한 부부가 되는 과정을 그린 21권 21책의 국문장편소설이다. 〈옥원재합기연〉은 전주이씨 덕천군파 22대 이영순의 부인인 정경부인 온양정씨와 자부, 손부 등에 의해 1786년~1796년까지 필사된 것[36]으로 알려져 있는데 이를 보면 〈옥원재합기연〉의 창작 시기는 18세기 말 이전임을 알 수 있다.

〈옥원재합기연〉에서 재현되고 있는 구법당과 신법당의 대립과 갈등, 송대 역사의 수용에 대한 연구는 정병설, 이지하, 지연숙, 엄기영 등에 의해 논의되었다.

먼저 정병설은 〈옥원재합기연〉의 구법당과 신법당의 정쟁을 중심에 두고 논의하지는 않았지만 〈옥원재합기연〉의 탈가문소설적 시각을 논의하면서 실감 나는 송유(宋儒)의 세계를 그려내고 있다고 하였다. 이 작품에는 중국 송나라의 유학자들이 주변인물로 대거 등장하는데, 그중 사마광과 왕안석은 조선후기 당쟁의 주된 논란거리였던 군자와 소인의 분변에 있어서 대표적 인물로 이 작품은 당대의 주된 이념적, 정치적 논쟁을 작품의 주된 틀로 삼으면서, 소설을 통해 당대의 중심 담론에 직접 개입하고 있다[37]고 하였다.

---

36 심경호, 「낙선재본 소설의 선행본에 관한 일고찰—온양정씨 필사본 〈옥원재합기연〉과 낙선재본 〈옥원중회연〉의 관계를 중심으로」, 『정신문화연구』 38, 한국정신문화연구원, 1990, 188쪽.
37 정병설, 「〈옥원재합기연〉: 탈가문소설적 시각 또는 시점의 맹아」, 『한국문화』 24, 서울대 규장각 한국학연구원, 1999, 96쪽.

뒤이어 정병설은 조선후기 정치현실과 장편소설에 나타난 소인의 형상을 논의하면서 〈옥원재합기연〉을 연구대상으로 다루고 있다. 〈옥원재합기연〉에는 송의 명유(名儒)들이 다수 등장하는데, 이 작품은 주인공을 구법당에 귀속시킴으로써 구법당이 군자당임을 말하고 있다고 하였다. 〈옥원재합기연〉의 이원의는 주인공과 학통을 같이하는 군자당이지만 소인당인 신법당이 득세하자 거기에 빌붙는 소인이고, 소인당인 신법당의 핵심적 인물인 왕안석은 조선후기 왕안석에 대한 동정론에 가깝게 그려지고 있다고 보았다. 〈옥원재합기연〉은 기본적으로 왕안석의 신법시행에 반대하는 입장에 서 있으면서도, 다른 한편으로 왕안석에 대해 동정하고 있는데, 여기서 그 개혁 동조적 정치관을 읽어낼 수 있다[38]고 하였다.

이지하는 〈옥원재합기연〉과 〈옥원전해〉의 연작 연구를 하면서 〈옥원재합기연〉의 역사적 사실의 수용 양상을 논의하였다. 먼저 〈옥원재합기연〉의 소송은 송사의 실제 인물을 소설화하였는데, 실존 인물 소송은 정치적으로 중도적 위치에 있었으며 온건하면서도 화합 지향적인 작중 인물을 형상화하였다고 보았다. 송대에 있었던 개혁파와 보수파가 신법당과 구법당으로 나뉘어 대립하게 되는데, 〈옥원재합기연〉에서도 신구법당의 이러한 대립이 반영되어 있다고 하였다. 또한 왕안석에 대해서도 악인으로 설정한 것이 아니라 주인공의 조력자로서 긍정적 역할을 하는 인물로 비중있게 다루고 있다[39]고 지적하였다.

38 정병설, 「조선후기 정치현실과 장편소설에 나타난 小人의 형상-〈완월회맹연〉과 〈옥원재합기연〉을 중심으로」, 『국문학연구』 4, 국문학회, 2000, 242~249쪽.
39 이지하, 『옥원재합기연 연작 연구』, 보고사, 2015, 40~68쪽.

　지연숙은 〈옥원재합기연〉의 역사소설적 성격을 연구하면서 〈옥원재합기연〉이 복송 신종조의 역사를 어떻게 수용했고, 허구적 주인공이 추구하고 성취하는 것이 무엇인가를 논의하였다. 〈옥원재합기연〉은 북송 신종조의 정치적 변동을 구성의 주요 골격으로 삼고, 실존 인물과 실제 사실들을 토대로 허구적인 상상력을 가미하여 창작되었으며, 당시의 정치, 사회, 사상의 동향을 충실하게 재현하였다고 보았다. 또한 가공적인 주인공인 소세경의 삶마저도 구법당의 신진이라는 역사적 존재의 전형으로 형상화함으로써 역사 현실에 더욱 밀착하게 하였으며 〈옥원재합기연〉은 소송과 소세경 부자가 구법당의 패배라는 격류를 어떻게 극복하고 재기하는가를 현실적으로 보여준 작품이라고 평가[40]하고 있다.

　엄기영은 〈옥원재합기연〉에 등장하는 왕안석의 두 차례의 금릉행과 인물 형상화의 구체성에 주목하여 연구하였다. 첫 번째 금릉행은 남녀 주인공의 고난이 시작되는 원인이 되었으며, 여주인공 이현영과 왕안석이 부녀 관계를 맺게 되는 계기가 되며, 두 번째 금릉행은 신법당에 대한 구법당의 정치적 승리와 정당성을 강조하는 역할을 한다고 보았다. 작자는 왕안석의 실제 행적에 근거하면서도 이를 작품의 전체적인 틀에 맞추어 적절히 변용하고 있다고 하였다. 〈옥원재합기연〉의 작자는 사서, 소설, 필기, 시화 등 다양한 자료를 활용하여 왕안석을 긍정과 부정이라는 단순한 틀에 매이지 않고서 보다 구체적인 인물 형상을 가능하게 하였다[41]고 보았다.

40 지연숙, 「〈옥원재합기연〉의 역사소설적 성격 연구」, 『고소설연구』 12, 한국고소설학회, 2001, 180쪽.
41 엄기영, 「〈옥원재합기연〉에 나타난 王安石의 인물 형상 연구」, 『어문논집』 71, 민족어문학회, 2014, 63쪽.

　이처럼 선행 연구에서는 구법당과 신법당의 대립과 갈등이 〈옥원재합기연〉에서 어떻게 드러나고, 역사적 인물인 소송, 왕안석 등이 어떻게 형상화되는지 논의되었다. 이 장에서는 〈옥원재합기연〉에 대한 기존 연구를 수용하고 구법당과 신법당의 정쟁과 송사(宋史)가 〈옥원재합기연〉에서 소설적으로 어떻게 재현되고 있으며, 이러한 소설적 재현을 가능하게 하는 소설적 동인이 무엇인가를 논의해나갈 것이다.

　〈옥원재합기연〉에서 구법당과 신법당의 정쟁은 메인 스토리와 삽화 차원에서 모두 소설화되고 있다. 〈옥원재합기연〉의 서사 구성은 전반부와 후반부로 나누어볼 수 있는데, 전반부는 소세경과 이현영이 완전한 부부 관계를 맺기 위한 과정이라면 후반부는 이현윤과 경빙희가 완전한 부부 관계를 맺기 위한 과정을 소설화한 것이라고 할 수 있다. 이렇게 본다면 구법당과 신법당의 대립과 정쟁은 전반부의 메인 스토리에 더 밀착되어 소설화되어 있고, 후반부의 메인 스토리에는 구법당과 신법당의 대립과 정쟁은 매우 약화되어 있다. 그러나 구법당과 신법당의 정쟁과 관련된 부대적인 역사적 사실은 〈옥원재합기연〉의 삽화 차원에서도 소설화되고 있다는 것을 알 수 있다.

　메인 스토리는 소설의 주요 서사 사건으로 소설 줄거리에서 생략할 수 없는 핵심적 이야기이다. 삽화는 메인 스토리와 서브 스토리에서 뻗어나가는 이야기로 주요 서사 사건은 아니므로 소설 줄거리를 말할 때 생략 가능한 이야기이다. 〈옥원재합기연〉의 메인 스토리와 삽화 차원에서 구법당과 신법당의 대립과 정쟁, 송사의 소설화 양상을 살펴볼 수 있다.

(1) <옥원재합기연>의 송사의 소설적 재현 방식

① 고난과 이합의 서사 구성

<옥원재합기연>은 신종 연간에 왕안석이 신법을 실시하고 여혜경, 왕방 등 신법당이 득세하고 신법당에 반대하던 구법당이 수세에 몰리며 조정에서 내쫓기거나 귀양 가는 고난의 상황으로 시작된다. 구법당과 신법당의 정쟁은 <옥원재합기연>의 남녀 주인공의 고난을 가중하고 만남과 헤어짐의 서사를 구성하는 주요 뼈대로 기능한다.

<옥원재합기연>의 구법당에 속한 소송은 아들 세경을 낳아 친구 이원의의 딸 이현영과 정혼시킨다. 구법당이 신법당에 의해 정치적으로 수세에 몰리자 이익과 탐욕에 눈이 먼 이원의는 신법당의 당대 권력자인 여혜경에게 빌붙는다. 왕안석이 이정을 태자중윤 감찰어사로 천거하고 조정을 장악하려 하자 소송은 이에 반대하는 상소를 올린다.

> ① 쩌의 왕안셕이 그 스인 니졍 신양을 쳔거ᄒᆞ니 간관이 논힉ᄒᆞ여 힝티 못홀 스이의셔 ᄊᆡ어내니 간관이 스주를 봉헌ᄒᆞ고 인ᄒᆞ여 스직ᄒᆞᆫ대 여러흘 파직ᄒᆞ고 초례로 공과 이대림의게 ᄂᆞ리오니 서ᄅᆞ 니어 봉ᄒᆞ여 도라보ᄂᆞ기ᄅᆞᆯ 칠팔번의 니ᄅᆞ고 인ᄒᆞ여 니공으로 더브러 ᄃᆞ토아 힝주ᄒᆞ여 거됴를 다모라 탄ᄒᆞ고 안셕의 병국홈과 혜경의 젹민ᄒᆞᆷᄅᆞᆯ 주ᄒᆞ니 부시 쩌러디매 풍운이 울고 죠희를 더디매 칼히 우ᄂᆞᆫ디라. 명졀 딕ᄒᆞ미 깁히 텬의ᄅᆞᆯ 감동ᄒᆞ니 셩명이 비록 가랍기션ᄒᆞ시고 명뷔 탄복긔티ᄒᆞ나 공이 여러 사료의 최졀ᄒᆞᆯ 보ᄃᆡ 더욱 탁녀ᄒᆞ여 ᄀᆞ다 드므니 졍히 졔태시 최졔의 시군ᄒᆞᆯ 쁘러 년쥬삼인ᄒᆞ되 그 붓잡으미 젼일ᄒᆞ여 굴티 아니홈 ᄀᆞᄐᆞ니 그 조종묘 공의ᄅᆞᆯ 존션ᄒᆞ라 ᄒᆞ더라. 공이 죵시 낙직ᄒᆞᄃᆡ 거뙤 죵시 노티 아니코 ᄃᆞ레여 빅가지로 소춤ᄒᆞ여 대신을 무궁 소ᄒᆞᆯ믈 무러디라 ᄒᆞ니 샹이 비록 요슌의 셩덕이 겨시나 간신의 셰 굿고 급ᄒᆞ디라

련의 튱동ᄒᆞ샤 ᄆᆞᄎᆞᆷ내 공을 ᄂᆞ리와 형벌의 밋게 되엿더니 〈중략〉 공을
희람의 좌쳔츌펌ᄒᆞ니 즉일의 반송ᄒᆞᄂᆞ니라.

- 〈옥원재합기연〉 1권 14~15면

소송은 이정의 관직 임명뿐만 아니라 왕안석과 여혜경의 잘못을 상
소하다가 파직당하고 해남에 유배를 가게 된다. 소송은『송사』에 기록
되어 있는 구법당에 속한 실제적 인물[42]로 소송이 이정의 관직 임명에
반대하는 〈옥원재합기연〉의 위의 서술도『송사』에 기반하고 있다. 그
러나『송사』에서는 소송, 송민구, 이대림 등이 신종의 이정에 대한 인
사 명령 초안을 거부하다 파직당하는 정도로 서술되어 있지만[43] 〈옥원
재합기연〉에서는 소송과 이대림과 함께 이정의 인사 명령 초안을 여러
번 거부하는 것뿐만 아니라 왕안석과 여혜경의 잘못을 아뢰다 파직당
하고 해남에 유배가는 상황까지 서술되어 있다. 소송의 파직과 유배는
소세경의 고난과 이현영과의 이합의 서사 구성을 만드는 계기가 되는
사건이라고 할 수 있다.

여혜경은 소송이 자신을 이사나 조고에 비유한 것에 분노하며 경태
사 집에 의탁하고 있는 소세경을 죽이기 위해 경태사를 참소하여 관직
을 삭탈하려는 계획을 세운다. 소세경은 경태사를 보호하고 몸을 보존
하기 위해 이름을 바꾸고 여장을 하여 이원의 집의 비자로 들어가게
된다. 소세경을 죽이려는 여혜경의 계략은 소세경의 고난과 이합의 서

---

42 〈옥원재합기연〉의 소송은『송사』에 실존하는 인물이며 이러한 역사적 인물의 허구화에
   대한 검토는 이지하, 지연숙에 의해 이루어졌다. (이지하, 앞의 책, 40~46쪽, 지연숙,
   앞의 논문, 160~162쪽.)
43 『송사』권340 열전 제99, 〈소송〉 참조.

사 구성을 추동하게 하는 또 하나의 사건인 것이다.

여자 비자로 변복하여 이원의 집에 들어온 소세경은 이현영과 함께 지내게 된다. 이현영은 여자 비자로 변복한 소세경을 충복으로 여기며 마음을 나누며 지낸다. 여혜경이 이현영을 자신의 며느리로 삼으려고 이원의를 압박하자 이현영은 소세경과의 정혼을 말하며 강력하게 저항한다. 소세경은 이현영의 의지와 마음을 시험하기 위해 이원의 부부에게 시간을 두고 이현영의 마음이 풀릴 때를 기다려 몰래 혼인시키고 강제로 여혜경의 집으로 보내면 된다는 계교를 말하고, 이 사실을 알게 된 이현영은 소세경에게 서징을 던지고 분노하여 잘못을 책하기도 한다.

색욕에 눈이 어두운 이원의는 변복한 비자 소세경을 겁탈하려고 하다가 소세경에게 제압당해 방안에 묶이고 소세경은 이원의의 집을 빠져나와 숙부인 경태사 집으로 들어가 의탁하게 된다. 소세경은 경태사의 집에 의탁한 몇 년 후 사마광의 문하에 들어가기 위해 길을 나서서 객점에서 다시 집을 나온 이현영을 만나게 된다. 소세경은 이현영에게 자신은 남자이며 여자로 변장하여 이현영과 함께 지내온 것이라고 말하고 이현영에게 죽은 소세경을 위해 수절하지 말고 자신과 해로하자고 희롱한다. 이 말을 들은 이현영은 기절했다 다시 강물에 투신하게 된다. 소세경은 이현영이 죽었다고 생각하고 이현영이 빠져 죽은 강에서 오열하기도 한다.

소세경은 사마광의 문하에서 나와 다시 숙부인 경태사의 집으로 돌아가 의탁하지만 신법당 무리의 비방으로 경태사가 절서 산음으로 귀양가게 되자 다시 길을 나서 유랑하게 된다. 소세경은 객점 주인에게 노잣돈을 모두 빼앗기고 심산 협처에서 수십 명의 도적을 만나 잡히고 구사일생으로 풀려나 아버지 소송이 유배간 적소 해남에서 5년여 만에 부자가 상봉하게 된다. 소송이 유배에서 풀려나 소송과 소세경은 경사로 돌아와 부자의 정을 나누게 된다. 또한 몇 번의 자결을 감행한 이현영을 다시 만나 소세경은 혼인하면서 소세경과 이현영은 부부의 인연을 맺게 된다. 이처럼 신법당에 반대한 소송의 상소와 파직, 유배, 여혜경의 악행은 〈옥원재합기연〉의 메인 스토리에서 소세경의 고난을 가중하고 소세경과 이현영의 만남과 이별의 서사 구조를 만드는 기능을 한다.

사마광의 문하에 들어가 열심히 공부하여 장원급제를 하게 된 소세경은 신법당의 과오와 모함에 분노하여 아버지 소송의 억울함과 여혜경 일파의 전후 죄악을 알리는 만언소를 올린다. 이에 신종은 여혜경의 벼슬을 파하고 절도남황의 해외지주로 보내고 구법당의 명신들을 다시 조정으로 불러들인다. 왕안석과 여혜경을 필두로 한 신법당 무리의 실세(失勢)는 소세경이 장원급제하여 조정에 들어가 올린 상소로 인해 발생하지만 그 이전에 왕안석과 여혜경에 대해 염증을 느낀 신종의 심경의 변화 때문이기도 하다. "왕려를 다 초염하시고 이정과 왕안국이 다 상서 좌승으로 집정을 가람하니 혜경이 권세가 쇠하여 소리도 못하고 성의가 소공의 순충위국지심을 아시고 십분 권대하시니 일세가 숙연하여 말할 이가 없다(〈옥원재합기연〉 7권 185면)"는 것으로 보아 신종은 신법당 일파가 펼친 신법의 폐단으로 인해 이들을 소원하게 생각하고 있었다는 것을 알 수 있다. 〈옥원재합기연〉의 이 부분은 왕안석이 정계에서 퇴임하고 이정과 왕안국을 상서 좌승으로 집정하게 하고 여혜경을 좌천시킨 『송사』의 역사적 사건과 일치한다.

한편 소세경의 아내 이현영의 메인 스토리는 구법당과 신법당의 정쟁과 함께 여혜경의 권세에 붙는 탐욕적인 아버지 이원의 때문에 발생하는 이현영의 고난의 서사이다.

이원의는 자신의 딸 이현영과 소송의 아들 소세경과 정혼시키지만 소송이 이정의 관직 임명에 반대하다 파직당하자 여혜경에게 빌붙고 이현영을 여혜경의 아들에게 시집보내려고 한다. 이현영의 가출로 여혜경 집안과 이어지지 못하자 이원의는 이현영을 왕안석의 아들 왕방의 첩으로 시집보내려고 한다. 이현영은 아버지의 변심으로 정혼자 소세경과 혼인을 할 수 없게 되자 고난이 닥칠 때마다 자해하거나 혹은 가출하거나 자결하는 방식으로 저항한다. 구법당과 신법당의 정쟁과 대립 속에서 소송이 적소에 유배당하고 소세경의 행방불명으로 아버지 이원의의 탐욕은 거세지고 이현영의 혼사 장애도 가속화되는 것이다. 이현영의 고난과 이합의 서사 구성은 기본적으로 구법당과 신법당의 정쟁 속에서 구법당 인물인 이원의가 신법당 노선으로 변심하면서 발생하게 된다.

여혜경은 이원의의 딸 이현영의 빼어남을 알고 이원의에게 압력을 가해 이현영을 며느리로 삼고자 한다. 이원의는 이현영에게 소세경보다 권세 있는 여혜경 집안과 혼인하는 것이 더 낫다고 설득하지만 이현영은 '열녀는 불경이부'라고 하며 반대 의사를 밝힌다. 또한 왕안석과 여혜경에게 영합하고 아부하는 아버지의 행동을 탓하기도 한다.

　② 왕안셕은 일개 병국오군혼 지샹으로 당시 명뉴의 죄인이오 쳔딕샤딕의 난신이니 어ᄌᆞ러온 ᄌᆞ례와 교만한 ᄉᆞ쇽으로 그 집을 녕흘 줄 쇼녀는 모ᄅᆞᄂᆞ이다. 혜경은 텬하잔적이라 나라히 대역이오 빅셩의 대적이라 봉비의 무리를 모호고 치효의 당을 ᄀᆞ초아시니 식재 발을 젹여 뼈

그 구족의 화를 기도리느니 뎨 쏘 길흘 줄을 대인이 엇디 아르시느니잇
가. 히이 평일의 대인이 안석의 문견의 사모쌀을 숙이시고 혜경의 부하
의 홀을 쓰으시믈 보니 출히 죽고져 ᄒ고 살고져 뜻이 업더이다. 금일
셜샹가샹ᄀ튼 말슴을 둣ᄌ오니 그 죽으미 더된 줄이 죄로소이다.

— 〈옥원재합기연〉 1권 53면

이현영은 신법당인 왕안석은 '당시 죄인이며, 천대 사직의 난신'이
고, 여혜경은 '천하 잔적이고 나라의 대역이며 백성의 대적'이라고 비
판한다. 아버지 이원의가 왕안석과 여혜경에게 왕래하면서 아부하고
빌붙는 것을 보니 죽고 싶다는 마음을 토로하기까지 한다. 그러나 여혜
경이 재차 중매를 보내어 혼인을 서두르고 강박하자 이원의는 이현영
에게 여혜경의 빙폐를 받았으니 더 이상 수절을 말하면서 아비의 명을
재촉하지 말라고 한다. 이현영은 아버지가 자신의 뜻을 받아들이지 않
자 칼로 귀를 베고 팔을 찌르며 자해하면서 저항의 뜻을 드러낸다. 이
도 받아들여지지 않자 집을 나오게 된다.

이현영은 객점에서 자기 집의 비자로 들어왔던 소세경을 만나고 소
세경이 희롱하자 강물에 뛰어들어 자결을 하게 된다. 강물에 뛰어든 이
현영은 왕안석에 의해 구조되어 왕안석의 실체를 모른 채 왕안석을 양
부로 삼고 의탁하게 된다. 왕안석이 물에 빠진 이현영을 구조한 때는
신법의 폐해 때문에 민원이 심해지고 왕안석에 대한 신종의 총애가 줄
어들자 왕안석이 관직을 사임하고 금릉으로 내려가는 시기이다.

③ 어시의 승상 왕형공이 만히 명뉴를 ᄀ래여 군ᄌ당의 득죄ᄒ고 간
샤의 디시ᄒ니 명망과 딕졀이 아오ᄅ 믄허진지라. 당셰예 쑤지람이 모
히고 천츄 쇼인을 발명치 못ᄒ니 쳥파의 분분ᄒ 거슬 슌치 못ᄒ고 민원

의 어즈러오미 더옥 심ᄒ니 샹의 역시 증염ᄒ시ᄂ디라. 울울불낙ᄒ여 샹위를 샤ᄒ고 쌔로 금능의 와 거ᄒ되 오히려 타연치 못ᄒ여 풍경을 ᄯ라 유완ᄒ여 디괴를 소챵ᄒ고 ᄯ 인물을 슬피더니 시졀이 쳥츄망월을 당ᄒ여 셔호팔경을 보고 금능으로 도라올시 칰셕 강두의 미처ᄂ 쌔 화완이라 ᄇ람이 묽고 슈패 ᄌᄂᆨᄒ니 공이 복건심의로 봉창의 비겨 월식의 여즉ᄒᆷᄅᆯ 가이ᄒ여 슈파의 쳥광ᄒᆷᄅᆯ 구버보니 통낭ᄒ야 ᄉ면의 간혐ᄒ 거시 업ᄂ디라 ᄆᄋᆷ이 감동ᄒ야 심ᄉ를 어ᄅᆫ지매 구연ᄒ지라. 이 곳 셩인의 운ᄒ신 바 야긔지시의 ᄉ단이 밍동ᄒ니 듕심의 ᄉ구ᄒ이매 하늘긔 묵샤ᄒ더니 홀연 인의동반ᄒ지라. 엇디 젹션을 힝치 아니리오.
– 〈옥원재합기연〉 1권 182~183면

③은 1074년 왕안석이 첫 번째 금릉으로 내려갔던 역사적 사실과 일치하는 부분이다. 『송사』 권327 〈왕안석〉에는 백성과 신하들이 신법의 폐해를 지적하지 않는 사람이 없었으며, 안상문의 문지기 정협이 기근으로 백성들이 유민이 되어 노인을 부축하고 아이를 안고 가는 참상을 그린 유민도를 신종에게 바치며 "가뭄은 왕안석 때문에 발생한 것입니다. 그를 내쫓는다면 틀림없이 비가 내릴 것입니다"라고 했다는 기록이 나타난다. 자성태후와 선인태후도 울면서 왕안석이 천하를 어지럽힌다고 간쟁하자 신종이 왕안석을 파직시켜 관문전대학사지강령부로 보냈다는 기록이 나온다.[44] 채석강에 투신한 이현영을 왕안석이 구해서 양녀를 삼는다는 것은 〈옥원재합기연〉의 소설적 구성이지만 이 구성은 왕안석이 파직당하고 금릉으로 돌아오는 송사의 역사적 사실과 일치하도록 고려한 것이다.

---

44 『송사』 권327 열전 제86, 〈왕안석〉 참조.

이현영은 자신을 구해준 재상이 당대의 죄인이고 난신인 신법당의 영수인 왕안석이며 자신을 첩으로 삼으려던 왕방의 아버지인 줄을 모르고 왕안석의 양녀로 3년을 의탁하게 된다. 왕안석의 아들 왕방은 이현영을 첩으로 삼기 위해 이원의를 압박하여 이원의에게 빙폐를 주고 이현영을 첩으로 삼으려고 한다. 왕방은 아버지 왕안석이 양녀로 삼았던 처자가 이현영임을 알고 왕안석 부부에게 이현영의 행방을 캐물으면서 부모를 괴롭히고 행패를 부리다 병이 든다. 이현영은 자신의 양부가 왕안석임을 알게 되고, 왕방의 계책을 깨닫고 목을 매달아 자결한다. 이 사실을 안 범부에서 이현영을 살려 이현영의 외가인 공공의 집안으로 보낸다. 왕방의 첩 채씨는 공공의 집안에 있는 이현영을 왕방에게 시집보내려고 왕방과 이원의와 음모를 꾸민다. 그러나 이 사실을 알게 된 현영은 자신의 삶을 비관하여 연못에 투신하여 자결한다. 구법당에 속한 이현영이 신법당의 왕안석에게 구조되어 왕안석의 실체를 알지 못하고 양녀로 지내다 왕방의 색욕에 희생되려고 하자 스스로 자결한다는 서사 구성은 송사를 그대로 활용한 것이 아니라 소설적 상상력이라고 할 수 있다.

특히 왕안석과 왕방의 인물 형상화는 송사와 유사한 점도 있지만 다른 점도 꽤 있다. 『송사』에서 왕안석과 왕방은 부정적인 인물로 서술되어 있다. 그러나 〈옥원재합기연〉에서는 『송사』의 왕안석과 왕방의 부정적 측면을 그대로 따르지는 않는다. 왕안석의 경우는 부정적 측면보다는 인간적이고 회개하는 인물로 성격화하고 있으며, 왕방은 부정적인 성격에다 여색을 탐하는 호색한으로 성격화하고 있다. 이것은 왕안석이 이현영을 구원하는 원조자와 이현영의 고난을 가중시키는 반동인물의 기능을 가지게 함으로써 〈옥원재합기연〉의 소설적 흥미를 마련하는 송사의 변형이라고 할 수 있을 것이다.

여러 차례의 고난을 당하고 자결을 시도하는 이현영의 메인 스토리는 소송이 이현영을 구원하면서 일단락된다. 소송은 운수를 점치고 연못에 투신한 이현영이 죽지 않고 살았다는 기미를 알게 되고 배를 타고 가서 이현영을 구해 석부에 머무르게 한다. 소송과 사마광은 이현영을 백단으로 개유하여 소세경과 혼인할 수 있도록 한다. 이원의의 악행 때문에 소세경과 이현영은 불화하고 딸이 소세경과 혼인을 하는 것을 알지 못하는 이원의는 소세경을 죽이려고 음식에 독을 타고 자객을 보내기까지 한다. 급기야 이원의는 꿈에 지옥에 끌려가 벌을 받은 후 중병에 걸려 목숨이 위태로운 지경에 이르고 소세경은 침을 놓아 이원의를 살려낸다. 병에서 나은 이원의는 자신의 잘못을 뉘우치고 개과천선하면서 소세경과 이원의는 화해를 하게 되고 소세경과 이현영의 부부 관계도 온전하게 된다. 이현영의 고난은 구법당과 신법당의 정쟁 속에서 정혼자의 집안이 풍비박산 나고, 세태에 영합하는 아버지의 탐욕에서 기인하는 것이다.

〈옥원재합기연〉에는 신종 연간의 역사적 사건이 비교적 충실하게 허구적 사건과 결합되어 있다. 이는 구법당과 신법당의 정쟁의 역사를 소설의 뼈대로 삼고 이 속에서 소세경과 이현영의 고난, 혼사 장애와 이합의 구조를 새롭게 소설화하고 있는 것이다. 송사에서 구법당과 신법당의 정쟁과 대립은 어느 한쪽의 승리로 귀결되는 것이 아니라 신법당이 승하면 구법당은 파직되거나 귀양을 가고, 구법당이 승하면 그 반대의 일이 일어나는 상황이 반복된다. 〈옥원재합기연〉은 이러한 송사의 굴곡 있는 정쟁을 포착하여 소세경과 이현영의 고난과 이합의 서사를 점진적이면서 변화있게 구성하여 소설적 흥미를 만들게 되는 것이다.

② 군자와 소인 연대의 서사 구성

〈옥원재합기연〉의 송사를 활용한 메인 스토리의 구성과 관련하여 또하나 지적할 수 있는 것은 군자는 군자끼리 소인은 소인끼리 연대하고 결속하는 서사가 전개된다는 점이다. 소송은 소동파 형제, 여씨 형제, 사마광, 구양수와 지기(知己)의 관계를 맺으며 돈독하게 지낸다.

> ④ 공이 청고낙낙ᄒ여 종유ᄒᄂ 수풀이 반ᄃ시 놉흔 션비와 큰 문당이 아니면 더브러 노디 아니ᄒ니 족친 동파 형뎨와 남뎐 녀시 형뎨와 ᄉ마군실 구양영슉으로 더브러 ᄉ싱지긔 되고 다른 벗이 업ᄉ되
>
> − 〈옥원재합기연〉 1권 9면

소송과 사생지기를 맺은 친구들은 소식, 소철, 여대림 등의 여씨 형제, 사마광, 구양수이다. 이들은 구법당의 중진 인물들이라고 할 수 있는데, 특히 사마광은 〈옥원재합기연〉에서 구체적인 인물로 형상화되고 있다. 이정의 관직 임명에 반대하다 파직당하고 유배되는 상황에서 소송은 사마광과 시국을 개탄하고 감정적인 공유를 한다. 또한 유배지에서 돌아와서는 처소를 사마광의 집 근처에 정하기도 한다.

> ⑤ 공이 임의 ᄉ덕ᄒ고 길히 귀향홀 ᄠᅳᆺ이 이시되 샹의 아직 윤죵치 아니시고 ᄋᄌ의 혼ᄉ 여부를 아디 못ᄒ여 하소를 ᄉ마공 우샤 근처의 뎡ᄒ고 황셩의 드디 아니ᄒ더라. 비록 쳥운구붕이 안져의 희소ᄒ나 디긔지우의 서ᄅ 만나 관흡ᄒ 쳥안을 쓰디 아녀 알디라 ᄉ마공이 ᄌ뎨로 더브러 먼니 가 마자 바로 우샤의 쳥뉴ᄒ여 만니의 분합ᄒ 희무와 동니의 의의ᄒ 졍이 고인의 싱붕ᄉ우를 아오라 말이 뎐만의 다 국ᄉ와 문무로 튱의 졀졀관관ᄒ미 년ᄒ고 일즉 말이 ᄉᄉ의 밋디 아녓더니.
>
> − 〈옥원재합기연〉 2권, 256~257면

소송은 고향으로 돌아가지 않고 처소를 사마광의 집 근처로 잡고 이웃하며 사마광과 함께 그간 나누지 못한 친구의 정을 나누고, 어수선한 시국과 국가를 걱정하며 시간을 보내기도 한다. 또한 아들 소세경과 이현영의 혼인을 이루기 위해 사마광과 묘책을 상의하기도 하고 아들 소세경의 학문적 성취를 위해 사마광의 문하에 보내 공부와 인간적 성숙을 배우게 한다. 사마광은 이현영이 아버지 이원의의 허락 없이 혼인할 수 없다고 하자 소송과 함께 이현영을 설득하여 혼인날을 잡게 하기도 한다.

사마광과 함께 공종한, 석겸 등도 소송과 함께 소세경과 이현영이 여러 차례의 혼사 장애를 딛고 혼인을 할 수 있도록 소세경과 이현영을 도와준다. 공종한은 직신(直臣) 공도보의 아들로 사마광의 추천으로 관직에 나간 송사의 실제적 인물인데 〈옥원재합기연〉에서 공종한은 이현영의 외숙부로 설정되어 있다. 이현영이 왕안석의 정체를 모르고 왕안석의 양녀가 되었다 왕안석의 정체를 알게 되어 목을 매달아 자결하자 범부에서 이현영을 구하여 공종한의 집에 데려다준다. 공종한은 소송과 상의하여 이현영과 소세경의 혼인을 도모하기도 한다. 이현영은 아버지 이원의와 왕방이 계략을 꾸며 자신을 왕방의 첩으로 시집보내려고 했다는 것을 알고 다시 연못에 투신했지만 소송과 공종한은 이현영을 구조하여 석겸의 집에 보내여 안정을 취하도록 한다. 석겸은 공종한의 매부로 공종한과 우의가 두텁고 이현영을 보호하며 소송, 공종한과 함께 소세경과 이현영의 혼인을 주관하기도 하는 것이다.

이처럼 소세경과 이현영의 혼사 장애와 혼사 성취라는 메인 스토리는 소송, 사마광, 공종한, 석겸이 뜻을 같이하고 연대하여 두 사람을 돕기 때문에 만들어진다. 이들은 구법당의 중진으로 대의와 명분을 위해 사생지우가 되고 소세경과 이현영의 혼사를 성취시키기 위해 이들의 원조자와 격려자가 되는 것이다.

소송, 사마광, 공종한, 석겸의 구법당 중진들의 연합과 결속뿐만 아니라 〈옥원재합기연〉에는 아들 세대인 소세경도 구법당의 신진 인사들과 지기가 되며 교류한다. 소세경이 장원급제하여 관직에 나가면서 사마강, 범조우, 유안세 등 구법당의 신진 인사들을 만나며 이원의의 문제나 국사를 의논할 때 뜻을 모으기도 한다.

송사에서 사마강은 사마광의 아들이고, 범조우와 유인세는 사마광의 제자이다. 이들은 소세경과 함께 조정에서 신진 관리로 있으면서 한림학사 소세경이 아버지 소송의 무죄함과 여혜경, 왕안석, 조맹의 죄를 만언소로 상소하자 소세경과 뜻을 같이한다. 소세경은 여혜경과 왕안석은 임금을 속인 죄가 있지만 조맹은 이들이 시키는 대로 한 죄밖에 없다고 하며 죄를 감할 것을 상소하자 범조우와 유안세도 연달아 상소하기도 한다. 이에 임금은 여혜경을 파직하여 절도 남황에 보내고 조맹은 유배보내는 선에서 처결하기도 한다. 소세경, 사마강, 범조우, 유안세 등은 국사를 논하기도 하고 평상시에는 일상사를 이야기하며 신진 구법당의 교류와 연대를 잘 보여준다.

이처럼 〈옥원재합기연〉은 소송, 사마광, 공종한, 석겸 등의 중진 구법당과 소세경, 사마강, 범조우, 유안세 등의 신진 구법당의 연대와 결속으로 신법당에 대항하며 메인 스토리를 서사화 하는 것이다. 이들은 대의와 명분을 추구하고, 의리와 지조를 중시하며 고난에 처한 소송과 소세경, 이현영을 돕는 군자당의 모습으로 형상화되어 메인 스토리를 추동해가는 것이다.

한편으로 중진 구법당과 신진 구법당의 연대와 결속에 맞춰 신법당의 연대와 결속 또한 〈옥원재합기연〉의 대립과 갈등을 야기하여 메인 스토리를 진행시키는 중요한 서사 축이라고 할 수 있다. 신법당의 결속 과 연대는 왕안석, 여혜경, 왕방, 채확 등에 의해 이루어진다.

그런데 여혜경과 왕방 사이에서 구법당에 속한 이원의가 개입하여 이현영의 혼사 장애는 더욱 심화된다. 이원의는 구법당의 중진 문정공 이적의 아들로 이적은 진종 말년 장헌황후가 정사를 대리할 때, 장헌황 후의 측근인 정위, 조이용 등과 대립했다가 폄출되었다.[45] 이원의는 소 속은 구법당이지만 구법당이 권력을 잃고 소송이 유배가자 이원의는 여혜경과 왕방에게 붙어 노선을 달리하는 대표적인 소인으로 형상화되 어 있다. 이원의는 여혜경과 왕방에 빌붙고 이들의 하수인이 되어 딸 이현영을 여혜경의 아들에게 시집보내려고 하다가 이현영의 강력한 저 항 때문에 이것을 이루지 못하자 계획을 바꾸어 왕방의 첩으로 이현영 을 시집보내려고 한다. 이원의는 이익과 권세를 위해 여혜경과 왕방을 따르지만 이들은 평등한 관계가 아니라 이원의는 여혜경과 왕방에 종 속되고 좌지우지되는 주종 관계를 유지하고 자기에게 이익이 되지 않 으면 버리거나 배신해버린다. 이원의는 여혜경에게 계속 끌려다니고 소세경을 죽이려고 하는 여혜경의 계략에 동참하고 사위가 되는 소세 경을 죽이기 위해 소세경의 음식에 독을 타고 자객을 보내 소세경을 해치려고 하기도 한다. 그러나 자신의 잘못을 뉘우치지 못하고 있다가 꿈에 지옥에 끌려가 벌을 받고 위급한 병에 걸려 목숨이 경각지재에 이르고 소세경이 침으로 소생시키자 자신의 잘못을 진심으로 사죄하고 개과천선하기에 이르는 것이다.

---

45 지연숙, 앞의 논문, 162쪽.

왕안석과 여혜경의 관계도 서로의 입장과 이익이 우선시되는 관계이다. 왕안석과 여혜경은 신법당의 대표적인 인물이다. 송사에 의하면 여혜경은 진사가 되어 관직에 나가고, 직주추관이 되자 왕안석을 만나게 되어 경의(經義)를 논하다가 뜻이 서로 맞아 교유하기 시작한다. 여혜경은 신종때 집현교리가 되고, 판사농시를 거쳐 왕안석의 신법 운영에 적극 참여하여 왕안석과 돈독한 관계를 이룬다.[46] 그러나 신법의 폐단이 심해지자 왕안석은 재상직에서 물러나지만 여혜경을 승진시키며 신법을 수호하도록 하였다. 여혜경은 마음 속으로 권세를 장악하려고 했기 때문에 왕안석이 조정에 복귀하는 것을 달가워하지 않았다. 정협의 사건을 계기로 왕안석의 동생 왕안국을 모함하고 이사령의 사건을 일으켜 왕안석에게 타격을 주려하였고, 왕안석이 재상으로 다시 복귀하자 왕안석과 여혜경의 갈등의 골은 더욱 깊어져 둘의 결속과 연합은 와해되는 결과를 초래한다.[47]

이러한 송사의 왕안석과 여혜경의 관계가 〈옥원재합기연〉에도 소설적으로 재구성하여 변형되고 있다. 〈옥원재합기연〉에는 왕안석과 여혜경의 갈등이 그려지고 있는데 왕안석과 여혜경의 첫 번째 갈등은 왕안석이 소세경과 이현영의 혼사를 이루기 위해 유배간 소송을 해배하기 위해 소송을 변호하며 다시 관직에 복귀하라고 상소하면서부터이다.

⑥ 차쇼 ᄒᆞᆫ번 오르매 셩명이 대열ᄒᆞ야 형공의 튱직을 표댱ᄒᆞ시고 브르시ᄂᆞᆫ 식 도로의 니엇고 모든 명위 ᄀᆞ장 의혹ᄒᆞ여 허다 딕신의 오직

---

46 『송사』 권471 열전 제230, 〈여혜경〉 참조
47 『송사』 권327 열전 제86, 〈왕안석〉 참조.

소송을 역구ᄒᆞᄆᆞᆯ 의려ᄒᆞ며 녀혜경이 대로ᄒᆞ여 젼의 왕공으로 더브러 져
기 틈이 잇더니 대극ᄒᆞ여 샹젼의셔 왕공을 간훼ᄒᆞ여 젼젼죄악을 표표히
고ᄒᆞ고 소송을 은셕ᄒᆞ기ᄅᆞᆯ 크게 막ᄌᆞ르니 형공이 대로ᄒᆞ여 젼일 ᄉᆞ마공
의 말ᄉᆞᆷ을 비로소 ᄭᆡᄃᆞ르매 다시 혜경의 말을 단단이 명빅디 아니나 그
죄악의 표져ᄒᆞᄆᆞᆯ 알외고 소송을 ᄯᆞᆯ와 죵젹이 업ᄉᆞᆷ과 그 아ᄃᆞᆯ을 딜포ᄒᆞ
ᄂᆞᆫ 소유ᄅᆞᆯ 뻐 문하인지간 의 잇ᄂᆞᆫ 쟈ᄅᆞᆯ 명ᄒᆞ여 알외고 됴쥐ᄌᆞᄉᆞᄅᆞᆯ 다시
틱ᄒᆞ여 소공의 ᄉᆞᆼ존몰을 명빅히 ᄎᆞᆺ게 ᄒᆞ니 혜경이 비록 방알ᄒᆞ나 셩
명이 크게 샹부의 딕언을 치용ᄒᆞ시니 즉시 됴쥐신관이 ᄂᆞ려가고 도ᄅᆞ
소홍을 은셕ᄒᆞ시ᄂᆞᆫ 됴지 ᄂᆞ리니. -〈옥원재합기연〉 2권, 230~231면

왕안석이 소송을 변호하고 복귀하라는 상소를 올리자 여혜경은 대로
하여 소송의 죄악을 고하고 소송의 석방을 막으려고 한다. 왕안석이 대
로하여 여혜경이 소송과 아들 소세경에게 저지른 죄악을 밝히자 여혜
경이 분노하지만 임금이 왕안석의 직언을 따르자 어쩔 수 없어 한다.
이 일 이후로 둘의 관계는 소원해지고 틈이 벌어지게 된다. 이처럼 여혜
경과 왕안석은 뜻을 같이하여 여혜경을 '신법의 수호자'라고 불렀지만
소송의 해배와 관련하여 왕안석과 여혜경은 갈등하고 분열되는 것이다.
여혜경과 왕방의 관계도 비슷한 양상을 보인다. 왕방은 왕안석의 아
들로 안하무인으로 조정에 나가 멋대로 행동하고 여혜경이 감언이설로
왕방을 대하자 둘은 왕방과 가까워진다. 그러나 이원의가 중간에 개입
하여 여혜경과 왕방의 관계는 멀어지고 갈등하기 시작한다. 이원의는
딸 이현영이 여혜경의 아들과 혼인하지 못하자 왕방에게 접근하여 이
현영을 왕방의 첩으로 들이려고 한다. 그러나 이현영이 이 사실을 알고
자결해버리자 이원의는 왕방과 왕방의 재실 채씨를 탓한다. 왕방은 자
신과 채씨를 탓하는 이원의의 말에 분노하여 연적을 던지고 이것을 맞

은 이원의는 피를 종이에 닦으며 집으로 돌아온다. 그런데 그 종이에는 왕방이 자신의 문하에게 여혜경의 잘못을 상소하여 여혜경을 없애려는 내용이 적혀 있었다. 이원의는 이것을 여혜경에게 알리고 여혜경은 절치부심하며 다른 선비들을 사겨 왕안석을 없애기 전에 왕방을 논박하게 되고 여혜경과 왕방의 싸움은 심각하게 치닫게 된다.

왕안석과 여혜경, 왕방과 이원의, 왕방과 여혜경은 이익과 권세를 위해 연대하고 결속하지만 자신의 이익이나 권세에 손해가 되면 갈등하다 배신하고 분열되는 양상을 보인다. 이들의 연합과 결속이 견고할 때 소송, 소세경, 이현영의 고난이나 이합이 발생하고 이들이 갈등하고 분열될 때 주인공들의 고난이나 이합은 해결되는 양상을 보인다. 무엇보다 구법당의 중진과 신진 인사들이 도리와 명분을 지키며 실세(失勢)할 때도 서로를 격려하며 결속하고 돈독한 관계를 유지한다면, 신법당 인사들은 이익과 권세를 추구하며 자기의 이익과 권세에 따라 쉽게 흩어지고 해체되는 대조적 양상을 보인다. 〈옥원재합기연〉은 구법당의 중진, 신진의 모임을 군자의 연대, 신법당의 모임을 소인의 연대로 이분법적으로 대조하여 결국 군자당인 구법당의 윤리적, 도덕적 우위를 드러내며 〈옥원재합기연〉의 주제적 의미를 강화하고 있다.

③ 사제, 인척 관계 재현의 삽화 구성

〈옥원재합기연〉의 삽화에서 발견할 수 있는 특징적인 것은 구법당 인물들끼리 사제지간, 교우 관계, 인척 관계를 맺으며 서사가 진행되고 있다는 것이다.

〈옥원재합기연〉의 전반부 주인공 소세경은 사마광의 문하에 들어가 사마광의 제자로 학문을 배운다. 소세경은 사마광의 문하에 두 번이나 들어가는데, 첫 번째는 아버지 소송이 유배가고 의탁할 곳이 없자 사마광의 문하에 들어가 여혜경의 마수를 피하고 학문을 배우며 의탁하게 된다. 두 번째는 아버지 소송이 해배된 후 이현영과 혼인 후 과거를 준비하기 위해 다시 사마광의 문하에 들어간다. 이때 사마광은 자신이 지은 〈자치통감〉을 가져와 소세경의 비평을 듣고 그에 따라 〈자치통감〉을 수정하여 완성하기도 한다. 또한 소세경은 소식과 소철을 스승으로 삼고 그들의 학문과 문장을 배우기도 한다.

그런데 소세경의 아버지 소송도 문정공 이적의 문하에 들어가 이적을 스승으로 삼았다는 내용이 나온다. 문정공 이적은 이원의의 아버지인데 문정공 이적의 올곧음, 군자다움은 〈옥원재합기연〉에서 여러 번 거론되며, 이현영의 절개와 강개함은 아버지 이원의를 닮은 것이 아니라 할아버지 문정공을 닮은 것이라는 논평이 자주 나온다.

이현영의 남동생 이현윤도 구양수의 문하에 들어가 10년 이상 학문을 닦는다. 이현윤은 4세에 구양수의 집에 들어가 10년 이상을 공부하다 고향에 돌아가고 싶다는 마음을 가지지만 구양수는 임종하면서도 이현윤에게 20살까지 공부를 더 하다가 집으로 돌아가라고 유언을 남긴다. 구양수는 제자 중 이현윤을 아껴 경태사의 딸 경빙희와 혼인하도록 주선하고 두 사람이 부부 인연을 맺도록 도와준다.

이처럼 〈옥원재합기연〉에는 구법당의 중진, 신진 인물들이 서로 스승과 제자가 되어 교류하고 관계를 맺고 있다는 것을 확인할 수 있다. 구법당 인물들이 맺는 사제 관계는 북송대 존재했던 주요 학파나 학파의 교류에 기반한 설정이라고 할 수 있다.

더불어 〈옥원재합기연〉에는 구법당에 속한 인물이 인척 관계이거나 혼인 관계로 묶이며 그들만의 결속을 보여주기도 한다. 구양수가 이원의와 외종사촌 간이고, 공종한이 이현영의 외삼촌이다. 이 때문에 이원의의 아들 이현영이 구양수의 문하에 들어가고 몇십 년 동안 교육을 받을 수 있는 것이다. 또한 왕방은 채경의 누이를 재취하며, 왕방과 채경은 혼인으로 인척 관계가 된다. 사마광은 소세경이 딸을 낳으면 자신의 손자인 사마강의 아들과 혼인을 시킬 것이라고 공언하기도 한다.

> ⑦ 네 강으로 더브러 형뎨의 졍분이 이시니 두 사롬의 휘 또 아비를 니을디라. 구틔여 인아이 더 관흡흘 거시 아니로디 므롯 혼인은 서르 뜻을 어든 후의야 흘디니 여둥이 서르 즈녀를 밧고아 인아를 미즈라. 강의 쓸이 년비 너의 ᄋᄌ와 최지ᄒ고 이 말이 군ᄌ의 댱예흘 배 아니여니와 너를 보니 금년은 명규를 득흘 듯ᄒ니 현합이 반드시 녀ᄌ를 산ᄒ거든 나의 종부를 삼으라. 가뵈야이 명중흘 거슨 아니어니와 강과 다뭇 네 심두의 긔록ᄒ여 두라. — 〈옥원재합기연〉 7권, 157~158면

아버지대인 사마광과 소송은 이미 사생지우 간이고, 아들 세대인 사마강과 소세경도 지기상합하는 관계인데, 손자뻘인 사마광의 손자와 소송의 손녀는 부부 관계를 맺을 것을 약속하면서 이들은 인척 관계가 되려고 한다. 이처럼 가문과 가문이 혈연 관계이거나 혼인 관계로 연결되어 있는 것은 송대 당대의 사대부의 사회상과 혼인 풍속을 보여주는 삽화라고 할 수 있을 것이다.

(2) <옥원재합기연>의 송사의 소설화 동인

① 소설 흥미 강화를 위한 유희적 동인

〈옥원재합기연〉의 메인 스토리는 소세경과 이현영의 고난과 이합의 서사로 구성되어 있다는 것을 살펴보았다. 고난과 이합의 서사 구성은

구법당과 신법당의 정쟁과 대립이라는 역사적 사건의 소용돌이를 살아
가는 삶의 방식이자 소설적 상상력이라고 할 수 있다.

지연숙이 지적한 것처럼 〈옥원재합기연〉은 희녕 3년의 왕안석의 이
정 천거와 이를 반대한 소송, 이대림 등의 좌천, 희녕 7년의 왕안석의
1차 사임, 여혜경의 배신, 희녕 8년의 왕안석의 복상(復相), 왕안석과
여혜경의 대립 및 왕방의 여혜경 탄핵, 희녕 9년 왕방의 죽음, 왕안석
의 퇴임, 원풍 초 이정, 왕안례의 집정 취임, 원풍 5년의 과거 실시, 여
혜경의 좌천, 채확의 입각 등 역사적 사실을 작품에 정확하게 수용하고
있다.[48] 그러나 〈옥원재합기연〉이 이러한 구법당과 신법당의 정쟁과 대
립이라는 일련의 역사적 사건을 촘촘하게 서사의 뼈대로 삼고 그 안에
소세경과 이현영의 허구적 서사를 구성하는 이유는 소설적 긴장과 흥
미를 새롭게 안배하기 때문이다.

소세경과 이현영의 메인 스토리는 구법당과 신법당의 정쟁과 대립
속에서 고난을 당하고 만났다 헤어지는 이합의 구성을 반복하고 있다.
그러나 고난과 이합의 서사 구성의 본질은 비슷하지만 이것은 단순한
반복이 아니라 점진적이며 변화된 반복이다. 고난과 이합의 서사 구성
을 점진적이면서 변화있게 만들기 위해서는 리드미컬하고 변화무쌍한
잘 짜여진 허구적 서사 구성이 필요하다. 〈옥원재합기연〉의 작자는 고
난과 이합의 서사 구성을 효과적으로 소설화하기 위해서 송사의 구법
당과 신법당의 정쟁과 대립이라는 역사적 사건을 선택하고 있는 것이
다. 신법당의 득세에 따라 구법당은 고난을 당하고 나락으로 떨어지고
파편화된 삶을 살게 되는데, 신종조 왕안석, 여혜경, 채확의 득세와 구

---

48 지연숙, 앞의 논문, 158쪽.

법당의 실세(失勢)는 고난과 이합의 서사 구성의 서사적 뼈대를 만들기 위해 가장 적합한 역사적 사건이라고 할 수 있는 것이다. 〈옥원재합기연〉의 구법당과 신법당의 정쟁과 대립은 주인공들의 고난과 이합의 서사를 구성하기 위한 서사 구성의 틀이다. 이것은 고난의 점진적 연쇄와 이합의 서사 구성을 통해 소설적 긴장과 흥미를 마련하기 위해 송사를 선택하고 변형하는 것이다. 이와 같이 소설적 흥미 강화를 위해 송사를 선택하고 변형하는 데에는 유희적 동인이 개입한다. 이 유희적 동인은 〈옥원재합기연〉에서 송사를 소설화하는 중요한 요소인 것이다.

더불어 〈옥원재합기연〉은 구법당과 신법당의 대립과 갈등이라는 송사에서 역사적 인물을 수용하되 허구적 상상력으로 소설적 변용을 가하기도 한다. 바로 왕안석과 그의 아들 왕방이다. 『송사』〈왕안석전〉에는 왕안석과 그의 아들 왕방에 대한 부정적인 색채가 강하게 나타나 있다. 왕안석의 신법에 대해 부정적으로 서술하고 있고, 투순(鬪鶉)과 관련된 살인사건, 양명(揚名)을 위한 거실(巨室)에의 접근, 등주 부인의 살인 사건, 개봉민의 보갑(保甲) 회피, 동명현민의 호소, 종묘의 구성 논의, 혜성 출현, 두 태후의 호소, 여혜경과의 알력 등에서도 왕안석의 부정적인 면모만을 부각[49]시키고 있다. 그러나 〈옥원재합기연〉의 왕안석은 강물에 빠져 죽을 뻔한 이현영을 구조하고 그 절개를 칭찬하며 3년 동안 돌봐주는 자애로운 아버지의 형상으로 변형되기도 한다. 왕안석은 이현영이 소세경과 혼인할 수 있도록 소송을 해배시키는 상소를 올리기도 하고, 백성을 도탄에 빠지게 했던 신법 시행과 자신의 잘못을 반성하는 면모를 보이기도 한다. 이것은 이현영을 구조하여 도와

---

49 이근명, 『왕안석 자료 역주』, 한국외대 지식출판원, 2017, 17쪽.

주는 원조자로서의 왕안석을 만들기 위한 〈옥원재합기연〉의 왕안석에 대한 성격 변형이라고 할 수 있을 것이다.

왕방은 송사에서도 부정적인 인물로 기록되어 있다. 사람됨이 사납고 음험하고 각박하며 거리낌이 없었고 호기로와 세상을 업신여기는 인물[50]로 서술되고 있는데, 〈옥원재합기연〉의 왕방도 이런 성격을 유사하게 그려내고 있다. 그러나 〈옥원재합기연〉에서 왕방은 송사에서 보이는 부정적인 성격과 함께 여색을 밝히고, 축첩하는 인물이라는 부정적인 의미가 강조되어 있다. 왕방은 이현영을 첩으로 들이기 위해 이원의와 아버지 왕안석을 조르고 이현영의 고난과 자결을 불러일으키는 인물로 기능하는 것이다. 〈옥원재합기연〉의 왕안석은 긍정적인 측면을 부여하고 왕방은 더욱 부정적인 측면을 부여하여 소설적 인물로 탈바꿈하고 소설적 흥미를 부가하고 있는 것이다.

이처럼 〈옥원재합기연〉의 메인 스토리의 소세경, 이현영의 반복되는 고난과 이합의 서사 구성, 왕안석의 긍정적 성격화, 왕방의 호색한적 성격화는 허구적 소설의 긴장과 재미를 위해 송사의 사건과 인물을 변용하고자 하는 유희적 동인이 만든 허구적 상상력의 일단이라고 할 수 있다. 〈옥원재합기연〉의 메인 스토리의 서사를 추동하고 흥미롭게 하기 위해서 익숙한 송사를 새롭게 변용하고 있는 것이다. 〈옥원재합기

---

50 왕방의 자는 원택이다. 사람됨이 사납고 음험하고 각박했으며 아무것에도 거리낌이 없었다. 매우 총명하여 성년이 되기 이전에 이미 수만언의 저서가 있었다. 〈중략〉 왕방은 호기로와 세상을 업수이 내려다보는 인물이어서 소관(小官)인 현위에 안주할 수 없었다. 그는 30여 편의 책(策)을 지어 천하사에 대해 적극적인 주장을 폈으며, 또 『노자훈전』 및 『불서의해』를 저술했는데 이 역시 수만언에 달했다. (이근명, 「왕안석전」, 『왕안석 자료 역주』, 한국외대 지식출판원, 2017, 49~50쪽.)

연〉의 송사의 소설 흥미적 동인은 장편소설 〈옥원재합기연〉의 재미와 흥미를 위한 흡인력이 되며, 매우 중요한 역사의 소설화 동인이라고 할 만하다.

② 군자와 선의 가치 재현의 유교 윤리적 동인

〈옥원재합기연〉의 메인 스토리는 구법당의 중진, 신진의 결속과 연대로 소세경과 이현영의 혼사 성취 대 신법당의 결속과 연대로 이를 저지하려는 힘의 대결로 추동된다는 것을 앞에서 살펴보았다. 구법당은 명분과 의리, 옳고 그름을 판별하여 연대하고 결속되지만 신법당은 이익과 욕망에 의해 연합하고 결속하므로 결국 신법당은 와해된다는 의미를 드러내게 되는 것이다. 이 때문에 〈옥원재합기연〉은 구법당은 군자당이고, 신법당은 소인당이라는 이분법적인 인식을 잘 드러내는 작품이다.

〈옥원재합기연〉의 작품 문면에도 이러한 인식이 드러나는 부분이 있다. 소세경이 만언소를 지어 왕안석과 여혜경의 죄상을 논하고 여혜경의 하수인인 조맹은 죄를 감할 것을 청하자 범조우와 유안세가 소세경의 상소에 동의하는 주청을 올린다. 임금은 이들의 상소에 따라 처결하고 명신 중에 유배된 사람을 복귀하게 하면서 "군자와 소인의 행동을 이에 알겠노라" 하면서 소세경을 위시한 구법당의 신진들을 군자로 지칭하고 신법당을 소인으로 지칭하고 있다.

〈옥원재합기연〉에서는 구법당은 군자이며, 신법당은 소인이라는 조선시대 군자와 소인에 대한 인식을 그대로 반영하고 있다. 이러한 인식은 조선시대 경연의 필독서인 『대학연의』의 왕안석과 사마광의 평가

에서 기반을 두고 있다. 『대학연의』에서는 사마광, 소식 등은 선유(先
儒) 군자로 중시하고, 왕안석은 간신으로 평가하는 대목들이 있는데,
이러한 인식이 조선시대 사화와 당쟁을 거치면서 왕안석은 소인이고,
사마광은 군자라는 인식이 고착되기 시작[51]하였다. 그러면서 상대파나
당을 배척하기 위해서 소인당이라고 하고 자신들은 군자당이라고 하면
서 윤리적, 도덕적 우위를 말하기도 하였다.

〈옥원재합기연〉에서는 소송은 사마광, 소동파 형제, 여씨 형제, 구양
수, 공종한, 석겸 등과 소세경은 사마강, 범조우, 유안세 등과 결속하고
연대하는 군자당으로 설정한다. 이들은 명분과 의리, 옳고 그름에 따라
행동하며 사익보다는 국가와 백성을 먼저 생각하고 행동하는 군자의
표상으로 선의 가치를 실천하는 인물군으로 구성된다. 이에 비해 왕안
석과 여혜경, 왕방, 채확 등은 이익과 욕망에 따라 행동하며 국가와 백
성보다는 개인을 먼저 생각하고 행동하는 소인의 표상으로 악을 행하
는 인물군으로 구성된다. 다만 왕안석은 여러 연구자의 지적처럼 부정
적인 소인의 표본으로 그려지지 않고 왕안석을 이해하는 동정론을 반
영한 것[52]이라고 할 수 있다. 오히려 〈옥원재합기연〉에서는 왕안석보다
는 여혜경, 왕방, 채확 등을 악행을 저지르고 사익을 추구하는 소인으
로 구성하고 있다고 하겠다.

---

51 지두환, 『조선시대 사상사의 재조명』, 역사문화, 1998, 111~113쪽.
52 정병설은 조선시대에 왕안석에 대한 평가는 비판론, 동정론, 옹호론이 있는데, 〈옥원재합
기연〉은 왕안석이 성품은 나쁘지 않았는데 큰일을 맡아 일을 그르치는 바람에 과도한
비판을 받게 되었다는 것으로 옹호론에 가깝다고 할 수 있다고 하였다. 이지하도 〈옥원재
합기연〉에서 왕안석을 상당히 우호적으로 바라보고 주인공들의 결합을 도와주는 우호적
인 조력자로 그린다는 점에서 왕안석을 간신으로 바라보지는 않는다. (정병설, 앞의 논문,
249쪽. 이지하 앞의 책, 52~59쪽.)

이처럼 〈옥원재합기연〉은 구법당과 신법당의 정쟁과 대립이라는 송사를 활용하여 주인공과 그 주변인들은 도덕적 우월성을 부여하고 적대자들은 도덕적 열위를 가지는 것으로 메인 스토리를 구성하는 기저에는 군자와 선의 가치를 우위에 두는 관점에서 역사를 선택하고 변형하는 동인이 작용한다는 것을 알 수 있다.『대학연의』,『송사』를 거쳐 구축된 신법당 인물과 구법당 인물에 대한 윤리적 가치 판단은 〈옥원재합기연〉을 창작하는 데 밑바탕이 된 것이다. 주인공과 연대하는 인물은 군자이고 선의 가치를 실현하는 수체이며, 적대자는 소인이고 악을 실현하는 주체라는 유교 윤리적 동인은 〈옥원재합기연〉의 인물 형상화를 만드는 핵심적 동인이라고 할 수 있을 것이다. 더욱이 장편소설에 등장하는 많은 인물을 형상화하고 성격화하기 위해서는 송사의 구법당과 신법당에서 구축된 군자와 소인에 대한 기존 관념을 가지고 와서 인물 구성을 하는 것이 효과적일 수 있는 것이다. 또한 군자당인 구법당과 소인당인 신법당이 대립하다 구법당이 승리하도록 하는 송사를 변형함으로써 〈옥원재합기연〉이 드러내고자 하는 사필귀정, 천도 현시, 선의 가치 재현 등의 의미도 더욱 잘 구현할 수 있는 것이다.

③ 당대의 사회상, 풍속 재현적 동인

〈옥원재합기연〉에는 등장인물들이 사제 관계와 혈연과 혼인으로 맺어진 인척 관계로 서로 관련성을 가지도록 구성하고 있다. 사제 관계나 인척 관계를 맺은 인물들은 주인공을 원조하는 기능을 하는 것으로 구성하거나 어떤 인물들은 구체적 서사적 기능 없이 주인공과의 사제 관계나 인척 관계만을 언급하는 수준에서 주인공과의 관계를 보여주기도 한다. 이러한 〈옥원재합기연〉의 삽화는 송대의 사회상과 풍속을 재현하는 의도에서 만들어진 것이다. 송사에서 발견되는 사제 관계, 교우 관계, 친인척 관계를 〈옥원재합기연〉이라는 허구적 소설 속에 삽화로 구성함으로써 송대의 사회 분위기를 짐작하게 하고 비슷하게 그려나가는 것이다. 이것은 북송대 중국의 풍속을 재현하려는 의도로 송사를 변형하여 만든 서사라고 할 수 있다.

지연숙은 〈옥원재합기연〉은 북송대의 주요 학파에 대한 인식을 보여준다[53]고 논의한 바 있다. 북송대에 있었던 왕안석의 신학파, 사마광의 삭학파, 정이, 정호의 낙학파, 사천 소씨의 촉학파 등 학파의 존재를 〈옥원재합기연〉이 보여준다고 지적하였다. 주인공 소세경은 촉학파에 혈연, 지연을 두고, 삭학파의 수제자이며, 낙학파로부터 인정을 받아, 보수파에 속하는 3개의 학파의 장점을 갖춘 최고의 문사, 군자로 형상화[54]되고 있는 것이다. 〈옥원재합기연〉의 소세경이 사마광의 문하에 들어가거나 소식의 문하에 들어가는 것이나 이현윤이 구양수의 문하에 들어가 오랫동안 학문을 닦고 인격을 도야하는 것은 북송대 유학(儒學)의 다양성을 보여준다.

또한 〈옥원재합기연〉의 인척 관계는 혈연이나 혼인에 의해, 구법당은 구법당끼리 신법당은 신법당끼리 더 커다란 관계망을 구축하며 인간관계를 맺는데 이것은 송대의 현실과 유사한 면이 있다. 송대는 개봉과 낙양에 관료들이 집중되어 있고, 이들이 복잡한 인척 관계로 맺어져 있는 〈옥원재합기연〉의 작중 상황은 북송대 실제 사회 분위기라고 할 수 있는 것[55]이다.

---

53 지연숙, 앞의 논문, 168쪽.
54 지연숙, 앞의 논문, 168쪽.

그러므로 〈옥원재합기연〉의 삽화에 발견되는 주인공과 다른 인물 간의 사제 관계, 혈연과 혼인으로 맺어지는 인척 관계는 당대 북송대의 사회상이나 풍속을 재현하기 위한 방안으로 마련되는 것이다. 북송대 사회상이나 풍속을 재현하고자 하는 서사 동인은 인물들을 사제 관계, 인척 관계를 맺도록 서사를 만드는 것이다. 무엇보다 송사를 활용하여 사회상과 풍속을 재현하고자 하는 동인은 〈옥원재합기연〉의 시공간적 배경을 더욱 그럴듯하고 리얼하게 만들어 북송대에서 일어나는 정치, 사회적 현상과 소설적 허구를 결합하여 〈옥원재합기연〉의 소설적 개연성을 높인다고 할 수 있을 것이다.

3) 〈난학몽〉의 송사의 소설적 재현 방식과 소설화 동인

〈난학몽〉은 정태운이 1871년에 창작한 고전소설이다. 〈난학몽〉은 북송대를 배경으로 하여 한언범 가문의 쌍둥이 남매 한난선과 한학선을 중심으로 가정 내 갈등과 정치적 갈등이 연계되어 전개되다 가정내외적 갈등이 해소되어 한씨 가문의 번영이 이루어지는 작품이다.

〈난학몽〉의 전실 자식과 계모의 갈등과 해소, 처와 첩의 갈등과 해소가 북송대 신법(新法) 시행을 둘러싼 구법당과 신법당의 정치적 대립이 연계되어 소설이 진행된다는 것은 지금까지 〈난학몽〉 연구의 주요 관심사였다. 그래서 〈난학몽〉의 송사(宋史) 수용 양상은 〈난학몽〉을 먼저 연구했던 선학들에 의해서 꽤 논의되었다.

먼저 김경미는 〈난학몽〉의 성격을 논의하면서 〈난학몽〉은 왕안석의

---

55 지연숙, 앞의 논문, 168쪽.

신법의 시행과 이에 대한 반대가 격렬했던 북송 신종, 철종시대의 조정을 배경으로 하고 있으며 〈난학몽〉에서 왕안석의 행적과 신법의 내용, 반대파의 논란은 대부분 역사적 사실에 근거하고 있다고 하였다. 작가는 조선 후기의 당쟁의 실상과 그 당쟁의 와중에서 부침하는 인간상들을 반영하고 조선 후기의 정치적 현실을 우의하기 위한 의도를 드러낸다[56]고 보았다.

정창권은 〈난학몽〉의 정치적 갈등은 전반부에서는 인종대 신진 세력과 구신 세력과의 대결, 신종대 신법 세력과 구법 세력과의 대결로 압축되며, 후반부에서는 왕안석의 아들 왕방과 여혜경이 제 2세대 구법 세력인 학선과 학년 형제에게 고난을 부과하고 죽음의 위기로 몰아넣는 방식을 채택하고 있다고 설명하였다. 이러한 정치적 갈등은 작품 내적 측면에서 가장을 가정으로부터 분리시킴으로써 가정내적 갈등이 전개될 수 있도록 하고, 가정내적 갈등을 심화시키고 있다고 하였다. 작가 의식적 측면에서는 구법 세력들의 행적을 통해 작가가 추구하고자 하는 이상적 정치이념인 인정(仁政)에 의한 요순지치(堯舜之治)의 세계를 구현하고 있으며, 더불어 극심한 당쟁의 모습을 드러냄으로써 봉건체제의 한계상을 암묵적으로 드러낸다[57]고 보았다.

이병직은 〈난학몽〉의 구성원리와 작가의식을 논의하면서 역사적 사실의 수용과 변용을 다루었다. 〈난학몽〉은 북송 시절 왕안석의 신법을 둘러싼 신법당과 구법당의 갈등을 역사적 사실로 수용하되, 이를 한언범가의 '계모 – 전처 자식' 갈등과 '처 – 첩' 갈등으로 변용하여 형상화

---

56 김경미, 「〈난학몽〉 연구」, 『이화어문논집』12, 이화어문학회, 1992, 600~601쪽.
57 정창권, 「난학몽 연구」, 고려대 석사논문, 1996, 37~43쪽.

하였다고 보았다. 북송대와 〈난학몽〉이 창작된 19세기 중반기는 사대부가 중시되던 사회로서 과거제가 시행되었으며, 신법당과 구법당의 갈등은 조선후기 당쟁이라는 사회 상황과도 일치하는 공통점이 있는데, 이렇게 공통되는 시대상황을 배경으로 설정하여 작가가 의도한 것은 당쟁을 둘러싼 문제점과 관리 등용방식을 문제 삼은 것[58]이라고 하였다.

이기대는 〈난학몽〉에 나타난 역사의 변용 과정과 작가의식을 논의하면서 신법당과 구법당의 정치적 대결에서 신법당의 인물은 역사적 인물이지만 구법당의 인물은 역사적 인물이 아닌 새로운 인물로 창조하면서, 정치와 가정의 문제가 긴밀하게 연결되어 있음을 보여준다고 하였다. 작품 내의 악인인 간신과 시녀들의 거짓된 행동과 언행으로 인해 임금과 가장이 선한 인물을 벌주게 되는데 임금과 가장은 자신의 잘못을 뉘우침으로써 용서되며, 이를 통해 개인의 잘못은 자신의 내적 수양의 문제로 연결된다고 설명하였다. 이것은 정태운이 조선 말기의 사회적 위기의 상황을 극복하기 위한 방안으로 유가적 관념에 따른 수신과 제가를 강조한 것과 연결된다[59]고 보았다.

조광국은 19세기에 창작된 〈옥루몽〉, 〈옥수기〉, 〈난학몽〉을 대상으로 이들 세 작품에 구현된 조선후기의 정치 이념들을 확인하고 정치 이념들의 성향을 논의하였다. 이 중 〈난학몽〉은 송의 신법당과 구법당의 역사적 쟁투를 배경으로 하되, 형정(刑政)에 의지하는 왕안석 무리

58 이병직, 「〈난학몽〉의 구성원리와 작가의식」, 『문창어문논집』36, 문창어문학회, 1999, 137~140쪽.
59 이기대, 「〈난학몽〉에 나타난 역사의 변용과정과 작가의식」, 『고소설연구』 15, 한국고소설학회, 2003, 181~191쪽.

의 신법당의 노선에 반대하여, 수신을 강조하는 구법당을 그려내고 있다고 설명하였다. 이것은 조선후기 왕안석 긍정론과는 거리를 두는 것으로 주자주의(朱子主義)로의 회귀 성향에 해당한다[60]고 보았다.

옥비연은 〈난학몽〉 전반을 연구하면서 왕안석의 변법 차용의 의미를 논의하였다. 작가가 왕안석의 변법이라는 역사적 사건을 작품의 배경으로 설정하고, 이야기를 전개하는 큰 틀을 마련하고 있지만 이 사건을 통해 자신의 정치적 주장을 적극적으로 펼치려고 하는 의도는 찾기 어렵고 변법을 둘러싼 신·구법당의 정치적 갈등도 주로 구조상 전 후반부의 '가장의 부재'라는 상황을 만들기 위해 작용한다[61]고 보았다.

이와 같이 선행 연구에서는 송대의 구법당과 신법당의 대립과 갈등이라는 역사적 사건이 〈난학몽〉의 가정 내 갈등과 연관되어 서사가 전개된다는 점에 주목하고 구법당의 승리로 끝나는 작품의 결말을 통해 작품의 의미와 작가의 의식세계를 논의하는 방향으로 진행되었다. 선행 연구에서는 구법당 세력인 한언범 가문과 신법당 세력인 왕안석과 주변인의 갈등과 대립이라는 메인 스토리에만 주목했다. 본 연구는 메인 스토리뿐만 아니라 삽화 차원까지 〈난학몽〉 전반에서 나타나는 송사(宋史)의 소설화 방식을 살펴보고 〈난학몽〉이 송사(宋史)를 어떻게 변용하여 재현하고 있으며, 송사(宋史)를 소설화하는 기제가 되는 소설화 동인을 논의하려고 한다.

---

60 조광국, 「19세기 고소설에 구현된 정치이념의 성향-〈옥루몽〉, 〈옥수기〉, 〈난학몽〉을 중심으로」, 『고소설연구』 16, 한국고소설학회, 2003, 45~46쪽.
61 옥비연, 「난학몽 연구」, 고려대 석사논문, 2010, 53쪽.

(1) <난학몽>의 송사의 소설적 재현 방식

① 사직(辭職)과 고난의 서사 구성

ⓐ 사직(辭職)의 계기로서 구성

<난학몽>은 서사 갈등적 측면에서 전반부와 후반부로 나눌 수 있는
데 메인 스토리는 주요 서사 갈등을 구성하는 핵심적 이야기이다. 북
송대의 역사적 사건과 사실은 전반부와 후반부의 메인 스토리 속에 배
치되어 있다. <난학몽>의 전반부는 한언범의 부재로 후처 최씨가 전실
자녀인 한난선과 한학선을 박대하고 내쫓는 계모와 전실 자식의 갈등
이 주가 되는 가운데 왕안석의 신법 시행에 따른 구법당과 신법당의
정쟁이라는 역사적 사건이 본격적으로 서사화된다. 후반부는 한학선
의 부재로 첩으로 들어온 위씨가 홍씨를 모해하고 괴롭히는 처첩 갈등
이 주가 되는 가운데 신법당 무리인 여혜경과 왕방이 결탁하여 가정내
갈등을 심화시킨다. 북송의 인종과 신종대의 구법당과 신법당의 대립
과 갈등이 <난학몽>의 가장의 부재를 야기하고, 계모와 자식 간의 갈
등, 처첩 간의 갈등과 연계되어 있다는 것은 선행 연구[62]에서 논의된
것이다.

그러나 <난학몽>에서 송사는 구법당과 신법당의 대립과 갈등뿐만 아
니라 그 이전에 진종과 인종대부터 간신배가 득세하여 현신(賢臣)들이
벼슬을 사직하거나 유배를 가는 상황을 적지 않게 서사화하고 있다.
<난학몽>은 송사의 구법 세력과 신진 세력 간의 대립을 현신들과 간신
들의 대립으로 설정하여 현신들이 혼란스러운 정국에서 자력으로 사직

---

62 김경미 앞의 논문, 600~601쪽; 정창권 앞의 논문, 37~43쪽; 이병직 앞의 논문, 137~140
   쪽; 이기대 앞의 논문, 181~191쪽; 옥비연 앞의 논문, 53쪽.

하거나 외부의 힘에 의해 유배되는 상황을 서사화하고 있는 것이다.
〈난학몽〉은 현신(賢臣) 한언범이 벼슬을 사임하고 낙향하는 것으로
시작한다.

> ① 時, 五鬼陳彭年, 丁謂等, 互相汲引, 竄逐賢明, 甄用凶邪. 憎疾彦
> 汎, 貶爲教授官. 彦汎自知力不能抗, 辭不就職, 退換會稽, 修盧庄於紫石
> 橋側.　　　　　　　　　　　　　　　　　　　　　－〈鸞鶴夢〉435쪽

위 예문은 북송의 진종대와 인종대에 득세했던 다섯 명의 간신이 조
정과 세상을 어지럽히자 현신 한언범이 교수관의 벼슬에 나가지 않고
낙향하는 것을 드러낸다. 오귀(五鬼)는 북송 진종대와 인종대에 득세했
던 정위, 진팽연, 유승규, 왕흠약, 임특[63]을 가리키는데 오귀의 득세는
한언범과 같은 현신들이 현실 정치에서 물러나 낙향하거나 산수간에
처하는 계기가 된다.

> ② 太尉嘆曰 : "一自丁謂, 雷允恭用事之後, 賢人正士, 不能除姦之惡,
> 而薰蕕熾盛. 今寇準, 李迪, 反在謫所, 王沖, 林特, 多登卿位, 玉石同糅,
> 涇渭昏亂. 吾不能處濁世而自臧, 故遂掛冠解紱, 結香山之新寺, 訪蘭陵
> 之舊宅, 欲以送餘生矣"　　　　　　　　　　　　　－〈鸞鶴夢〉446쪽

②는 한언범의 아들 학선과 혼약하는 홍소저의 아버지 홍태위의 말

---

63 『송사』의 왕흠약의 열전에서는 왕흠약, 정위, 임특, 진팽년, 유승규를 세상에서 오귀(五
鬼)라고 한다는 내용이 나온다. 王曾對日 欽若與丁謂、林特、陳彭年、劉承珪, 時謂之
五鬼. (『송사』 권283 열전 제42, 〈왕흠약〉)

이다. 홍태위는 회계로 찾아가 한언범을 만나고 간신이 작당하여 조정
을 혼란하게 만드는 시절을 탄식하고 자신도 사직하여 고향으로 돌아
가려고 한다고 말한다. 홍태위는 조정에서 간신 정위가 뇌윤공과 결탁
하여 당대의 현신 구준과 이적을 유배지로 보내고 왕충과 임특과 같은
간신이 재상이 되는 현실을 토로한다. 홍태위가 말하는 혼란한 정국은
진종이 병이 들어 병사하자 정위가 환관 뇌윤공과 결탁하여 구준이 불
충하다고 하여 뇌주 사호참군으로 유배보내고 이적을 모략하여 유배보
내는 역사적 사건[64]에 기반한다. 홍태위는 간신배가 득세하고 현신들이
유배가는 상황을 막지 못하자 벼슬을 사직하고 유람한다. 북송의 진종
대와 인종대에 발생하는 간신과 현신의 대립과 갈등 상황은 〈난학몽〉
에서 현신들이 칩거하거나 낙향하는 행동 양식을 선택하도록 하고 현
신들이 만나 자녀를 정혼시키고 연대하는 계기를 만든다. 난선과 혼약
하는 이공자의 아버지 이상서도 간신 정위의 모함으로 3년 동안 적소
에 있다가 돌아와 다시 상서령의 벼슬을 하지만 간신배가 득세하는 세
상을 안타까워한다. 이상서는 적소에서 돌아온 후 한언범의 딸 난선과
자기의 아들 이공자를 정혼시킨다.

그런데 〈난학몽〉에서는 진종대와 인종대의 간신과 현신의 대립과 갈
등이라는 송사(宋史)의 뼈대는 그대로 소설화하지만 인물 형상화에서
는 변용이 나타난다. 〈난학몽〉의 간신들 중 왕충은 송사에서 차용되는
인물이 아니라 소설 〈난학몽〉에서 새롭게 창조되는 인물이다. 송대의
오귀(五鬼)는 진팽연, 정위, 임특, 임승규, 왕흠약인데 〈난학몽〉에서는
왕흠약 대신 왕충을 오귀로 설정하고 있는 것이다. 간신배라고 지칭되

---

64 『송사』 권283 열전 제42, 〈정위〉 참조.

는 진팽연, 정위, 임특, 유승규 등은 〈난학몽〉에서 구체적인 성격을 지
닌 인물로 형상화되는 것이 아니라 한언범, 홍태위, 이상서와 대척점에
있는 간신의 무리로 지칭될 뿐이다. 그러나 왕충과 그의 아들 왕의영은
구체적인 인물로 성격화된다. 왕충은 그의 아들 왕의영과 함께 〈난학
몽〉 전반부의 갈등 유발자이면서 반동 인물로 이것은 소설적 흥미를
고려한 변용이라고 할 수 있을 것이다.

송사의 오귀의 득세와 현신들의 대립은 〈난학몽〉의 주요 갈등이 펼
쳐지기 전 예비 단계로 현신들이 벼슬에서 사직하고 서로 연대할 수
있는 계기를 만든다. 왕충을 제외한 간신들은 송사의 내용을 그대로 차
용하여 송사와 유사한 〈난학몽〉의 시대 상황을 만들고 〈난학몽〉이 창
작된 서사 밖 현실 상황을 반영하는 통로가 되기도 한다.

ⓑ 고난의 심화와 약화로서 구성

왕안석의 신법을 둘러싼 구법당과 신법당의 대립과 갈등은 〈난학몽〉
에서 주인공 난선과 학선, 홍씨의 고난을 심화시키고 약화시키는 계기
로 활용된다.

고향에서 은거하던 한언범은 당시의 현신인 부필의 천거로 어사가
되어 다시 출사한다. 어사가 되어 조정에 들어간 한언범은 직언하기를
주저하지 않고 임금에게 상소한다. 임금이 왕안석을 참정으로 임명하려
고 하자 한언범은 왕안석의 임명을 반대하는 의사를 강력하게 밝힌다.

③ 王安石者, 臨川人也, 時爲參知政事, 呂惠卿爲崇政殿說書, 章惇爲
條例官, 王沖爲檢詳文字, 蔡京爲檢正中書五房公事. 〈中略〉 先是, 皇帝
欲用安石爲參政, ①問之唐介, 介曰: "安石好學而泥古, 故議論迂闊, 若

使爲政, 必變更."②又問孫固, 固對曰:"安石文行甚高, 處侍從獻納之識,
可矣. 宰相自有度, 安石狷狹小容, 必欲求賢相, 呂公著, 司馬光, 韓維, 其
人也."帝不以爲然, 竟用安石, ③謂曰:"人皆不知卿, 以爲卿但知經術,
不知經世務."安石對曰:"經術卽所謂經世務也."帝曰:"卿所設施, 何以
爲先?"對曰:"變風俗, 立法制, 方今之急務也."帝深納之. ④呂中丞誨上
書, 言安石之不可用, 其畧曰: 大姦似忠, 大詐似信. 安石外示朴野, 內藏
巧詐, 騎蹇慢上, 陰賊害物, 今畧掛事, 誠恐陛下, 悅其材辨, 久而倚毗, 情
僞不得知, 姦邪無復辨, 大姦得路, 羣陰彙進, 則賢者進去, 亂由是生. 臣
究安石之跡, 固無遠略, 惟務改作, 立異於人徒, 文言而飾非, 將罔上而欺
下, 臣窃憂之, 誤天下蒼生者, 必此人也.　　　－〈鸞鶴夢〉456~457쪽

위의 예문은 임금이 왕안석을 참지정사로 삼고 여혜경, 장돈, 왕충,
채경 등에게 벼슬을 내리자 언관인 한언범이 임금에게 소인을 물리치
고 군자를 쓰라고 간언하는 부분이다. 한언범뿐만 아니라 당개(唐介)와
손고(孫固)도 왕안석이 참지정사에 걸맞지 않은 인물이라고 임금에게
간언하지만 임금은 이들의 간언을 받아들이지 않고 왕안석을 참지정사
로 임명한다. 흥미로운 것은 왕안석을 반대하는 한언범의 상소는 〈난
학몽〉의 작자 정태운이 창작한 것이지만 당개, 손고, 임금의 말, 여회의
글은 『송사』의 내용을 그대로 활용한다는 점이다. ①은 참지정사로 왕
안석을 임명해서는 안된다는 『송사』 권316의 〈당개〉 부분의 내용[65]을
그대로 활용한 것이고 ②는 『송사』 권341의 〈손고〉의 내용[66]을, ③은

65　對曰 安石好學而泥古, 故論議迂闊, 若使爲政, 必多所變更. (『송사』 권316 열전 제75,
　　〈당개〉)

66　神宗問 王安石可相否？對曰 安石文行甚高, 處侍從獻納之職, 可矣. 宰相自有其度, 安
　　石狷狹少容. 必欲求賢相, 呂公著、司馬光、韓維其人也 凡四問, 皆以此對. (『송사』 권
　　341 열전 제100, 〈손고〉)

『송사』 권327의 〈왕안석〉의 내용[67]을, ④는 『송사』 권321의 〈여회〉가 상소했던 내용[68]을 그대로 활용한 것이다. 이처럼 왕안석의 참지정사 임명을 반대하는 구법당의 목소리는 『송사』의 내용을 그대로 활용하여 왕안석을 반대했던 구법당의 저항을 여실하게 보여준다.

참지정사로 임명된 왕안석은 신종의 신임을 등에 업고 청묘법을 시행하려고 하자 한언범은 상소를 올려 청묘법의 문제와 청묘법을 제안했던 신법당의 왕안석과 여혜경을 파직할 것을 강력히 주장한다. 그러나 한언범은 신법당에게 비방받고 공격당해 대리옥에 갇히고 유배를 가게 된다.

왕안석의 신법당에 반대하던 한언범의 직접적 저항은 한언범의 고난뿐만 아니라 가장의 부재로 난선과 학선 남매의 가정내 고난을 가중시킨다. 전처인 유씨가 죽고 후처인 최씨가 들어오고 유씨와 최씨의 시비들이 갈등하다 최씨의 시비들이 모의하여 난선과 학선이 최씨를 살해하려는 계략을 세웠다고 최씨의 이목을 가리고 참소한다. 최씨는 학선을 내쫓고 난선을 왕충의 아들에게 시집보내려고 한다. 이처럼 신법을 시행하는 왕안석에 대해 반대하는 상소를 올리고 임금에게 미움을 받아 한언범이 유배 가면서 한씨 가문은 가장의 통제가 불가능해지고 시비의 다툼, 계모의 오판으로 전처의 자식이 가정에서 축출되는 상황에

---

67 二年二月, 拜參知政事. 上謂曰 人皆不能知卿, 以爲卿但知經術, 不曉世務. 安石對曰 經術正所以經世務, 但後世所謂儒者, 大抵皆庸人, 故世俗皆以爲經術不可施於世務爾. 上問 然則卿所施設以何先? 安石曰 變風俗, 立法度, 正方今之所急也. 上以爲然. (『송사』 권327 열전 제86, 〈왕안석〉)

68 遂上疏劾安石曰 大奸似忠, 大佞似信, 安石外示樸野, 中藏巧詐, 陛下悅其才辨而委任之. 安石初無遠略, 惟務改作立異, 罔上欺下, 文言餙非, 誤天下蒼生, 必斯人也. (『송사』 권321 열전 제80, 〈여회〉)

이르게 되는 것이다. 이런 측면에서 신종대 왕안석의 등장과 신법당의 득세는 〈난학몽〉의 주인공들이 겪는 고난을 심화시키게 된다.

난선에게 직접적 고난을 가하는 왕충과 그의 아들 왕의영은 왕안석과 긴밀한 관련이 있는 신법당 무리로 설정되어 있다. 앞에서 살펴본 것처럼 왕충과 왕의영은 송사에서 실재했던 인물이 아니라 〈난학몽〉에서 전반부의 핵심적 반동인물로 설정된 인물이다. 왕충과 그의 아들 왕의영이 저지르는 악행은 〈난학몽〉에서 웃음과 재미를 선사하는 포인트가 된다. 난선은 시비 청양의 도움으로 왕충의 집에서 빠져나와 변경의 유시랑집에 의탁하고 정혼자인 이상서의 아들 이형진과 혼인하게 된다. 난선을 이상서에게 빼앗긴 왕충은 계략을 꾸며 이형진과 이상서를 옥에 가두지만 난선의 상소로 이들의 죄상이 밝혀지고 이상서 부자는 풀려나고 왕충은 죽임을 당한다.

왕충과 왕의영의 죽음으로 난선의 고난은 일단락되는 듯하지만 유배간 한언범이 돌아오고 한씨 가문 구성원이 모이는 완전한 고난의 해결은 참지정사로 있던 왕안석의 파직으로 가능하게 된다.

> ④ 時, 新法久行, 天下騷然. 吏部侍郎尹洙, 因王冲之誅, 請罷王安石參政, 而除新法, 帝不從. 〈中略〉是歲大旱, 詔擧直言者. 先是, 鄭俠監安上門, 及久旱歲饑, 征斂苛急. 東北流民, 風沙霾曀, 扶携塞道, 羸疾愁苦, 身無完衣, 竝城民買麻, 麥麩合米爲糜, 或茹木實草根, 至身被鎖械, 負瓦楬木, 賣以償官, 累累不絶. 至是, 俠乃繪所見, 爲圖疏秦, 帝反覆觀圖, 長吁數回, 慨然行之, 罷王安石參知政事, 是日大雨. -〈鸞鶴夢〉531쪽

왕안석이 주장해서 실시된 청묘법과 신법으로 온 나라가 도탄에 빠지고 부정적인 폐단이 불거지자 윤수는 왕안석을 참지정사에서 파직하

고 신법을 폐지하라고 신종에게 상소를 올리지만 윤수의 상소는 받아
들여지지 않는다. 그러다 정협이 청묘법의 시행으로 도탄에 빠진 백성
들의 실상을 유민도로 그려 상소를 올리자 임금이 그제서야 신법의 폐
단을 깨닫고 왕안석을 참지정사에서 파직하게 된다. 정협이 그린 유민
도와 상소의 내용은 역시 『송사』 권321의 〈정협(鄭俠)〉에서 기록된 내
용을 그대로 활용한 것[69]이다. 이처럼 참지정사에서 파직되는 왕안석의
실세(失勢)는 『송사』의 내용을 그대로 따르는 것으로 구성하고 있다.
참지정사에서 파직되고 세력을 잃은 왕안석의 상황은 한언범이 유배지
에서 풀려나 문하시중의 관직을 받으면서 조정에 나가게 한다. 왕충과
왕안석 무리의 약세는 〈난학몽〉 전반부 주인공의 고난을 약화시키고
해소하는 구성과 맞물려 있다.

〈난학몽〉의 후반부 메인 스토리에서 펼쳐지는 핵심 갈등은 학선의
처 홍씨와 첩 위씨의 처첩 갈등이다. 위씨는 학선의 첩으로 예전에 상
간(相姦)했던 진백중을 다시 만나 홍씨를 없앨 계략을 짜게 된다. 처첩
간의 갈등은 위씨의 간악함에서 비롯되지만 위씨와 진백중은 다시 왕
안석의 무리인 여혜경과 왕안석의 아들 왕방과 결탁하여 학선을 변방
으로 내쫓고 홍씨가 본격적으로 고난을 맞도록 하는 반동 인물이다.

왕안석이 파직된 후 여혜경은 다시 상소하여 신법을 시행토록 하고
신종은 왕안석을 평장사로 삼으면서 신법당의 두 번째 득세가 시작되
고 홍씨의 본격적인 고난이 시작된다. 신종이 승하하고 태황태후 고씨

---

69 위의 〈난학몽〉의 내용은 『송사』 권321의 〈정협〉의 내용을 활용해서 그대로 옮기고 있다.
〈난학몽〉 한문본에서 발견되는 송사의 대목을 적시하면 다음과 같다. 東北流民, 每風沙
霾曀, 扶攜塞道, 羸瘠愁苦, 身無完衣, 竝城民買麻糝麥麩, 合米爲糜, 或茹木實草根,
至身被鎖械, 而負瓦楬木, 賣以償官, 累累不絶. (『송사』 권321 열전 제80, 〈정협〉)

가 조정을 맡아 다스리면서 한학선을 구밀학사로 제수하여 황성으로 부른다. 위씨는 한학선이 집을 떠나자 홍씨를 참소하고 누명을 씌워 시아버지 한언범의 판단을 흐리게 한다. 서하장사 진담이 경주를 침략해오자 득세하고 있던 여혜경은 한학선을 미워하여 한학선을 경주원을 시켜 출전시키자 위씨와 진백중은 한학선이 없는 틈을 타서 여혜경과 왕안석의 아들 왕방과 결탁하여 더욱 적극적으로 홍씨를 없애려고 일을 꾸민다. 후반부에서는 왕안석이 〈난학몽〉의 주인공들에게 고난을 가하기보다는 왕안석의 무리인 여혜경과 왕안석의 아들 왕방이 위씨와 진백중과 결탁하여 〈난학몽〉의 주인공들에게 고난을 가하게 되는 것이다.

한학선이 변방으로 나가자 위씨와 전백중은 여혜경의 도움으로 만든 거짓 조서로 한학선의 동생 한학년을 대리사옥에 가두고 임금의 거짓 조서를 한언범에게 내려 홍씨의 음란함과 살부(殺夫)의 죄를 씌워 죽이려고 한다. 그러나 한학선이 공을 세우고 집으로 돌아오자 홍씨의 무죄함이 드러나고 홍씨의 고난은 약화된다.

이에 맞춰 왕안석의 아들 왕방이 갑자기 병을 얻어 죽게 되자 왕안석은 날마다 비통해하다 이듬해 죽는다. 조정에서는 유지와 유독, 소식 등이 여혜경이 임금을 속인 것과 난법한 죄를 상소하자 임금은 이를 받아들이고 여혜경을 건주로 유배보낸다. 왕방과 왕안석의 죽음, 여혜경의 유배로 신법당의 세력이 와해되거나 약화되자 〈난학몽〉 주인공들의 부부 관계, 형제 관계, 부자 관계 등이 완전하게 된다. 이처럼 〈난학몽〉의 메인 스토리의 주인공의 고난은 신법당의 득세와 약세에 따라 고난이 심화되거나 약화되는 구성을 취함으로써 정쟁이 개인과 가문에 드리우는 어두운 그림자를 잘 보여주고 있다.

② 복선화음과 역사적 지식 재현의 삽화 구성

ⓐ 복선화음의 재현 삽화 구성

〈난학몽〉에는 메인 스토리에서만 송사가 활용되는 것이 아니라 에피소드인 삽화 차원에서도 송사가 수용되어 서사화된다. 삽화는 주요 서사 갈등을 이야기할 때는 생략할 수 있는 이야기이다. 그러나 삽화 차원에서 활용되는 송사에서도 일정한 서사적 기능을 찾아볼 수 있다. 삽화로 구성되는 송사에서는 선한 사람은 복을 받고 악한 사람은 재앙이 온다는 복선화음(福善禍淫)의 의미를 읽을 수 있다.

> ⑤ 太傅苫國公韓彦汎, 中書令韓通之後也. 韓通以周之侍衛都指揮使, 率軍禦太祖之師, 爲軍校王彦昇所害. 其子昌立於軍門, 見其父之被害, 匹馬單騎, 赴死於矢石之場. 其夫人陳氏, 夜聞此變, 嘆曰: 夫殉子亡, 生復何爲?" 乃以乳兒, 託於其娣, 而泣曰: "恩養此幼, 令他日無絶先君之後, 以慰我含冤沒世之魂." 遂入其室, 以羅巾自經而死. 太祖旣受命, 嘉其忠烈, 旌閭以表其義, 贈爵以褒其賢, 孝門有忠, 聖門有賢, 理之固然也. 若此名家子孫, 亦豈混凡哉? 根本深固者, 柯葉靈茂, 源泉混盈者, 流派淸湜. 故彦汎之爲人, 剛直方平, 弱冠登科, 皇帝卽命爲待敎, 而已復除中丞, 不久又除點檢, 出類拔萃, 處百僚之右. -〈鸞鶴夢〉434~435쪽

위의 예문은 〈난학몽〉이 시작되는 부분으로 한언범의 가계를 설명하는 부분이다. 한언범은 후주(後周) 한통(韓通)의 후손으로 설정되어 있다. 송 태조가 후주의 금군총장령으로 있을 때 후주는 전란과 어린 공제가 제위에 있으면서 나라 전체가 불안한 상태였다. 주위 군사들은 송 태조에게 천자가 되어달라고 하고 그의 몸에 천자의 황포를 입히고 만세를 부르고 태조를 부축하여 말에 태웠다. 송 태조는 진교에서 회군하

여 개봉을 공격했는데 이때 필사적으로 송 태조의 군대를 막으려고 한 사람이 바로 후주의 부도지휘사 한통이었다. 한통은 송 태조의 부하인 왕언승에게 살해당하고 만다.

『송사』 1권, 「本紀第一」, 〈太祖〉나 『송사』 484권, 열전 제243, 〈周三臣〉에도 송 태조가 후주의 공제로부터 선양을 받아 황제가 되는 과정과 한통이 송 태조를 막으려고 하다가 한언승에게 살해당하고, 후에 송 태조가 한통의 충절을 높이 평가하며 추중한다는 기록[70]이 나온다. 『송사』에서는 왕언승에게 한통과 그의 처자가 살해낭한다는 이야기만 서술되고 있지만 〈난학몽〉에서는 한통의 아들과 아내의 이야기까지 상세하게 서술하고 있다. 이것은 〈난학몽〉에서 부가된 내용이다. 『송사』에서 한통의 아들은 '탁타아(橐駝兒)'로 불리는 곱사등이로 기록되어 있다. 어릴 때 구루병을 앓아 곱사등이가 된 한통의 아들은 지략이 있어서 태조의 인망을 보고 한통에게 태조의 수하가 되라고 충고하지만 한통은 이 말을 듣지 않는다고 기록[71]되어 있다. 그러나 〈난학몽〉에서 한통의 아들은 아버지의 죽음을 보고 분노하여 필마단기로 싸우다가 죽고 그 부인 진씨도 어린 아이를 동서에게 맡기고 남편과 아들을 따라 목매달아 죽는다. 이러한 한통과 아들, 그리고 아내의 충렬을 송 태조가 높이 평가하여 정문을 세우고 벼슬을 올리고 칭찬하게 된다.

이와 같은 서두의 한언범 가문의 내력은 송사의 내용과 허구가 적절하게 결합되어 한언범의 강직함과 뛰어난 성품은 한통가의 충렬정신에

---

70 『송사』 권1, 「본기제일」, 〈태조〉, 『송사』 권484, 열전 제243, 〈周三臣〉 참조.

71 其子頗有智略, 幼病傴, 人目爲 "橐駝兒". 見太祖有人望, 常勸通早爲之所, 通不聽. 『송사』 권484, 열전 제243, 〈周三臣〉.

서 기인한다는 것을 보여주기 위한 설정이다. 한통이 후주의 공제를 호위하기 위해 싸우다가 왕언승에게 살해당하고 송 태조가 제위에 오른 후 선한 행동을 한 한통을 높이 평가하여 추증한 것은 역사에 있는 내용이다. 그러나 한통의 아들과 부인의 이야기는 허구적 내용이다. 이 삽화는 한언범의 강직함과 영걸함을 설명하기 위해 설정한 것이지만 한통 부자와 부인의 충렬은 송 태조가 포증(褒贈)했다는 송사를 활용하여 복선(福善)의 의미를 드러낸 것이기도 하다.

선한 인물의 어진 행위를 칭찬하고 복을 주는 삽화는 난선의 시비 계월의 혼인에서도 발견된다. 계월은 난선과 생사고락을 함께한 난선의 충성스러운 시비이다. 왕충의 집에 난선이 잡혀갔을 때 계월은 난선과 함께 탈출하여 추졸들이 뒤쫓아오자 난선을 먼저 보내고 홀로 남아서 추졸들을 꾸짖고 강물에 몸을 던진다. 또한 송향이 난을 일으켜 회계성을 침범하고 난선을 볼모로 잡아 가두자 난선이 자신의 인생을 한탄하며 수건으로 목매 죽으려고 하자 계월은 난선을 위로하고 충직하게 지킨다. 후에 난선은 이런 계월의 은혜를 갚고 싶어 남편 이형진에게 계월에 대한 보은을 부탁한다. 이형진은 정이 두터운 친구인 사마겸에게 계월의 사람됨과 충성을 말하며 "이렇게 충성스러운 사람을 노복의 자식과 혼인시킬 수 없다"고 하며 사마겸의 별실로 맞아주기를 부탁한다. 사마겸이 계월의 충성에 감복하며 흔쾌히 허락하고 계월을 별실로 삼게 된다.

이처럼 〈난학몽〉에서 계월의 남편이 되는 사마겸은 사마광(司馬光)의 조카로 설정되어 있다. 그런데 『송사』에서 사마겸이 사마광의 조카라는 기록은 찾을 수 없다. 『송사』에서는 사마광의 아들 사마강(司馬康)에 대한 기록만 있을 뿐이다. 사마겸은 〈난학몽〉에서 창조한 허구적

인물이다. 사마광은 왕안석의 신법당에 맞서는 구법당의 핵심적 인물
이다. 〈난학몽〉에서 사마광의 조카로 사마겸을 설정하여 이형진과 돈
독한 친구로 만들어 계월을 사마겸의 별실로 삼는다는 것은 선한 인물
에 대한 보은의 의미를 재현하기 위함일 것이다.

또한 〈난학몽〉의 삽화에서는 선한 사람에게 그에 상응하는 복을 주
거나 보은하는 것뿐만 아니라 악한 행동을 한 사람에게 그에 상응하는
벌을 내리는 '화음(禍淫)'의 의미를 재현하는 삽화도 있다. 다음은 왕안
석의 아들 왕방이 죽자 왕안석의 꿈에 아전이 나타니 지승세계로 왕안
석을 인도하는 부분이다.

⁶ 王雱旣死, 安石時在金陵, 收其尸而歸葬, 日夜悲痛. 一日燕居, 忽
有一人, 上堂再拜, 視之, 乃故君牧吏也, 其死也已久矣. 安石愕然怪異
之. 〈中略〉安石當其約日, 如故吏之言. 頃之, 緋衣者數十人, 舁藍輿而
至, 故吏從藍輿出, 紫袍博帶, 據案而坐. 少待, 獄卒數人, 枷一囚, 從大門
入, 乃雱也. 身具桎梏, 流血汚地, 曳病足而立庭下, 呻吟之聲, 殆不忍聞.
故吏謂安石曰: "相公之子, 欲奪人家之婦, 叶同呂執政, 致詐詔於韓家,
使無罪之人, 遭慘毒之禍. 今輪迴之苦, 反於其身, 公意如何?" 雱對吏云:
"告早結絕." 吏呵獄卒, 撾擊雱, 良久而滅, 吏亦不見. 安石幾失聲而哭,
以此感疾, 明年卒.   - 〈鸞鶴夢〉 599쪽

왕방이 병이 들어 갑자기 죽자 왕안석은 주야로 비통해한다. 그런데
왕안석의 꿈에 옛날에 알던 아전이 나타나 왕방이 있는 곳으로 왕안석
을 안내한다. 왕방은 옥졸들에게 묶여 수족을 못쓰고 유혈이 낭자한 채
로 신음소리를 내며 고통스러워 한다. 그러면서 왕안석에게 "상공의 자
제가 남의 부녀를 빼앗고자 하여 여집정을 부동하고 한씨집에 거짓 조

서를 내려 무죄한 사람을 참혹하게 화를 만나게 했다. 그래서 지금 윤
회의 고통이 왕방의 몸에 되돌아오니 공의 마음이 어떤가?" 하고 말하
며 난장으로 왕방을 때린다. 꿈에서 깬 왕안석은 방성대곡하고 이 일로
병이 들어 다음 해에 죽게 된다. 이 삽화는 왕방의 악행에 대한 징치를
보여주는 왕방의 사후 후일담이다.

　이 삽화의 내용은 『송사』에는 나타나지 않는다. 왕방이 죽은 이유는
주희가 쓴 『삼조명신언행록』의 〈왕안석편〉에 자세히 나온다. 이 기록
에 따르면 왕안석의 발탁을 받은 여혜경은 왕안석이 재상을 사직하고
금릉으로 내려가자 왕안석을 배반하였는데, 왕안석이 다시 재상이 되
고 화정(華亭)의 사건을 규명하기 위해 서희, 왕고, 건주보 등 세 사람
을 처리 담당자로 임명하면서 여혜경은 궁지에 몰리게 되었다. 그런데
연형보, 여가문과 등관이 내부에서 다투면서 여혜경의 계략이 통하게
되어, 사건이 왕안석의 아들인 왕방에게까지 파급되었다. 당시 왕방은
중병에 걸려있었는데 이에 대한 울분이 더해져 마침내 죽고 말았다[72]고
한다. 왕방이 죽은 후 왕안석은 슬픔을 떨치지 못하고 왕방이 중죄인처
럼 목에는 무거운 쇠칼을 한 채 손이 묶여 있는 환상을 보았으며, 왕안
석은 자신이 살고 있는 반산(半山)의 집과 정원을 절에 시주하고 왕방
의 명복을 빌어달라고 청하였다는 내용이 『삼조명신언행록』의 〈왕안
석편〉[73]에 나온다. 왕안석을 풍자하는 의화본 소설인 〈拗相公飮恨半山
堂〉은 『삼조명신언행록』의 〈왕안석편〉의 일부분을 참조하여 훨씬 구

---

72 이근명, 「주희 삼조명신언행록의 왕안석편」, 『왕안석 자료 역주』, 한국외국어대학교 출판
　　문화원, 2017, 359쪽.
73 이근명, 위의 책, 365~366쪽.

체적인 사건으로 소설화하고 있다. 〈拗相公飮恨半山堂〉에서는 왕방이 왕안석의 꿈에 나타나 신법을 시행하여 나라와 백성을 해친 죄를 자신 이 받는다고 괴로워하며 왕안석에게 경계하는 부분이 나온다.

〈난학몽〉이 『삼조명신언행록』의 〈왕안석편〉을 참조했는지, 의화본 소설인 〈拗相公飮恨半山堂〉을 직접적으로 참조했는지 정확하게 알 수 는 없다. 그러나 위의 〈난학몽〉의 왕방의 사후 후일담 삽화와 〈拗相公 飮恨半山堂〉의 유사한 점은 왕안석이 꿈을 꾸고 꿈속에서 왕방이 죄인 으로 벌을 받으면서 온몸에 피를 흘리고 고통스러워한다는 것이다. 차 이점은 〈난학몽〉에서는 왕방의 악행을 꾸짖고, 〈拗相公飮恨半山堂〉에 서는 왕안석의 악행을 꾸짖는다는 것이다. 아마도 〈난학몽〉의 이 삽화 는 『삼조명신언행록』의 〈왕안석편〉과 〈拗相公飮恨半山堂〉의 내용[74]을 변용하여 구성한 것으로 보인다. 무엇보다 〈난학몽〉에 이 삽화가 구성 되어 있는 것은 왕방의 악행에 대한 징치의 의미를 지닌다고 할 수 있 다. 왕방이 병이 들어 죽었다는 것만으로도 왕방의 악행이 중단되어 징 치된 것이라고 볼 수 있다. 그러나 사후에 왕방이 저승세계에서 벌을

---

74 형공은 눈물을 뚝뚝 흘리며 "방금 의식이 흐려졌을 때, 흐릿하게 마치 고관댁 모양과 같은 곳으로 끌려갔소. 그 집 문은 아직 닫혀 있었으며 우리 아들 왕방이 약 백근이나 되는 거대한 목칼을 메고 있었는데, 매우 힘에 겨워했으며 머리는 산발하고 그 얼굴은 더러우 며, 온몸에는 피가 흐르고 있었으며, 문밖에 서서 그 고통에 울면서 나에게 '아버지께서 고관의 지위에 오랫동안 계시면서 선행은 생각지 않고, 오로지 제멋대로 고집스럽게 청묘 법 등의 신법을 행하여, 나라와 백성을 해치고 있어, 저승에는 원한의 기운이 하늘에 충천 합니다. 불행히도 제가 먼저 죽게 되어 죄받음이 막중하니, 단을 설치하여 기도하는 것으 로 해결될 수 없습니다. 아버지께서는 마땅히 일찍 고개를 돌리셔서 부귀를 탐하심을 그만두셔야 합니다' 라고 호소하는 것이었소. 말이 아직 끝나지도 않았는데, 부(府)에서 문을 열고 큰 소리로 소리쳐 깨어 돌아왔소."라고 말하였다. (장영 편역, 〈拗相公飮恨半山 堂〉, 『삼언 20선 역주』, 송산출판사, 2011, 446쪽.)

받는다는 삽화를 다시 구성하여 소설화하는 것은 왕방과 관련된 송사
기록을 변용하여 〈난학몽〉에서 더욱 화음(禍淫)의 의미를 강화한 것이
라고 하겠다.

ⓑ 역사적 지식 재현의 삽화 구성

〈난학몽〉의 송사 차용에서 발견되는 또 하나의 소설화 양상은 송사
에 대한 지식을 재현하는 삽화들이 나타난다는 것이다. 송사를 차용하
거나 변용하여 메인 스토리와 관련 없는 송사의 인물과 일화를 보여주
고, 송대의 전통과 풍속을 떠올리게 하는 삽화가 그것이다.

한학선과 홍씨의 혼사장애담에는 홍씨의 오빠 충인이 개입된다. 계
모에게 내쫓긴 한학선은 우여곡절 끝에 홍태위의 집에 의탁하게 되고
홍씨와의 혼인을 준비하면서 세월을 보내고 있다. 그런데 홍태위가 갑
자기 병으로 죽자 홍태위의 장자 충인이 한학선의 한미한 집안과 처지
를 문제 삼으며 두 사람의 혼인을 반대한다. 홍씨가 자신의 뜻에 따르
지 않자 충인은 음식에 독을 넣어 한학선을 살해하려고 하고 한학선이
홍씨의 도움으로 홍태위의 집을 빠져나가자 충인은 비복을 보내 한학
선을 죽이려고 한다. 그러면서 동생 홍씨를 문벌 높고 부유한 가문에
시집 보내려고 한다.

> ⑦ 忠仁爲之求婚於僚友之家, 范公純仁素與忠仁友善, 而知其有妹, 至
> 是, 聞其賢淑, 爲其弟純義, 遣媒氏請婚, 忠仁許諾.〈中略〉忠仁旣定其妹
> 之婚, 謂趙夫人曰: "彼范家本淸白儉約之人也. 必不問資裝之厚薄, 母親
> 勿勞心力, 欲厚其齎賂, 華其衣裳." 夫人曰: "然. 婚姻論財, 夷虜之道, 安
> 有謹厚如范家, 而望其婚財之厚耶? 且聞國子監之娶婦, 聞其以羅爲幔,

以爲 '若持至吾家 當火於庭', 其淸廉如此, 而豈望財於吾家乎? 且 其門
楣高於韓家, 娘子賢於韓郞云, 是亦女兒之福也." － 〈鸞鶴夢〉522쪽

위의 예문에서는 충인이 범씨 가문과 혼인을 약속하고 그 어머니와
나누는 대화이다. 범씨가는 바로 범중엄(范仲淹)의 가문이다. 범중엄은
인종과 신종대 활약한 명재상으로 권세에 아부하거나 굴하지 않고 직
언하다가 세 번이나 귀양가는 수난을 당하였지만 평생 강직하고 청렴
하게 산 인물이다. 주희는 범중엄을 부귀, 빈천, 비방과 칭찬, 기쁨과
슬픔에 대해서도 조금도 마음을 동요하지 않고 개연히 천하에 뜻을 둔
유사 이래 최고의 인물[75]이라고 칭송하기도 하였다.

위의 예문에서는 역사적 사실과 허구가 결합되어 있다는 것을 알 수
있다. 범중엄의 아들 범순인이 홍씨의 현숙함을 듣고 아우 범순의와 홍
씨를 혼인시키려고 한다는 것은 허구이다. 송사에서 범중엄의 아들은
4명으로 순우(純祐), 순인(純仁), 순례(純禮), 순수(純粹)[76]라고 기록되
어 있다. 그런데 둘째 아들 순인이 아우인 순의의 짝으로 홍씨를 선택
한다고 했는데, 순의는 송사에는 없는 인물로 〈난학몽〉에서 허구적으
로 설정된 인물이다. 그러나 범중엄의 검소함과 소박함과 관련된 일화
는 역사적 사실이라고 할 수 있다. 평소 자식들에게 검소함과 소박함을
강조했던 범중엄은 범순인의 아내가 해온 비단 휘장을 보고 꾸짖고 태
워버리라고 했다는 일화는 널리 알려져 있다. 이 내용은 『송명신언행
록』〈범중엄 문정공〉에 나온다. 범중엄은 며느리가 친정에서 비단으로

---

75 주희 편, 「前集券之七」, 『宋名臣言行錄』, 국립중앙도서관 소장본 한 古朝57-416, 129쪽.
76 『송사』 권314 열전 제73, 〈범중엄〉 참조.

휘장을 만들어왔다는 말을 듣고 기뻐하지 않으며 "비단이 어찌 휘장을 만드는 물건이겠느냐? 내 집은 본디 청렴하고 검소한데 어찌 우리집 가법을 어지럽히려고 하느냐? 감히 그것을 우리집에 가지고 온다면 마땅히 뜰에서 태워버리겠다"[77]고 한 일화가 기록되어 있다. 〈난학몽〉의 충인과 조 부인은 이 일화를 언급하며 범씨가가 혼수의 후박을 문제 삼지 않는 청렴하고 검소한 집안임을 칭찬한다.

그런데 범중엄은 구법 세력에 속한 인물이지만 〈난학몽〉의 메인 스토리에서는 등장하지 않는 인물이다. 한학선과 홍씨의 혼인을 방해하기 위해 선택된 문벌가로 〈난학몽〉의 삽화 속에 처음 나올 뿐이다. 서사 맥락상 충인이 물색하는 문벌가가 굳이 범씨가일 필요는 없는 것이다. 충인이 한학선을 반대하는 이유는 한학선의 아버지 한언범이 직언하다 유배가고 집안이 한미해졌기 때문인데, 충인이 평생 강직함과 청렴함으로 살았던 범씨가를 선택한다는 것은 부유한 문벌가를 찾는 충인의 생각과는 맞지 않는다.

그렇다면 〈난학몽〉의 삽화에서는 한학선과 홍씨의 혼사장애담에서 범씨가와 범중엄의 일화를 되살리는 이유는 무엇일까? 그것은 바로 정태운이 알고 있는 송사에 대한 역사적 지식을 삽화에서 재현하고자 하기 때문이다. 〈난학몽〉에는 송대의 신법 세력들을 대표하는 역사적 인물로 오귀(五鬼), 왕안석, 여혜경, 왕방이 등장하고, 구법 세력들을 대표하는 역사적 인물은 서사 진행상 구체적인 서사적 행동을 하지 않지

---

[77] 公之子純仁 娶婦 將歸或傳 婦以羅爲帷幔者 公聞之不悅日 羅綺豈帷幔之物耶 吾家素淸儉 安得亂吾家法 敢持至吾家 當火於庭. (주희 편, 「前集券之七」, 『宋名臣言行錄』, 국립중앙도서관 소장본 한 古朝57-416, 123쪽.)

만 구준, 사마광, 소식, 부필, 한기 등이 언급되기도 한다. 범중엄은 송대를 대표하는 명재상이고 송대 역사를 이야기할 때 **빼놓을 수 없는** 인물이다. 송사를 변용하여 소설화하고 있는 〈난학몽〉에서 굳이 범중엄을 언급하는 이유는 정태운이 송사에 대한 이런 지식을 드러내고자 하기 때문일 것이다.

송사에 대한 역사적 지식을 재현하려는 의도는 한언범이 참여하는 기영회 모습을 서술하는 삽화에서도 발견된다. 〈난학몽〉의 기영회 모임은 한언범이 홍씨가 외간 남자와 상간했다는 것을 믿게 하는 계기가 된다. 한언범은 집안의 종부에게만 주는 계설향을 홍씨에게 주고 잘 간수하라고 한다. 기영회 모임에서 계설향을 전백중이 차고 있는 것을 보고 한언범은 홍씨가 진백중에게 계설향을 주고 간통했다고 믿어버린다. 기영회 모임은 한언범이 홍씨의 부정을 확신하는 계기로 서사의 핵심은 기영회 모임 자체에 있는 것이 아니라 그 모임에 참여한 전백중이 계설향을 차고 있는 것을 한언범이 목격하는 장면이다. 그런데 〈난학몽〉의 기영회 모임은 그 시작부터 매우 상세하게 공들여 서술되어 있다.

8 明日, 致仕諸公, 設宴於李滕公家, 遣人邀太傅. 太傅攝衣冠, 登車而詣, 寒暄畢, 各以年齒序坐, 最上位李滕公, 第二位尙書司封郞中席公汝言, 第三位朝議大夫王公尙恭, 第四位太常少卿趙公丙, 第五位秘書監劉公凡, 第六位衛州防禦使馮公行己, 第七位韓太傅, 第八位中奉大夫充天章閣待制提擧崇福宮楚公建中, 第九位司農少卿王公謹言, 第十位前端明殿學士兼翰林侍讀學士沈公思良, 第十一位陝西經略安撫使呂工景淸, 第十二位永康軍節度使守司空開府儀同三司知河東府吳公永, 第十三位太中大夫張公問. 〈中略〉所置之酒 則椒花竹葉之香, 所供之案, 則筍菜蒲菹之味. 斟酌無巡, 淺深無量, 酒氣半醺, 高談轉淸, 詩興豪放.

- 〈鸞鶴夢〉 575~576쪽

낙양 기영회는 앞부분에서도 나타난다. 위씨와 진백중이 홍씨를 해칠 계략을 모의하면서 전백중이 위씨에게 "낙양서 5~6년 이후로 벼슬을 사직한 사람들, 관직에서 물러난 늙은 재상들, 덕이 높고 나이가 많은 사람들이 기영회를 열어 술을 마시는데, 모일에 이태부집에 모여 술을 마신다(洛中自五六年以來, 掛冠解綬之人, 休官退老之相, 德邵齒高者, 設耆英會而燕飮, 某日會飮李太師家 (〈난학몽〉, 567쪽))"고 하면서 먼저 낙양 기영회를 소개한다. 그런 후에 기영회가 열리는 당일날 다시 기영회 모습을 설명하고 있는 것이다. 낙양(洛陽) 기영회(耆英會)는 〈난학몽〉에서 창조하는 허구적 모임은 아니다. 낙양 기영회는 『송사』, 〈문언박〉에서 유래하는 송대 재상들의 모임이다.

> ⑨ 부필과 사마광 등 13명과 더불어 백거이의 구로회(九老會) 고사를 빌려, 술을 준비하고 시부로 서로 즐기며, 관직 순이 아니라 나이 순서에 따라 자리를 정하고, 전각을 짓고 그 안의 모습을 그렸다. 이것을 일컬어 '낙양 기영회'라고 했다. 호사자들이 모두 그것을 부러워하였다.[78]

⑨의 송사의 내용을 참고해볼 때 ⑧의 예문은 문언박이 했던 낙양 기영회의 모습을 보다 구체적으로 재현한 것이라고 할 수 있다. 〈난학몽〉의 기영회에서도 참석자들은 전, 현직 관리들 13명이고, 이들은 관

---

[78] 與富弼、司馬光等十三人, 用白居易九老會故事, 置酒賦詩相樂, 序齒不序官, 爲堂, 繪像其中, 謂之 洛陽耆英會, 好事者莫不慕之. (『송사』 권313 열전 제72, 〈문언박〉)

직 순서로 자리에 앉지 않고 나이 순서대로 자리에 앉아 있다. 또한 13명의 벼슬과 이름이 나열되고 있고 이들은 술과 안주를 준비하여 시를 짓고 즐기는 것이다. 이런 모습은 송대 문언박이 시작했던 낙양 기영회의 모습을 참고하고 그대로 재현한 것이라고 할 수 있다. 『송사』〈문언박〉에서 서술된 낙양 기영회의 유래가 소략하다면 〈난학몽〉의 낙양 기영회 모습은 실제 잔치를 벌이고 있는 것처럼 구체적으로 서술되어 있다.

〈난학몽〉이 기영회 모임은 한언범이 홍씨와 전백중의 간통을 확인하여 홍씨를 태장하고 옥에 가두는 계기를 마련하는 사건이다. 이런 서사적 기능을 생각한다면 전백중이 계설향을 차고 그 계설향을 홍씨에게 받았다는 것을 한언범이 확인하는 것이 가장 중요한 대목일 것이다. 기영회의 모습은 간략하게 설명하고 전백중이 계설향을 차고 있는 장면으로 곧장 서술하는 것이 더 자연스러울 수 있는데, 이 삽화는 기영회 모습을 상세하게 서술하면서 사건 전개를 늦추고 있다. 이와 같이 〈난학몽〉에서 기영회 삽화에 공들이고 있는 것은 작자의 의도가 개입되어 있기 때문이다. 〈난학몽〉의 기영회를 재현한 삽화는 송대에 실제로 있었던 풍습을 제대로 재현하고자 하는 작자의 의도가 드러난 부분이라고 할 수 있다. 송대의 기영회는 양반들의 놀이 문화 중 하나로 송대에 지속되었으며, 고려시대와 조선시대에도 그 전통이 이어졌다[79]고 한다.

---

[79] 송대의 낙양 기영회는 고려 때에는 기로회(耆老會)라고 부르기도 하였다. 기로회는 고려 때 주로 관직에서 은퇴한 선비들의 모임으로 사적 모임의 성격이 강했다. 조선시대에는 기로소에 들어간 신하들을 위한 연회, 기로연의 의미로 쓰였는데 나이가 많은 임금이나 관직에서 물러난 70세가 넘는 정2품 이상의 문관들을 예우하기 위하여 국가에서 공식적으로 마련한 연회의 성격이 강했다. ("기로회", 〈조선왕조실록전문사전〉, https://waks.

이처럼 〈난학몽〉에서 상술되는 기영회 삽화는 정태운이 낙양 기영회라는 송대의 전통과 풍습을 제대로 알고 있고 이것을 〈난학몽〉에서 삽화로 재현함으로써 자신의 역사적 지식을 드러내는 노력이라고 할 수 있을 것이다.

(2) 〈난학몽〉의 송사(宋史)의 소설화 동인

① 정치, 사회적 현실 반영적 동인

앞에서 〈난학몽〉의 메인 스토리에서 송사(宋史)는 주인공들의 사직의 계기로 구성되거나 주인공의 고난을 심화하거나 약화시키는 외부적 요소로 구성되었다는 것을 살펴보았다. 북송의 인종대를 소설적 배경으로 하여 간신들의 득세로 현신들의 사직과 낙향이나 유배 가는 상황을 서사화하거나, 신종대와 철종대에서 펼쳐지는 구법당과 신법당의 대립과 갈등이라는 송사를 메인 스토리의 주인공의 고난과 연계하여 갈등 구조로 구성하는 것은 〈난학몽〉이 창작되었던 조선 후기의 현실과 송사의 상황이 유사하기 때문일 것이다.

〈난학몽〉에서 현신들은 간신들의 득세로 현실 정치에서 사직하고 낙향하여 현신들과 교류하고 연대하는 생활을 한다. 한언범과 이상서 등은 현신들의 추천으로 다시 조정에 들어가지만 왕안석과 같은 신법당의 정책에 반대하여 이에 대한 부당함을 임금에게 직언하다가 다시 유배를 가거나 고난을 당한다. 왕안석이 주장한 신법이 시행되자 많은 문제점과 폐단으로 백성의 생활이 어려워지자 구법당은 왕안석을 공격하

aks.ac.kr/rsh/dir/rview.aspx?rshID.)

고 임금에게 왕안석을 파직시키라고 상소하게 되고 왕안석과 신법당의 세력은 약화된다. 그런 과정에서 한언범의 아들 세대인 한학선과 한학년은 급제하여 조정에 나가고 벼슬을 하지만 여혜경과 왕안석을 위시한 신법당이 다시 득세하자 한학선과 한학년, 한씨가의 며느리 홍씨도 갖은 고난을 당한다. 이처럼 〈난학몽〉의 메인 스토리의 주인공들의 삶의 부침은 구법 세력과 신법 세력의 정쟁의 승패와 궤를 같이 하는 것이다.

이와 같이 〈난학몽〉이 북송대의 혼란한 정치적 갈등과 당쟁에 주목하고 이것을 〈난학몽〉의 메인 스토리의 뼈대로 구성하는 것은 조선 후기 오랫동안 지속된 당파간의 정쟁이라는 조선의 정치, 사회적 현실상과 매우 유사한 모습을 재현할 수 있기 때문일 것이다. 북송 인종대, 신종대, 철종대는 구법 세력과 신법 세력의 대립과 갈등으로 각 당파가 치열하게 정쟁한 시기였다. 신법 세력이 승하면 구법 세력은 조정에서 물러나거나 유배를 가고 구법 세력이 승하면 그 반대의 현상이 오랫동안 반복되었다. 〈난학몽〉이 창작된 조선 후기 역시 당쟁이 극심했고 그 폐해가 매우 심하였다. 선행 연구에 따르면 〈난학몽〉은 19세기 후반인 1871년경에 창작[80]되었다고 하는데, 이 시기는 붕당 정치가 막을 내리고 권력을 가진 가문이 정권을 장악하는 세도정치가 펼쳐지는 때이다. 그러나 영조가 붕당 정치의 폐해를 인식하고 각 당파에서 고루 인재를 등용하는 탕평책을 썼지만 정조대까지 시파와 벽파가 나뉘어 정쟁을 한 것처럼 붕당 정치는 쉽게 척결되지 않고 계속되었다.[81] 붕당

---

80 정창권, 앞의 논문 1쪽; 이병직, 앞의 논문, 129쪽.
81 정만조, 「영조대 중반의 정국과 탕평책의 재정립」, 『조선후기 탕평정치의 재조명』 하,

정치로 인해 국론은 분열되고 각 붕당은 자신이 속한 붕당의 이익만을 추구하기 위해 반대파를 정계에서 파직시키거나 유배 보내고 죽음으로 몰고 가기도 하였다. 이러한 붕당 정치로 인한 각 당파 간의 세력의 부침은 조선후기 정치의 고질적 폐해로 근 200년 이상 지속되었다. 붕당 정치로 인한 정쟁은 조선후기 정치, 사회의 고질적 병폐였고 정태운도 조선 후기 당쟁의 폐해가 극심했던 조선의 정치, 사회적 문제를 인식하였을 것이다. 북송대의 당쟁으로 점철된 역사는 조선후기 당쟁으로 국가와 가문, 개인의 삶이 고통받았던 조선후기의 정치, 사회적 현실과 유사한 프레임을 보여준다. 이 때문에 선행 연구에서도 북송대의 신구 세력간의 당쟁의 정치사가 조선 후기 당쟁의 정치사와 유사하기 때문에 〈난학몽〉이 송사를 차용하였다[82]는 지적을 하고 있는 것이다.

〈난학몽〉의 메인 스토리에서 주인공들의 사직의 계기로 송사를 활용하고, 주인공들의 고난의 심화와 약화와 관련되도록 송사를 활용하는 것은 송사로써 정치, 사회적 문제를 반영하고 현실의 모습을 보여주기 위한 작자의 의도가 개입된 것이다. 이것은 송사라는 과거의 역사와 현실의 역사가 유사하다는 작자의 현실 인식에서 촉발되는 현실 반영적 동인이 작동한 것이다. 송사가 조선후기의 정치, 사회적 현실을 반영할 수 있기 때문에 송나라 인종대와 신종대, 철종대의 역사가 선택되고 〈난학몽〉의 소설적 구성으로 변용되는 것이다. 여기서 우리는 과거의 역사적 사건과 사실은 소설에서 다양하게 허구화될 수 있지만 현실의

태학사, 2011, 92~94쪽; 최성환, 「정조의 의리탕평과 노론 벽파의 대응」, 『조선후기 탕평 정치의 재조명』 하, 태학사, 2011, 382~384쪽.
82 김경미, 앞의 논문, 601쪽; 정창권 앞의 논문, 35쪽; 이병직 앞의 논문, 139쪽.

정치, 사회적 맥락과 가장 유사한 역사적 사건과 사실이 선택된다는 것을 알게 된다. 송사의 구법당과 신법당의 정쟁은 결국 조선후기 현실의 정쟁과 폐해를 반영하고 우의화하려는 의도에서 정태운이 선택한 현실의 정치, 사회적 상황에 가장 근접한 역사 선택이라고 하겠다. 〈난학몽〉에는 현실의 정치, 사회적 상황을 반영하려는 이와 같은 현실 반영적 동인이 무엇보다 강하게 작용하고 있는 것이다.

② 소설 흥미 강화를 위한 유희적 동인

〈난학몽〉의 메인 스토리에서 활용되는 송사를 살펴볼 때 또 하나 지적할 수 있는 것은 송사를 소설적으로 흥미롭게 변용하는 부분이 나타난다는 것이다. 〈난학몽〉의 소설적 흥미를 높이기 위해 송사를 활용하고 변용하게 되는데 이것은 역사를 소설화하는 과정에서 작용하는 소설 흥미 강화를 위한 유희적 동인에 의한 것이다. 〈난학몽〉에는 구법당과 신법당의 대립과 갈등이라는 송사에서 역사적 인물과 사건을 수용하되 허구적 상상력으로 소설적 변용을 가하는 부분이 발견된다. 바로 송사에는 존재하지 않는 새로운 인물을 만들어 송사를 변용하는 것이다. 그 대표적 인물이 전반부의 반동 인물인 왕충과 그의 아들 왕의영이다.

왕충과 왕의영은 부자지간으로 한씨 가문의 내부 갈등 유발자인 최씨와 연대하는 인물이다. 〈난학몽〉에서 왕충은 인종 때부터 득세했던 간신 무리인 오귀(五鬼) 중 한 명으로 설정된다. 앞에서도 지적했듯이 송대 세간에서 말하는 오귀는 진팽연, 정위, 임특, 유승규, 왕흠약인데 〈난학몽〉에서는 왕흠약 대신 왕충을 오귀로 설정하고 왕충은 〈난학몽〉의 주인공 난선에게 고난을 가하는 인물로 기능한다. 그런데 왕충은 단독으로 악행을 저지르는 것이 아니라 자신의 아들 왕의영과 함께 난선을 자기의 며느리로 삼기 위해 두 번의 계략을 꾸민다.

첫 번째 계략은 최부인을 꾀어 난선을 속이고 왕충의 집으로 데려와 왕의영이 난선과 동침하도록 하는 것이다. 왕충은 아들을 위해 신방을 꾸미고 왕의영은 밤이 되자 난선과 동침할 기대를 잔뜩 하고 신방에 들어간다. 그러나 난선은 자신이 속은 것을 알고 청양의 도움으로 왕충의 집을 빠져나온다. 이 사실을 모르는 왕의영은 신부를 지키기 위해 신부방에 들어가 자고 있던 누이 채봉을 난선으로 착각하여 갖은 수작을 한다. 왕의영은 난선과 동침한다는 기쁨으로 밀어를 속삭이고 잠자는 누이 채봉의 머리를 만지기도 하고, 발과 무릎을 더듬으며 애무를 한다. 채봉이 뒤척이며 다리를 들어 왕의영의 가슴을 차 왕의영은 뒤로 나자빠지고 뒤이어 잠에서 깬 채봉을 보고 놀라는 장면은 매우 해학적으로 제시되어 있다. 〈난학몽〉은 인물 간의 대화에서도 해학과 농담이 많지 않으며, 사건에서도 해학적인 장면이 별로 많지 않은데, 난선의 고난 장면인 이 부분은 매우 해학적으로 서술되어 있다.

왕충과 왕의영은 난선을 이상서 집에 빼앗긴 것을 절치부심하면서 두 번째 계략을 짜는데 난선의 남편 이학사와 시아버지 이상서를 옥에 가두고 난선을 다시 빼앗으려고 하는 것이다. 왕충은 문인 차간을 매수하여 이학사가 임금의 베개인 유선침을 훔쳐 집에 숨겨두었다고 상소하게 하여 이학사를 옥에 가둔다. 또한 이상서가 임금을 배반하고 왕이 되려고 한다는 붉은 글씨를 적어 솔개 꼬리에 묶어 대궐에 보내 이상서를 모반의 죄로 얽어 옥에 가둔다. 그리고는 임금의 조서를 위조하여 난선은 왕의영에게 돌아가라는 명령을 내린다. 왕충이 꾸미는 이와 같은 계략은 난선의 고난을 가중시켜 서사적 긴장과 재미를 부여한다. 난

선은 임금에게 왕충의 과거 죄와 현재 계략을 상소하자 임금은 조칙이
위조된 것을 알고 어사 한임에게 사실 관계를 파악하라고 지시한다. 한
임은 이 사건의 전말을 제대로 파악하지 못하고 고민하고 있다가 수레
인 초헌이 문지방에 부딪쳐 깨지는 꿈을 꾼 후 초헌이라는 글자를 파자
(破子)하는 데서 힌트를 얻어 차간이라는 사람이 일을 꾸며 이번 사건
을 만들었다는 추리를 하게 된다. 한임이 차간을 잡아들여 이실직고하
게 하고 왕충과 왕의영의 죄상을 낱낱이 밝히는 과정이 매우 흥미롭게
서술되어 있다.

〈난학몽〉의 왕충과 왕의영은 송사에서 존재하지 않는 인물이다. 〈난
학몽〉 전, 후반부에서 왕안석은 구법당 인물들의 사직, 고난 등을 야기
하는 인물로 설정되어 있지만 왕안석이 구체적인 행동으로 주인공들에
게 고난을 가하지는 않는다. 왕안석은 신법당의 상징적인 인물로 그려
지고 〈난학몽〉의 구체적인 갈등은 전반부는 왕충과 왕의영에 의해 추
동되고 후반부에서는 여혜경과 왕방에 의해 추동된다. 그러므로 〈난학
몽〉은 신법 세력의 대표적인 인물은 송사에서 그대로 수용하고 새로운
인물을 창조하여 메인 스토리의 갈등을 최고조로 만들고 그 갈등 속에
서 웃음과 재미를 선사하는 방안을 모색한다. 이것은 허구적 소설의 흥
미를 강화하기 위해 송사의 인물이나 사건을 변용하고자 하는 유희적
동인이 만들어낸 허구적 상상력의 일단이라고 할 수 있다. 〈난학몽〉의
메인 스토리의 서사를 추동하고 흥미롭게 하기 위해 왕충과 왕의영 같
은 인물을 창조하는 것이다. 그러므로 소설을 보다 흥미롭게 하기 위해
서는 익숙한 송사를 새롭게 변용하려는 시도가 필연적이라고 할 것이
다. 그러나 〈난학몽〉에는 전반부에만 왕충, 왕의영 같은 인물이 창조되
고 후반부에는 새로운 인물형이 창조되지 않는다. 소설 유희적 동인이

〈난학몽〉 전체에 편재해 있지 않기 때문에 〈난학몽〉은 송사를 흥미적
으로 대폭 변용한 소설은 아니라는 것을 알 수 있다. 〈난학몽〉은 소설
적 흥미의 관점에서 송사를 활용하기보다는 송사의 역사적 사실성에
무게를 두고 역사의 소설화에 치중하고 있는 작품이라고 할 수 있을
것이다.

③ 복선화음의 유교 윤리적 동인

〈난학몽〉에서는 복선화음의 의미를 재현하기 위해서 송사의 일부분
을 변용하거나 송사에 기록되지 않은 인물을 구성하여 삽화로 구성하
기도 하였다. 앞에서 복선(福善)의 의미를 재현하기 위해서 한언범의
가계를 서술하면서 후주 한통 부자와 그 부인의 충절과 송 태조의 포증
(褒贈)의 삽화를 구성하고, 사마광의 조카 사마겸에게 난선의 시비 계
월을 별실로 시집보내는 삽화를 구성하고 있다는 것을 살펴보았다. 또
한 화음(禍淫)의 의미를 재현하기 위해서 왕방의 사후 후일담을 삽화로
구성하고 있다는 것을 분석하였다.

이와 같이 〈난학몽〉에서 송사를 활용하여 복선화음의 의미를 재현하
는 삽화로 활용하는 기저에는 유교 윤리적 관점에서 송사를 선택하고
변형하는 유교 윤리적 동인이 작용한다는 것을 알 수 있다. 선한 행동
을 하는 사람은 복을 받고 악한 행동을 하는 사람은 재앙을 내린다는
유교적 윤리의식이 역사를 읽을 때도 작용하고 역사를 소설의 구성으
로 취사선택할 때도 작용하는 것이다. 그러므로 복선화음의 유교 윤리
적 인식은 〈난학몽〉에서 송사를 소설화하는 필터가 된다 하겠다.

〈난학몽〉 서두에는 복선화음에 대한 인식이 잘 나타나 있다. 〈난학
몽〉은 "선을 쌓은 집안은 반드시 남는 경사가 있다. 자식이 직분을 다

하여 공경하고, 신하가 절개를 지극히 하며, 부인이 공경함을 다하면 선의 도리를 닦는 것이다. 이런 까닭에 충효하는 후손은 하늘로부터 복을 받을 것이고, 도리에 어긋나는 사람은 하늘에서 재앙을 내릴 것이니 선악감응의 도리는 어찌 속일 수 있는가?"[83]라고 밝히고 있다. 이러한 서두는 〈난학몽〉이 '적선지가(積善之家) 필유여경(必有餘慶)'과 '복선화음(福善禍淫)'의 유교적 가치에 기반하여 창작된 작품이라는 작가의 창작의도를 알 수 있게 한다.

〈난학몽〉의 후기에도 이러한 인식이 풍부하게 기술되어 있다. 정창권이 지적한 것처럼 〈난학몽〉의 후기는 소설이라는 허구적 장치를 통해 유가이념을 매우 효율적으로 구현[84]하고 있다. 이것은 19세기 후반기 조선의 대내외적 국가 위기가 불러일으킨 소설적 응전이라고 할 수 있다. 19세기 문학 작품에는 기존 유가이념인 충효열에 대한 경직적이고 교조적인 반응이 많이 나타나는 것을 발견할 수 있는데 〈난학몽〉도 이러한 체제 위기에 대한 일종의 문학적 대응으로 유가이념을 강화하는 반응을 보인다는 정창권의 지적[85]은 매우 적절하다고 생각된다.

〈난학몽〉은 작품의 서두, 후기에서부터 복선화음과 인과응보가 잘 드러나 있을 뿐만 아니라 작품 구성에서도 이 점은 분명하게 나타난다. 한씨가의 계모 최씨는 회과하여 한씨 가문에 영입되지만 최씨의 시비들은 모두 죽거나 벌을 받고, 위씨와 그의 간부 전백중도 죽임을 당한다. 송사와 관련된 인물인 왕충과 왕의영, 왕안석, 왕방, 여혜경도

---

83 積善之家, 必有餘慶, 子恭其職, 臣致其節, 婦盡其敬, 修善之道也. 是故 忠孝之裔, 天賚以福, 悖逆之人, 天降以殃, 善惡感應之理, 豈可誣哉? (〈鸞鶴夢〉, 434쪽.)

84 정창권, 앞의 논문, 10쪽.

85 정창권, 앞의 논문, 63~64쪽.

모두 죽거나 유배를 가는 결구로 화음(禍淫)의 주제를 드러낸다. 또한 시은과 보은의 구조를 구성하여 복선(福善)의 주제를 구체화시키기도 한다. 이런 점에서 〈난학몽〉에서 송사를 활용하여 삽화를 구성할 때도 복선화음이라는 유교적 윤리인식에 견인되는 것은 자연스러운 일일 것이다.

그러나 이 점은 〈난학몽〉의 송사 소설화 양상에서 다시 생각해볼 수 있는 지점일 수 있다. 역사를 차용하여 소설로 재구성할 때 다양한 서사 동인이 작용할 수 있다. 앞서 살펴본 정치, 사회상의 현실 반영적 동인, 소설 흥미 강화를 위한 유희적 동인, 복선화음의 유교 윤리적 동인 등이 작용할 수 있지만 이 중에서 〈난학몽〉은 어떤 동인보다 복선화음의 유교적 윤리 동인이 강하게 작용한다 하겠다. 이것은 작자 정태운이 역사와 소설을 바라보는 기준일 수 있을 것이다. 복선화음의 유교 윤리적 동인은 〈난학몽〉의 전체적인 창작의도와 궤를 같이 하고 송사를 변용하여 복선화음을 재현하는 삽화를 구성하도록 하는 근원적 요소가 된다. 이것은 〈난학몽〉의 한계로 지적되는 부분이기는 하지만 한편으로는 급변하는 시대에 대응하기 위해서는 전통적 유교 윤리를 더욱 단단히 하는 것이 필요하다는 또 다른 현실 인식이 작용한 것이라고 할 수 있다. 한미한 양반이지만 정태운은 유교 체제에 대한 열망이 누구보다 강했다고 할 수 있다. 역사를 소설화할 때 유교 윤리적 동인에 의해 많은 삽화를 구성할수록 소설은 유교적 인식을 담고 지배이념을 강화하는 보수적 문학이 되기도 한다. 그러나 복선화음의 유교 윤리적 동인에 의해 견인되어 송사를 소설화했기에 〈난학몽〉은 유교적 가치관이 흔들리던 19세기에도 유교적 가치관을 견고히 하는 전통적 소설로 평가받을 수 있었던 것이다. 당대의 급격한 사회 변화 속에서 정태운이 역사를 소설 속에 소환한 가장 근원적 이유는 바로 여기에 있는 것이다.

④ 지식 재현의 서사 동인

마지막으로 〈난학몽〉에서는 역사적 지식을 재현하기 위해 마련된 삽화도 있다는 것을 알 수 있었다. 홍씨의 새로운 혼처로 언급되는 범씨가와 그와 관련된 범중엄 일화, 한언범이 참석하는 낙양 기영회 삽화는 정태운이 가지고 있는 송사에 대한 지식을 〈난학몽〉에 한껏 펼치고자 구성된 서사 요소라고 할 수 있다. 메인 스토리의 서사 진행을 자연스럽게 하고 빠르게 하기 위해서는 이 삽화들은 간략하게 서술하거나 다른 내용으로 교체해도 무방하다. 그러나 송사를 변용하여 이런 삽화를 〈난학몽〉에 구성하는 기저에는 작자 정태운이 잘 알고 있는 송사에 대한 지식을 드러내고자 하는 지식 재현의 서사 동인이 내재해 있기 때문이다.

정태운의 생애를 살펴보면 정태운은 사대부 가문의 후손이었으나 조부 때부터 정치적으로 배제되어 정태운의 가문은 명맥은 양반이지만 현실적으로 몰락한 상태[86]였다. 〈난학몽〉은 정태운이 50세 이전 강화도에 살 때 지었다고 추정되는데, 강화도에서의 정태운의 삶은 수학과 칩거로 이루어졌다[87]고 한다. 〈난학몽〉이 창작되었던 시기 강화도의 삶에서 정태운이 어떤 것을 읽고 수학했는지는 구체적으로 밝혀진 것은 없지만 『송사』를 비롯한 중국의 역사, 경서, 시부 등 많은 독서와 공부를 하고 그 지식을 체내화했을 것이라는 점을 추측할 수 있다. 〈난학

---

86 정창권, 앞의 논문, 6쪽.
87 정창권, 앞의 논문, 8쪽.

몽〉에서도 확인되는 것처럼 정태운은『송사』를 비롯하여 많은 책을 열독했을 것이고 이러한 지식을 근간으로 소설의 사건과 인물로 구성하고 창작하는 능력까지 갖추게 되었을 것이다.

〈난학몽〉에서 송사의 소설화를 가능하게 한 기반이 된 선행 텍스트는『송사』「열전」중 〈왕안석〉, 〈왕흠약〉, 〈당열개〉, 〈손고〉, 〈여회〉, 〈정협〉, 〈문언박〉과『송사』「본기제일」인 〈태조〉, 「열전」의 〈주삼신〉 등이다. 또한 주희의『삼조명신언행록』의 〈왕안석편〉,『송명신언행록』의 〈범중엄 문정공〉 등과 의화본 소설 〈요상공음한반산당〉 등도 〈난학몽〉을 창작하는 데 영향을 준 텍스트라고 할 수 있다. 무엇보다 정태운은 〈난학몽〉을 창작할 때『송사』의 「열전」에 탐독하였고 「열전」에서 서술되는 인물에 대한 내용을 숙지했다고 볼 수 있다. 또한 주희가 여러 자료를 취합하여 엮은 송대 명신들의 일화집인『삼조명신언행록』, 『송명신언행록』과 왕안석의 신법 시행을 풍자한 소설 〈요상공음한반산당〉도 참고해서 읽었을 것이다. 송사에서 얻은 지식을 갈무리하고 이와 연계되는 송사와 관련된 지식을 더하여 정태운은 〈난학몽〉을 창작할 때 인물, 사건, 배경 등 적재적소에서 이를 활용하고 있는 것이다.

이렇게 볼 때 정태운은 송사에 대한 풍부한 지식과 식견을 가지고 있었고 이러한 송사에 대한 지식과 식견은 〈난학몽〉 창작의 자양분이 되었을 것이다. 이런 점에서 〈난학몽〉의 창작은 한미하게 살고 있는 몰락한 양반인 정태운이 송사를 이용하여 자신의 지식과 식견을 드러낼 수 있는 표현의 장이 되었을 것이다. 현실적으로는 권세나 부를 가지고 있지는 못하지만 자신이 가지고 있는 송사에 대한 지식을 〈난학몽〉에서 마음껏 과시하고 드러냄으로써 정태운은 〈난학몽〉 창작으로 지적 자기만족을 얻었을 가능성이 높다.

결국 작자 정태운은 자신이 알고 있는 송사에 대한 지식을 〈난학몽〉에서 재현함으로써 낙척한 현실의 삶에서 가지지 못했던 지식 표현과 지식 과시의 기회를 얻을 수 있었다. 자신이 알고 있는 역사적 지식을 재현하고자 구성한 삽화는 작자의 지적 취향과 관심사를 표현하고자 하는 지식 재현의 서사 동인이 〈난학몽〉의 송사 변용의 또 다른 서사 구성이다. 그러나 이것은 작자 정태운의 개인적 삶의 조건에서 만들어지는 소설 구성으로, 역사를 소설화하는 소설에서 흔히 발견되는 일반적 소설화 동인은 아니다. 그러므로 〈난학몽〉에서 메인 스토리의 진행과 관련 없는 송사의 인물, 전통과 풍습을 재현하는 삽화는 작자 정태운의 지적 관심사와 기호에 따라 고안된 소설 구성이라고 할 수 있다.

5. 고전소설의 송사(宋史)의 소설적 재현의 특징과 의미

본 장에서는 인종의 곽황후 폐위와 구법당과 신법당의 정쟁이라는 송사(宋史)가 고전소설에 구성되는 방식과 소설화 동인에 대해 살펴보았다.

인종의 곽황후 폐위 사건은 국문장편소설인 〈소현성록〉, 〈현몽쌍룡기〉, 〈조씨삼대록〉의 부차적 스토리인 삽화 차원에서 소설화된다. 인종의 곽황후 폐위 사건은 『송사』와 『송감』의 보급과 함께 황후의 투기와 폐위, 가장의 처첩에 대한 공평한 대우와 임금의 간신과 충신의 올바른 기용과 같은 문제를 생각할 수 있는 역사적 사건이기 때문에 조선시대에 널리 회자되었다. 국문장편소설은 가정과 국가에서 일어나는 다양한 갈등과 대립을 핵심적 사건으로 서사를 추동해가는데 가정에서 일어나는 갈등과 대립은 대부분 처첩간에 일어나고 국가에서 일어나는 갈등과 대립은 간신과 충신 간에 일어나는 것이라는 점에서 곽황후 폐위 사건은 국문장편소설의 내용과 유사한 점이 많은 사건이었다.

〈소현성록〉에서는 투기와 부덕(婦德)을 대조적으로 재현하기 위해 곽황후 폐위 사건을 소설화한다. 〈소현성록〉이 견지하고 있는 여성 교화적 태도가 역사의 다른 내용은 소거한 채 곽황후 폐위 사건에서 곽황후의 투기와 징치의 역사를 모방한 후 곽황후의 투기와 허구적 인물 소황후의 부덕을 대조하는 방식으로 〈소현성록〉의 곽황후와 소황후의 서사를 구성하는 것이다. 여기에는 투기를 제어하고 부덕을 강조하는 유교 윤리적 동인이 강하게 개입되어 있다.

〈조씨삼대록〉은 역사의 곽황후 폐위 사건을 부분적으로 변개하여 어리석은 가부장을 재현하는 방식으로 곽황후 폐위 사건을 소설화한다. 암혼한 가부장과 임금에 대한 비판적 동인은 역사적 인물 인종보다 〈조씨삼대록〉의 인종을 더욱 어리석은 가부장의 모습으로 재현하는 역사 프레임을 만들고 남편의 올바른 제가와 임금의 올바른 치세의 자세를 강조하고 있는 것이다.

한편으로 〈현몽쌍룡기〉와 〈조씨삼대록〉에서는 곽황후 폐위 사건을 가장 적극적으로 변형시킨 아내의 남편 구타담을 만들어 현실의 전도된 부부상을 재현하는 서사를 구성하기도 한다. 이러한 아내의 남편 구타담은 여성의 내면적 욕구와 감정을 분출하기 위한 서사 동인이 개입된 것으로 이것은 곽황후 폐위 사건을 적극적으로 비틀기한 것이다. 이것은 역사를 가장 적극적으로 변형하고 허구화하는 방식이다.

구법당과 신법당의 정쟁은 〈옥원재합기연〉과 〈난학몽〉에서 메인 스토리와 삽화의 차원에서 소설화된다. 구법당과 신법당의 정쟁은 『송사』

와 『송감』, 『송명신언행록』과 같은 역사서를 통해 조선에 널리 알려진 역사적 사건이었고 〈옥원재합기연〉과 〈난학몽〉에서는 구법당과 신법 당의 갈등 상황과 역사적 인물을 차용하여 허구적 사건과 인물로 소설 화하고 있다.

〈옥원재합기연〉에서 구법당과 신법당의 정쟁은 메인 스토리와 삽화 차원에서 주인공의 고난과 이합의 서사 구성, 군자와 소인이 연대하는 서사 구성, 사제 관계와 인척 관계를 재현하는 삽화 구성으로 변형되어 소설화된다.

〈옥원재합기연〉에서는 신법당의 득세에 따라 구법당은 고난을 당하 고 약세를 면치 못하는 역사적 사건과 궤를 같이하여 주인공 소세경과 이현영의 고난과 이합의 서사 구성을 만든다. 신법당에 의해 구법당이 약세에 몰리는 정쟁 속에 주인공의 삶이 맞물리게 함으로써 주인공의 고난과 이합의 상황은 심각하게 구성된다. 이것은 남녀 주인공의 고난 의 점진적 연쇄와 이합의 서사 구성을 통해 소설적 긴장을 쌓아올리고 흥미를 유발하기 위해 송사를 선택하고 변형하는 유희적 동인이 작동 한 것이다.

〈옥원재합기연〉에서 주인공 소세경은 구법당의 일원이고 반동인물 인 왕안석과 그의 일파는 신법당인데 이들이 결속하고 연대하는 서사 를 교직하여 구법당과 신법당이 팽팽하게 맞서다 구법당이 승리하는 결말을 구성한다. 여기에는 주인공은 군자이고 선인이며, 유교적 가치 를 실현하는 주체이고, 반동인물은 소인이고 악인이며, 유교적 가치를 위배하는 주체라는 유교 윤리적 동인이 개입되어 있다. 이것은 송사의 구법당과 신법당의 정쟁을 바라보았던 당시 조선인의 역사 인식과 유 사한 것으로 구법당은 군자로 보고 신법당은 소인으로 보고 군자와 선의 가치가 소인과 악의 가치보다 우위에 있다는 것을 드러내는 것이다.

또한 〈옥원재합기연〉은 삽화적 차원에서도 구법당 인물끼리 사제 관계, 교유 관계, 인척 관계를 맺는 것으로 구성하고 있다. 이러한 삽화는 송대의 사회상과 풍속을 재현하는 서사 동인에 의해 만들어진 것으로 소설 속에 북송대의 사회적 분위기를 배경화하는 효과를 발휘한다. 이 것은 〈옥원재합기연〉의 시공간적 배경을 더욱 그럴 듯하게 만들어 〈옥원재합기연〉의 소설적 개연성을 높이는 역할을 한다. 이것은 송사를 유사하게 모방하여 소설화하는 것이다.

〈난학몽〉에서도 구법당과 신법당의 정쟁은 핵심 구성인 메인 스토리와 생략 가능한 서사 구성인 삽화적 차원에서 소설화되고 있다.

먼저 〈난학몽〉의 메인 스토리에서 구법당과 신법당의 정쟁은 주인공의 사직과 고난의 심화 그리고 약화의 계기로 소설화된다. 〈난학몽〉의 삽화에서는 구법당과 신법당의 정쟁은 복선화음을 재현하고 역사적 지식을 재현하는 구성으로 소설화된다. 〈난학몽〉의 경우도 구법당과 신법당의 정쟁이라는 역사를 유사하게 모방하기도 하고 역사를 부분적으로 변개하는 방식으로 소설화한다. 사직과 고난의 서사 구성과 복선화음 재현의 삽화 구성은 역사를 부분적으로 변개한 것이고, 역사적 지식 재현의 삽화 구성은 역사를 유사하게 모방한 것이다.

〈난학몽〉의 메인 스토리와 삽화에서 이와 같이 송사를 변용하여 소설화하는 기저에는 당대의 정치, 사회적 현실을 반영하고자 하는 현실 반영적 동인, 소설 장르가 근원적으로 추구하는 흥미를 강화하기 위한 유희적 동인, 복선화음과 같은 가치를 강화하는 유교 윤리적 동인, 자기 지식을 과시하고 나타내고자 하는 지식 재현적 서사 동인이 작용하고 있다. 이 네 가지 소설화 동인이 〈난학몽〉에서 송사를 변용시키고 소설화하는 동기가 된다 하겠다.

작품에 따라 4가지 소설화 동인이 다른 양상으로 드러날 수도 있는데 〈난학몽〉에서는 특히 정치 사회상의 현실 반영적 동인, 복선화음의 유교 윤리적 동인이 가장 강하게 작용한다. 이것은 〈난학몽〉의 작자 정태운이 현실 정치와 사회적 상황에 대한 관심이 높고, 유교 체제 유지에 대한 열망이 강하다는 것을 보여주는 것이다. 작가 정태운은 현실의 정치, 사회적 문제를 반영하기 위해, 약화되고 흔들리는 유교의식을 강화하기 위해 역사를 소설화하는 창작 방식을 고안해냈다. 이것은 작가 정태운이 이룩한 역사를 소설화하는 방식이라고 할 수 있을 것이다.

결국 『송사』와 『송감』의 인종의 곽황후 폐위 사건은 조선시대 여성의 투기의 문제와 가부장의 문제를 전면에 내세울 수 있는 역사적 질료이기에 고전소설에서 선택되었다. 인종의 곽황후 폐위 사건에서 곽황후의 투기를 비판적으로 본다면 〈소현성록〉과 같은 투기를 규제하고 부덕(婦德)을 강조하는 서사를 구성하게 되고, 가부장으로서의 인종의 어리석음을 비판적으로 본다면 〈조씨삼대록〉과 〈현몽쌍룡기〉의 암혼한 가부장을 재현하는 서사와 현실과 다른 전도된 부부상을 재현하는 서사를 구성하게 되는 것이다.

구법당과 신법당의 정쟁이 고전소설에서 소설화될 때도 군자와 소인의 대립과 갈등의 문제를 전면에 내세우며 이와 관련된 서사 구성을 착안해낸다. 구법당을 군자와 충신으로 인식하고, 신법당을 소인과 간신으로 바라보았던 당대의 역사적 인식이 〈옥원재합기연〉과 〈난학몽〉의 이와 같은 서사를 구성하게 하는 것이다.

인종의 곽황후 폐위, 구법당과 신법당의 정쟁이라는 역사적 질료를 소설화할 때는 역사를 해석하는 작가의 인식과 시각이 일차적으로 개입하고 역사 텍스트를 그대로 모방할 것인가, 부분적으로 변개할 것인가, 완전히 변형할 것인가에 따라 역사를 유사하게 모방하기, 역사를 부분적으로 변개하기, 역사를 완전히 비틀기 하기 같은 방식으로 역사의 허구화를 시도하게 되는 것이다. 인종의 곽황후 폐위 사건을 소설화하는 고전소설은 역사를 유사하게 모방하기, 역사를 부분적으로 변개하기, 역사를 완전히 비틀기하기의 방식을 활용하지만 구법당과 신법당의 정쟁을 소설화하는 고전소설은 역사를 유사하게 모방하기, 역사를 부분적으로 변개하기 방식으로 역사를 허구화하고 있는 것이다.

제 4 장

고전소설의 '명사(明史)'의
소설화 방식과 동인

1. 고전소설에서 반복되는 명사(明史)의 서사 프레임

일군의 고전소설에서는 명사(明史)의 사건과 인물을 활용하여 소설화하는 경향성을 찾아볼 수 있다. 고전소설에서는 명사의 사건과 인물을 재구성할 때 반복적인 양상이 포착되는데 명사의 역사적 사건 중 정난지변(靖難之變)과 명사의 인물 중 만귀비(萬貴妃)와 엄숭(嚴嵩)이 대표적이다.

정난지변은 명(明)나라 초기에 황위계승을 둘러싸고 일어났던 내란으로 태조의 넷째 아들 연왕이 반란을 일으켜 조카인 건문제를 제거하고 황위에 올라 명나라 세 번째 황제인 영락제가 되는 사건이다. 정난지변을 소설의 사건으로 서사화하는 고전소설은 〈성현공숙렬기〉, 〈옥호빙심〉, 〈삼강명행록〉, 〈쌍천기봉〉, 〈쌍렬옥소록〉, 〈임화정연〉, 〈육염기〉 등이다. 그런데 정난지변의 소설화 양상과 의미 등은 꽤 많은 연구[1]가 진행되었다. 고전소설에서 연왕의 정난지변은 황위에 올라 새롭게 시작하는 연왕이 주인공을 벼슬길에 부르는 계기가 되어 주인공이 출사하게 하거나 반대로 출사를 거절해서 생기는 문제를 서사화하기도 한다. 고전소설에서 정난지변은 부분적인 사건으로 구성되는 경우도 있고 한편으로 중요한 사건으로 서사화되면서 출사의 문제, 윤리적 문제를 제기하는 양상을 띤다고 논의[2]되었다. 기존 연구에서 고전소설의 정난지변의 수용 양상과 의미 등은 충분히 논의되었기 때문에 본 장에서는 명사의 정난지변의 소설화는 다시 다루지 않겠다.

----

1 박영희, 「長篇家門小說의 明史 수용과 의미 -정난지변을 중심으로」, 『한국고전연구』 6, 한국고전연구학회, 2000; 조광국, 「고전소설에서의 사적 모델링, 서술의식 및 서사구조의 관련양상-「옥호빙심」, 「쌍렬옥소삼봉」, 「성현공숙렬기」, 「쌍천기봉」을 중심으로-」, 『한국문화』 28, 서울대 규장각 한국학연구원, 2001; 최윤희, 「〈육염기〉 연구」, 『고소설연구』 19, 한국고소설학회, 2005; 박영희, 「〈쌍렬옥소삼봉〉의 중국 역사 수용」, 『새국어교육』 82, 한국국어교육학회, 2009; 이현주, 「〈성현공숙렬기〉 역사수용의 특징과 그 의미」, 『동아인문학』 30, 동아인문학회, 2015; 김동욱, 「고전소설의 정난지변(靖難之變) 수용 양상과 그 의미」, 『고소설연구』 41, 한국고소설학회, 2016; 김서윤, 「〈쌍녈옥소록〉의 정난지변 서술시각과 그 시대적 의미」, 『고전문학연구』 50, 한국고전문학회, 2016.

2 박영희는 〈성현공숙렬기〉, 〈쌍천기봉〉, 〈임화정연〉은 연왕의 제위찬탈 사건을 제시하지만 이 작품들의 관심의 초점은 연왕의 행적에 있지 않기 때문에 정난지변을 주인공의 출사과정을 다루는 소재로 이용하였다고 하였다. 〈쌍렬옥소삼봉〉은 연왕의 제위찬탈문제를 통해 세조왕위찬탈과 유사한 역사적 문제에 대한 흥미를 기반으로 정통론적 충절의식을 드러내는 데 중점을 둔 작품이라고 하였다. 정난지변을 다루는 작품들은 부모에 대한 효나 가문을 보존하는 것보다도 임금에 대한 충절을 지키는 것을 우선시해야 한다는 유교적 충절의식을 강하게 드러낸다고 보았다. (박영희, 위의 논문, 213~214쪽.) 김동욱은 각 작품들이 정난지변을 소설적으로 형상화하는 방식에 따라 작품들을 세 범주로 나누었다. 〈성현공숙렬기〉와 〈옥호빙심〉은 정난지변을 활용해 충절과 효 사이의 윤리적 문제를 제기하면서 서사를 보다 복잡하면서도 현실감을 주는 방향으로 전개시켰다고 하였다. 〈삼강명행록〉과 〈쌍천기봉〉은 정난지변을 천명이라는 초월적 질서의 실현이라고 바라보았기 때문에 정난지변과 관련된 인물들의 갈등구조나 윤리적 논쟁이 부각되지 않았다고 하였다. 〈쌍녈옥소록〉과 〈임화정연〉은 정난지변으로 인해 주인공과 적대세력의 감정적 대립과 갈등이 고조되었으며, 그 결과 서사적 긴장감이 높아졌다고 논의하였다. (김동욱, 위의 논문 336~337쪽.)

만귀비(萬貴妃)는 명나라 성화제(헌종)의 후궁이다. 만귀비는 헌종의 총애를 받아 권세를 휘두르며 헌종의 아이를 임신한 후궁을 강제로 낙태시키고 매질하거나 독살하는 행위를 일삼았다. 또한 만귀비는 황후 오씨를 모함하여 폐위시키기도 한다. 만귀비는 정궁과 후궁을 질투하여 악행을 저지르고 태자를 죽이려는 악인형 여성 인물의 전형을 보여준다. 만귀비가 형상화되는 고전소설은 〈유효공선행록〉, 〈이씨효문록〉, 〈화문록〉, 〈류황후전〉 등이다. 이 소설들에서 만귀비는 가정내외적 갈등을 유발하는 전형적 악인형 여성 인물로 형상화되고 있는데 만귀비의 경우는 서사 일부분에서 악인으로 형상화된다.

명사의 역사적 인물 엄숭(嚴嵩)은 명나라 가정(세종) 연간에 권력을 잡았던 간신으로 명사에서는 6대 간신 중 한 사람으로 엄숭을 지칭하기도 하였다. 엄숭은 황제 측근에서 비위를 맞추어 권력과 이익을 독점하였으며, 아들 엄세번과 함께 악행을 저지르며 중상모략으로 여러 신하들을 죽이고 거의 20년 동안 정권을 장악하기도 하였다. 엄숭은 여러 고전소설에서도 간신으로 등장하는데, 남녀 주인공을 고난에 처하게 하거나 가정내적 악인과 결탁하는 가정 외부의 악인으로 형상화된다. 엄숭이 형상화되는 고전소설은 〈창선감의록〉, 〈사씨남정기〉, 〈일락정기〉, 〈낙천등운〉 등이다. 이 소설들에서 엄숭은 서사 전반에서 지속적인 악인으로 구성되기도 하고, 서사 일부분에서 단속적인 악인으로 구성되기도 한다. 또한 이 소설에서는 엄숭과 함께 가정 연간의 명나라의 역사적 사건이 소설화되기도 한다.

본 장에서는 고전소설에서 자주 반복되는 명사의 서사 프레임을 명사의 인물 만귀비, 엄숭으로 설정한다. 만귀비와 엄숭을 소설화한 고전소설을 연구 대상으로 하는데, 구체적 작품은 다음과 같다.

명대의 역사적 인물	대상 텍스트
만귀비	〈유효공선행록〉(『필사본 고소설전집』15 - 16, 아세아문화사, 1980), 〈이씨효문록〉(『김광순소장 필사본 한국고소설전집』6 - 7, 경인문화사, 1998), 〈화문록〉(임치균, 송성욱 옮김, 한국학중앙연구원 출판부, 2010), 〈류황후전〉(『구활자본 고소설전집』20, 은하출판사, 1981)
엄숭	〈창선감의록〉(이래종 역주, 고려대 민족문화연구원, 2003), 〈사씨남정기〉(이래종 옮김, 태학사, 2004), 〈일락정기〉(『필사본 고소설전집』5, 아세아문화사, 1980), 〈낙천등운〉(임치균, 이민희, 이지영 옮김, 한국학중앙연구원 출판부, 2010)

2. 조선시대 명사류(明史類)와 『명사(明史)』의 향유와 영향

1) 조선시대 명사류(明史類)의 향유와 영향

만귀비와 엄숭의 역사는 청대에 간행한 정사(正史)인『명사(明史)』에 상세하게 기록되어 있다. 그런데 청나라가 대대적으로『명사(明史)』를 편찬하기까지는 95년의 시간이 걸려 1739년(건륭 4년)에『명사(明史)』는 완성되었다. 『명사(明史)』가 조선에 수입된 것은 이듬해인 1740년이다. 그런데『명사(明史)』가 조선에 유입되기 전에도 조선에서는 명사류(明史類) 사서가 유입되어 향유되고 있었다. 국가 주도로 편찬된 청의『명사』출간 이전인 16세기~18세기에 조선에 유입되고 널리 읽힌 명사류(明史類)는『명사기사본말(明史記事本末)』,『황명통기(皇明通紀)』,『명기집략(明記輯略)』,『명기편년(明紀編年)』등이다.

먼저『명사기사본말』은 청나라의 곡용태가 1658년에 완성한 80권의 사찬역사서이다. 엄숭과 명사를 소설화하는 〈사씨남정기〉의 창작시기를 17세기 후반으로 추정하고 있고 〈창선감의록〉의 창작 시기는

17세기 후반에서 18세기 초반으로 추정하고 있기 때문에 이 두 작품의 작자는 『명사』가 간행되기 이전에 두 작품을 창작했을 가능성이 높다. 〈사씨남정기〉와 〈창선감의록〉을 연구했던 장흔과 임치균도 이 점을 지적했는데, 장흔은 엄숭에 대한 부정적인 인식은 조선의 사행사들에 의하여 전해진 이야기를 바탕으로 하고 있다[3]고 하였다. 임치균은 『명사』 이전에 출판된 『명사기사본말』에 주목하였는데, 이의현, 이기지, 이건명 등이 1720~1721년에 사행을 갔다가 『명사기사본말』을 사왔다는 기록을 통해 조선 선비들이 『명사기사본말』의 엄숭을 참고했을 수도 있다[4]고 보았다. 임치균이 사례로 든 이의현, 이기지, 이건명의 경우뿐만 아니라 영조와 심택현의 대화에서도 『명사기사본말』에 대한 내용을 발견할 수 있다. 『승정원일기』 영조2년(1726년) 1월 9일자 기록에서는 심택현 등이 입시하여 명사에서 성조(聖祖)를 무함한 일에 대해 변무하는 문제를 논의한다. 영조가 심택현에게 조선에 있는 명사 중 하나인 『명사기사본말』이 퍼져있는가를 묻자 심택현은 조선의 사대부집에 꽤 있다[5]고 대답한다. 이를 통해서도 『명사기사본말』은 18세기 초반

---

3 장흔, 「한국 고전소설에 나타난 중국 실존 인물 연구-〈사씨남정기〉와 〈창선감의록〉을 중심으로」, 한국학중앙연구원 석사논문, 2010, 83쪽.

4 임치균, 「고전소설의 역사 수용 양상 고찰」, 『우리문학연구』 31, 우리문학회, 2010, 100~101쪽.

5 심택현이 아뢰기를, "이미 그러한 말을 들은 이상 아무것도 하지 않고 그냥 있을 수는 없습니다. 그렇지만 이번에 주청할 때 《명사》를 보았다는 말은 거론해서는 안 되고, '《명사》를 지금 찬수한다는 말을 들었으니 그 부분을 보았으면 한다.'라고만 운운하는 것이 좋을 듯합니다." 하니, 상이 이르기를, "《명사기사본말(明史紀事本末)》이 우리나라에도 퍼져 있는 것이 있는가?" 하니, 심택현이 아뢰기를, "역관(譯官)들은 매양 공을 세우기를 원해서 실정에 지나친 말을 많이 하므로 믿을 만하지 못하지만, 이른바 《명사기사본말》은 사대부의 집에도 더러 있습니다." 하였다. (『승정원일기』 영조 2년 1월 9일.)

사대부를 중심으로 향유된 명사라고 할 수 있을 것이다.

『황명통기(皇明通紀)』는 명나라 가정 34년(1555년)에 당시의 역사가 였던 진건(陳建)이 저술한 명사(明史)[6]이다. 진건이 가정 연간에 간행한 『황명통기』는 지정 11년(1351년)부터 정덕제(1521년)까지의 사적을 기록한 것이다. 당시 이귀화는 진건의 사찬역사서인 『황명통기』가 오류를 전파할 가능성이 있다는 이유로 금서로 지정할 것을 상소하였는데 융경제는 이를 받아들여 『황명통기』에 대한 금서, 훼판 조치를 취했다. 『황명통기』가 금서로 지정되자 진건이 간행한 초간본 유통은 점차로 줄어들고 명말 청조의 역사가들이 『황명통기』를 증보(增補)하여 다양한 증보본을 간행하였다. 증보본들은 지정 11년부터 융경, 만력, 천계제까지의 사적을 덧붙여 기록한 것으로 증보본이 출간되면서 다양한 이름의 『황명통기』 계열서가 출간되기에 이른다.

『황명통기』가 조선에 수용되었다는 사실은 사료에 의하면 명종 17년(1562년)으로 나타나는데 이때는 진건이 간행한 초간본이 수입되었고, 선조 2년(1569년)에는 조선에서도 『황명통기』가 간행되었으며, 숙종 25년(1699년)에는 중국으로부터 수입한 진건 저(著), 송광 원정(原訂), 마진윤 증정(增訂)의 판본인 『황명통기집요(皇明通紀輯要)』를 간행[7]하였다. 영조 47년(1771년)에 또 다른 명사류인 『명기집략』에 조선 태조의 선계에 대한 무함(誣陷)이 있다고 하여 『명기집략』이 불태워지고 『명기집략』이 『황명통기』 계열서에 수록된 무함에 영향을 받은 것

---

6 『황명통기(皇明通紀)』에 대한 내용은 다음 논문을 참고하여 정리하였다. 김대경, 「조선 후기 『皇明通紀輯要』의 간행과 유통」, 한국학중앙연구원 석사논문, 2018, 5~68쪽.
7 김대경, 위의 논문, 13~16쪽.

이 밝혀지면서 조선에 있는 『황명통기』와 『황명통기』 계열서도 불태
워지는 이른바 '명기집략 사건'이 발생하게 된다. 이 사건으로 많은 명
사류의 책들이 없어지자 조선에서는 새로운 명사를 간행할 필요성을
느끼며 영조대에는 숙종대에 간행된 『황명통기집요』를 저본으로 하여
문제가 되었던 기사를 삭제하고 1771년(영조 47년)에 영조본 『황명통
기집요』를 간행하게 된다. 숙종, 영조대에 간행된 『황명통기집요』의
구성체재는 태조부터 희종까지의 사적을 24권으로 구성하였다.

　『황명통기』가 16세기에 조선에 수입되고 17~18세기에 『황명통기』
의 증보본인 『황명통기집요』가 간행되어 널리 읽히면서 조선에서 『황
명통기』에 대한 인식과 평가는 다양하게 나타났다. 1569년(선조 2년)에
윤근수는 역사를 공부하는 방법을 선조(宣祖)에게 논하면서 『황명통
기』는 긴 안목으로 쓰지 못하고 짧은 식견으로 써냈다고 그 간행을 부
정적으로 평가[8]하였다. 조익(1579년~1655년)과 성혼(1535년~1598년)은
학자로서 읽어야 할 사서로 『사기』, 『한서』, 『자치통감』, 『자치통감강
목』, 『속자치통감강목』, 『동국통감』과 함께 『황명통기』를 언급[9]하였
다. 이익(1681년~1763년)은 『황명통기』를 부정적으로 평가했던 윤근수
의 평가를 반박하며 『황명통기』는 취함과 버림이 분명하고 그 논변과
단정한 것이 모두 맞아 옛글을 상고하는 자들은 보아야 한다[10]고 하였
다. 이처럼 『황명통기』에 대한 평가와 인식은 달랐지만 16~18세기 조
선의 학자들이 『황명통기』를 애독했다는 것은 쉽게 알 수 있다.

---

8 『선조실록』 2년 6월 20일. 김대경, 위의 논문, 51쪽에서 재인용.
9 조익, 『포저집』, 「졸수잡록」; 성혼, 『명재유고』 권30, 「초학주일지도」. 김대경, 위의 논문,
　 51~52쪽에서 재인용.
10 이익, 『성호사설』 권18, 「경사문」. 김대경 위의 논문, 52쪽 재인용.

한편 숙종대와 영조대에는『황명통기집요』를 진강용 서적으로 이용하였다. 숙종은 1700년(숙종 26년)부터 1701년(숙종 27년) 동안 입시관료와 함께『황명통기집요』를 5회나 진강했는데, 이때『황명통기집요』13권(무종의황제), 14권(세종숙황제), 15권(세종숙황제), 16권(세종숙황제), 17권(세종숙황제, 목종장황제)을 진강하였다는 기록이『승정원일기』에 나온다.[11] 영조는 1727년(영조 3년)동안 28회의 진강을 통해『황명통기집요』의 1권에서 24권 전권을 읽고 논평하였다. 영조 3년 1727년 7월 13일자 진강에서는『황명통기집요』의 세종하(世宗下)를 읽는 장면을 엿볼 수 있다.

[1] 오시(午時)에 상이 희정당(熙政堂)에 나아갔다. 소대(召對)를 행하러 신하들이 입시한 자리이다. 참찬관 조최수(趙最壽), 시독관 송진명(宋眞明), 검토관 정석오(鄭錫五), 가주서 이유신(李裕身), 편수관 도영하(都永夏), 기사관 신근(申近), 정언 유엄(柳儼), 이조 판서 오명항(吳命恒)이 함께 입시하였다. 시독관 송진명이《황명통기(皇明通紀)》〈세종하(世宗下)〉편을 읽었는데, '가정십삼년정월삭 상소시조(嘉靖十三年正月朔上所視朝)'에서 '이형부만당대지(以刑部萬鐘代之)'까지였다. 〈중략〉 정석오가 아뢰기를, "엄숭은 일개 권신(權臣)이었는데 이토록 흐리고 어지럽혀 거의 망국의 지경에 이르게 하였습니다. 심지어 임금의 총명을 가리어 논핵하는 소장을 5일 동안이나 보고하지 않았으니, 통탄스럽지 않겠습니까. 다행히 서계(徐堦) 등의 말로 인하여 명 세종(明世宗)이 각성하여 엄숭 부자(父子)와 문도(門徒)가 모두 주살되거나 내쫓겼으니, 나라가 망하지 않음은 이 한 수에 힘입은 것입니다." 하니, 상이 이르기를, "가정황제(嘉靖皇帝) 30여 년 동안 사람을

등용하는 일이 이와 같았으니, 후세 입장에서 보자면 난주(亂主)라고 할 만하다. 양계성(楊繼盛)이 권세가와 임금의 총애를 받는 자를 겁내지 아니하고 앞장서서 과감히 말하는 기풍을 갖추었으니 직사(直士)라고 할 만하다. 옛말에 '당사자는 그 일에 대하여 잘 알지 못한다.'라고 하였으니, 만약 옛일을 지금에 견주어 하나씩 살펴보고 경계로 삼는다면, 그것이 유익함을 알 수 있을 것이다." 하였다. 조최수가 아뢰기를, "도어사(都御史) 언무경(鄢懋卿)은 곧 엄숭과 같은 고향 사람입니다. 엄숭 부자에게 아첨하여 붙좇아 관직이 도어사에 이르렀습니다. 천하의 소금을 운송하기 위해 군현(郡縣)을 사행(使行)하면서 이르는 곳마다 사치를 행하며 뇌물을 받고 대접을 받음이 매우 풍요로웠습니다. 우리나라는 땅덩어리가 치우쳐 있으며 크기가 작고 고을의 물력이 쇠잔하여, 주전(廚傳)하는 폐단이 비록 이와 같지는 않다 하더라도 근래 사명(使命)을 받드는 사람을 대부분 제대로 택하지 못하여 폐해가 또한 많습니다. 이제부터는 외방에 사명을 받드는 사람을 특별히 가려 보내는 것이 좋겠습니다."   - 『승정원일기』, 영조 3년 7월 13일

위의 진강에서는 『황명통기집요』의 〈세종하(世宗下)〉의 엄숭의 비리와 서계의 엄숭 부자 탄핵, 직사(直士) 양계성의 엄숭 탄핵의 상소, 엄숭의 측근 언무경의 비리 등의 역사적 기록을 읽으면서 영조와 신하들이 세종대의 역사를 평가하고 당대의 상황과 연결하여 이 역사를 해석하고 있다. 이를 통해 볼 때 명나라 세종대의 엄숭과 관련된 역사는 『황명통기집요』 전권을 읽고 해석했던 영조와 신하들에게는 익숙한 내용이었음을 알 수 있다.

이처럼 진건이 편찬한 『황명통기』는 16세기에 조선에 유입되어 숙종과 영조가 진강에서 신료들과 『황명통기』를 읽었다는 것은 『황명통기』가 당대의 명사(明史) 중 중요한 권위를 지니고 있었다는 것을 의미

한다. 이것을 계기로 17~18세기 동안 『황명통기』는 사대부, 신료, 문인들에게 폭넓게 읽힌 대중적인 명사(明史)가 되었다.

『명기집략(明紀輯略)』은 1696년(강희 35년)에 청나라 주린이 편찬한 명사(明史)이다. 『명기집략』은 명나라 왕세정이 반고로부터 지정 27년 (1367년)까지의 역사를 강목체로 엮은 역사서인 『강감회찬』을 증보한 증보본이다. 주린은 왕세정의 『강감회찬』을 수정하는 한편, 뒤에 명사 (明史)를 덧붙여 총 56권의 『강감집략』을 편찬하였다. 전체 56권 중 1~40권이 춘추시기부터 원(元)까지를 기록한 『강감집략』이고, 41~ 56권이 홍무 1년(1368년)부터 남명정권의 순치 8년(1651년)까지를 기록한 『명기집략』이다. 『명기집략』은 『통감명기전재집략』, 『명기전재』 로도 일컬어진다.[12]

『명기집략(明紀輯略)』이 조선에 수입된 것은 숙종대라고 추정되고 있다. 숙종대 학자 이기지(1690년~1722년)의 문집인 『일암일기』에 『명기집략』의 다른 이름인 『명기전재』가 나온다. 이기지는 청에 연행을 간 후에 여러 서적을 구매해오는데 이때 사온 책 이름 중에 『명기전재』 가 나오기 때문이다. 『일암일기』는 1720년(숙종 46년) 2월부터 1721년 1월까지의 연행기록인데 『명기집략』은 이기지가 연행에서 돌아오며 국내에 들여왔을 것[13]이라고 볼 수 있다.

그런데 『명기집략』은 현존하는 국내본이 없다. 영조대에 있었던 '명기집략 사건'으로 조선에 수입되고 간행된 『명기집략』은 모조리 불태워졌기 때문이다. '명기집략 사건'은 『명기집략』에 선계(璿係)에 대한

---

12 김대경, 위의 논문, 18쪽.
13 김대경, 위의 논문, 18쪽.

무어(誣語)가 있기 때문에 조선에 있는『명기집략』을 모두 불태우고 이
와 관련된 사람을 처벌한 사건이다. 1771년(영조 47년) 박필순이 연경에
서 가져온 명사『강감회찬』에 선계(璿係)에 망극한 무어(誣語)가 있다
고 상소하자 영조는 서적을 사온 사행단을 처벌하고 조선에 있는 서적
을 몰수하여 불태우고 관련자들을 처벌하거나 죽인다. 그런데 박필순
이 선계에 대한 무어가 있다는 명사『강감회찬』은 왕세정이 엮은 지정
27년(1367년)까지의 역사서『강감회찬』이 아니라 주린이 증보한 56권
의『강감집략』의 뒷부분『명기집략』을 본 것[14]이고『명기집략』을『강
감회찬』이라고 말한 것이다.

영조는 서적을 사온 사행단을 처벌하고 서적에 찍힌 인장과 관련하
여 서명민을 체포하고 서종벽의 관작을 추탈한다. 서적의 매매와 관련
하여 유생 이희천과 책쾌 배경도를 목베 죽이고 청파교에 효시한다. 이
현석이 지은『명사강목』에 주린의 글이 있다는 이유로『명사강목』도
세초를 명하고『명기집략』을 매매한 책쾌를 흑산도의 종으로 삼고, 서
명에 '강감(綱鑑)'이 붙은 서적을 분서하라는 명령을 내린다. 또한『명
기집략』의 저본으로『황명통기』를 지적하며『황명통기』도 세초하게
한다.[15] 이처럼 '명기집략 사건'은『명기집략』의 판매, 유통, 소장과 관
련된 사람을 처벌하고 조선에 있는 유사한 명사를 없애는 조선의 분서
갱유라고 표현할 수 있을 정도의 대대적인 사건이었다.

그런데 '명기집략 사건'을 통해 우리는 18세기 경 조선에서『명기집
략』을 어느 정도 향유하고 있었는가를 짐작할 수 있다. '명기집략 사건'

14 김대경, 위의 논문, 29~30쪽.
15 '명기집략 사건'의 전개 과정은 위의 김대경의 논문을 참고하여 정리하였다.

으로 현재 남아 있는 『명기집략』은 없지만 18세기에 『명기집략』을 소지하고 읽었던 사람들이 적지 않다는 것을 확인하게 되는 것이다. 『영조실록』 47년(1771년) 5월 23일자 기록에는 다음과 같은 내용이 있다.

> ② 임금이 연화문(延和門)에 나아가 건원릉(健元陵)의 기신제(忌辰祭)에 쓸 향(香)을 지영(祗迎)하고 하교하기를, "이 책 한 부(部)가 국중(國中)에 남겨져 있다면 어찌 진주(陳奏)하는 뜻이 있겠는가? 오늘 안으로 자현(自現)히도록 경조(京兆)에 별도로 신칙하게 하라." 하고, 인하여 20년에 부사(副使)나 서장관(書狀官)이 되었던 자 가운데 만약 이 책이 있으면 즉시 가지고 와서 바치게 하되 오늘 자현하는 자에게는 참작하도록 하라고 명하고, 특별히 신회(申晦)를 임명하여 한성 판윤(漢城判尹)으로 삼고 오부(五部)에 효유(曉諭)하게 하였다. 당시 사대부(士大夫)·중인(中人)·서얼(庶孽)의 집안에 이 책이 있어 자수하는 자가 서로 잇달았으므로, 상서성(尙書省)에 쌓아 두었다.
>
> -『영조실록』, 47년 5월 23일

영조는 1744년(영조 20년)에 사행갔다 온 사람 중에서 『명기집략』을 가지고 있는 사람에게 책을 반납하라고 하고 책을 반납하는 사람에겐 정상을 참작하겠다고 한다. 그러자 사대부, 중인, 서얼 집안에 있던 『명기집략』이 승정원에 쌓였다는 것으로 모아 『명기집략』은 조선의 여러 계층에 유통되어 읽힌 책이라고 할 수 있다. 이로 볼 때 『명기집략』은 18세기에 조선에서 여러 계층에서 읽힌 또 하나의 명사(明史)라고 할 수 있다.

조선시대에 널리 읽힌 또 하나의 명사는 1660년에 청나라의 왕여남(王汝南)에 의해 편찬된 『명기편년(明紀編年)』이다. 『명기편년』은 명나

라 종성(1575년~1625년)이 짓고 이것을 왕여남이 증보한 명대의 편년
체 역사서이다. 종성이 지은 『명기편년』은 명나라 희종까지의 사적을
기록한 것이라면 왕여남이 증보한 『명기편년』은 다른 기록을 참고하
고 보충하여 남명시대까지의 사적을 기록한 것[16]이다.

　『명기편년』의 구성은 전체 12권으로 권1은 태조, 권2는 태조, 혜종,
권3은 성조, 인종, 선종, 권4는 영종, 대종, 영종, 권5는 헌종, 효종, 무
종, 권6은 세종, 목종, 권8은 희종, 권9, 10은 회종, 권11은 난황제, 권
12는 융무, 부로감국으로 되어있다. 권8까지는 종성이 지은 것이고 권
9부터 12권까지는 왕여남이 보정하고 증보하여 완성한 것[17]이다.

　『명기편년』이 조선에 유입된 정확한 시기는 알 수 없으나 1697년(숙
종 23년)에 행도승지 이현석이 『소대전칙』, 『명정통종』, 『황명통기』, 『대
정기』, 『명기편년』, 『기사본말』 등의 서적을 간행할 것을 건의한 점[18]
으로 보아 17세기 후반에는 조선에서 유입되었을 것이라고 볼 수 있다.
국립중앙도서관 소장본 『명기편년』의 내사기에는 1700년(숙종 26년)
이전에 이미 간행된 적[19]이 있다고 기록되어 있다. 또한 1726년(영조
4년) 12월에 『명기편년』과 『동국통감』을 교서관으로 하여금 인출하도
록 한 것, 또 다른 무신자본이 전하고 있으며, 사가에서 상업적으로 도
용하여 임의로 간행한 포괄자본(包括字本)도 전하고 있고, 현토본 등

16 『명기편년』에 대한 설명과 간행은 다음 논문을 참고하였다. 장원연, 「조선후기 금속활자
　인쇄 교정의 실증적 연구-戊申字本 『명기편년』을 중심으로-」, 『서지학연구』 74, 한국
　서지학회, 2018, 241~244쪽.
17 장원연, 위의 논문, 243쪽.
18 장원연, 위의 논문, 243쪽.
19 장원연, 위의 논문 243쪽.

다양한 판본이 인간(印刊)되었다는 것[20]을 통해 『명기편년』이 17세기 후반에서 18세기 초반에 조선에 광범위하게 향유되었다는 것을 알 수 있다. 또한 『명기편년』은 1728년(영조 4년) 2월 24일에 소대에서 강론하였다는 기록이 있는 것[21]으로 보아 왕과 신하들도 『명기편년』을 열독했다는 것을 확인할 수 있다. 이처럼 『명기편년』은 17세기 후반 18세기 초반에 임금, 신하, 선비 등이 보다 간략하게 읽었던 또 다른 명사라고 할 수 있을 것이다.

청나라의 국가 주도의 징사(正史) 『명사』가 간행되기 이전에도 조선에서는 역사가가 편찬한 사찬 명사류인 『명사기사본말』, 『황명통기』, 『명기집략』, 『명기편년』 등이 수입되어 열독하는 현상이 있었다. 명사류의 열독 현상은 명나라는 멸망했지만 명나라에 대한 사대주의와 명나라의 사상과 문화를 계승하고자 하는 중화계승의식이 조선에 잔존하고 있었기 때문에 가능한 것[22]이었다. 『사씨남정기』와 『창선감의록』의 엄숭과 가정 연간의 명사는 17~18세기 조선의 명사 열독 분위기를 소설 속에 반영한 것이다.

---

20 장원연, 위의 논문, 243쪽.
21 『영조실록』 영조 4년 2월 24일. 장원영, 위의 논문 243쪽 재인용.
22 중화계승의식은 조선중화주의와 관련된다. 조선중화주의는 조선전기의 소중화(小中華) 의식이 변화한 것으로 요순 삼대의 국가적 전통이 명나라까지 이어지다가 명이 멸망한 이후 조선으로 계승되었다는 인식이다. (김문식, 「조선후기 지식인의 자아인식과 타자인식 ― 대청교섭을 중심으로」, 『대동문화연구』 39, 성균관대 동아시아학술원, 2001, 445~447쪽 참고.)

2) 조선시대 『명사』의 향유와 영향

만귀비의 역사는 『명사』 권113 「후비(后妃)」의 〈효목기태후(孝穆紀太后)〉와 〈공숙귀비만씨(恭肅貴妃萬氏)〉에 자세하게 기록되어 있다. 엄숭과 가정 연간의 역사는 『명사』 권318 열전 제196의 〈간신(姦臣)〉편에 기록되어 있다.

『명사』는 청(淸)나라의 장정옥 등이 칙령을 받들고 많은 학자들이 참여하여 만든 중국의 정사(正史)로 착수부터 완성까지 95년간의 시간이 소요되었고 그 내용과 분량은 목록 4권, 본기(本紀) 24권, 지(志) 75권, 표(表) 13권, 열전(列傳) 220권 총 336권이나 된다.

청나라가 『명사』 간행을 처음으로 착수한 것은 1645년(순치 2년)이었다. 이 해에 명사관(明史館)을 설치했지만 입관(入關) 직후의 복잡한 상황 때문에 곧 중단되었다. 이어 1665년(강희 4년)에 다시 명사관을 열고 작업을 재개하려 했지만 당시 『청세조실록』의 편찬에 밀려 다시 중단되었다. 이후 『명사』를 편찬해야 한다는 여론이 높아지면서 1679년(강희 18년)에 서원문, 만사동 등을 불러들여 본격적인 작업에 착수하게 되었다. 이어 1714년(강희 53년)에 만사동이 편찬한 초고를 토대로 산개(刪改) 작업을 벌여 완성한 원고를 『명사고(明史稿)』라 이름하고 1723년(옹정 1년) 장정옥 총재관이 되어 『명사고』를 증보한 뒤 1735년(옹정 13년) 정고(正稿)를 완성하여 1739년(건륭 4년)에 『명사』를 간행했다. 『명사』의 간행까지는 95년이란 시간이 걸린 것[23]이다.

『명사』가 조선에 유입된 것은 1740년(영조 16년)이다. 조선 조정에서

---

23 한명기, 「17·8세기 韓中關係와 仁祖反正 ― 조선후기의 '仁祖反正의 辨誣' 문제」, 『한국사학보』 13, 고려사회, 2002, 23쪽.

는 청나라가『명사』를 간행한다는 소식을 듣고 지대한 관심을 보였다. 1725년(영조 1년)에 청나라에 사행을 갔다 온 조문명은 청나라에서 유통되는 명사(明史)에 인조(仁祖)를 무함하고 모독하는 말이 많다고 하며 청에서 찬수하고 있는『명사』가 완성되기 전에 서둘러 옳고 그름을 따져 억울함을 밝히는 변무(辨誣)을 해야 한다고 주장하였다. 이것이 도화선이 되어 조선 조정에서는 앞으로 완성될 정사인『명사』의 내용을 궁금해하였다.

영조대에는 매 사행때마다『명사』에 기록될 인조의 무함을 수정하기 위해『명사』에 대한 정보를 수집하고『명사』를 입수하려는 노력을 계속하였다. 그러나『명사』가 완성되지 않았고, 청 내부에서도 사책에 대한 정보는 엄격히 금하고 있었기 때문에 많은 비용을 들이고 목숨을 담보로 하면서『명사』의 내용을 알아오게 되었다. 1732년(영조 8년)에『명사』가 아직 완성되지 않았지만 조선은 선조의 무함을 빨리 밝히고 싶은 마음을 간절히 드러내며 청나라에「조선열전」을 먼저 반포해달라고 요청하였다. 이에 옹정제는「조선열전」의 등본(謄本)을 동지사 편에 보내고 조선에서는「조선열전」을 확인할 수 있었다. 1739년(영조 15년)에는「조선열전」인본을 받아왔고, 1740년(영조 16년)이 되어서야 숙원하던『명사』전질을 구입해 들어올 수 있었다.[24]

『명사』가 조선에 들어오자 왕과 신하, 사대부, 선비들을 중심으로『명사』는 더욱 폭넓게 읽혔다. 정조대에 이르러『명사』는 역사서를 편찬하

---

24 영조대에 있었던 인조의 무함에 대한 변무와『명사』간행에 대한 내용은 다음 논문을 참조하여 정리하였다. (안소라,「英祖代 史冊辨誣에 관한 研究—『明史』의 朝鮮奇事를 中心으로—」, 성균관대학교 박사논문, 2017, 49~132쪽.)

는 데 기준이 되는 사서가 되기도 한다. 다음은 『일성록』의 기록이다.

③ 내가 이르기를, "《국조보감》을 편찬한 것은 오로지 성덕을 드날리
는 것을 주로 하는 것이니, 그 사실을 뒤섞어 기록해서는 안 되고 산절
(刪節)하는 가운데에 열성조(列聖朝)의 치평(治平)하신 공적이 책을
펴서 한눈에 들어온다면 매우 좋겠다." 하니, 서명응이 아뢰기를, "성상
의 하교가 과연 옳습니다. 대체로 우리나라 사람들은 《국조보감》에 대
해 완전히 무지하니, 이 또한 몹시 개탄스럽습니다." 하여, 내가 이르기
를, "이것은 막중한 책이므로 잘 찬정(撰定)하라." 하였다. 서명응이 아
뢰기를, "본청 신하들의 직명과 성명을 다 기록하기 어렵습니다." 하여,
내가 이르기를, "《명사(明史)》의 체재에 의거하여 감동으로 정서(正
書)하는 것이 좋겠다." 하니, 서명응이 아뢰기를, "《명사》는 실로 '판리
(判理)' 두 자로 썼습니다." 하여, 내가 이르기를, "이 책은 바로 국사(國
史)이니, 삼가고 공경하는 도리에 있어서 잘 헤아려 예를 정하지 않아
서는 안 된다." 하였다.   - 『일성록』, 「정조」, 정조 6년 7월 15일

위의 기록은 정조가 서명응과 함께 『국조보감』의 편찬을 논의한 것
이다. 『국조보감』은 조선시대 역대 왕의 업적 가운데 선정(善政)만을
모아 편찬한 사서로 세조가 태조, 태종, 세종, 문종의 『국조보감』을 처
음 완성했는데 그 이후 정조가 문종부터 영조까지의 선정을 덧붙여 새
로운 『국조보감』을 편찬하면서 위의 내용을 논의하게 되는 것이다. 서
명응 등이 『국조보감』 편찬을 맡게 되었는데, 『국조보감』의 편찬과 관
련하여 정조는 『명사』의 체재에 의거하여 감동으로 정서하라고 명한
다. 『국조보감』을 편찬할 때 『명사』의 체재를 참고하라고 하는 것은
『명사』가 역사서를 편찬하는 기준이 된다는 것을 의미한다.

또한 역사서 편찬에 『명사』를 참고해야 한다는 정조의 주장뿐만 아

니라 관리를 승진시킬 때에도『명사』공부를 제대로 했는가를 기준으
로 삼아야한다는 주장을 펼치는 경우도 있었다.

4 "우정규의 책자에, '우리나라의 학제(學制)는 한번 진사(進士)에
오르면 이업(肄業)하는 일이 없이 모두 기대만을 품고 조금도 바른 품
행이 없으니, 그들에게 도덕(道德)을 찾아보면 백에 하나도 없습니다.
지금 근본을 바르게 하려고 한다면 오직 인도하는 데에 달려 있을 뿐입
니다. 일찍이 명(明)나라의 옛 제도를 상고해 보니 〈중략〉 제도를 본받
아서 매년 연초에 대사성이 사학(四學)의 겸관(兼官)과 함께 생원(生
員)과 진사(進士) 중에서 덕행(德行)과 문예(文藝)가 있는 자를 잘 선
발하여 거재(居齋)하며 이업하게 하되,《논어(論語)》·《맹자(孟子)》·
《중용(中庸)》·《대학(大學)》으로 1과(科)를 삼고,《시경(詩經)》·《서
경(書經)》·《주역(周易)》으로 1과를 삼으며,《주례(周禮)》·《예기(禮
記)》·《춘추(春秋)》로 1과를 삼고,《통감강목(通鑑綱目)》·《송사(宋
史)》·《명사(明史)》로 1과를 삼아서 12월에 4과를 합하여 우등(優等)
한 자에 대해서는 순서를 따라 승진시키며, 학행(學行)이 탁월한 자에
대해서만 재천(齋薦)하여 벼슬하도록 한다면, 여기에 선발된 자라야 홍
유(鴻儒)와 석사(碩士)가 될 것입니다."

　　　　　　　　　　　　　-『일성록』,「정조」, 정조 12년 8월 18일

위의 기록은 1788년 우통례에 재임 중이던 우정규가 민폐의 구제 등
경세(經世)와 이재(利財)에 관한 40여조의 방책을 적은『경제야언(經濟
野言)』이라는 책자를 만들어 올리자 비변사가 정조에게 고하는 내용이
다. 우정규는 과거에 급제하여 진사에 오르면 공부하지 않는 사람이 많
다고 비판하며 4과를 시험보게 하여 이 성적에 따라 승진시키고 벼슬
할 수 있도록 하자고 건의한다. 정조는 우정규의 건의를 받아들여 그렇

게 하도록 윤허한다. 우정규가 건의한 4과 과목은 사서가 1과이고, 삼경이 1과이며, 『주례』, 『예기』, 『춘추』가 1과이며, 『통감강목』, 『송사』, 『명사』가 1과로 『명사』가 관리의 승진 시험 과목에 들어가 있다. 이로 볼 때 『명사』는 『통감강목』, 『송사』와 함께 선비나 학자가 반드시 읽고 공부해야 하는 역사책이란 점을 알 수 있는 것이다.

18~19세기 학자들의 문집에도 『명사』를 읽었다는 기록과 『명사』에 관한 글을 어렵지 않게 발견할 수 있다. 문집총간의 자료를 검토해보면 학자들의 개인 문집에는 『명사』를 읽고 지은 시(詠明史)나 『명사』에 대한 독후감(讀明史), 명사를 논한 글(論明史)이 적지 않게 수록되어 있다.

그 대표적인 예로 영조대의 4가(家)로 꼽히는 문장가인 황경원(1709년~1789년)의 문집인 『강한집』을 들 수 있다. 『강한집』 1권의 〈중주에 대한 감회를 써서 백옥에게 주다 30수(中州感懷 贈伯玉 三十首)〉라는 시는 『명사』에 대한 지식을 종합적으로 시화[25]하여 30편의 시로 완성한 것이다. 이 시에는 역대 명나라 황제와 인물들의 사적과 함께 자신의 감회가 시화되어 있다. 『명사』와 관련된 황경원의 30편의 시는 황경원이 얼마나 『명사』를 열독하고 그에 대한 해박한 지식을 가지고 있었는가를 보여준다. 황경원은 이러한 『명사』에 대한 지식을 바탕으로 『명사』에는 기록되지 않는 남명(南明)의 세 황제에 대한 역사서를 짓기도 한다. 황경원은 장정옥 등이 지은 『명사』를 읽고 『명사』에 홍광(弘光) 이하 세 황제의 계통이 없는 것을 보고 본기 3편과 열전 40편으로 구성된 『남명서(南明書)』[26]를 완성하는 것이다. 또한 황경원의 『강한집』 24

---

25 김동준, 「《강한집(江漢集)》 해제 - 강한(江漢) 황경원(黃景源)의 삶과 그의 문집 《강한집(江漢集)》-」, 『한국고전종합 DB』(https://www.itkc.or.kr.)

권의 「발미(跋尾)」에는 〈황태자를 세운 데 대한 칙서(立皇太子勅)〉가 수록되어 있다. 이 글은 성종 7년(1476년)에 명나라 헌종이 황태자를 세운 것을 조선에 알리는 명나라 헌종의 칙서를 제시하고 이에 대한 설명을 덧붙인 것이다. 헌종의 칙서를 앞부분에 수록하고, 헌종이 황태자를 세운 일에 대한 이해를 돕기 위해 발미(跋尾)에 이와 관련한 내용을 덧붙이고 있다. 그런데 발미에 덧붙인 내용은 앞으로 우리가 살펴볼 『명사』의 만귀비, 기태후, 효종의 기록을 정리해놓은 것이다.

> ⑤ 예전에 만귀비(萬貴妃)가 총애를 독차지하여 후궁이 임신하면 질투하여 모두 낙태시켰으니, 도공태자(悼恭太子)도 또한 해를 당하였습니다. 황제가 한가로울 때 우연히 내장(內藏)에 갔는데, 기숙비(紀淑妃)가 응대하는 것이 마음에 들었으므로 기뻐서 사랑하여 마침내 임신을 하였습니다. 이에 안락당(安樂堂)으로 옮겨 지내면서 황태자를 낳았는데, 정수리의 한 치(寸) 부분이 약 때문에 머리가 나지 않았습니다. 문감(門監) 장민(張敏)을 시켜서 물에 빠뜨려 죽이게 하였으나, 장민이 깜짝 놀라서 "황상께서 아직 자식이 없으신데 어찌 버리겠는가?" 하고, 이에 먹여 키우며 다른 집에다 숨겼으니 황제는 알지 못하였습니다. 11년(1475)에 황제가 장민을 불러 머리를 빗게 하면서 거울을 보고 탄식하여 이르기를, "늙어 가는데 아들이 없구나." 하니, 장민이 땅에 엎드려 이르기를, "죽을죄를 지었습니다. 황제께서는 이미 아들이 있으십니다." 하니, 황제가 깜짝 놀라며 묻기를, "아들이 어디 있느냐?" 하였습니다. 태감 회은(懷恩)이 아뢰기를, "황자는 서내(西內)에서 몰래 키워 여섯 살이 되었사온데, 숨겨서 감히 아뢰지 못하였습니다." 하였습니다. 황제가 매우 기뻐하여 마침내 서내에 가서, 사자를 보내어 가서 황자를 맞이

---

26 김동준 위의 글.

하게 하였습니다. 사자가 이르니 비(妃)가 황자를 안고 울면서 이르기를, "네가 가버리면 나는 살 수가 없다. 아가, 황금색 도포를 입고 수염이 있는 사람을 보면 그가 바로 너의 아버지이다." 하였습니다. 조그만 붉은 명주 도포를 입고 작은 가마를 타고 호위를 받으며 섬돌 아래 이르자, 머리털이 땅을 덮으며 황제의 품으로 달려갔습니다. 황제가 무릎에 앉히고 어루만지며 바라보고 기쁘고도 슬퍼서 눈물을 흘리며 이르기를 "짐의 아들이로구나. 생김새가 짐을 닮았도다." 하고, 회은을 시켜서 내각에 알리도록 하였습니다. 이튿날 신하들이 모두 들어와 하례하였고, 대학사 상락(商輅)이 세자를 세우기를 청하였습니다. 이에 황태자로 세우고 천하에 칙서를 내렸습니다. 이 해에 달에 오색구름이 생겼으니 태자를 얻은 상서였습니다.

-『강한집』 24권, 「발미(跋尾) - 조제고(詔制考)」,

〈황태자를 세운 데 대한 칙서[立皇太子勅]〉

『명사』 권113 「후비」의 〈효목기태후〉는 위의 내용보다 조금 더 자세하게 기록되어 있지만 황경원이 기록한 위의 내용과 일치한다. 『명사』 「후비」의 〈효목기태후〉, 〈공숙귀비만씨〉에는 만귀비, 기태후, 효종의 이야기가 자세히 기록되어 있는데 황경원은 효종이 황태자가 되기까지의 과정을 보다 요약적으로 설명하고 있는 것이다. 이처럼 황경원은 『명사』를 탐독하여 『명사』에 대한 깊은 지식을 가지고 있었고 『명사』 관련 저술을 자신의 문집인 『강한집』에 남긴 조선후기 문인이었다.

『명사』는 1740년에 조선에 수입되어 18~19세기 동안 왕과 사대부, 선비, 문인들의 필독서가 되었다. 『명사』는 조선의 역사서를 편찬할 때 기준이 되었으며, 관리가 반드시 공부해야 하는 사서(史書)였고, 문인과 선비는 『명사』를 읽고 관련된 글을 남기기도 할 정도로 조선의 지식층에게 널리 읽힌 사서였다.

3. 고전소설의 만귀비의 소설적 재현 방식과 소설화 동인

고전소설의 악인형 여성 인물과 서사 중에는 명사(明史)의 실존 인물에 기반을 두고 반복적으로 형상화되는 인물이 있는데 바로 명나라 헌종의 후궁인 만귀비가 그런 인물이다.

만귀비는 명나라 8대 왕인 헌종의 후궁으로 만귀비는 정궁과 후궁을 질투하여 악행을 저지르고 태자를 죽이려는 악인형 여성 인물의 전형을 보여준다. 이러한 명사의 만귀비 서사는 우리 고전소설인 〈유효공선행록〉, 〈이씨효문록〉, 〈화문록〉, 〈류황후전〉 등에서 반복적으로 소설화되고 있다는 것을 발견할 수 있다. 이 작품들에서 만귀비는 가정내외적 갈등을 유발하는 전형적 악인형 여성 인물로 형상화되고 있는 것이다.

명사의 역사적 인물 만귀비의 서사가 고전소설에서 반복적으로 재현되는 것에 주목한 연구는 없지만 〈유효공선행록〉, 〈이씨효문록〉, 〈화문록〉, 〈류황후전〉의 개별 작품 연구는 꽤 축적되어 있는 편이다. 각 작품의 성격, 특징, 의미 등은 많은 연구자들에 의해 논의되었지만 만귀비는 작품 내적 갈등을 심화시키는 악인형 인물로 언급될 뿐이었다. 다만 〈유효공선행록〉을 연구한 박일용, 필자와 〈화문록〉을 연구한 김용기의 관심사가 본 논의의 방향과 유사한 부분이 있다.

박일용은 〈유효공선행록〉의 형상화 방식과 작가의식을 재론하면서 유연의 효행이라는 이념을 매개로 하여 현실적 갈등을 해소시키기 힘들기 때문에 또 하나의 우순 효행담 구조인 태자의 효행담 구조를 설정함으로써 정치적인 차원에서 갈등을 해소시킨다고 지적하였다. 이것은 유연과 태자가 모두 우순의 효행담 구조를 동일하게 반복함으로써 구성적 긴장의 이완을 막으려는 작가의 섬세한 구성 의식을 반영한 것[27]이라고 보았다.

필자도 〈유효공선행록〉의 다층적 상호텍스트 서사 구성과 독서 과정을 논의하면서 〈유효공선행록〉의 서브스토리 라인인 태자의 서사는 우순의 성군담과 명효종의 역사를 함께 반영한 것이라고 지적하였다. 특히 태자의 서사를 명효종의 역사와 비교하고 성군의 전형인 우순의 성군담과 명나라 역사에서 성군으로 평가되는 효종의 성군담이 중첩되어 〈유효공선행록〉의 태자의 서사를 재현하고 있다[28]고 논의하였다.

김용기는 〈화문록〉의 서술방식과 주제의식의 관계를 논의하면서 〈화문록〉이 양진의 이야기, 화경의 이야기, 임금의 이야기에서 첩이나 후궁에게 미혹되는 유사 장면이 반복적으로 제시되면서 제가와 치국이라는 집단적 가치 중시와 애정의 긍정이라는 개인적 감성을 동시에 수용하고 있다고 하였다. 그리고 그 과정에서 각각의 인물들의 시행착오와 수정을 통해 정신적 성장을 이끌어내고 있는 성장소설적 성격을 〈화문록〉이 드러내고 있다[29]고 보았다.

이 세 논의는 〈유효공선행록〉과 〈화문록〉의 핵심 이야기와 부차적 이야기가 유사한 서사 구조를 지닌다는 것을 지적한 것으로 본 장에서 논의할 만귀비의 소설적 재현 양상에서 다룰 관점과 유사하다. 그러나

---

27 박일용, 「〈유효공선행록〉의 형상화 방식과 작가의식 재론」, 『관악어문연구』 15, 서울대 국어국문학과, 1995, 164쪽.

28 김문희, 「〈유효공선행록〉의 다층적 상호텍스트 서사 구성과 독서 과정」, 『한국고전연구』 31, 한국고전연구학회, 2015, 222~229쪽.

29 김용기, 「〈화문록〉의 서술방식과 주제의식의 관계」, 『한민족어문학』 66, 한민족어문학회, 2014, 318~319쪽.

이 글에서는 〈유효공선행록〉과 〈화문록〉의 유사한 서사 구조뿐만 아니라 명사의 역사적 인물 만귀비를 소설화하는 더 많은 고전소설을 대상으로 만귀비가 고전소설에서 새롭게 재현되는 서사 양상과 인물 구성양상을 본격적으로 논의하게 될 것이다. 또한 명사에서 연원하는 만귀비의 기록이 고전소설에서 어떻게 서사 구조화되고 새로운 인물 형상으로 변형되는지를 통해 고전소설의 만귀비 서사와 만귀비의 인물화에 개입되는 소설적 동인과 상상력을 논의하게 될 것이다.

1) 『명사(明史)』의 만귀비에 대한 기록

『명사』 권113 「후비(后妃)」에는 명나라 헌종의 효목기태후(孝穆紀太后)와 공숙귀비만씨(恭肅貴妃萬氏)가 기록되어 있다. 효목기태후는 효종의 생모이고, 공숙귀비만씨는 만귀비이다. 『명사』 「후비(后妃)」의 〈효목기태후〉와 〈공숙귀비만씨〉에는 헌종과 만귀비, 그리고 기태후와 그의 아들 효종의 탄생과 성장담이 잘 그려져 있다. 다음은 『명사』의 〈효목기태후〉와 〈공숙귀비만씨〉의 기록을 번역한 것이다.

> ① 효목기태후는 효종의 생모로 하현(賀縣)사람이다. 본래는 이민족 야오족의 토관(土官)의 딸이었다. 기씨는 성화제 때 야오족 정벌 과정에서 포로로 잡힌 후 액정(掖庭)에 들어가 여사(女史)가 되었다. 총명하고 문자에 정통하여 내장(內藏)을 관리하도록 하였다. 당시에는 만귀비가 총애를 받고 있었는데 만귀비는 질투심이 심하여 후궁 중에 임신한 이가 있으면 모두 강제로 낙태시켰다. 현비 백씨는 도공태자를 낳았으나 역시 해를 당하였다. 황제가 우연히 내장(內藏)을 거닐다가 기씨의 응대가 황제의 마음에 들어 황제가 기뻐하였고 기씨는 황제의 총애를 받아 임신하게 되었다. 만귀비가 이를 알고 매우 분노하여 궁녀를

시켜 그녀를 잡아와 다스리게 하였다. 궁녀는 그녀가 뱃속이 비틀리듯이 아프다고 거짓으로 고하고, 안락당에 보내 귀양살게 하였다. 오랜 후에 기씨는 효종을 낳고 문감 장민(張敏)으로 하여금 아이를 물에 빠트려 죽이라고 했다. 장민이 놀라서 말하기를, "황제는 지금 자식이 없는데 어찌 버릴 수 있겠는가?" 하였다. 장민은 아기에게 쌀가루와 엿당을 먹이고 아이를 다른 집에 숨겼다. 만귀비가 날마다 살폈지만 찾지 못했다. 효종은 5, 6세가 되어도 감히 배냇머리를 자르지도 못하였다. 당시 오황후가 폐후되어 서내(西內)에 거주하였는데, 안락당과 가까워 몰래 이 일을 알고, 오황우가 오가며 효종을 먹이고 키웠으나 황제는 알지 못하였다.

황제는 도공태자가 죽은 후로 오래도록 후사가 없어 안팎으로 모두 걱정하였다. 성화 11년 황제가 장민을 불러 머리카락을 빗기라고 하고 거울을 비추며 말하기를, "늙어가는데 자식이 없구나." 하며 한탄하였다. 장민이 엎드려 말하기를, "소인이 말씀드리자면 제가 죽을죄를 지었습니다. 황제께서는 이미 자식이 있으십니다." 황제가 놀라서 어디 있느냐고 물었다. 장민이 대답하기를 "소인이 당장 죽더라도 좋습니다. 황제께서는 황자(皇子)가 있으십니다." 하였다. 이에 태감 회은(懷恩)이 고개를 숙이고 말하기를 "장민의 말이 옳습니다. 황자는 지금 서내에서 몰래 자라고 있고, 이미 6세가 되었습니다. 숨겨서 키웠기에 감히 아뢰지 못했습니다."라고 하였다. 황제가 크게 기뻐하며 그날로 사신을 서내에 보내 황자를 맞이하였다. 사신들이 도착하자, 기씨는 황자를 안고 울면서 "아들아, 가거라. 나는 이제 못살겠구나. 아들아 황포를 입고 수염이 있는 분을 보아라, 바로 아버님이시다."라 했다. 황자가 작은 빨강색 도포를 입고, 작은 마차를 타고 가자 많은 사람들이 계단을 옹위하였고, 긴 머리는 땅에 닿았고, 황제의 품으로 달려갔다. 황제는 황자를 안아 무릎에 놓고 한참 동안 어루만지며 희비가 교차하여 울며 말하기를, "내 아들아, 나를 닮았구나!" 하였다. 그리고 회은을 내각에 보내어 자초지종을 설명하게 하였다. 군신들이 모두 기뻐하였다. 다음날 조정에 올라 축하하고 천하에 알렸다. 기씨의 거처를 영수궁(永壽宮)으로 옮기고 자주 보았다. 만귀비는 밤낮으로 울며 말하기를, "이것들이 나를 속였구나." 하였다. 그해 6월, 기씨는 병들어 죽었다. 어떤 이는 만귀비가 죽였다고도 하고, 또 어떤 이는 스스로 목매 죽었다고 한다. 시호를 공각장희숙비(恭恪莊僖淑妃)로 추시하였다. 장민도 두려워하여 금을 삼켜 자살하였다. 장민은 동안(同安)사람이다.

효종이 황태자로 즉위하였을 당시 효숙황태후가 인수궁(仁壽宮)에 거하였는데 황제에게 "아이를 저에게 맡기십시오."라고 하였다. 이에 태자는 인수궁에 있게 되었다. 하루는, 만귀비가 태자를 불러 음식을 먹이려 하자 효숙황태후가 태자에게 말하기를, "아가야. 거기 가서는 음식은 먹지 말거라." 하였다. 태자가 도착하자 만귀비가 음식을 주었으나 태자는 "이미 배가 부릅니다."라고 했다. 만귀비가 또 탕을 주니 태자는 "독이 있을까 의심스럽습니다."고 했다. 만귀비가 대노하여 말하기를, "이 아이가 몇 살 되지도 않았는데 이러하니, 뒷날 나를 잡아먹겠구나" 하고 분노하여 병을 얻었다.

      -『명사』 권113「후비(后妃)」, 〈효목기태후(孝穆紀太后)〉[30]

② 공숙귀비만씨는 제성(諸城)사람이다. 4세에 액정(掖廷)에 들어가 손태후의 궁녀가 되었다. 자라서 동궁에서 헌종을 보살폈다. 헌종이 16세에 즉위할 때 만씨는 이미 35세였고, 기민하여 황제의 뜻을 잘 살폈다. 이에 황후 오씨를 중상모략하여 폐위시켰고 육궁(六宮)은 황제를 침석에서 모시기 어려웠다. 황제가 매번 놀이를 하는 행사에서 만씨는 융복(戎服)을 입고 말을 타고 행렬 앞에 인도하였다. 성화2년 정월에 첫 황자를 낳아 황제가 크게 기뻐하여 중사를 보내어 산천에 제사를 지

30 中央研究院·歷史語言研究所,『明史』권113, 漢籍電子文獻資料庫(https://hanchi.ihp.sinica.edu.tw/ihpc/hanjiquery.) 앞으로『明史』의 인용은 이 자료에 의거하고, 번역은 필자가 하였다.

내고 마침내 만씨를 귀비로 봉했다. 그러나 황자가 일찍 죽고, 만씨 또한 이때부터 다시 아이를 갖지 못했다.

당시에 황제가 아들이 아직 없어 조정 안팎으로 모두 걱정하여 은혜를 베풀어 후사를 잇기를 진언하였다. 급사중 이삼(李森), 위원(魏元), 어사 강영소(康永韶) 등이 계속 후사가 절실함을 진언하였다. 4년 가을에 혜성이 여러 차례 출현하였다. 대학사 팽시(彭時)와 상서 요섭(姚夔) 또한 진언하였다. 황제가 말하기를, "이것은 집안일이다. 짐이 스스로 알아서하겠다." 하여 소용이 없었다. 만귀비는 더욱 교만하였다. 궁중 신하 중에 뜻을 어기는 자가 있으면 질책을 당하여 쫓겨났다. 액정에서 황제의 신임을 받아 임신한 궁녀가 있으면 약을 먹여 낙태시켰다. 효종이 태어날 때 정수리에 머리카락이 많이 없었는데 어떤 이는 만귀비가 넣은 약 때문이라고 하였다. 기숙비의 죽음도 사실은 만귀비의 소행이다. 아첨하는 전능(錢能), 담근(覃勤), 왕직(汪直), 양방(梁芳), 위흥(韋興) 등의 무리들은 공물을 바친다는 명목으로 가렴주구하여 부고(府庫)를 탕진하면서 만귀비의 환심을 사려 하였다. 기이하고 음란하게 사원에 제사지내며 낭비한 돈이 헤아릴 수 없었다. 오랜 후에 황제의 후궁이 자식을 점차로 많이 낳았다. 양방 등은 태자가 자라는 것이 두려웠다. 그가 제위에 올라 장차 자신의 죄를 물을 것이기 때문이다. 이에 만귀비와 공모하여 황제가 태자를 다시 바꾸도록 권하였다. 때마침 태산에 지진이 일어나 점치는 이가 말하기를 지진이 동궁의 폐위와 관련해서 일어난 것이라고 하였다. 황제가 두려워하였으며 사건은 잠잠해졌다.

만귀비가 23년 봄에 급병으로 죽자, 황제 또한 7일 동안 조정을 돌보지 않았다. 만귀비의 시호를 공숙단신영정황귀비(恭肅端愼榮靖皇貴妃)라 하였고, 천수산에 묻었다. 홍치(弘治) 초에 어사 조린(曹璘)은 만귀비의 시호를 삭제하기를 건의하였다. 어대현(魚臺縣) 승상 서욱(徐頊)은 기태후를 진찰한 어의를 잡기를 청하고, 만귀비 가속들을 붙잡아 기태후가 죽을 당시의 상황을 심문하였다. 효종은 이렇게 하는 것이 선제의 뜻을 어기는 것이라 여겨 멈추었다.

　　　-『명사』권113「후비(后妃)」, 〈공숙귀비만씨(恭肅貴妃萬氏)〉

　　1은 효종의 생모 효목기태후에 대한 기록이고 2는 공숙귀비만씨에
대한 기록이다. 그런데 1은 기태후의 내력으로 시작하고 있지만 만귀
비의 질투와 악행, 기태후의 효종 출산과 효종의 성장, 태자 책봉, 만귀
비의 태자 독살 시도, 만귀비의 죽음을 서사적으로 서술하고 있다. 2는
헌종의 만귀비 총애, 만귀비의 질투와 악행, 만귀비와 간신들의 공모로
태자 제거 시도와 실패, 만귀비의 죽음을 서사적으로 서술하고 있다.
이처럼 『명사』의 〈효목기태후〉와 〈공숙귀비만씨〉는 헌종의 두 아내를
서술하고 있지만 이 역사적 기록을 합치면 헌종, 만귀비와 기태후, 효종
을 둘러싼 파란만장한 한편의 이야기 구조로 정리해볼 수 있다.

　　① 후궁 만귀비는 기민하여 헌종의 뜻을 잘 살피고 헌종의 총애를 받
　　　는다.
　　② 만귀비는 황후 오씨를 중상 모략하여 폐위시킨다.
　　③ 만귀비는 황자를 낳지만 황자는 일찍 죽고 그 이후부터는 임신을
　　　하지 못한다.
　　④ 만귀비는 후궁 중에 헌종의 아이를 임신한 이가 있으면 낙태를 시
　　　켰다.
　　⑤ 후궁 중 기씨는 황제의 아이를 임신하게 된다.
　　⑥ 만귀비가 이를 알고 기씨의 아이를 낙태시키려고 했으나 궁녀들
　　　의 도움으로 기씨는 아이를 출산한다.
　　⑦ 기씨는 만귀비가 두려워 아이를 익사시키려고 했지만 문감 장민
　　　이 아이를 몰래 숨겨 키운다.
　　⑧ 폐위되었던 오황후가 이를 알고 아이를 키운다.

⑨ 황제가 자식이 없는 것을 슬퍼하자 장민이 황제에게도 숨겨둔 아들이 있다고 말해준다.

⑩ 황제는 황자를 데리고 와 태자로 삼고 기씨도 영수궁으로 옮긴다.

⑪ 만귀비는 여러 사람들이 자신을 속인 것을 알고 분통해한다.

⑫ 기씨는 만귀비의 소행으로 죽게 되고, 장민도 만귀비가 두려워 금을 삼키고 자살한다.

⑬ 효숙황태후는 태자를 지키기 위해 인수궁에서 태자를 키운다.

⑭ 만귀비가 태자를 해치기 위해 부르자 효숙황태후는 만귀비가 주는 음식은 절대 먹지 말라고 한다.

⑮ 만귀비가 음식을 주자 태자는 거절하며 받아먹지 않는다.

⑯ 간신 전능, 담근, 왕직, 양방, 위흥 등이 가렴주구하고 부고를 탕진하면서 만귀비의 환심을 산다.

⑰ 이들은 태자가 제위에 올라 자신들의 잘못을 다스릴 것이 두려워 만귀비와 공모하여 태자를 폐위하도록 황제에게 권한다.

⑱ 태산에 지진이 일어나자 점치는 자가 동궁 폐위 때문에 지진이 일어난 것이라고 하자 황제는 태자 폐위를 그만둔다.

⑲ 만귀비가 급병으로 죽자 황제 또한 7일 동안 조정을 돌보지 않고 슬퍼한다.

⑳ 효종이 즉위하자 조정 신하들은 만귀비의 시호를 삭제하자고 하고 기태후를 진찰한 어의와 만귀비 가속들을 붙잡아 기태후의 죽음을 심문한다.

㉑ 효종은 이 일은 선제의 뜻을 어기는 것이므로 멈추게 한다.

『명사』 〈효목기태후〉와 〈공숙귀비만씨〉는 만귀비의 투기와 악행의 서사로 요약할 수 있다. 헌종의 후궁으로 들어간 만귀비는 헌종보다 19살이나 연상이지만 기민하여 헌종의 뜻을 잘 읽고 헌종의 총애를 받는다. 만귀비는 황후 오씨를 중상 모략하여 폐위시키고 헌종의 총애를 받아 임신한 후궁이 있다면 약을 먹여 아이를 낙태시키는 투기를 일삼는다. 또한 만귀비는 자기 뜻을 어기는 신하를 내쫓고, 아부하는 간신들과 함께 국고를 낭비하기도 한다. 기씨를 독살하고 음식에 독을 넣어 태자를 죽이려는 악행을 저지른다. 간신들과 공모하여 태자를 폐위시키려고 하지만 성공하지 못하게 된다.

한편으로 『명사』 〈효목기태후〉와 〈공숙귀비만씨〉는 효종의 고난의 서사로도 읽을 수 있다. 만귀비의 투기와 악행 때문에 기씨는 낙태의 위협을 받고 주변의 도움으로 효종을 낳는다. 그러나 기씨는 서슬 퍼런 만귀비가 두려워 효종을 죽이려고 하지만 장민과 폐위된 오황후는 효종을 몰래 숨기고 기르게 된다. 효종은 6세가 되어서야 아버지 헌종을 만나게 되고 황태자로 즉위한다. 그러나 만귀비는 효종을 죽이기 위해 마수를 뻗지만 효숙황태후는 자기의 처소인 인수궁에서 효종을 키우며 만귀비에게서 효종을 보호한다. 만귀비는 효종을 불러 독약을 넣은 음식을 먹이려고 하지만 효종은 배가 부르다고 하고, 독이 있을 것 같다고 하며 음식을 먹지 않고 위기를 모면한다. 간신들과 만귀비는 헌종에게 태자를 폐위시키라고 충동질한다. 때마침 태산에서 지진이 일어나자 하늘이 태자를 폐위시키는 것에 노했기 때문에 지진이 일어났다는 말을 듣고 헌종은 두려워 태자의 폐위를 멈춘다. 만귀비가 죽고 뒤이어 헌종이 죽자 효종은 명나라 9대 왕인 성치제로 즉위하게 되는 것이다.

『명사』 〈효목기태후〉와 〈공숙귀비만씨〉는 헌종의 두 명의 부인에 대한 역사적 기록이지만 만귀비의 투기와 악행의 서사이면서 효종의 고난의 서사라는 구조를 지닌다. 효종의 생모와 만귀비에 대한 기록은 『명사』 이전에 명나라 심덕부(1578~1642)가 편찬한 『만력야획편(萬曆野獲編)』 권3, 「궁위(宮闈)」의 〈효종생모〉, 〈만귀비〉에 먼저 기록되어

있다. 『만력야획편(萬曆野獲編)』은 명초부터 만력 말까지 다양한 인물
과 사건들을 다루고 있는 필기류로 정사가 아닌 야사류(野史類)[31]이다.
특징적인 것은 『만력야획편』의 〈효종생모〉에서는 만귀비의 투기와 악
행은 거의 서술되지 않고 효종의 출생과 만귀비가 효종을 양육한 사실,
만귀비에 대한 잘못된 기록을 해명하고 있고, 〈만귀비〉에는 만귀비의
투기만 간단히 서술하는 정도로 되어 있다. 『만력야획편』에서는 만귀
비를 투기와 악행의 화신으로 기록하고 있지는 않다는 것이다. 청나라
장정옥(1672~1755)이 완성한 정사인 『명사』〈효목기태후〉와 〈공숙귀
비만씨〉에서부터 만귀비의 투기와 악행, 효종의 고난이 한 편의 서사
를 읽는 것처럼 명확하게 기록되고 있는 것이다. 그 후 청나라 문용빈
(1821~1893)이 편찬한 명나라 일대의 전고(典故)를 수록한 책인 『명회
요(明會要)』권2 「태황태후·황태후·황후」에도 기태후의 내용이 요약
되어 있다. 『명회요(明會要)』의 「태황태후·황태후·황후」는 『명사』
〈효목기태후〉와 〈공숙귀비만씨〉를 선행 텍스트로 하여 만들어진 『명
사』요약본이지만 만귀비의 투기와 악행, 효종의 출생 경위는 『명사』
의 내용을 그대로 따르고 있다. 문학 텍스트인 우리의 고전소설에서도
만귀비의 투기와 악행의 서사, 효종의 고난의 서사가 소설화되고 있다.
그렇다면 역사 텍스트인 『명사』〈효목기태후〉와 〈공숙귀비만씨〉가 고
전소설에서 재구성되는 이유는 무엇인가를 생각해볼 수 있다. 그것은
이 텍스트가 지닌 강한 서사성과 만귀비의 강한 캐릭터가 고전소설 작
자에게 강한 인상을 주고 고전소설의 서사 구성과 인물 구성의 상상력

---

31 이승신·채수민·송정화, 「〈만력야획편·사인〉 번역 및 주석」, 『중국어문논총』 79, 중국어
　　문연구회, 2017, 401~402쪽.

을 불러일으키기 때문일 것이다.

2) 고전소설의 만귀비의 소설적 재현 방식

(1) 남녀 주인공의 고난 강화적 서사 구성 - <류황후전>

『명사』〈효목기태후〉와 〈공숙귀비만씨〉에서 서술되는 만귀비의 투기와 악행의 서사, 효종의 고난의 서사는 고전소설 〈류황후전〉에서는 남녀 주인공의 고난 강화적 서사 프레임으로 재구성된다. 〈류황후전〉은 선행 텍스트인 『명사』〈효목기태후〉와 〈공숙귀비만씨〉의 만귀비의 투기와 악행, 효종의 고난이라는 서사 뼈대를 그대로 모방하면서 효종의 고난의 서사를 〈류황후전〉의 남녀 주인공인 유태아, 태자의 고난의 서사로 재구성하여 재현하고 있다. 만귀비의 투기와 악행의 서사적 틀은 『명사』를 그대로 모방하고 있지만 만귀비의 투기와 악행은 세부적으로 유태아와 태자의 결연을 방해하고 남녀의 진정한 결합을 지연시키는 서사 프레임으로 구성하고 있는 것이다.

〈류황후전〉에서 만귀비는 간교하고 교언영색으로 황제의 총애를 받으며 정궁과 후궁, 태자와 태자비를 시기하고 질투하는 간악한 인물로 형상화되고 있다.

> ③ · 상이 만귀비를 총행하시니 만귀비의 위인이 간음사특하야 지족이 거간이오 언족이 식비하는지라 교언령생으로 성총을 가리오고 명궁을 싀긔하니 샹이 본래 정궁을 경중하시는고로 만귀비 자로 참소하나 종시 밋지 아니하시더라.   - 〈류황후전〉 11쪽
> · 만귀비 류비의 총행을 밧음이 날로 깁품을 보고 내심에 불열하야 모해할 계교를 생각하더니   - 〈류황후전〉 21쪽)

· 텬쟈ㅣ 호부시랑 명운의 녀아ㅣ 재덕용모가 진셰에 특출함을 들으
시고 젼지하샤 후궁으로 싸이시니 방년이 이팔이오 션연한 태도ㅣ
후궁에 웃듬일 쑨더러 성질이 온순 정직한지라 상이 아름다히 녁이
샤 첩여를 봉하시니 만귀비 싀긔하야 류비와 뎡첩여를 모해코지하
더라.   -〈류황후전〉 21쪽

위의 예문에서 알 수 있는 것처럼 〈류황후전〉의 만귀비는 정궁을 시
기하여 참소하고, 태자비인 유태아가 황제의 총애를 받으니 모해할 계
획을 세우며, 후궁인 정첩여가 황제의 사랑을 받자 정첩여도 없앨 계교
를 세운다. 〈류황후전〉의 만귀비의 인물 자질과 형상화는 『명사』의 만
귀비의 인물 자질을 그대로 이어받고 있다. 그러나 〈류황후전〉에서 만
귀비가 행하는 투기와 악행, 유태아와 태자에게 가하는 고난은 보다 강
화된 형태로 재구성된다. 〈류황후전〉에서 재구성되는 만귀비의 투기와
악행, 그리고 유태아와 태자의 고난의 서사 양상은 다음처럼 정리해볼
수 있다.

① 만귀비는 황상의 총애를 받고 그의 오빠 만풍경은 조정 권세를 잡
   아 현인을 모해하고 성총을 가린다.
② 만풍경은 유태아의 재명과 용화를 듣고 며느리로 삼고자 매파를
   보내나 유태아의 아버지 유랑이 단호히 거절한다.
③ 만풍경은 이에 앙심을 품고 안남국이 변방에 쳐들어오자 변방을
   평정하는 위무사로 유랑을 천거하여 보낸다.
④ 유랑이 집을 비우자 만풍경은 유태아를 데리고 가기 위해 유가에
   쳐들어가지만 유태아가 가짜 빈소를 만들어 죽은 것처럼 하여 집
   안 깊은 곳에 숨고 위기를 모면한다.
⑤ 정궁이 아들 창을 낳자 황상은 창을 사랑하여 태자로 삼자 만귀비

는 시기한다.

⑥ 태자는 병이 생겨 영안궁에 피접갔다가 우연히 유태아를 만나 미모에 반하고 주소저로 변장하여 관음사에서 유태아를 다시 만나 유태아의 사람됨을 알고 황상에게 혼인을 허락받는다.

⑦ 만귀비는 자신의 조카 만소저가 태자비가 될 것이라고 생각하다 일이 여의치 않자 유태아를 해칠 것을 결심한다.

⑧ 만귀비는 호부시랑 정운의 딸이 재덕과 용모가 뛰어나 후궁으로 뽑히고 황상의 총애를 받아 정첩여로 봉해지자 정첩여도 시기하여 제거하려고 한다.

⑨ 만귀비는 유태아에게 비단을 주며 황상의 용포를 지으라고 하고 황상에게는 유태아가 역심을 품고 태자의 용포를 짓는다고 거짓으로 말하고 황상의 분노를 산다.

⑩ 만귀비는 정첩여와 태자를 함께 얽어 없애기 위해 정첩여와 태자가 다정히 바둑을 두고 있으며, 황상이 불러도 태자가 정첩여의 품에서 잠이 들어 못 온다고 거짓으로 전하게 하여 황상의 의심과 분노를 일으킨다.

⑪ 만귀비가 아들을 낳고 홀연 아들이 병으로 죽자 만귀비는 죽은 아들의 입속에 독약을 넣은 후 만귀비의 사주를 받은 유태아의 시비들이 유태아가 시킨 것이라고 자백한다.

⑫ 황상은 이를 그대로 믿고 만삭인 유태아를 영양궁에 가두고 아이를 낳으면 유태아를 죽이라고 명한다.

⑬ 유태아가 아이를 낳자 황상은 유태아를 죽이라고 하고 태자의 부탁을 받은 태감 강문창이 꾀를 내어 유태아를 피신시키고 황상에게 유태아가 죽었다고 보고한다.

⑭ 황상은 만귀비의 간언으로 만풍경의 딸 만소저를 태자비로 다시 들이지만 만소저는 미모에 비해 간악하여 태자는 만소저를 소원하게 대하고 만소저는 앙심을 품는다.

⑮ 태자가 유태아가 남긴 편지를 보고 슬퍼하고 궁궐로 돌아와 유태

아를 그리워하는 글을 짓고 만소저가 이것을 보고 분노하여 만귀
비에게 보인다.

⑯ 만귀비는 정첩여의 글씨를 모방하여 태자를 사모하는 편지를 지
어 태자의 글과 함께 황상에게 보이니 황상은 태자와 정첩여가 간
통했다고 생각하여 정첩여는 강도궁에 가두고 태자는 폐궁에 거
하게 한다.

⑰ 유태아의 시비 유소애가 계교를 내어 궁궐로 들어가 황상의 총애
를 받아 숙의 직첩을 받고 만귀비의 간계를 말한다.

⑱ 황상은 유소애의 말을 듣고 유태아의 시비 교란 등을 국문하고 만
귀비의 궁과 만풍경의 집을 수색하여 만귀비가 그간 저지른 악행
을 알게 된다.

⑲ 황상은 태자를 불러 자신의 혼암불명함을 후회하고 만귀비와 그
일족을 참하라고 하자 태자는 만귀비는 죄를 감하라고 주청하여
만귀비는 죽이지 않고 남해에 정배시킨다.

⑳ 유태아와 태자는 상봉하고 황상은 태자에게 보위를 양위하고 태
자는 황제로 등극하여 나라를 잘 다스린다.

이처럼 만귀비는 〈류황후전〉의 핵심적 갈등을 유발하는 갈등 유발자
이다. 만귀비를 중심으로 만귀비의 오라비 만풍경과 만풍경의 딸 만씨
가 합세하여 유태아와 태자의 고난을 가중시키고 유태아와 태자의 결
연을 방해하고 있는 것이다. 유태아의 혼사 전 고난은 만귀비의 권세를
낀 만풍경의 구혼을 유랑이 거절하면서 시작되지만 본격적 고난은 유
태아와 태자가 혼인하면서 시작된다.

만귀비는 정궁과 태자에 대한 시기심과 황상의 사랑을 받는 며느리
유태아에 대한 미움으로 유태아와 태자를 모해하는 계략을 펼치고 만
귀비의 말을 믿는 황상은 유태아에게 사약을 내려 죽이려 한다. 만귀

의 계략에 빠져 황상은 태자와 정첩여 사이를 의심하여 이들에게도 벌을 내린다. 태자가 정첩여와 간통했다는 의심을 받고 폐궁에 갇히는 벌을 받지만 유태아가 받는 고난은 태자보다 훨씬 심각하다. 유태아는 만귀비의 아들을 독살했다는 누명을 쓰고 폐궁에 갇히고 아들을 출산한 후 사약을 받아 죽을 위기를 겪기 때문이다. 태자의 부탁을 받은 태감 강문창이 사약을 가지고 온 여회진을 설득하여 유태아를 동교 암실에 피신하게 하여 유태아는 목숨을 건진다. 유태아는 아이를 키우다 만귀비가 낌새를 챌까 두려워 나시 장사로 떠나 이원충의 집에 의탁하게 된다. 만귀비의 시기와 악행은 유태아의 고난을 점층적으로 강화시키게 되는 것이다.

유태아의 고난담은 『명사』〈효목기태후〉와 〈공숙귀비만씨〉의 태자의 고난담과 일맥상통하는 면이 있다. 효종의 생모 기태후가 임신하여 아이를 출산하고 만귀비가 두려워 아이를 익사키시라고 하자 태감 장민이 아이를 몰래 키우고 기태후를 보호한 것처럼 〈류황후전〉의 유태아도 황상이 사약을 내리자 태감 강문창과 여회진이 유태아가 죽었다고 거짓으로 고하고 유태아와 아이를 동교 암실에 두고 살리는 모티프는 〈류황후전〉이 『명사』를 모방한 것이라고 할 수 있다. 그러나 〈류황후전〉의 유태아와 태자에게 가해지는 고난의 내용과 강도는 『명사』의 효종보다 더욱 강하다. 만귀비는 태자가 왕이 되려고 한다는 역심을 가졌다고 황상을 자극하고 태자비가 자신의 아들을 죽였다고 모략하기도 하고 태자가 왕의 후궁과 간통했다는 패륜을 저질렀다고 황상의 분노를 불러일으켜 유태아를 죽이고 태자는 폐위시키려고 한다. 만귀비의 이와 같은 투기와 악행은 인간이 저지를 수 있는 추악한 악과 욕망을 적나라하게 펼치는 음모의 구조이자 소설적 구성이라고 할 수 있을 것이다. 『명사』의 만귀비의 투기와 악행, 효종의 고난의 서사는 〈류황후전〉에서는 남녀 주인공이 역심과 역모, 근친살해와 근친상간을 행하려고 했다는 보다 자극적인 사건으로 재구성하여 만귀비의 악행을 구체화하고 있는 것이다. 현실에서 금기시되는 역모, 근친살해와 근친상간과 같은 패륜을 남녀 주인공이 저질렀다고 누명을 씌우면서 남녀 주인공에게 해를 가하지만 이것은 만귀비의 악행을 통해 현실적 금기 너머에 있는 제어되지 않는 인간의 욕망을 그대로 표출하는 통로를 만들기도 하는 것이다. 이 때문에 〈류황후전〉의 유태아와 태자가 겪는 점층적 고난은 만귀비로 대변되는 악인형 여성 인물의 질투와 탐욕을 극대화하는 수단이자 악인형 여성 인물의 욕망을 드러내고 재현하는 소설적 프레임이라고 할 수 있다.

그러나 악인형 여성 인물의 질투와 탐욕, 욕망을 재현하는 수단으로 선택되는 〈류황후전〉의 만귀비 서사도 역사와 다른 결말을 구성한다. 『명사』와 『만력야획편』의 역사적 기록에서 만귀비는 죽음을 맞는 파국을 보여주지만 〈류황후전〉은 만귀비의 질투와 악행을 심각하게 심판하지 않는다. 〈류황후전〉에서는 만귀비의 악행이 발각되어도 만귀비의 죄를 죽음으로 처리하지 않고 절도에 유배 보내는 정도의 처결을 보여준다.

　　④ 귀비의 죄 만사무석이오나 신의 연고로 죽사오면 신이 무산 면목으로 셰상에 서오릿가 복걸 폐하난 셰번 살피샤 신으로 하야곰 후세 죄명을 면케하소서 상이 태자의 말삼을 들으시고 아람다히 역이샤 다시 전교 왈 귀비의 죄 맛당히 주륙을 당할 것이로대 태자의 인효함을 특히 감사 정배하나니 남해 극변에 안치하라 하시고　- 〈류황후전〉 57쪽

만귀비의 악행에 분노한 황상이 만귀비와 만비, 만풍경을 죽이라고 전교를 내리지만 태자는 황상에게 만귀비를 남해에 유배보낼 것을 부탁한다. 태자는 자신 때문에 만귀비가 죽으면 후세에 부끄러운 이름을 얻는다고 하며 만귀비에 대한 벌을 감하게 해달라고 하는 것이다. 이것은 태자의 어짊을 보여주고 아버지의 총애를 받았던 만귀비를 죽여서는 안된다는 효심의 발로이기도 하다. 『명사』와 『만력야획편』에서 만귀비는 병으로 죽었다는 말로와는 달리 〈류황후전〉에서는 악행을 저지르는 만귀비에 대해 관용을 베푸는 결말을 구성하는 것은 역사와는 다른 윤리적 시각이 고전소설에 투영된 것이라고 할 것이다. 이러한 결말은 다음 항에서 살펴볼 〈이씨효문록〉, 〈유효공선행록〉, 〈화문록〉에도 유사한 양상으로 나타난다.

(2) 새로운 악인형 여성 인물의 모방적 구성 - 〈이씨효문록〉

〈이씨효문록〉은 6권의 분량으로 되어있는데, 전반부와 후반부의 서사 구조로 이분화하여 파악할 수 있다. 전반부는 이명현과 유부인의 갈등, 이명현의 처첩 갈등이 주를 이루는데 만귀비의 서사적 재현은 〈이씨효문록〉의 전반부에 집중되어 있다.

〈이씨효문록〉에서 만귀비는 임금의 총애를 받고 임금을 좌지우지하며 이명현과 이명현의 두 부인에게 고난을 가한다. 그러므로 〈이씨효문록〉에서도 만귀비는 가정내외적 갈등을 촉발하고 남녀 주인공의 고난을 가중시키는 역할을 한다. 그러나 〈류황후전〉처럼 핵심적 갈등을 만드는 갈등의 유발자는 아니다. 〈이씨효문록〉에서 만귀비는 구체적 계략이나 음모를 꾸며 이명현과 두 부인에게 해를 가하는 것이 아니라 조카인 만씨의 요청에 의해 임금을 움직여 주인공에게 고난을 가하는

매개자의 역할만 할 뿐이다. 만귀비가 임금의 총애를 받고 정궁을 중상
모략하여 임금이 정궁을 폐위시키고 태자를 박대한다는『명사』의 만
귀비의 내용을 반영하고 있지만 〈이씨효문록〉에는 만귀비에 대한 구체
적인 인물 형상이나 구성은 드러나지 않는다. 〈이씨효문록〉에서 만귀
비는 부차적 서사의 주변 인물에 그치고『명사』의 만귀비의 투기와 악
행을 주도하여 주인공에게 직접적으로 고난을 가하는 인물로 구체화되
지는 않는다.

주목되는 것은 만귀비의 조카 만씨이다. 만씨는 〈이씨효문록〉에서
『명사』의 만귀비에 버금가는 투기와 악행을 저지르는 악인형 인물이
다. 그러므로 〈이씨효문록〉에서『명사』의 만귀비를 모방하여 새롭게
만든 악인형 인물은 만씨라고 할 수 있다.

만씨는 임금의 총애를 받는 만귀비의 오빠 만염의 막내딸이다. 만귀
비가 임금의 총애를 받고 막강한 권력을 가지자 오빠 만염 또한 권세를
가지게 되는데 만염의 딸 만씨는 만귀비가 만승 천자의 배필이 된 것처
럼 자신도 뛰어난 사람을 남편으로 삼겠다는 욕망을 가지게 된다.

> ⑤ 화셜 황애 춍희 만구비는 ᄌ식이 뉵궁의 웃듬이오 춍힝이 궁녀를
> 기우리니 쵸방 금실이 샹의를 홀노 쎠여 양양ᄒ여 외손권쳑을 쎠 됴졍
> 의 희를 무궁ᄒᄃᆡ 텬지 아디못ᄒ시더라 만국구 필녀 이시니 옥안이 졀
> 식이오 만국귀 텬하 옥인직ᄉ를 어더 소녀의 ᄬᅣᆼ을 삼으랴홀ᄉᆡ 스ᄉ로
> 쓰디 놉하 튁셔ᄒ미 미졍ᄒ니 만쇼졔 스ᄉ로 니ᄅᄃᆡ 형은 만승 텬ᄌ의
> 비필이 되여시니 소녀는 원컨ᄃᆡ 구쥬예 독보한 현쥰은 셤기리라 하니
> 국귀 더욱 근심하더라.   - 〈이씨효문록〉 2권 149~150쪽

만씨에게 만귀비의 권세와 호화로운 삶은 선망의 대상이며 만씨는

만귀비와 같은 삶을 꿈꾸고 있는 것이다. 그런 만씨는 만귀비를 만나러 조정으로 갔다가 이명현을 보고 반해 상사병에 걸린다. 만씨는 만귀비를 통해 임금을 설득하여 이명현의 부인이 되려고 하지만 이명현은 이미 혼인하여 부인과 첩이 있다고 하면서 만씨와의 혼인을 거절한다. 이에 만귀비는 이명현의 양모인 유부인에게 임금이 내린 혼사를 거절하면 집안에 화란이 있을 것이라는 편지를 보내고 집안의 걱정을 염려한 이명현은 어쩔 수 없이 만씨를 두 번째 처로 맞아들인다. 혼인 후 만씨가 펼치는 투기와 악행을 정리하면 다음과 같다.

① 신혼 첫날 밤에 박대를 당한 만씨는 분노하며 유부인과 두 딸과 결탁하여 위씨의 원비 자리를 빼앗을 계교를 짠다.
② 만씨는 유부인에게 이명현이 자신을 박대한다고 하자 유부인은 이명현이 만씨 침소에 들지 않는다는 이유로 하인을 시켜 이명현을 때린다.
③ 만씨는 위부인을 없애기 위해 이명현이 찬 칼을 뽑아 자해하면서 이명현과 위씨가 자신을 죽이려고 했다고 울부짖고 유부인이 이명현과 위씨를 매로 다스린다.
④ 만씨는 만귀비에게 이 사실을 알리고 만귀비와 만염은 이를 임금에게 알린다.
⑤ 임금은 이명현을 옥에 가두고 문초하여 월봉을 삭감하고 위씨는 원위에서 폐하여 장사로 정배보내고 만씨를 원비로 삼게 하고 빙염은 만씨의 천비로 삼게 한다.
⑥ 만씨는 유부인의 명으로 이명현이 자신의 처소로 찾아오지만 자신에게 냉랭하자 빙염을 죽일 계교를 낸다.
⑦ 만씨는 창두를 시켜 빙염을 쇠사슬로 묶어 강물에 던져 죽이려 하자 이명현의 동생 이경현이 구출하여 빙염을 자기 부인에게 보낸다.

⑧ 만씨는 자객을 보내어 정배가는 위씨를 죽이려고 하지만 위씨는 위기를 모면하고 장사 태수에게 의탁한다.

⑨ 빙염이 서후의 딸임이 밝혀지고 이명현이 빙염을 정실로 맞아들이자 만씨는 질투로 분하고 원통해한다.

⑩ 만씨는 유부인과 영설 등과 짜고 벽에 요사한 축사를 써서 유부인이 병이 든 것처럼 하고 빙염이 축사를 쓴 것처럼 꾸미고 유부인은 빙염의 죄를 물어 매로 다스리고 후당에 감금시킨다.

⑪ 빙염이 병이 들어 거의 죽게 되자 유부인은 빙염을 친정으로 돌려보내고 빙염은 친정 아버지의 신약으로 살아난다.

⑫ 임금이 정궁을 폐하고 태자를 박대하자 이명현은 만귀비와 만염의 잘못을 상소하다 오히려 형벌을 받게 되고 역남국변으로 정배가게 된다.

⑬ 만씨와 유부인, 영설 등이 이명현이 사라지자 재산을 차지하려고 이명현의 세 아들을 죽이려고 하자 아들들은 이명현이 남긴 글을 보고 빙염의 집으로 피신한다.

⑭ 영설이 이부의 권력을 잡자 유부인과 만씨는 무용지물이 된다.

⑮ 임금이 죽고 태자가 즉위하여 만씨의 삼족을 멸하고 그 화가 만씨에게까지 미치나 만씨는 이명현이 돌아와 처결하라고 한다.

⑯ 만씨는 다급해지자 이부의 재산을 정리하여 사통한 노비와 도망간다.

⑰ 이명현이 돌아와 병든 유부인을 간호하고 빙염을 데리고 오고 도망갔던 만씨가 거지가 되어 방황하고 있는 것을 보고 만씨를 이부로 잡아와 처형한다.

신혼 첫날밤 이명현이 신방에 들어와서는 말도 건네지 않고 잠만 자고 나가자 만씨는 이에 분노하여 이명현과 위씨, 서빙염을 없앨 생각을 하게 된다. 만씨는 아들이 없는 집안에 양자로 들어와 모든 재산이 이명현에게 돌아갈 것을 못마땅해하던 시어머니 유부인과 시누 영설 등과 결탁하여 이명현과 위씨를 모해하고 첩인 서빙염까지 죽이려는 계략을 펼치게 되는 것이다. 〈이씨효문록〉의 전반부의 핵심 갈등은 양모 유부인과 양자 이명현의 갈등인데 만씨가 이명현의 두 번째 부인으로 들어오면서 이명현과 유부인의 갈등 양상은 더욱 첨예하게 된다. 이명현이 집안을 비우자 이명현의 아들을 살해하려는 영설의 계획에도 공모한다. 만씨는 집안 내부에서는 유부인과 영설 등과 공모하고, 밖으로는 만귀비의 원조로 이명현과 위씨에게 고난을 가하는 〈이씨효문록〉의 전반부 갈등의 핵심적 유발자이다.

『명사』의 만귀비의 투기와 악행의 서사는 〈이씨효문록〉에서는 만귀비의 서사로 재구성되는 것이 아니라 만귀비의 조카 만씨라는 인물을 새롭게 구성하여 만씨가 펼치는 투기와 악행의 서사로 재구성되고 있다. 만씨는 아름다운 외모를 지니고 있고 자기 마음에 드는 배필을 구하여 남편으로 삼고 싶은 욕망을 지니고 있다. 만씨는 이명현을 보고 자신의 욕망을 만족시킬 배필로 생각하고 만염과 만귀비를 동원하여 이명현의 아내가 된다. 그러나 이명현이 자기를 사랑하지 않자 그 분노는 이명현과 위씨와 채빙에게로 향한다. 만씨가 펼치는 투기와 악행은 남편을 죽이고, 연적을 제거하며, 남편의 아이들을 살해하고, 재물을 훔쳐 다른 남자와 사통하는 것이다. 만씨의 이와 같은 투기와 악행은 현실적으로 용인되지 않는 범법적 행위이다. 〈이씨효문록〉에서 만씨는 자신의 권력 욕망, 애정 욕망, 성적 욕망이 충족되지 못하자 분노와 투기, 악행의 서사를 펼쳐보이고 있고 〈이씨효문록〉은 만씨라는 악인형 여성인물을 창조하여 적나라한 욕망의 세계를 표현하고 있는 것이다.

이 때문에 〈이씨효문록〉의 만씨는 『명사』의 만귀비의 인물 자질에서 촉발되어 이와 유사한 인물 자질을 소설 속에 구성하려는 서사 충동에서 만들어진 인물이다. 『명사』의 만귀비는 권력 욕망, 애정 욕망에 따라 투기와 악행을 저질렀다면 만씨는 권력 욕망, 애정 욕망, 성적 욕망에 따라 투기와 악행을 행하고 성적 일탈을 하는 인물로 구성하였다. 만씨는 『명사』의 만귀비가 가진 투기와 악행의 자질은 그대로 반복하고 애정 욕망과 성적 욕망은 더욱 불어넣어 새로운 악인형 여성 인물로 창조되었다. 이러한 만씨와 같은 인물 구성은 이명현의 지극한 효성으로 모든 갈등이 해결된다는 〈이씨효문록〉의 유교적 주제에서 일탈하여 만씨를 통해 악과 욕망을 유희적으로 펼치고 여성 욕망을 극대화하는 효과를 얻을 수 있다. 그러나 이런 여성 욕망의 극대화는 현실적으로 용인되지 않고 만씨는 처형되는 말로를 맞게 되지만 만씨는 『명사』의 만귀비의 인물 자질을 모방하여 〈이씨효문록〉에서 악과 욕망을 재현하는 통로가 되는 것이다.

주목되는 것은 악과 욕망을 펼친 만씨는 〈이씨효문록〉에서 이명현에게 잡혀와 처형당하는 결말을 맞지만 임금을 기만하고 권력을 휘둘렀던 만귀비는 극형을 내리거나 유배를 보내는 것이 아니라 북궁에 안치하는 처벌을 내린다는 것이다.

> ⑥ 임의 황뎨 붕하시○○ 태지 위예 나아가시니 시위 홍치 황뎨라 선졔의 유교를 밧드니 찬츌흔 직신는 딩소흐실시 이미히 원력흐엿던 죄슈 빅여인이더라 상이 만시의 삼족은 멸흐시고 란신은 죽여난 후의 혼은 셜흐시고 역모의 흉흔 거슬 시스시티 만구비로써 션됴의 총이흐시던 브나흐샤 북궁의 안치흐야 인명은 샤흐시니 셩덕은 묘애 즈복흐더라.
> 　　　　　　　　　　　　　　　　　　　 — 〈이씨효문록〉 3권 493~494쪽

임금은 죽으면서 만귀비와 간신들에게 현혹당한 자신의 잘못을 말하

며 이들을 벌 줄 것을 명한다. 그러나 태자는 홍치제로 즉위하여 만씨의 삼족은 멸하지만 만귀비는 죽이지 않는다. 만귀비는 선제가 총애하던 후궁이기 때문에 죽이지 않고 북궁에 안치하는 선에서 마무리한다. 이 때문에 홍치제의 성덕이 높이 평가되고 조정과 재야가 칭송하게 되는 것이다. 이러한 결말은 〈류황후전〉에서 악행을 저지르는 만귀비에 대해 관용을 베푸는 결말과 유사하며 〈이씨효문록〉에서도 〈류황후전〉과 유사한 윤리적 시각이 작동하여 만귀비에 대한 관용을 보여주고 있는 것이다.

(3) 핵심 서사와 부차적 서사의 상동적 구성
-<유효공선행록>, <화문록>

〈유효공선행록〉은 지극한 효성과 우애를 가진 유연과 편벽되고 어리석은 아버지 유정경을 좌지우지하여 형 유연의 장자 자리를 빼앗으려는 간사하고 시기심 많은 아우 유홍의 갈등이 중심이 되고 유연의 지극한 효우의식이 아버지와 아우의 갈등을 해소한다는 국문장편소설이다.

〈유효공선행록〉에서 만귀비의 서사는 유홍의 간계에 의해 유연이 만귀비의 잘못을 상소하고 유배를 가게 되는 유연의 고난과 관련된다. 유홍은 집에서는 사리에 밝지 않고 어리석은 아버지를 속이고 갖은 흉계를 꾸며 유연을 고난에 빠트리고 집밖에서는 만귀비를 총애하는 임금의 분노를 일으켜 유연의 고난을 가중시키는 것이다. 그러나 〈유효공선행록〉에서는 부차적 서사인 태자의 서사에서 만귀비의 서사를 본격적으로 재현하고 있다. 태자의 서사는 『명사』의 만귀비의 투기와 악행, 효종의 고난의 서사를 모방하여 재현하고 있는데, 태자의 서사는 〈유효공선행록〉에서 부차적인 서사로 기능한다. 태자의 서사는 핵심적 서사인 유연의 고난을 완화하고 해결하는 데 기여하는 역할을 하는 것이다. 〈유효공선행록〉에서는 부차적 서사인 태자의 서사에서 만귀비의 서사가 집중적으로 재현되어 있지만 핵심적 서사인 유연의 서사는 태자의 서사와 일정한 상동성을 지닌 채 구성된다는 것을 알 수 있다. 다음은 유연의 서사와 태자의 서사를 정리한 것[32]이다.

〈유효공선행록〉의 유연의 서사	〈유효공선행록〉의 태자의 서사
① 간사하고 교활한 유홍은 요정에게 뇌물을 받은 일과 형수인 정씨의 아름다움을 시기하여 지은 거짓 가사가 유연에게 탄로날까 봐 어리석은 아버지 유정경에게 유연의 죄를 거짓으로 고해 유연을 모함함.	① 태자는 나이가 어리지만 성숙하고 영민함.
	② 천자가 후궁 만귀비를 총애하자 만귀비는 황후를 참소하고 천자는 황후를 폐하고 태자를 박대하며 만나지 않음.
② 유홍은 온갖 흉계로 유연을 해치려고 하고 유정경은 적장자 자리에서 유연을 폐하여 유홍을 적장자로 삼고 유연과 정씨를 취설각과 하영당에 유폐시킴.	③ 만귀비가 다시 천자에게 태자를 참소하자 천자는 태자를 조주로 순행가게 함.
	④ 황후는 천자의 박대와 만귀비의 간악한 참소가 심해지고, 심궁에 갇혀 태자를 만나지 못하자 병이 들어 죽게 됨.
③ 유홍은 간계를 부려 요정, 만염과 협동하여 유연이 과거를 보게 하고 유연이 장원으로 뽑히는 날 천자 앞에서 유연의 죄상을 말함. 유정서와 유씨 종족, 태자의 변호로 유연이 위기를 모면함.	⑤ 황후의 죽음을 알게 된 태자는 궁궐로 돌아와 임종을 받들지 못한 것을 밤낮으로 슬퍼하고 천자가 태자를 위로함.
	⑥ 천자가 갑자가 병을 얻어 죽음을 맞음.
④ 천자가 후궁 만귀비를 총애하여 황후를 폐하고 태자를 박대하자 유홍은 흉계를 내어 유연이 천자에게 상소를 올리게 함.	⑦ 태자가 즉위하여 개원을 홍치 원년으로 하고 홍치제가 됨.
⑤ 천자는 자신의 잘못을 말하는 유연에게 분노하여 수십 대를 치고 유배보냄.	⑧ 만귀비는 천자를 죽이려고 모의하다가 발각되고 천자는 만염과 만귀비의 삼족을 멸하고 만귀비 일파를 죽이거나 죄를 줌.
⑥ 유홍은 유배지로 향하는 유연을 죽이기 위해 하인을 매수하기도 하고 유정경을 부추겨 유연에게 칼과 편지를 보내어 자결하라고 함.	⑨ 천자는 만귀비는 선제가 총애하던 비(妃)라 죽이지 않고 북궐의 심궁에 가둠.
	⑩ 천자는 간악한 신하를 폐하고 정관, 정서, 유연 등의 신하를 가까이 두고 천하의 인재를 등용함.
⑦ 유정경은 우연히 초서당에서 유홍의 악행	⑪ 천자는 검소하고 소박한 것을 숭상하고 후

32 2장의 〈유효공선행록〉의 서사 구성 방식의 논의에서 정리한 내용을 다시 활용하기로 한다.

과 관련된 편지를 보고 60대의 매로 유홍을 다스리고 유정경은 유연에게 편지를 보냄. 유홍은 중간에서 두 사람을 이간질하는 편지로 바꾸어 버림. ⑧ 태자가 왕위에 오르고 만귀비 일파와 유홍의 죄상이 밝혀지고 유홍은 유배를 가게 됨. 유배지에서 돌아온 유연은 효성으로 유정경을 모시고 10년 만에 유배지에서 돌아온 유홍을 우애로 대하고 유홍은 개과함.	비가 사치하지 않도록 하여 아름다운 덕과 밝은 정사를 폄.

태자의 서사는 만귀비의 서사와 명 효종의 고난의 서사, 성군담 등 『명사』에 기반하여 재현한 것이다. 그런데 〈유효공선행록〉의 핵심 서사인 유연의 서사도 태자의 서사와 유사한 구성으로 재현되고 있다는 것을 알 수 있다. 만귀비에게 현혹되어 만귀비의 참소를 믿고 황후를 폐하고 태자를 박대하는 임금의 어리석음에서 기인하는 태자의 고난은 시기심 많고 간악한 아들 유홍의 참소와 계략에 빠져 유연을 박대하고 고통스럽게 하는 유정경의 어리석음에서 기인하는 유연의 고난의 서사와 상동적인 것이다. 태자의 서사가 후궁의 참소가 원인이 되고, 유연의 서사가 간악한 작은 아들의 참소가 원인이 된다는 것이 다르지만 사리를 분별하지 못하고 암혼한 아버지와 임금의 잘못된 판단이 아들에게 고난을 가한다는 점이 동질적인 것이다.

이점은 태자가 만귀비의 참소로 조주로 순행갔다 유배지에서 유연을 만나 서로 위로하는 부분에서도 드러난다. 유배지에서 유연이 병이 들어 정신을 잃고 누워있을 때 태자는 유연을 찾아가 유연의 방에서 유홍이 거짓으로 쓴 유정경의 편지를 보고 큰 소리로 분노한다. 유연이 정신을 차리자 태자는 자기의 정체를 알리고 유연을 위로해준다. 태자는 또한 조정의 일을 언급하다가 천자가 자기를 박대하는 뜻과 자기를 외지로 내친 것을 말하며 눈물을 흘리자 유연은 순임금을 빗대어 천자를 원망하던 태자를 깨우치고 위로하는 것이다. 이렇게 태자와 유연은 서로의 처지를 위로하며 며칠을 같이 보내게 되는데 이것은 유연과 태자의 처지가 비슷하고 동질적인 고통을 겪고 있음[33]을 잘 드러내는 부분이다.

그러므로 〈유효공선행록〉의 유연의 서사와 태자의 서사는 어리석은 아버지 혹은 천자가 간악한 아들 혹은 후궁의 계략에 빠져 효우관인한 아들에게 극심한 고통을 가하는 상동적 구성을 보여준다. 〈유효공선행록〉에서 『명사』의 만귀비의 투기와 악행, 효종의 고난의 서사를 부차적 서사로 만들어 핵심 서사와 상동적인 의미를 지니도록 구성하는 것은 어리석은 가부장과 임금에 대한 비판적 시각을 보여주기 위함이다. 〈유효공선행록〉은 『명사』에서 드러내지 않았던 헌종의 무력함과 암혼함을 재해석하여 핵심 서사와 조응하도록 구성하는 것이다.

한편 〈유효공선행록〉에서도 만귀비에 대한 처결은 그 악행에 비해 관대하다. 만귀비가 다시 임금을 해하려다 발각되지만 임금은 만귀비의 공모자 만염과 만귀비의 삼족을 죽이고 만귀비에게 응했던 궁인 칠십 여인을 죽이거나 귀향을 보내지만 만귀비는 선제가 총애하던 후궁이라 목숨을 살려 별궁에 안치하게 한다. 이와 같은 만귀비에 대한 임금의 처결은 앞서 살폈던 〈류황후전〉, 〈이씨효문록〉과 같이 고전소설

---

33 박일용은 유연의 서사는 우순 효행담과 상동성을 지닌다고 하였다. 우순 효행담에서는 효행만으로써 갈등이 해소되지만 〈유효공선행록〉의 서술자는 갈등 해소의 매개적 장치로서 유연에게 가장 공감을 느낄 수 있으며 정치적으로 입장을 같이하는 태자를 설정하여 정치적인 갈등을 해소시킨 것이라고 논의한 바 있다. (박일용, 앞의 논문, 164쪽.)

의 윤리적 시각이 반영된 결말이라고 할 수 있을 것이다.

『명사』의 만귀비의 서사가 부차적 서사로 핵심 서사와 상동적 관계를 갖도록 구성하는 것은 〈화문록〉에서도 발견된다. 〈화문록〉의 전반부는 화경과 부인 이씨와 첩인 호씨의 처첩 갈등이 주가 되는데, 호씨는 갖은 계략으로 이씨를 괴롭히고 화부에서 이씨를 축출한다. 그러다화경은 우연히 양진이라는 서생을 만나 호씨의 음모를 깨닫게 되어 호씨를 내쫓는다. 후반부는 호씨가 화경과 이 부인에게 원한을 품고 만귀비를 사주하여 만귀비의 딸 태아공주를 화경과 혼인시키는 과정에서만귀비의 주도로 화경과 이씨에게 고난을 가하는 새로운 갈등이 펼쳐진다. 『명사』의 만귀비의 서사는 〈화문록〉에서는 후반부의 화경과 이씨에게 새로운 고난을 가하는 서사로 구성되고 있는 것이다. 그런데 후반부의 만귀비가 화경과 이씨에게 가하는 고난담은 전반부의 서사와상동적인 형태를 취한다는 것을 알 수 있다. 전반부의 화경과 호씨의서사와 후반부에서 임금과 만귀비의 서사를 정리하면 다음과 같다.

〈화문록〉의 화경과 호씨의 서사	〈화문록〉의 임금과 만귀비의 서사
① 화경은 외가에 갔다 오다가 죽서루에서 호씨를 만나고 첫눈에 호씨의 아름다움에 매혹됨.	① 임금과 만귀비에게는 14살된 태아공주가 있는데 호씨는 만귀비가 화경을 부마로 삼도록 계략을 꾸밈.
② 화경은 이씨와 혼인 후에도 호씨를 잊지 못하고 호씨를 재취하게 됨.	② 만귀비를 총애하던 임금은 화경을 부마로 간택하고 이씨는 첩으로 강등한다는 교서를 내림.
③ 화경의 사랑을 독차지한 호씨는 이씨를 모해하기 위해 시부모 생일날 이씨의 시비를 매수하여 술잔에 독을 타고 이씨의 소행으로 미루자 이씨는 의심을 받음.	③ 화경은 불가함을 상소하고 임금이 만귀비를 총애하고 만귀비 아버지 만안 등의 참람함을 말하고 죄 주기를 청하는 만언소를 올림.
④ 호씨는 얼굴이 바뀌는 개용단을 구하여 이씨가 되어 외간남자를 불러들여 시부모와 남편을 죽일 계교를 꾸미는 것처럼 하여 화경의 증오를 불러일으킴.	④ 임금은 분노하여 화경을 옥에 가둠.
	⑤ 만귀비가 참소하여 화경의 부인 이씨와 아버지 이광운을 참수하라고 하자 임금

⑤ 호씨는 시비 약난과 짜고 이씨가 이씨의 문객인 설경윤과 사통한 것처럼 꾸미고 이씨를 후원 별당에 가둠.	은 이씨를 촉도 해남땅에 유배보냄.
⑥ 화경과 화공은 호씨의 단약에 중독되어 판단력이 흐려지고 이씨를 원위에서 폐하고 호씨를 원위로 올림.	⑥ 임금의 만귀비에 대한 은총이 날로 더하여 임금은 태자를 내쳐 조대 땅을 살피라고 내보내고 중전은 내궁에 가둠.
⑦ 호씨는 이씨가 아들을 낳은 것을 질투하여 이씨와 갓난아이를 강물에 빠트려 죽이려고 하지만 이씨의 외삼촌 유세랑이 이씨와 아이를 발견하고 구출하여 친정으로 보냄.	⑦ 임금에게 잘못임을 간하다가 죄를 입은 신하와 벼슬을 버리고 고향으로 간 신하가 부지기수이며 만안 등 만귀비 일파가 민간에 폐단을 무수히 일으킴.
⑧ 서방을 순무하던 화경은 우연히 양진이라는 서생을 만나 첩에게 현혹되어 정실 부인을 죽인 이야기를 듣고 호씨의 음모를 깨닫게 됨.	⑧ 중전은 임금의 박대와 만귀비의 모해로 고통을 받고 슬퍼하다 병이 들어 죽게 됨.
⑨ 집으로 돌아온 화경은 호씨를 내쫓고 이씨의 생사를 탐문하던 중 처가에서 이씨가 살아있다는 것을 알고 이씨를 데리고 와 다시 화락함.	⑨ 얼마 후 임금이 병이 들어 임종 전 태자를 불러 간악한 정에 빠져 중전과 충신을 물리친 것을 후회하며 충신을 다시 쓸 것을 말함.
⑩ 친정으로 쫓겨난 호씨는 분통해하며 화경과 이씨를 죽이려는 계획을 짬.	⑩ 태자가 보위에 올라 유배갔던 신하를 부르고 충신과 어진 신하를 다시 쓰고 대사면령을 내림.
	⑪ 임금이 만귀비는 냉궁에 안치하고 태아공주는 서인으로 강등시키나 선제를 생각하여 만귀비는 별궁으로 옮기고 태아공주는 공주의 직위를 다시 회복시켜 줌.

〈화문록〉에서 『명사』의 만귀비의 서사는 후반부의 임금과 만귀비의 서사로 재구성되어 있다. 전반부에서 호씨는 첫째 부인 이씨를 시기하고 질투하여 화경에게 이씨를 음해하여 축출하지만 화경이 호씨의 음모를 알게 되어 자신을 내치자 만귀비를 움직여 화경을 부마로 삼게 하는 데서 만귀비의 서사가 펼쳐지는 것이다. 그러나 후반부의 만귀비의 서사는 독립적인 서사로 전개되는 것이 아니라 전반부의 화경 − 이씨 − 호씨의 서사와 상동적인 의미[34]를 가질 수 있도록 구성된다. 후반부

---

34 김용기는 화경, 양진, 임금의 서사는 유사 장면이 반복적으로 제시되는 서술방식에 따라 진행되고 있다고 하였고, 이것은 감성적 애정과 가장의 제가와 치국의 문제를 입체적으로

에도 전반부의 화경의 서사처럼 임금-정궁, 태자-만귀비의 서사를
구성하여 판단력을 잃은 어리석은 가장과 임금이 첩의 계략에 빠져 부
인과 아들을 고통 속에 빠트리는 서사를 재현하는 것이다.

『명사』에서 연원하는 만귀비의 서사는 〈화문록〉에서는 임금과 만귀
비의 서사로 재구성하여 화경에게 고난을 가하는 것으로 구성한다. 핵
심적 서사인 화경과 호씨의 서사에서 나타나는 어리석은 가장의 잘못
된 판단이 빚어내는 우여곡절을 부차적 서사에서도 유사하게 재현하고
자 하는 서사 충동이 『명사』의 만귀비의 서사를 선택하고 서사화하게
하는 것이다. 일부다처제에서의 어리석은 가부장과 봉건제에서의 어리
석은 임금의 문제를 드러내기 위해 핵심 서사와 부차적 서사를 상동적
으로 구성하여 소설을 창작하게 되는 것이다.

마지막으로 〈화문록〉에서도 악행을 저지른 만귀비에 대해서는 관용
을 베푸는 결말을 보여주고 있다. 헌종이 만귀비에 혹하고 간신들에게
휘둘렸던 자신의 잘못을 말하고 승하하자 태자가 보위에 올라 만귀비
를 궁녀들이 있는 냉궁에 안치하고 태아공주는 서인으로 삼는 처결을
내린다. 그러나 시간이 흐른 후 임금은 만귀비의 죄가 중하지만 돌아가
신 아버지가 총애했던 비이기에 냉궁에 오래 폐하여 두는 것이 편치
않다고 하면서 만귀비를 별궁으로 옮기게 하고 태아공주의 직위를 회
복시키라고 명한다. 이에 모든 신하가 임금의 지극한 효와 덕에 감복하
고 임금의 성덕을 기리는 결말을 보여준다. 이와 같은 〈화문록〉의 만귀
비에 대한 임금의 처결은 임금의 인효를 드러내는 것인데 이것은 고전
소설의 윤리적 시각이 반영된 결말이라고 할 수 있을 것이다.

조명하고 있다고 지적하였다. (김용기, 앞의 논문, 313~314쪽.)

3) 고전소설의 만귀비의 소설화 동인

(1) 악과 욕망 재현의 유희적 동인

『명사』의 만귀비의 기록은 고전소설에서 남녀 주인공의 고난 강화
적 서사 프레임을 구성하는 데 활용되고 새로운 악인형 여성 인물의
모방적 구성에 활용된다는 것을 확인하였다. 『명사』의 만귀비의 기록
은 고난 강화적 서사 구성이라는 구성적 측면과 악인형 여성 인물의
창조라는 인물 구성적 측면에서 소설적 상상력을 촉발시키는 원동력이
된 것이라고 하겠다.

그런데 고전소설은 선행 텍스트라고 할 수 있는 『명사』〈효목기태
후〉와 〈공숙귀비만씨〉와 『만력야획편』의 〈효종생모〉, 〈만귀비〉의 기
록에서 나타나는 만귀비의 행위와 인물 성격을 그대로 모방하는 것이
아니라 소설적 상상력으로 새롭게 변용하는 측면이 있다. 『만력야획편』
에서 만귀비는 투기와 악행을 본격적으로 저지르는 인물로 기록되어
있지 않고 『명사』에 이르러서야 만귀비는 임금의 총애를 받고 투기와
악행을 저지르는 인물로 고정된다. 또한 『만력야획편』과 『명사』에 기
록된 만귀비는 민첩하고 기민하여 헌종의 뜻을 잘 맞추어 헌종의 총애
를 받긴 하지만 젊고 아름답기 때문에 헌종의 총애를 받은 것은 아니
다. 『명사』에서 만귀비는 4세에 액정에 들어가 손태후의 궁녀가 되었
고, 자라서 동궁에서 헌종을 보살폈는데, 헌종이 16세에 즉위할 때 만
귀비는 이미 35세였고 기민하여 황제의 뜻을 잘 살폈다[35]고 기록되어

---

35 四歲選入掖廷, 爲孫太后宮女. 及長, 侍憲宗於東宮。 憲宗年十六卽位, 妃已三十有五,
機警, 善迎帝意. (『명사』 권113 「후비(后妃)」, 〈공숙귀비만씨(恭肅貴妃萬氏)〉)

있다. 이로 보아 헌종은 만귀비가 젊고 아름답기 때문에 총애한 것은
아니라는 것을 알 수 있다. 오히려 만귀비가 어렸을 때부터 헌종을 돌
보았기 때문에 헌종은 만귀비에게 의지하고 만귀비에게서 모성 같은
정을 느꼈을 것이라 추측할 수 있다. 또한 『만력야획편』에는 만씨가
살이 쪄서 매번 행차할 때마다 반드시 군복을 입고 칼을 차고 좌우에서
시립하였는데 황제가 매번 볼 때마다 사모하였다[36]고 기록되어 있는데
이로 보아 만귀비는 몸매가 날씬하고 외모가 아름다운 여성은 아니었
을 것이다.

그러나 고전소설에서 만귀비의 서사는 만귀비의 투기와 악행을 더욱
강화하고 있고 만귀비를 역사의 기록과는 달리 젊고 아름다운 여인으
로 변형하고 있다. 외모는 매우 아름답지만 내면은 투기와 간악함으로
가득하고 악행을 자행하는 팜므파탈형 인물로 만귀비를 새롭게 구성하
는 것이다. 이것은 소설 작가가 만귀비를 통해 악과 욕망을 최대한으로
재현하고자 하는 유희적 동인에 의해 역사적 인물 만귀비를 고전소설
적 인물과 사건으로 재구성한다는 것을 보여준다. 『명사』에서 나타나
는 만귀비의 투기와 악행도 놀랄만한 것이지만 고전소설에서 재현되는
만귀비의 악행과 투기, 만귀비를 모방하여 새롭게 구성되는 여성 인물
의 투기와 악행은 현실에서 금지하고 있는 극단적 범법 행위이다. 그러
나 고전소설에서 재현되는 만귀비의 서사나 만귀비를 모방하여 구성되
는 여성 인물은 이런 극단적 범법 행위를 정교하고 활발하게 수행하고
있다.

---

36 萬氏豐豔有肌, 每上出遊, 必戎服佩刀侍立左右, 上每顧之輒爲色飛. (『만력야획편(萬
曆野獲編)』 권3 「궁위(宮闈)」, 〈만귀비(萬貴妃)〉)

〈류황후전〉에서 만귀비는 후궁 중에서 가장 아름다운 미모를 지녔고 역모나 근친살해와 근친상간과 같은 패륜을 남녀 주인공이 저질렀다고 누명을 씌우면서 남녀 주인공에게 해를 가하고 있다. 〈이씨효문록〉의 만씨는 뛰어난 미모를 지니고 있지만 남편에게 사랑받지 못하자 남편을 죽이고 남편의 처첩을 제거하며, 남편의 아이들을 살해하고, 모든 것이 여의치 않자 다른 남자와 사통하고 도망치기까지 한다. 이 것은 『명사』의 만귀비의 투기와 악행, 만귀비의 성격을 참조하지만 고전소설에서 만귀비의 서사를 만들고 인물을 구성할 때는 보다 자극적인 구성과 인물 창조로 나아가고 있음을 보여주는 것이다. 역사적 인물 만귀비는 고전소설에서 현실적 금기 너머에 있는 제어되지 않는 인간의 욕망을 그대로 표출하고자 하는 의도에서 선택된 인물이고 작가의 유희적 동인에 의해 새로운 악인형 여성 인물의 서사와 인물 구성이 만들어지게 되는 것이다. 이것은 인간이 가지고 있는 권력 욕망, 애정 욕망, 성적 욕망 등을 허구적으로 극대화하는 수단이 되며 적나라한 인간 욕망의 세계를 허구적으로 표현하는 통로가 되는 것이다.

『명사』의 만귀비의 기록에서 촉발되는 만귀비 서사와 만귀비의 성격은 국문장편소설의 악인형 여성 인물을 구성하는 데 참조의 틀이 된다. 국문장편소설에는 아름다운 외모를 지녔지만 투기와 질투에 사로잡힌 악인형 여성 인물이 연적(戀敵)을 없애기 위해 펼치는 투기와 악행의 서사가 반복되고 있고 권력 욕망, 애정 욕망, 성적 욕망의 화신으로 성격화되는 악인형 여성 인물의 전형적 캐릭터가 빈발한다. 이와 같은 국문장편소설의 악인형 여성 인물의 서사와 성격화는 『명사』의 만귀비 서사 같은 전형화된 악녀형 서사에서 촉발되어 그 뼈대를 만들고 그다음으로 악과 욕망을 재현하려는 유희적 상상력이 살을 만들고 외형을 꾸미면서 역사보다 더욱 강화된 악인형 여성 인물의 서사와 인물이 창조되기도 하는 것이다.

(2) 어리석은 가부장에 대한 비판적 동인

앞 장에서 살펴본 것처럼 〈유효공선행록〉과 〈화문록〉에서 『명사』의 만귀비 서사는 주로 부차적 서사로 구성되었는데 이 부차적 서사는 핵심 서사와 상동적 구조를 지닐 수 있도록 구성되었다. 〈유효공선행록〉의 핵심 서사는 유연의 서사인데 유연의 서사는 어리석은 아버지가 간악한 작은 아들의 참소와 간계에 빠져 효우관인한 큰아들에게 고난을 가하다 후에 잘못을 깨우치는 것으로 요약된다. 〈유효공선행록〉의 부차적 서사는 태자의 서사인데 이 부차적 서사는 핵심 서사와 상동적 의미를 지닐 수 있는 서사로 구성된다. 여기서 선택되는 것이 곧 『명사』의 만귀비 서사이다. 어리석은 임금이 후궁인 만귀비의 참소와 간계에 빠져 정궁과 어진 태자를 박대하여 고난을 가하고 시간이 흐른 후 잘못을 깨우치는 것이다. 〈화문록〉의 핵심 서사인 화경과 호씨의 서사와 부차적 서사인 임금과 만귀비의 서사도 역시 〈유효공선행록〉과 유사한 양상으로 서사가 재현되고 있다는 것을 살펴보았다.

그렇다면 〈유효공선행록〉과 〈화문록〉에서 핵심 서사와 상동적 의미를 가질 수 있도록 『명사』의 만귀비 서사를 선택하는 이유는 무엇일까를 생각하지 않을 수 없다. 〈유효공선행록〉과 〈화문록〉에서 『명사』의 만귀비 서사를 부차적 서사로 구성하는 이유는 암혼하고 어리석은 가부장에 대한 문제와 반감을 표현하기 위해서이다. 핵심 서사에서도 어리석은 가부장에 대한 서사가 펼쳐지고 있지만 부차적 서사에서도 이와 유사한 서사 프레임을 상동적으로 구성함으로써 현명한 판단을 하

지 못하는 아버지와 어리석은 임금의 모습을 반복적으로 보여주고 있
는 것이다.

『명사』에서는 만귀비의 투기와 악행이 강조될 뿐이지 헌종의 어리
석음은 도드라지게 서술되지 않는다.『명사』〈효목기태후〉와 〈공숙귀
비만씨〉의 기록에서 헌종의 무력함과 어리석음은 배경화되어 있고, 만
귀비의 투기와 악행은 양각화되어 있기 때문이다.『명사』를 읽는 독자
가 이 역사적 기록을 통해 만귀비의 투기와 악행을 수수방관하는 헌종
의 무력함을 적극적으로 해석해야만 헌종의 어리석음을 포착할 수 있
는 것이다. 그러나 고전소설의 작가는『명사』의 〈효목기태후〉와 〈공숙
귀비만씨〉에서 헌종의 무력함과 어리석음을 적극적으로 해석하여 고
전소설의 부차적 서사로 만들고 핵심 서사와 유사한 관계를 가질 수
있도록 상동적 구성의 프레임을 짠다. 이것은『명사』의 만귀비 서사를
만귀비의 개인적 악행의 서사로만 읽지 않고 현실에서 일어나는 문제
를 반영할 수 있는 서사로 만들고자 하는 작가의 의도와 어리석은 가부
장에 대한 반감을 재현하고자 하는 비판적 동인이 작동하여 만들어내
는 서사 구성이라 하겠다.

한 명의 남성이 여러 명의 처첩을 거느리는 일부다처제 사회에서는
처첩 간의 반목과 갈등이 많았을 것이고 그 사이에서 현명한 판단을
하지 못하는 어리석은 가부장의 문제가 비일비재했을 것이다. 또한 임
금이 절대 권력을 누리는 봉건제에서도 후궁과 간신들의 간계에 빠져
올바른 판단을 하지 못하고 정사나 가정사를 제대로 처리하지 못하는
임금도 많았을 것이고 그 후유증은 심각했을 것이다. 〈유효공선행록〉
과 〈화문록〉의 작가는 현실적 문제를 직시하고『명사』의 만귀비 서사
에서 이와 유사한 의미를 읽어내는 것이다. 소설 작가는 현실에서 발견

되는 암혼한 가부장과 임금의 부정적 처신을 소설적 모티브로 하여 핵심 서사로 만들고 『명사』의 만귀비 서사를 어리석은 가부장과 임금에 대한 비판적 시각으로 해석하여 소설적 변형을 통해 부차적 서사로 만드는 것이다. 여기에서 당대의 현실적 문제를 직시하고 소설화하는 서사 충동과 현실 비판적 동인이 강하게 작동하게 되는 것이다.

(3) 인효와 관용 재현의 윤리적 동인

마지막으로 우리는 〈류황후전〉, 〈이씨효문록〉, 〈유효공선행록〉, 〈화문록〉의 결말에서 임금이 만귀비의 투기와 악행에 비해 관대한 처분을 내리는 것을 발견할 수 있었다. 〈류황후전〉에서는 만귀비의 악행이 발각되어도 왕위에 오른 태자는 만귀비의 죄를 죽음으로 처리하지 않고 절도에 유배보내고, 〈이씨효문록〉에서도 태자가 홍치제로 즉위하여 간신과 만귀비 일파를 척결할 때 만귀비는 선제가 총애하던 후궁이기 때문에 죽이지 않고 북궁에 안치하는 선에서 마무리한다. 또한 〈유효공선행록〉에서도 태자는 보위에 올라 만귀비는 선제가 총애하던 후궁이라 목숨을 살려 별궁에 안치하게 하고 〈화문록〉에서도 임금은 만귀비를 냉궁에 안치하고 태아공주는 서인으로 삼는 처결을 내린 후 선제를 생각하여 만귀비를 별궁으로 옮기게 하고 태아공주의 직위를 회복시켜 주는 결말을 보여준다. 이와 같이 만귀비의 죄상이 밝혀졌지만 죽음으로 단죄하지 않고 선제를 생각하여 관용을 베푸는 것은 임금의 어진 마음과 효성을 드러내는 것으로 이는 고전소설의 윤리적 시각이 반영된 결말이라고 할 수 있을 것이다.

이것은 『명사』와 『만력야획편』에서 죽음으로 끝나는 만귀비의 결말과 다른 고전소설의 변용이라고 할 수 있다. 『명사』에서는 만귀비가 급병이 들어 갑자기 죽은 것[37]으로 서술하고 있고,『만력야획편』〈만귀비〉에는 만귀비가 궁녀 하나를 때리다가 화가 끝까지 올라 숨이 막히고 가래가 올라 결국 죽게 되었고 황제도 만귀비의 죽음을 슬퍼하며 우울해하다가 조정 일도 돌보지 않고 끝내 죽었다[38]고 서술하고 있다. 『명사』와『만력야획편』의 역사적 기록에서 만귀비는 죽음을 맞는 파국을 보여주고 있는 것이다. 다만『명사』의 〈공숙귀비만씨〉의 마지막 부분에서 효종이 즉위한 후 어사 조린이 만귀비의 시호를 삭제하자는 건의를 하고 서욱이 기태후를 진찰한 어의를 잡아 기태후의 죽음과 관련된 만귀비의 사주를 심문하자고 했지만 효종은 더 이상 만귀비의 죄상을 들추어내는 것은 선제의 뜻을 어기는 것이라 하고 그만하게 하였다[39]는 기록이 있다. 이 부분은 선제를 생각하여 만귀비의 악행을 덮어두려는 효종의 효성과 관용의 자세를 보여주는 것이라고 할 수 있다.

이런 점에서 〈류황후전〉, 〈이씨효문록〉, 〈유효공선행록〉, 〈화문록〉의 만귀비에 대한 처분은『명사』의 효종의 효성과 관용의 자세에서 포착된 것일 수 있다. 그러나 고전소설에서는『명사』보다 만귀비의 악행에 대해 더 너그럽고 관용적인 결말을 구성한다. 만귀비에게 목숨을 잃을 뻔한 절체절명의 고통을 받고도 임금은 아버지가 총애한 후궁이기

---

37 二十三年春, 暴疾薨, 帝輟朝七日. (『명사』권113 「후비(后妃)」, 〈공숙귀비만씨(恭肅貴妃萬氏)〉)

38 成化二十三年, 撻一宮婢, 怒極, 氣咽痰湧不復蘇, 急以訃聞. 上不語久之, 但長歎曰：萬侍長去了, 我亦將去矣. 於是悒悒無聊, 日以不預, 至於上賓. (『만력야획편(萬曆野獲編)』권3 「궁위(宮闈)」, 〈만귀비(萬貴妃)〉)

39 弘治初, 御史曹璘請削妃諡號. 魚臺縣丞徐頊請逮治診視紀太后諸醫, 捕萬氏家屬, 究問當時薨狀. 孝宗以重違先帝意, 已之. (『명사』권113 「후비(后妃)」, 〈공숙귀비만씨(恭肅貴妃萬氏)〉)

때문에 만귀비를 죽이지도 않고, 태장을 내려 만귀비의 신체를 훼손하지도 않으며 정배를 보내지도 않고 궁궐에 유폐시키는 정도의 벌을 내리는 것이다. 이것은 죽은 아버지에 대한 효성의 발로이자 새로 즉위한 임금의 인과 관용을 보여주는 것이다. 이러한 처결 때문에 조정과 재야에서는 임금의 효성과 성덕을 치하하고 진정한 성군으로 존경하게 되는 것이다.

고전소설의 이와 같은 결말은 아들의 지극한 인효를 강조할 뿐만 아니라 소설 향유층이 공유하고 있는 유교 윤리적 시각을 반영한 것이다. 만귀비의 서사를 소설화하는 고전소설이 만귀비의 악행을 죽음으로 되갚지 않고 관용으로 만귀비의 악행을 용서하는 결말을 만드는 것은 유가의 핵심 윤리인 인효를 드러내고 유교적 윤리를 강조하고자 하기 때문이다. 결국 인효, 관용을 강조하고자 하는 유교적 윤리에 강박된 윤리적 서사 동인이 이러한 소설 결말을 만드는 것이다. 이러한 소설 결말은 만귀비 서사를 소설화하는 소설 결말에서 상호텍스트적으로 반복되고 있는데 이는 소설 작가가 역사를 소설화할 때 이와 같은 유교 윤리적 동인에 강하게 견인되고 있다는 것을 보여주는 것이기도 하다. 많은 국문장편소설에서 계모와 양모가 악행을 저질러도 아들은 그들의 악행을 단죄하지 않고 용서하거나 회개하는 결말을 구성하는 것도 바로 이 인효와 관용을 재현하는 윤리적 동인이 강하게 작동하기 때문인 것이다.

4. 고전소설의 엄숭의 소설적 재현 방식과 소설화 동인

명사(明史)의 역사적 인물 엄숭(嚴嵩)은 명나라 세종이 통치했던 가정 연간의 간신으로 명사에서는 6대 간신 중 한 사람으로 지칭된 인물이다. 엄숭은 우리 고전소설에서도 간신으로 등장하는데, 엄숭이 등장하는 고전소설은 〈창선감의록〉, 〈사씨남정기〉, 〈일락정기〉, 〈낙천등운〉 등이다. 이 소설들에서 엄숭은 서사 전체에서 지속적인 악인으로 구성되기도 하고, 서사 일부분에서 단속적인 악인으로 구성되기도 한다.

그렇다면 명사의 인물 엄숭이 우리 고전소설에서 어떻게 소설화되고 있으며, 여러 고전소설에서 계속 소설화되는 이유는 무엇일까?

선행 연구에서도 〈창선감의록〉과 〈낙천등운〉의 명사의 수용과 차용을 논의하면서 엄숭을 언급한 경우들이 있다. 이른 시기에 문선규는 〈창선감의록〉을 연구하면서 〈창선감의록〉의 구성법으로 명사(明史)의 역사적 인물과 허구적 사건을 중심으로 하여 부연 과장하고 거기다 가상적인 인물과 사건을 덧붙여 꾸미고 있다[40]고 논의하였다. 장흔은 〈사씨남정기〉와 〈창선감의록〉을 대상으로 중국 실존인물을 연구하면서 엄숭을 다루었다. 엄숭은 당시 조선인들이 가지고 있던 엄숭에 대한 인식을 바탕으로 소설화한 것이며, 고전소설사에서 〈사씨남정기〉와 〈창선감의록〉은 실제 중국 인물을 작품 속의 인물로 등장시킨 효시로서의 의의를 가진다[41]고 하였다. 임치균은 고전소설의 역사 수용 양상을 고찰하면서 〈사씨남정기〉와 〈창선감의록〉은 엄숭과 그 당시의 실존 인물

---

[40] 문선규, 「창선감의록고」, 『어문학』 9, 한국어문학회, 1963, 16~18쪽.
[41] 장흔, 「한국 고전소설에 나타난 중국 실존 인물 연구―〈사씨남정기〉와 〈창선감의록〉을 중심으로」, 한국학중앙연구원 석사논문, 2010, 83~84쪽.

들을 대거 등장시키는데 이것은 허구적 인물을 강조하기 위하여 역사적 인물을 끌어들이고 실재 인물을 등장시켜 펼침으로써 작품의 내용이 실재성을 확보할 수 있도록 하기 위한 것[42]이라고 논의하였다.

〈낙천등운〉의 연구에서도 명사 수용을 논의하면서 역사적 인물 엄숭을 다루거나 언급하였다. 조희웅은 낙선재본 번역소설을 연구하는 가운데 〈낙천등운〉에 엄숭, 왕석작, 왕예, 왕세정, 양계성 등 중국 정사의 실재 인물들이 많이 등장하고 있고 소설과 사실이 부합되는 부분이 많다는 점을 이유로 〈낙천등운〉이 번역일 가능성이 많다[43]고 하였다. 구경순은 〈낙천등운〉을 연구하면서 소재론적 측면에서 인물, 사건 등을 다루고 정사에서 선택하여 작품화한 인물과 사실을 비교하여 그 작품화 과정을 논의하는 가운데 소설 속 엄숭과 명사의 유사한 점을 비교하는 작업[44]을 하였다. 이지영은 〈낙천등운〉의 텍스트의 특징과 이것이 만들어진 배경을 논의하면서 작품 서두, 대동에 마시(馬市)를 둘러싼 양계성과 엄숭의 다툼과 좌천, 양계성의 재등용, 양계성의 엄숭 탄핵 사건과 그와 관련된 역사적 사실 등을 비교적 정확하게 기술한 것으로 보아 〈낙천등운〉은 명나라 역사에 정통한 작가의 소작(所作)[45]이라고 하였다.

이처럼 기존 연구에서는 〈창선감의록〉, 〈사씨남정기〉, 〈낙천등운〉의

---

42 임치균, 「고전소설의 역사 수용 양상 고찰」, 『우리문학연구』 31, 우리문학회, 2010, 98~101쪽.

43 조희웅, 「낙선재본 번역소설 연구」, 『국어국문학』 62-63, 국어국문학회, 1973, 259쪽.

44 구희경, 「낙천등운 연구」, 이화여대 석사논문, 1981, 4~32쪽.

45 이지영, 「〈낙천등운〉의 텍스트 특징과 형성 배경에 대한 고찰」, 『국문학연구』 19, 국문학회, 2009, 72~73쪽.

명사 차용을 지적하고 명사와 고전소설의 엄숭을 비교하고 유사점을 밝히는 성과를 이루었다. 그러나 엄숭이 고전소설에서 소설화되는 구체적 양상과 소설화 동인에 대한 본격적이고 심층적인 연구는 수행되지 못했다. 본 논의에서는 엄숭의 역사를 소설화할 때 고전소설이 역사를 어떻게 재현하는가를 본격적으로 논의하려고 한다. 이를 위해 먼저 엄숭이 소설 속 중요한 인물로 기능하는 고전소설 〈창선감의록〉, 〈사씨남정기〉, 〈일락정기〉, 〈낙천등운〉을 연구 대상으로 하고 이 작품들에서 공통적으로 나타나는 『명사』의 역사적 인물 엄숭의 소설적 재현 방식과 소설화 동인을 논의해갈 것이다.

1) 명사류(明史類) 사서와 『명사』의 엄숭에 대한 기록

엄숭에 대한 기록은 청대에 간행한 정사(正史)인 『명사(明史)』에 상세하게 기록되어 있다. 그러나 『명사(明史)』는 95년의 시간이 걸려 1739년(건륭 4년)에 완성되었고 『명사(明史)』가 조선에 수입된 것은 1740년이다. 『명사(明史)』가 유입되기 전에도 조선에서는 명사류 사서가 유입되어 향유되고 있었다. 대표적인 명사류 사서는 『명사기사본말(明史記事本末)』, 『황명통기집요(皇明通紀輯要)』, 『명기편년(明紀編年)』 등이다.

『명사기사본말』은 청나라의 곡용태가 1658년에 완성한 80권의 사찬역사서이다. 『명사기사본말』에서 엄숭의 역사는 권54 〈엄숭용사(嚴嵩用事)〉에 기록되어 있다. 기사본말체(紀事本末體)는 사건별로 제목을 앞에 두고 이와 관련된 기사를 한데 모아 서술하는 것으로 일의 원인과 발단, 전개 과정, 후에 미친 영향관계를 자세하게 기록[46]하는 역사서술

방식인데, 〈엄숭용사〉는 이와 같은 기사본말체의 특징을 잘 보여준다. 〈엄숭용사〉에서는 엄숭의 출사, 엄숭이 세종의 총애를 받는 계기, 엄숭이 충신과 정적을 제거하는 과정, 엄세번의 득세와 비리, 엄숭과 엄세번의 악행과 비리를 상소하는 신하들과 엄숭의 갈등, 엄숭과 엄세번의 몰락의 과정이 상세하게 기록되어 있다. 이처럼『명사기사본말』의 〈엄숭용사〉는 18세기 초반 조선인들이 엄숭의 역사를 풀 버전으로 접할 수 있는 명사 텍스트였을 것이다.

『황명통기집요(皇明通紀輯要)』는 명나라 진건의『황명통기(皇明通紀)』를 증보한 명사[47]이다. 16세기에『황명통기』가 조선에 수입되어 읽히고, 숙종 25년(1699년)에 중국으로부터 수입한 진건 저(著), 송광 원정(原訂), 마진윤 증정(增訂)의 판본인『황명통기집요(皇明通紀輯要)』를 간행[48]하였다. 영조 47년(1771년)에는 숙종대에 간행된『황명통기집요』를 저본으로 하여 영조본『황명통기집요』를 간행하게 된다. 엄숭의 역사는『황명통기집요』의 15권~17권에 기록되어 있다.『황명통기집요』는 시대순으로 중요한 사건을 기록하는 통기류(通紀類)의 기본 체제대로 세종 연간의 중요한 역사적 사건을 시대순으로 기록하고 있기 때문에 엄숭의 역사가 원인, 과정, 결과가 상세하게 기록되어 있지 않다. 그러나 엄숭과 엄세번의 주요 행적과 엄숭의 부침이 기록되어 있어서 엄숭의 역사를 파악하는 데『황명통기집요』는 중요한 책이었다. 일례

---

46 이응백, 김원경, 김선풍, "기사본말체",『국어국문학자료사전』(https://terms.naver.com/entry.nhn?docId.)
47 『황명통기(皇明通紀)』에 대한 내용은 다음 논문을 참고하여 정리하였다. 김대경, 「조선후기『皇明通紀輯要』의 간행과 유통」, 한국학중앙연구원 석사논문, 2018, 5~68쪽.
48 김대경, 위의 논문, 13~16쪽.

로 숙종과 영조는 『황명통기집요』를 진강용 서적으로 이용하였다. 숙종은 입시관료와 함께 『황명통기집요』를 5회나 진강했고,[49] 영조는 28회의 진강을 통해 『황명통기집요』의 1권에서 24권 전권을 읽고 논평하였다.

조선시대에 널리 읽힌 또 하나의 명사는 『명기편년』이다. 『명기편년』은 명나라 종성(1575년~1625년)이 짓고 이것을 왕여남이 증보한 명대의 편년체 역사서[50]이다. 『명기편년』의 구성은 전체 12권으로 이중 엄숭의 역사는 권6에 기록되어 있다. 『명기편년』은 년, 월에 따라 역사를 시간 순서대로 기록한 사서인데 『명기편년』 권6에는 가정 20년부터 가정 44년까지 엄숭의 입사와 엄숭의 비리와 악행 등이 기술되어 있다. 특히 『명기편년』은 양계성, 서학시 등이 엄숭의 악행과 비리를 탄핵하는 상소 내용과 과정이 매우 상세하게 기술되어 있고, 엄숭의 무리인 엄세번, 조문화, 호종헌, 언무경의 비리와 이들의 최후가 기술되어 있다. 『명기편년』만으로도 엄숭과 엄숭 무리의 악행과 비리, 이에 반대하던 신하들이 죽임을 당하거나 축출되던 가정 연간의 조정 상황을 이해할 수 있게 되는 것이다.

『명사』는 청(淸)나라의 장정옥과 많은 학자들이 칙령을 받들어 만든 중국의 정사(正史)로 1739년(건륭 4년)에 완성되었고 『명사』가 조선에 유입된 것은 1740년(영조 16년)이다. 『명사』가 조선에 들어오자 왕과 신하, 사대부, 선비들을 중심으로 『명사』는 더욱 폭넓게 읽혔다.

---

49 김대경, 위의 논문, 42~43쪽.
50 『명기편년』에 대한 설명과 간행은 다음 논문을 참고하였다. 장원연, 「조선후기 금속활자 인쇄 교정의 실증적 연구-戊申字本 『명기편년』을 중심으로-」, 『서지학연구』74, 한국서지학회, 2018, 241~244쪽.

『명사』의 내용과 분량은 목록 4권, 본기(本紀) 24권, 지(志) 75권, 표
(表) 13권, 열전(列傳) 220권 총 336권이나 된다. 특히『명사』는 인물
을 중심으로 구성된 기전체 역사서로 사찬 역사가가 편찬한 엄숭의 기
록을 집대성한 관찬 역사서로 엄숭에 대한 기록이 상세하게 제시되어
있다. 이중 엄숭은『명사』권318 열전 제196의 〈간신〉편에 기록되어
있는데 〈간신〉편에는 호유용(胡惟庸), 진녕(陳寧), 진영(陳瑛), 엄숭(嚴
嵩), 주연유(周延儒), 온체인(溫體仁), 마사영(馬士英)의 사적이 기록되
어 있다.『명사』는 다른 명사류보다 엄숭의 행적에 집중하여 상세하게
서술하고 있다. 또한 엄숭의 행적을 먼저 정리하고 그다음 엄세번, 조
문화, 언무경에 대한 행적을 순서대로 기록하고 있어서 보다 일목요연
하게 엄숭과 그 측근들의 역사를 자세히 살펴볼 수 있다.

『명사』권318 열전 제196의 〈엄숭〉의 내용은 2,546자의 한자로 기
록되어 있어서 전문을 싣지 못하지만 핵심적 사건을 중심으로 요약해
보면 다음과 같다.

> 엄숭의 자는 유중(惟中), 분의(分宜)사람이다. 키가 크고 몸이 비쩍
> 말랐으며 미간이 넓고, 음성은 매우 컸다. 홍치 18년에 과거에 급제하여
> 진사가 되었고 서기사(庶起士)로 변경되고 편수(編修)도 제수받았다.
> 질병이 생겨 고향으로 돌아가 검산에서 10년 동안 독서하고 시와 고문,
> 사를 지었는데 자못 청예(淸譽)를 드날렸다. 조정에 돌아와서는 오래지
> 않아 시강이 되었고, 남경 한림원사로 임명되었고 국자제주(國子祭酒)
> 로 임명되었다. 가정 7년 예부 우시랑을 역임하여 세종이 현릉에 제사
> 지내는 일을 명하자 그것을 받들고 돌아와 그날의 상서로움을 말하고
> 자신이 아름다운 문장을 만들어 묘지의 비석에 새길 수 있도록 청해서
> 황제의 마음을 흡족하게 하였다. 엄숭은 이부 좌시랑으로 옮기고 남경

예부 상서로 승진하고 이부로 벼슬이 바뀌었다.

경사로 옮겨 예부상서 겸 한림학사로 〈송사〉를 다시 편수하는 일을 감독하게 되었다. 황제가 친부 흥헌왕을 명당에 모시고 상제로 제사지내려고 하고 흥헌왕을 종(宗)으로 칭하고 태묘에 모시고자 하였다. 엄숭과 여러 신하들이 그것을 막자 황제가 좋아하지 않았다. 황제는 〈명당혹문(明堂或問)〉이란 글을 지어 조정 신하에게 보여주었다. 엄숭은 황공하여 이전에 했던 말을 모두 바꾸고 조목대로 예의를 갖추어 매우 잘 준비하였다. 의례가 끝나니 황제는 금과 비단을 엄숭에게 하사하였다. 이때부터 더욱 공무를 아첨하며 황제의 마음에 들게 하였다. 황제가 흥헌왕을 상고황제라는 존호와 성호를 더하여 제사를 지내자 엄숭은 경사스러운 구름을 보았다는 것을 상주하고 여러 신하들과 조정에서 축하연을 가질 수 있도록 청하였다. 또 〈경운부(慶雲賦)〉와 〈대례고성송(大禮告成頌)〉을 짓고 이것을 상주하니 황제가 기뻐하여 사관(史官) 직책을 주고 이윽고 태자태보(太子太保)를 더하여 주었다.

엄숭은 돌아가 날마다 교만하였다. 제종(諸宗)들이 벼슬을 구걸하는 청을 하였고, 엄숭은 뇌물을 거둬들였다. 아들 엄세번이 또 수차례 사람을 중간에 내세워 집안 사람들에게 다리를 놓게 하였다. 엄숭은 매번 논핵을 당할 때마다 빨리 황제에게 돌아가 정성을 다하면 일은 번번이 해결되었다. 황제는 간혹 정사를 엄숭에게 자문했는데 엄숭은 조목조목 들어 대답하고 기이한 것이 없게 바르게 하니 황제가 반드시 일이 그러하기에 칭찬하며 상을 주고 말하는 자의 아뢰는 것을 그치게 하고자 하였다. 엄숭이 하언(夏言)보다 먼저 과거에 급제하였지만 지위는 하언보다 아래였다. 처음에 엄숭은 하언의 말에 따라 일을 근신하였다. 하언은 엄숭을 자기보다 아래라고 생각하고 거들떠보지 않거나 무시하는 일이 있었다. 황제가 도교를 숭상하여 일찍이 어제 황엽관에 침수향관(瀋水香冠)을 새겨 하언 등 신하에게 하사하였다. 하언이 이것을 받들지 않자 황제는 매우 노여워하였다. 엄숭은 소대(召對)에 올 때마다 그것을 쓰고, 가벼운 비단으로 쌌다. 황제가 그것을 보고 더욱 마음 속으로 엄숭을 친근하게 생각하였다. 엄숭은 드디어 하언을 위태롭게 하여 그를 물리쳤다. 하언이 내쫓기고 난 후 초사청사(醮祀靑詞)는 엄숭 말고는 황제의 마음에 드는 자가 없었다.

가정 연간 12년 8월에 엄숭은 무영전 대학사를 제수받고 문연각에 들어서 이에 예부의 일을 관장하였다. 이때 엄숭의 나이는 60여세였다. 정신은 상쾌하고 기운은 넘쳐 젊은이와 다를 바가 없었다. 아침저녁으로 서원(西苑) 판방에서 숙직하고도 한번도 집으로 돌아가 세수하고 목욕한 적이 없었기에 황제는 더욱 엄숭이 근면하다고 말하였다. 오랜 후 예부의 일을 그만둘 것을 청하고 드디어 오로지 서원의 일에 선념하였다. 황제가 일찍이 은으로 쓴 글을 하사하였는데, 그 글에는 〈충근민달(忠勤敏達): 황제에게 충성을 다하고 부지런하며 영민하고 세상에 통달한 충신〉이라고 쓰여 있었고 이윽고 태자태부(太子太傅)를 더하여 주었다. 적란(翟鑾)은 서열로는 엄숭보다 높았으나 황제는 엄숭만큼 대하지 않았다. 엄숭은 언관을 부추겨 이 일(적란이 엄숭만큼 대접받지 못함을 불평한다고)을 논하게 하여, 적란이 죄를 얻어 사직하였다. 엄숭은 자기와 같은 위치의 사람들에게 호의를 베풀고 또한 말을 막는 자들의 뜻을 살펴어 하언의 단점을 드러내 보임으로써 이에 황제를 배알하여 태조대와 성조 때의 건의, 하원길, 삼양의 옛일처럼 성국공 주희충, 경산후 최원과 허찬, 장벽 등과 모두 내각에 진입하기를 청하였다. 황제는 이를 들어주지 않았으나 마음속으로 더욱 엄숭을 좋아하여 계속하여 이부상서, 근신전 대학사, 소부 겸 태자태사 등으로 직위를 올려주었다.

오랜 후에, 황제는 서서히 엄숭의 전횡을 느끼기 시작했다. 이때 허찬은 나이가 많아 병을 이유로 파면하였고, 장벽은 죽자 이에 하언을 다시 임용하였다. 황제는 엄숭에게 소사 벼슬을 더하여 그를 위로하였다. 하언이 조정에 이르자 또 엄청난 노기로 엄숭을 능욕하며 그의 패거리를 모두 쫓아내려 하였다. 그러나 엄숭은 육병과 하언의 관계가 매우 나쁘다는 것을 알고는 육병과 함께 하언을 모함하였다. 엄세번은 승진하여 태상소경이 되었는데, 엄숭은 오히려 하언을 두려워하여 그가 조정을 떠나 집으로 돌아가 묘소를 돌보게 하도록 상소를 하였다. 엄숭은 계속하여 관직에 올랐으며, 화개전 태학사까지 이르렀다. 하언이 황제의 총애를 잃는 것을 엿보고 있다가, 하투(河套)의 사건을 만들어 하언과 증선(曾銑)을 모함하여 함께 시장에서 죽였다. 오래지 않아 남경의 이부상서 장치와 국가제주였던 이본이 먼 친척이라는 이유로 내각으로 승진되니 더욱 의견을 낼 수 없게 되었다. 엄숭이 이미 모함으로 하언을 죽였으므로, 더욱 위선으로 공경과 근신을 하였다. 하언이 일찍이 상주국(上柱國)의 직함을 더하려 했으나, 황제는 엄숭을 더욱 높게 하고자 하였다. 엄숭은 겸손하게 자신은 상주국의 칭호를 받을 수 없다고 극구 사양하자 황제가 크게 기뻐하여 그 사직을 허락하고, 엄세번을 태상경으로 삼았다.

엄숭은 다른 재주와 책략이 없었다. 오직 황제에게 아첨하고자 하였으며, 권력을 빼앗고 이익만을 구하였다. 황제는 영명하여 자기 능력을 믿고 형벌에 따라 사람을 죽이는 것에 과감하였으며 자기 단점을 막을 줄 알았다. 엄숭은 여러 사건을 만들어내어 황제를 분노하게 만들었다. 다른 사람을 해쳐서 그의 이기심을 달성코자 하였다. 장경, 이천룡, 왕여의 죽음 모두가 엄숭이 만들어 낸 것이었다. 앞뒤로 엄숭, 엄세번을 탄핵했던 사유, 섭경, 동한신, 조금, 왕종무, 하유백, 왕엽, 진개, 여여진, 심련, 서학시, 양계성, 주부, 오시래, 장충, 동전책 등은 모두 쫓겨났다. 섭경, 심련은 다른 사람의 잘못을 이용하여 죽음에 이르게 되었으며, 양계성은 장경의 죄를 논하는 소(疏) 뒤에 이름을 넣어 죽였다. 엄숭이 좋아하지 않는 자는 승진이나 관직, 고찰이라는 명목을 빌려 쫓겨난 자가 매우 많았으나, 모두가 흔적을 남기지 않았다.

대장군 구란(仇鸞)은 처음에는 증선에 의해 탄핵되자 이를 해결하고자 엄숭에 의지하여 마침내 부자 관계가 되었다. 오래지 않아 구란이 적들을 제압하여 황제의 중임을 받자, 엄숭은 아들의 예의로 그를 대하였지만 점점 서로 미워하게 되었다. 엄숭이 몰래 소를 올려 구란을 비방하였으나, 황제는 이를 듣지 않고 오히려 구란이 올린 엄숭 부자의 과오를 받아들여 점점 엄숭을 멀리하였다. 엄숭이 조정에 들어 당번을 설 때에도 황제가 부르지 않은 적이 여러 번 되었다. 엄숭이 서계와 이본이 서내(西內)에 드는 것을 보고는 바로 함께 들어갔다. 서화문에 이르자 문지기가 황제가 부르지 않았다는 이유로 엄숭을 제지하였다. 엄숭은 집으로 돌아와 부자가 서로 얼굴을 마주대고 눈물을 흘렸다. 이때에 육병(陸炳)이 금의위를 장악하고 있었고, 구란과 황제의 총애를 다투고 있었다. 엄숭은 이에 육병과 함께 구란을 음해하고자 약속하였다. 공교롭게도 구란이 병들어 죽었으나 육병은 구란의 지난 과오를 황제에게 아뢰었고 이에 황제는 구란의 시신을 모욕하였다. 황제는 더욱 엄숭을 신임하였고, 용선(龍船)을 보내어 해자담을 건너 엄숭을 오게 하였다, 용선을 타고 서내에서 일하는 것이 예전과 같았다. 엄세번은 공부 좌시랑으로 옮겼다. 왜구가 강남을 침범하자 조문화를 등용하여 군정을 살피게 하였는데, 조문화는 왜적으로부터 크게 뇌물을 받고 이를 엄숭에게 보내어 도적들의 난이 더욱 심해지게 되었다. 호종헌이 왕직, 서해에게 투항을 권고하였다. 조문화는 "신이 호종헌에게 준 이 책략은 모두 신의 선생인 엄숭이 가르쳐 준 것이다."라 하였다. 따라서 황제가 엄숭에게 상서의 봉록을 명하였으나 감사하지 않았다. 이때부터 칭찬하고 물건을 하사해도 모두 감사하지 않았다.

황제가 일찍이 엄숭이 근무하는 곳이 매우 작음을 알고, 작은 궁궐을 허물어 그의 사무실을 짓고, 그 가운데에 꽃나무를 심고, 아침저녁으로 어선과 법주를 하사하였다. 엄숭이 나이 80이 되자 가마를 타고 금원에 들어오는 것을 관여치 않았다. 황제가 18년 장성태후의 장례를 치른 후부터 조정의 정사를 돌보지 않았고, 20년 관비의 변란이 일어난 후부터 서원 만수궁으로 거처를 옮긴 후 대내(大內)에는 들어오지 않아, 대신들이 알현하기 매우 어려웠다. 오직 엄숭만이 홀로 알현과 문의를 담당하여, 황제의 문서는 하루에도 몇 차례씩 하달되었다. 비록 같은 지위의 관리도 황제의 말을 들을 수 없었기 때문에 엄숭이 자기 멋대로 하게 되었다. 그러나 황제가 비록 엄숭을 매우 예우하였지만 그의 말을 완전히 믿지는 않았다. 간혹 한 가지를 취하여 독단하여 때때로 엄숭과 다름을 보여 그의 권세를 분산하려 하였다. 엄숭 부자만이 황제의 의중을 알고 해결하려 하였다. 엄숭은 반드시 황제의 뜻에 따라 그것을 들추어 내고자 하였으나 황제가 참을 수 없는 것들을 일부러 완곡하게 해석하였다. 곧 모함하는 자를 밀어낼 때에는 반드시 먼저 그 선함을 칭찬하고, 은밀한 말로 그를 공격하거나 혹은 황제의 수치심과 꺼리는 것을 건드렸다. 이로써 황제의 즐거움과 노여움을 바꾸어 놓음에 대체로 실패함이 없었다. 사대부들이 엄숭에게 모여들어 의지하였다. 당시에 문선낭중이라 칭해지던 만채와 직방낭중이었던 방상 등의 사람들이 모두 문무 관리자였다. 상서 오붕, 구양필진, 고요, 허론 등은 모두가 엄숭을 두려워하며 섬겼다.

엄숭이 권력을 잡은 지 오래 되자, 자기 가까운 사람들을 골고루 요지에 배치하게 되었다. 황제 또한 점점 그를 싫증내면서 점차 서계를 가까이 하였다. 마침 서계와 깊이 사귀던 오시래, 장충, 동전책 등이 각기 엄숭을 평가하는 상소를 올리자, 엄숭이 조용히 주동자를 찾아 옥에 가두고는 모두 치조하여 가만두지 않았다. 황제가 이에 묻지 않고 엄숭을 위로하였으나, 마음으로는 움직이지 않을 수 없었다. 서계가 이로 인하여 황제와 엄숭 사이의 틈을 얻어 엄숭을 무너지게 하였다. 이부상서에 결원이 있자 엄숭이 힘써서 구양필진이 이 자리를 맡게 하였으나, 겨우 석 달 만에 파면당하였다. 조문화가 황명을 어겨 좌천되었을 때에도 엄숭이 또한 구할 수 없었다. 황명이 있어 이왕(二王)이 사저에서 결혼식을 올리는데도 엄숭은 궁중에 머물 것을 청하였다. 황제는 기쁘지 않았으며 엄숭 또한 더는 힘을 유지할 수 없었다. 엄숭이 비록 경계심이 많고 민첩하여 황제의 뜻을 미리 예측할 수는 있었으나, 황제가 직접 내린 친필 조서는 말은 많고 이해할 수 없었지만 오직 엄세번만이 한번 보면 그 뜻을 알 수 있었고, 대답하는 말 또한 맞지 않음이 없었다. 엄숭의 아내 구양씨가 죽음에 이르러, 엄세번이 마땅히 상사를 치르기 위해 집

으로 돌아가야 하는데도 엄숭이 엄세번을 경성부 사저에 남겨 시중들도
록 청하였다. 황제가 이를 허락하였으나 엄세번이 엄숭을 대신하여 업
무에 들어가 공문의 부전(附箋)을 쓰지 않고 매일 같이 집에서 음란하
게 향락을 즐겼다. 엄숭이 받은 조서는 매우 많았으나 대답을 할 수 없
었기에 사신을 보내어 엄세번에게 묻게 하였다. 그가 한창 여인과 풍악
에 빠져 있는 경우에는 때에 맞춰 대답할 수 없었다. 사신이 계속 엄숭
을 재촉할 때에는 엄숭이 어쩔 수 없이 스스로 그것을 하였으나 종종
황제의 마음에 차지 않았다. 청사(靑詞)를 올림에도 또한 다른 사람들
의 손을 빌리지 않고는 잘 쓰지 못했다. 이런 일이 반복되자 황제의 환
심을 잃게 되었다. 마침 만수궁에 화재가 일어나자 엄숭은 잠시 남성으
로 궁을 옮길 것을 청하였다. 남성은 영종이 태상황일 때에 머물던 곳이
었으므로 황제는 기뻐하지 않았다. 서계가 만수궁을 지어 황제의 뜻에
깊이 부합하자 황제가 서계를 더욱 가까이 하였다. 고문(顧問)하는 대
부분이 엄숭에게 이르지 않았고, 엄숭에게 이르는 것은 제사에 관한 것
뿐이었다. 엄숭이 두려워 술상을 차려놓고 서계를 불러 집안 사람들을
모두 불러 절하게 하고는 술잔을 들고서 "엄숭은 조만간 죽을 것입니다.
이 사람들은 오직 공께서 먹여 살려주실 것입니다." 하자, 서계가 사양
하며 감히 받아들이지 않았다.

오래지 않아 황제가 방사(方士)였던 남도행의 말을 들어 엄숭을 제
거하려는 뜻을 가졌다. 어사 추응룡이 환관의 집에서 비를 피하고 있었
는데, 황제의 뜻을 알고서는 상소하여 엄숭 부자의 불법을 상세히 평하
였다. 추응룡이 말하기를 "신의 말이 사실이 아니라면, 신의 머리를 잘
라 엄숭과 엄세번에게 죄를 사할 것입니다."라고 하였다. 황제는 교지를
내려 엄숭을 위로하면서도 엄숭이 아들 세번을 지나치게 사랑해서 황제
의 기대를 저버렸다는 이유로 벼슬에서 물러나 빠른 역마를 타고 귀향
하게 하고는 유사에게 해마다 쌀 일백 석을 지급하게 하였고 세번은 법
관에게 내렸다. 엄숭은 엄세번을 대신하여 황제에게 죄를 청하고 해결
하려고 하였으나 황제는 듣지 않았다. 형부에서는 상소를 올려 엄세번

과 그의 아들 금의위 엄곡, 엄홍과 문객 나용문을 변경의 먼 지방으로 보낼 것을 요청하였다. 황제는 조서대로 따랐으나 다만 엄홍만을 용서하여 민(民)으로 엄숭을 받들게 하였다.

엄숭이 떠나자 황제는 그가 도학을 도운 공적을 생각하니 마음이 허전하고 기쁘지 않았다. 마침내 제위를 물려줄 것을 서계에게 밝히고는 서궁으로 퇴거하여 마음을 다해 장생을 기도하고자 하였다. 서계가 불가함을 자세히 말하자, 황제가 말하기를, "경들이 원하지 않더라도, 황제의 명은 반드시 모두 받들어야 하며, 함께 도학의 수련을 도움이 마땅하다. 엄숭은 이미 자리에서 물러났고, 그의 아들 엄세번도 이미 사형집행을 받았으니, 감히 다시 말을 꺼내는 자는 추응룡과 함께 머리를 자를 것이다."라고 하였다. 이에 엄숭은 황제가 자신을 그리워한다는 것을 알고 황제의 주변에 뇌물을 보내고 남도행에게 은밀히 일을 만들고 형부와 연결하여 서계를 끌어들이려 하였다. 남도행이 돕지 않아 앉아서 사형 판결을 받을 뻔했지만 곧 풀려났다. 엄숭은 처음에 남창으로 돌아와서는 만수절을 맞이하여 도사 남전옥을 철주궁 설치 제사에 보냈다. 남전옥은 선학(仙鶴)을 부르는 것을 잘하여 엄숭이 그의 부록(符籙)을 얻는 동시에 자기가 학에게 비는 글을 황제에게 올렸는데, 황제가 아름다운 조칙으로 회답하였다. 엄숭이 아들과 손자를 자신의 가까이에 데리고 와서 살고 싶다고 황제에게 간청했으나 황제는 허락하지 않았다. 그다음 해에 남경어사 임윤이 아뢰기를, "강양(江洋)의 대도(巨盜)들이 나용문, 엄세번 집으로 많이 도망쳐 들어가고 있습니다. 나용문은 깊은 산에 거주하면서 수레를 타고 망포를 거치며 험준한 땅에서 반역의 뜻을 가지고 있습니다. 엄세번이 죄를 얻은 후에 나용문과 매일 정사를 비방하고 있습니다. 그들이 거느리는 무리가 사천인에 달하며, 길에서는 모두가 이 두 사람이 왜인들과 한통속이라고 말하니 변이 생기면 또한 예측할 수 없습니다."라고 하였다. 이에 임윤에게 명령하여 형법부에서 참수하고 모두가 법에 따라 죽이되 엄숭은 파면하고 여러 손자들은 평민으로 만들게 하였다. 엄숭이 정권을 도적질한 지 20년 만에 사악한

아들을 믿고 천하에 독을 퍼뜨렸으니 사람들이 모두 손가락질하며 간신
이라 하였다. 엄세번을 대역죄에 처하게 한 것은 곧 서계의 생각이었다.
2년 후 엄숭은 늙고 병들어 묘사(墓舍)에서 빌어먹다 죽었다.

-『명사』권318 열전 제196 〈엄숭〉[51]

이처럼 엄숭은 거의 20년 동안 세종의 측근에서 세종에게 아부하고
환심을 사서 무소불위의 권력을 행사하였다. 엄숭은 세종이 좋아하는
것과 싫어하고 꺼리는 것을 교묘하게 이용하여 권력을 얻었고 다른 사
람을 해치면서 자신의 이익을 달성하고자 하였다. 아들 엄세번과 자신
의 당을 만들어 자신을 미워하거나 탄핵한 사람들은 귀양보내거나 죽
음에 이르게 하였다. 엄숭이 권력을 잡은 지 오래되자 세종은 점차 엄
숭에게 싫증을 내면서 서계를 가까이하게 되고 추응룡과 임윤 등이 엄
숭과 엄세번의 비리와 죄를 탄핵하자 드디어 황제는 엄세번을 참수하
고 엄숭은 파면하였으며 엄숭의 손자들은 평민으로 전락시킨다. 결국
엄숭은 늙고 병들어 집안의 묘 주변에서 빌어먹다 죽게 된다.

이와 같이 『명사』〈엄숭〉의 기록은 고전소설의 간신을 디자인하고
악행의 서사를 구성하는 데 많은 참고 자료가 되었을 것이다.

2) 고전소설의 엄숭의 소설적 재현 방식

〈창선감의록〉, 〈사씨남정기〉, 〈일락정기〉, 〈낙천등운〉에 나타난 엄
숭의 소설화 양상을 논의하기 위해서는 네 작품에서 공통적으로 드러

---

51 中央研究院·歷史語言研究所, 『明史』권318, 漢籍電子文獻資料庫(https://hanchi.ihp.
sinica.edu.tw/ihpc/hanjiquery.)

나는 엄숭의 서사 양상을 살펴볼 필요가 있다. 〈창선감의록〉, 〈사씨남
정기〉, 〈일락정기〉, 〈낙천등운〉에서 엄숭은 유사한 서사적 기능과 인
물 자질로 소설화되고 있다는 것을 발견할 수 있고, 엄숭을 매개로 하
여 만들어지는 서사 구성도 유사하게 반복된다는 것을 발견할 수 있다.
네 작품에서 엄숭은 공히 주인공의 고난을 강화하는 서사적 인물로 기
능하는데, 여기서 갈등의 복합적 유발자와 악인의 연합적 축조자로서
의 공통된 자질을 추출할 수 있다. 또한 주인공이나 주변 인물들이 엄
숭의 고난을 피하기 위해 길을 떠나면서 새로운 사건이 매개적으로 구
성되기도 하는데 남녀의 새로운 인연담이 그것이다. 이장에서는 고전
소설의 엄숭의 소설적 재현 양상을 효과적으로 논의하기 위해 인물 구
성의 측면에서 공통적으로 나타나는 공유소인 갈등의 복합적 유발자,
악인의 연합적 축조자로서의 자질과 사건 구성의 측면에서 나타나는
공유소인 남녀의 새로운 인연담을 중심으로 엄숭의 소설적 재현 방식
을 살펴보기로 한다.

(1) 갈등의 복합적 유발자로서의 엄숭의 소설적 재현

〈창선감의록〉, 〈사씨남정기〉, 〈일락정기〉, 〈낙천등운〉에서 엄숭은
충신과 충신의 자녀에게 고난을 가하는 갈등의 복합적 유발자로 구성
된다.

우선 엄숭은 〈창선감의록〉에서부터 갈등의 복합적 유발자의 자질이
드러난다. 〈창선감의록〉에서는 화진의 아버지 화욱 대에서부터 화욱과
엄숭의 갈등이 시작된다. 엄숭이 정권을 잡고 국사가 혼란스러워지자
화욱은 이런 시국을 안타까워하며 사직하는 표를 올린다. 엄숭은 평소
화욱을 꺼렸기 때문에 천자를 움직여 화욱을 조정에서 제거한다.

화욱과 엄숭의 갈등은 화욱이 사직하고 세상을 떠나면서 소거되는 듯하지만 화진이 장원 급제후 엄숭을 찾아가 인사를 하지 않으면서 화진과 엄숭의 갈등이 시작된다. 화진을 못마땅하게 여기던 엄숭은 화씨 가문의 악인인 조녀와 범한이 심씨 살해 미수 사건을 만들어 엄숭에게 뇌물을 주자 엄숭은 화진을 심씨 살해범으로 몰아가려고 한다. 조정에서 하춘해와 서계가 화진을 변론해서 화진은 겨우 목숨을 구하고 유배를 가게 된다. 이처럼 엄숭은 화욱과의 갈등에서 그치지 않고 화진을 삭탈관직시키고, 패륜의 죄를 씌워 유배지로 보내고 〈창선감의록〉의 가정 내외의 갈등을 확대하는 기능을 한다.

엄숭은 또 다른 충신 남표와 남표의 딸 남채봉의 고난에도 주도적인 역할을 한다. 충신 남표는 엄숭이 뇌물을 받고 벼슬을 파는 비리를 알고 천자에게 고하는 상소를 올려 엄숭을 탄핵하려고 한다. 이 과정에서 남표와 엄숭의 갈등은 본격화된다.

> ① 당시 엄숭이 엄밀하게 위병(威柄)을 휘두르고 있었다. 그는 구란(仇鸞)에게서 삼천금을 받은 뒤 그를 천거해 대장으로 삼게했다. 그리고 천자의 좌우 근신들을 매수해 그 동정을 살피게 하는 한편 조문화(趙文華) 등으로 하여금 멋대로 재물을 거둬들이게 했다. 이윽고 남공은 우국충정을 누를 수 없어 엄숭의 대죄(大罪) 13가지를 나열한 소(疏)를 닦아 천자에게 올리기로 작정했다. - 〈창선감의록〉 70~71쪽

위의 예문은 남표가 엄숭이 구란에게 뇌물을 받고 구란을 대장으로 삼은 일과 엄숭의 측근 조문화가 여기저기서 재물을 거둬들이는 비리를 적어 엄숭의 대죄 13가지를 천자에게 상소하려고 준비한다는 내용이다.

『명사』 권209 〈양계성〉에서는 가정 연간 32년에 병부 원외랑 양계성이 엄숭의 10가지 죄행과 5가지 간악한 행위를 탄핵하는 상소문을 올린다는 내용이 기록되어 있다. 양계성이 상소한 10가지 죄행은 엄숭이 권력을 남용해 조정의 법을 파괴한 것, 임금의 공로를 자기가 차지한 것, 아들 엄세번과 의자(義子) 조문화를 종용해 조정의 대권을 쥐고 뇌물을 받은 것, 구란에게 뇌물을 받고 구란을 대장군으로 추천하고 구란이 적과 내통하여 많은 사람을 죽게 한 것, 장손 엄효충의 공적을 허위로 보고해 관직을 올려준 것, 간신들과 함께 자기 당을 만든 것, 군기를 어겨 엄답의 침법을 종용한 것, 정직한 대신을 파직시킨 것[52] 등이다. 〈창선감의록〉에서는 『명사』의 양계성이 올린 상소를 차용하여 남표가 엄숭의 대죄 13가지를 상소하는 것으로 변용하고 있는 것이다.

실제적 역사에서도 상소문을 받아본 세종은 분노하고 엄숭의 무리들이 세종의 분노를 더욱 부채질하여 세종은 양계성에게 형장을 내리고 옥에 가두게 한다. 〈창선감의록〉에서도 소장을 받아본 천자는 남표가 올린 상소가 엄숭을 모함하는 것이라고 판단하고 남표를 악주로 유배 보낸다.

남표의 가족이 악주로 떠나자 엄숭은 자객을 보내 남표 일가족을 살해하려고 한다. 남표와 아내는 강물에 뛰어들고 남채봉은 시녀 계앵과 함께 구사일생으로 강가에 버려진다. 남채봉은 선아의 도움으로 목숨을 건지고 남표의 친구 윤혁의 집으로 가서 의탁하게 된다.

〈사씨남정기〉에서도 엄숭은 〈창선감의록〉과 유사한 갈등의 복합적 유발자로 소설화된다. 유희 대에서부터 엄숭과 유희의 갈등이 드러난

---

52 『명사』 권209 열전 제97, 〈양계성〉.

다. 유희는 문장과 재망으로 당대에 이름을 날렸지만 당대의 권력자 태학사 엄승과 뜻이 맞지 않아 천자에게 사직을 청하고 은퇴하여 엄승과의 직접적 대결을 피하고 유유자적하게 살아간다.

그러나 엄승과 유희의 잠복된 갈등은 아들 유연수에게서 표면화된다. 유연수가 과거에 급제하여 한림학사가 되어 자주 소(疏)를 올려 조정의 득실을 논하자 엄승은 유연수의 이런 행동을 좋아하지 않는다. 이 때문에 엄승은 유연수의 관직을 더 이상 올라가지 못하게 하면서 유연수에 대한 불만을 드러낸다. 이런 와중에 유연수는 해서(海瑞)를 구하려고 상소를 올리고 이것을 계기로 엄승과 유연수의 대립이 격화된다.

> ② 그 무렵 엄승상은 천자를 보좌하면서 신선과 귀신을 숭상하여 기도를 일삼고 있었다. 간의대부(諫議大夫) 해서(海瑞)가 엄승상의 잘못을 탄핵하였다. 그러자 천자는 크게 노하여 해간의(海諫議)를 군적(軍籍)에 편입시키라고 명하였다. 유한림은 소를 올려 힘써 해서를 구하려 하였다. 천자는 다시 조서를 내려 한림을 엄하게 꾸짖었다. 아울러 마침내 법을 제정하였다. '차후로 대소 신료 가운데 감히 기도하는 일을 거론하는 자는 참형에 처한다' 하였던 것이다.   - 〈사씨남정기〉 114쪽

천자는 해서를 구하기 위해 올린 유연수의 상소를 보고 유연수를 엄하게 꾸짖고 신하 가운데 기도하는 것을 거론하는 자는 참형에 처하겠다는 선언을 한다.

위의 사건은 가정 45년 도교에 빠져 정사를 돌보지 않는 세종을 비판하는 상소를 올린 해서와 관련된 것이다. 『명사』 권326 열전 제114 〈해서〉에 의하면 세종은 도교에 깊이 빠져 조정에 나가지도 않았고 깊은 서원(西苑)에 있으면서 도교의 제사인 재초(齋醮)에 몰두하여 정사

를 돌보지 않았다. 호부주사인 해서는 세종이 도교에 빠져 조정 정치를 황폐하게 만들고 국사를 돌보지 않았기에 나라의 기강과 법도가 무너지고 탐관오리가 활개치고 백성들의 생활이 도탄에 빠져 살기 어렵다는 직언과 세종이 잘못을 바로잡고 올바른 정사에 매진할 것을 재촉하는 상소를 올렸다. 이 상소를 본 세종은 매우 분노하여 해서를 죽이려고 하다가 환관에게서 해서가 이 상소를 올리기 전에 미리 관을 사두고 가족과 이별하고 죽음을 각오했다는 말을 듣고 해서의 충직에 감동하게 된다. 그래서 해서를 죽이지는 않고 옥에 가두는 선에서 처리하였다[53]는 기록이 있다.

〈사씨남정기〉의 위의 사건은『명사』에서 기반한 것으로 도교에 빠져 정사를 돌보지 않는 세종의 잘못을 직간한 해서의 상소를 차용한 것이지만 〈사씨남정기〉에서는 해서가 엄숭을 탄핵한 것으로 변용하고 있다.『명사』에 기록된 해서의 상소는 이미 엄숭이 재상에서 파직되고 엄세번에게 극형이 내려진 후에 쓰여진 것으로 해서가 비판한 대상은 엄숭이 아니라 도교에 빠져 정사를 돌보지 않는 세종이다. 그러나 〈사씨남정기〉에서는 해서의 상소를 엄숭의 잘못을 탄핵한 것으로 변형하고 있다. 이런 해서를 구하기 위해 유연수는 소를 올렸으나 이것을 계기로 유연수는 엄숭이 가하는 본격적인 고난을 맞게 되는 것이다.

엄숭은 유씨 가문 내부의 악인인 교씨와 동청이 바친 유연의 시를 빌미로 유연수를 조정에서 축출하게 된다. 동청은 유연수가 시사를 기롱하는 시를 적은 것을 발견하고 엄숭에게 가지고 가고 엄숭은 이 시를 세종에게 보여주고 세종의 화를 자극한다. 세종은 유연수를 금위옥에

53『명사』권326 열전 제114〈해서〉참조.

하옥하고 죽이겠다고 작정한다. 태학사 서계가 태평시대의 천자가 신하를 죽이는 것은 옳지 않다고 극간하여 유연수는 겨우 목숨을 구하고 행주로 유배가게 된다.

이처럼 〈사씨남정기〉에서도 엄숭은 유희와 갈등하고 그 아들 유연수와도 갈등하며 주인공에게 고난을 주는 갈등의 복합적 유발자로 기능하는 양상을 확인할 수 있다.

〈일락정기〉의 선행 연구에서 〈창선감의록〉과 〈사씨남정기〉의 영향 아래 창작된 모방작이라는 평가[54]가 있듯이 엄숭의 서사적 기능과 새로운 사건의 구성에서도 〈창선감의록〉과 〈사씨남정기〉와 유사한 면이 많다. 엄숭이 충신 서필과 그의 아들 서몽상과 서몽상의 아내 권채운의 고난을 가중시키는 인물로 기능하는 것은 〈창선감의록〉과 〈사씨남정기〉와 유사하다.

서필은 황제가 아끼는 조정의 신하로 황제는 서필에게 옛날과 지금의 치란을 묻자 서필은 현재 국가가 엄숭과 언무경 때문에 잘 다스려지지 않는다고 직언하고 관직을 사임하고 귀향한다. 서필과 엄숭의 대립과 갈등은 서필이 사직하고 조정을 떠나면서 일단락되는 것처럼 보인다.

서몽상이 장원급제하고 또 문연각 편수가 되자 엄숭은 서몽상을 해칠 기회를 노리며 새로운 갈등을 만든다. 엄숭의 문객 조평은 서몽상의

---

54 김기동, 『한국고전소설연구』, 교학연구사, 1983, 583~584쪽; 신동익, 「일락정기 연구— 선행 작품들과의 비교를 중심으로—」, 『관악어문연구』 8, 서울대 국어국문학과, 1983, 276~288쪽; 탁원정, 「일락정기 연구—구성방식을 중심으로」, 이화여대 석사논문, 1996, 47~63쪽; 이승복, 「〈일락정기〉의 전대소설 수용과 작자의식」, 『관악어문연구』 23, 서울대 국어국문학과, 1998, 72~81쪽.

첩 위씨와 사통하고 서몽상과 처 권채운을 축출하자는 계략을 세운다. 조평은 엄숭에게 서몽상이 부유한 상인을 살해하고 그 재산을 빼앗아 자기 소유의 논밭을 넓히고 자기 어머니를 구박하고 제대로 모시지 않았으며, 임신한 노비를 때려죽였다는 죄명을 만들어 엄숭에게 고하고 엄숭은 경연에 나가 서몽상의 죄를 상소한다. 형부상서 사위가 서몽상의 인물됨을 들어 서몽상이 억울한 누명을 쓴 것이라고 변론하자 천자는 사위의 말을 듣고 서몽상을 악주부 파릉현으로 유배보낸다.

엄숭은 서몽상의 처 권채운의 고난을 가중시키키며 〈일락정기〉의 갈등을 복잡하게 만들기도 한다. 권채운의 아버지 권상서가 살아있었을 때 엄숭은 자신의 아들과 권채운을 혼인시키고 싶어 청혼했으나 권상서가 거절하자 이를 못마땅해한다. 그러나 권상서가 죽자 권상서의 동생 권시랑에게 다시 청혼을 하지만 권시랑 역시 일언지하에 이를 거절한다. 엄숭은 권시랑에게 공금 횡령의 죄목을 씌워 감옥에 가두고 권채운에게 권시랑을 석방시키고 싶다면 혼인을 받아들이라고 협박한다. 권채운은 꾀를 내어 권시랑을 석방시키고 위기를 모면한다.

여기서 그치지 않고 엄숭은 권채운에게 또 다른 고난을 가한다. 위씨와 조평이 권채운에게 누명을 씌우고 엄숭에게 이 사실을 고하자 엄숭은 자신을 속이고 도망간 권채운에게 복수할 수 있는 기회라고 생각하여 천자를 움직여 권채운을 잡아들여 옥에 가둔다. 이날 밤 권채운은 백련암의 혜원 스님의 도움으로 목숨을 구하고 백련암에서 아들을 해산하고 또 한번의 위기를 모면하게 되는 것이다. 〈일락정기〉에서도 엄숭은 욕심과 악행으로 권채운에게 고통을 가하는 갈등의 복합적 유발자로 구성되고 있는 것이다.

〈낙천등운〉에서 엄숭은 작품 전반부에서 왕석작과 동예아에게 고난을 가하고 작품 속 갈등을 만드는 인물로 구성된다.

주인공 왕석작은 가정 2년에 왕도와 양씨 부인의 만득자로 태어나는데 그 당시 조정은 엄숭이 권력을 잡고 충신을 죽이거나 귀양보내는 혼란스러운 상황이었다. 왕도는 관직을 사임하고 낙향해서 지내다 병들어 죽게 되고 아들 왕석작을 처남 양계성에게 맡기는데 〈낙천등운〉에서는 엄숭과 양계성의 갈등으로 구성된다. 강직한 성품을 지닌 양계성은 엄숭 부자의 죄를 낱낱이 적어 천자에게 상소한다.

> ③ 엄숭은 권력을 마구 휘두르며 조정의 기강을 제멋대로 뒤흔들었고, 특히 엄숭의 아들 엄세번은 더욱 흉포하고 탐학해 권세만 믿고 온갖 교태와 추행을 일삼았다. 그러나 조정 대신들은 눈살만 찌푸릴 뿐 그의 기세에 눌려 감히 아무 말도 하지 못했다. 그러자 양계성이 분한 마음을 참지 못하고 다시 상소를 올렸다. 그는 상소문에서 나라를 그르치고 임금을 욕되게 하는 엄숭 부자의 죄 열 가지를 낱낱이 아뢰었다.
> ‒〈낙천등운〉, 17쪽

이 상소문을 읽은 천자는 노발대발했고 엄숭은 형부에 힘을 써서 양계성에게 교수형이 내리도록 하고 양계성은 3년을 감옥에 있다가 죽게된다.

〈낙천등운〉의 양계성은 『명사』의 인물을 그대로 모방한 것이다. 가정 연간 32년에 병부 원외랑 양계성은 엄숭의 10가지 죄와 5가지 간악한 행위를 탄핵하는 상주문을 올리고 세종과 엄숭의 분노를 사 금위옥에 갇히고 가정 34년에 처형당한다.[55] 〈낙천등운〉의 양계성은 『명사』

---

55 『명사』 권209 열전 제97, 〈양계성〉 참조.

의 양계성의 행적을 기반하여 이 과정을 매우 상세하게 소설화하고 있는데, 여기서부터 엄숭은 왕석작의 외삼촌인 양계성과 대립 갈등하고 엄숭에 의한 왕석작의 고난이 시작되는 것이다.

아버지와 외삼촌의 죽음으로 의탁할 곳이 없어진 왕석작은 엄숭의 화를 피해 청루에서 후선과 초정의 양아들로 지내게 된다. 거기서 동전 책의 딸 동예아를 만나고 동예아와 혼인을 한다. 그러나 초정이 동예아를 창기로 만들려고 하자 왕석작과 동예아는 청루를 빠져나와 정처없는 떠돌이 생활을 시작한다. 그러다 우연히 관가의 지현인 왕치를 만나 숙질의 인연을 맺고 왕지현 집에 의탁해 공부에 매진하고 급제한 후 조정에 나가게 된다.

그러나 왕석작의 재주와 인물을 탐낸 엄숭은 왕지현에게 자신의 손녀와 왕석작의 혼인을 청한다. 왕석작이 이를 거절하자 엄숭은 왕석작을 협박하기 위해 천자의 힘을 빌려 왕지현은 영남지현으로 임명하여 집을 떠나게 하고 왕석작을 군무도어사로 임명하여 오랑캐를 평정하게 한다. 엄숭은 자신의 힘을 과시하며 늑혼을 요구하지만 이것이 뜻대로 되지 않자 왕석작과 왕지현에게 고난을 가하게 되는 것이다.

〈낙천등운〉의 여성 주인공 동예아의 고난도 엄숭에 의해 비롯된다. 동예아는 충직한 선비 동전책의 딸로 동전책이 엄숭과 그 무리의 죄상을 밝히는 상소를 천자에게 올렸다가 도리어 죄를 입고 변방에 귀양가게 되면서 엄숭과 동전책의 갈등이 시작된다.

동전책은 『명사』의 인물로 형부주사가 된 가정 37년에 대학사 엄숭에게 항거하는 탄핵 상소를 썼다. 동전책은 엄숭의 6대 죄상을 적고 난 후 엄숭이 권력을 휘두르고 생사여탈을 마음대로 한다고 하였다. 또한 엄세번도 무뢰한 자식으로 엄숭의 위엄을 끼고 악을 도우며 부자가 방자하고 흉악하니 모든 사람들이 분노하고 있다고 하면서 세종에게 권간(權奸)을 물리치라고 상주하였다. 이런 상소로 동전책은 세종의 분노를 사서 남녕으로 유배가게 된다.[56] 〈낙천등운〉은 엄숭과 엄세번의 죄상을 상소했다 유배가는 『명사』의 동전책을 동예아의 아버지로 설정하여 엄숭과 동전책의 대립과 갈등을 설정하고 있는 것이다.

동전책은 어린 동예아를 귀양지로 데리고 갈 수 없어서 동생인 동전채에게 동예아를 부탁하고 귀양지로 향하지만 허랑방탕한 동전채는 동예아의 고난을 가중시키게 되는 것이다.

이처럼 〈낙천등운〉에서도 엄숭은 왕석작의 외삼촌 양계성과 동예아의 아버지 동전책과 갈등하고 충신의 자녀에게도 고난을 가하며 소설 속 갈등을 첨예하게 하는 복합적 갈등의 유발자로 구성되어 〈낙천등운〉의 전반부를 추동해간다는 것을 알 수 있다.

(2) 악인의 연합적 축조자로서의 엄숭의 소설적 재현

고전소설에서 엄숭은 소설의 갈등을 복합적으로 만드는 기능뿐만 아니라 엄숭을 중심으로 악인이 연합하는 서사를 만들기도 한다. 엄숭은 악인을 모으고 연합하는 악인의 연합적 축조자로 구성된다.

〈창선감의록〉에서 엄숭은 아들인 엄세번과 측근인 조문화, 언무경과 연합하고 화부내 악인인 화춘, 조녀, 범한, 장평이 엄숭의 무리들과 공모하여 화진, 남채봉, 윤화옥에게 고난을 가한다. 〈창선감의록〉의 엄세번, 조문화, 언무경이 『명사』의 인물들을 차용한 것이라면 화춘, 조녀,

---

56 『명사』 권210 열전 제98, 〈동전책〉 참조.

범한, 장평은 허구적인 인물이다. 『명사』의 역사적 인물과 소설의 허구적 인물이 악의 당파로 결속하는 구성을 만들 수 있는 것도 엄숭이라는 역사적 간신이 있었기 때문이다.

〈창선감의록〉의 엄세번은 엄숭의 아들로 아버지 엄숭의 권력을 끼고 사대부가의 아내를 후처로 들이는 악행을 저지른다. 장평과 화춘은 화진과 남채봉에게 저지른 범죄가 탄로 날까 두려워 엄숭의 아들 엄세번의 힘을 빌리자고 한다. 그러기 위해서 상처하고 천하미색을 구하는 엄세번에게 화진의 처 윤화옥을 속여 엄세번에게 시집보낼 계략을 만들면서 엄세번과 결탁한다.

『명사』에서 엄세번은 아버지 엄숭의 덕으로 벼슬길에 오르고 태상경에서 상보사까지 역임하며 악행을 저지르며 향락을 즐기고 음란한 생활을 한 것으로 기록되어 있다.

> ④ 엄세번은 목이 매우 짧고 뚱뚱하였으며, 한 눈이 멀었으나, 부친이 벼슬하였기 때문에 벼슬길에 나아갔다. 경성의 외국 성곽을 건축한 공로 때문에, 태상경을 거쳐 공부좌시랑에 제수되었으며, 이에 상보사의 일을 맡게 되었다. 민첩 용감하고 음험 흉악하며, 아버지의 총애를 독점하였으며 권세를 취하고 이익을 추구하는 데 싫증냄이 없었다. 국가의 시무에 능통하여 일찍이 천하의 영재라 불린 이는 오직 자신과 육병, 양박 3인뿐이라 여겼다. 육병이 죽자, 더욱 자신이 뛰어나다 여겼다. 엄숭이 나이가 들어 혼미해지고, 또한 매일 서내에만 머물면서 각 관부에서 일을 아뢰면 항상 말하기를, "동루에게 물어라" 하였으니, 동루가 곧 엄세번의 별호이다. 조정의 큰일들이 대개 엄세번에게 위탁되고, 9경 이하의 관원들은 10일이 되어도 만날 수 없었고 혹시라도 저녁까지 기다리더라도 그들을 떠나가게 하였다. 사대부들은 곁눈질하면서 감히 말하지 못하였고, 불법의 무리들은 그의 문에서 분주히 다니면서 길에서

뇌물을 담은 광주리를 서로 내비쳤다. 엄세번은 조정 내외 관원들의 사정을 잘 알고 있어 뇌물이 많고 적음을 나무라면 조금도 숨길 수가 없었다. 그가 경사에서 벼슬할 적에 서너 개의 둑을 이어서 방죽으로 못을 수십 묘 만들어 희귀한 날짐승을 기르고 희귀한 나무들을 길렀고, 매일같이 빈객들이 모여들어 향락을 즐기니 대관이나 아버지의 무리들조차도 억지로 술을 마시게 하고, 지치지 않으면 멈추지 않았다. 모친의 상을 지켜야 할 때에도 이와 같았다. 고대의 주기와 희귀한 기명, 서화 등을 좋아하였고, 조문화, 언무경, 호종헌 등의 무리들에게 가는 곳마다 수레를 채워서 이르게 하였고, 부자들의 집에서 반드시 얻어낸 후에야 그쳤다.　　　　　－『명사』 권318 열전 제196, 〈엄세번〉

엄숭이 나이가 들어 조정의 일을 제대로 하지 못하게 되자 조정의 큰일은 엄세번이 처리하게 됨으로써 불법의 무리들은 엄세번에게 굽신거리며 뇌물을 바치고 일을 부탁한다. 엄세번은 조문화, 언무경, 호종헌을 휘하에 두고 가는 곳마다 재물을 수레에 채워 돌아오게 하였다. 엄세번은 어머니가 죽자 마땅히 상사를 치르기 위해 집으로 돌아가야 했지만 엄숭은 자신의 업무를 엄세번에게 시키기 위해 엄세번을 경성에 있도록 했다. 그러나 엄세번은 공문의 부전(附箋)을 쓰지 않고 어머니의 상사 중에도 음란하게 향락을 즐기느라 엄숭이 받은 조서에 대답하지 못했다. 그러자 황제가 사신을 보내어 엄세번에게 어떻게 된 것인가를 묻게[57]하였다. 『명사』의 엄세번의 악행과 탐욕, 향락적 생활과 음란함은 〈창선감의록〉에서도 그대로 차용되고 있는 것이다.

조문화도 엄숭의 측근으로 악행을 저지르는 인물이다. 조문화는 엄

---

[57] 『명사』 권318 열전 제196, 〈엄세번〉 참조.

세번과 함께 『명사』〈간신전〉에 수록되어 있다.

> ⑤ 조문화는 자계(慈谿) 사람이다. 가정 8년의 진사로 형부 주사에 제수되었다. 고과 평점이 낮았다는 이유로 동평주 동지로 좌천되었다. 오랜 후 거듭 관직이 통정사에 이르렀다. 성품이 한쪽으로 기울고 좁았다. 조문화가 과거에 급제하기 전 국학에 있을 때 엄숭이 제주(祭酒)가 되었을 때 그를 재능있다고 하였다. 후에 조정에 벼슬할 때 엄숭이 날마다 황제의 총애를 받자 드디어 서로 부자 관계를 맺었다. 엄숭은 자기의 잘못과 악행이 많을 것을 생각하여 자기 측근을 얻어 통정(通政)에 있으면서 자기를 탄핵하는 상소가 이르면 준비하고자 하는 계산을 가지고 있었던 까닭에 조문화에게 그 일을 맡겼다.
>
> -『명사』 권318 열전 제196, 〈조문화〉

조문화와 엄숭은 서로 이용 가치가 있었기 때문에 의기투합한다. 조문화가 과거에 급제하기 전 국학에 있을 때 제주(祭酒)로 있던 엄숭이 조문화의 재능을 높이 평가하고 조문화와 부자관계를 맺는다. 엄숭은 자기의 잘못과 악행이 많을 것을 생각하여 자기 측근을 통정(通政)에 두고 자기를 탄핵하는 상소가 이르면 미리 막기 위해 조문화를 발탁한 것이다. 〈창선감의록〉의 조문화는 엄숭과 부자관계를 맺고 엄숭의 권력을 끼고 이미 다른 가문과 정혼한 진형수의 딸 진채경을 자신의 아들과 혼인시키려고 하는 불의를 저지르는 인물로 구성하고 있으며 엄숭과 함께 악의 당파를 이루게 되는 것이다.

언무경은 〈창선감의록〉에서 엄숭의 세도를 끼고 재물을 탐하고 현인을 음해하면서 어진 선비들과 반목하는 인물이다. 화진과 남채봉을 미워하던 범한과 조녀는 엄숭의 측근인 언무경의 힘을 빌리기 위해 언무경의 아내에게 뇌물을 받친다. 그러나 언무경이 별 반응을 보이지 않자 범한은 더 많은 보물을 언무경의 아내에게 바치고서야 언무경의 마음을 움직이고 언무경이 엄숭에게 고하여 엄숭이 화진과 남채봉을 제거하는 악인의 연대를 잘 보여준다.

『명사』에서 언무경도 역시 〈간신전〉에 수록되어 있다.

> ⑥ 언무경은 풍성(豊城) 사람이다. 행인탁어사로 등용되어 곧 대리소경으로 옮겼다. 35년에 좌첨도어사로 옮겼고 이윽고 좌부도어사가 되었다. 무경은 스스로 재주가 있다고 자부하고 엄숭이 정권을 잡을 때 그에게 심하게 아부하여 엄숭 부자와 친한 사이가 되었다. 마침 호부의 양절, 양회, 장로, 하동 지역의 염정(鹽政)이 잘 행해지지 않아서 대신 한 사람을 파견하여 관리할 수 있도록 요청했다. 엄숭은 드디어 무경을 썼다. 옛날 제도에 대신은 염정을 관리하고 사운사를 총괄하는 경우는 없었다. 이에 이르러 무경은 천하의 이권을 모두 잡고 엄씨 부자에 기대어 가는 곳마다 권세를 팔아 뇌물을 받으니 감사와 군읍 관리가 무릎으로 다니고 엎드려 기어다녔다. 무경은 성품이 사치스러워 수놓은 비단으로 변기를 덮고 백금으로 요강을 꾸미기까지 하였다. 엄씨와 벼슬 높고 권세 높은 사람들과 즐길 때는 이루 기록하지 못할 지경이었다. 그가 부내(部內)를 안찰할 적에 항상 아내와 함께 갔는데 다섯 색깔로 채색한 가마를 거느리고 12명의 여자에게 마주 들게 하니 도로에서 보는 사람이 매우 놀랐다. 순안지현 해서와 자계지현 곽여가가 막으려고 하였으나 파직당하였다.　　　　　－『명사』 권318 열전 제196, 〈언무경〉

언무경은 엄숭이 정권을 잡자 엄숭에게 심하게 아부하여 엄숭 부자와 친한 사이가 된다. 마침 호부의 양절(兩浙), 양회(兩淮), 장로(長蘆), 하동(河東) 지역의 염정(鹽政)이 잘 행해지지 않자 엄숭은 언무경을 발탁하여 그에게 염정 관리를 맡긴다. 언무경은 천하의 이권을 모두 잡고 엄씨 부자에 기대어 소금파는 권리를 소지하게 되니 감사와 군읍 관리가 언무경에게 굽신거리게 된다. 또한 언무경은 매우 사치스러워 변기를 수놓은 비단으로 싸고 백금으로 요강을 장식했다고 한다.

이처럼 『명사』에서 엄숭은 아들 엄세번과 조문화, 언무경과 같은 악인과 연합하여 무고한 조정 대신과 선인을 조정에서 내쫓거나 죽이는 일을 일삼았다. 〈창선감의록〉은 『명사』의 엄숭과 엄세번, 조문화, 언무경과 같은 인물을 차용하고 여기에 더해 가정내 악인인 화춘, 조녀, 범한, 장평과 같은 허구적 인물이 당파를 이루고 엄숭이 그 중심에서 악인의 연합적 축조자로 기능하도록 하여 완벽한 간신과 악인의 전형을 만들었다. 〈창선감의록〉은 역사적 인물 엄숭과 그 측근들의 악행은 그대로 모방하고 허구적 인물을 새롭게 구성하여 간신과 악인이 연합하는 서사를 만들게 되는 것이다.

엄숭은 〈사씨남정기〉에서도 악인과 연합하여 악의 당파를 결성하는 악인의 연합적 축조자로 기능한다. 〈창선감의록〉에서는 엄숭과 엄세번, 조문화, 언무경이라는 역사적 인물의 연대가 두드러졌지만 〈사씨남정기〉에는 이와 같은 역사적 인물은 등장하지 않는다. 오히려 허구적 인물 동청이 엄숭에게 뇌물을 바치고 엄숭의 권세에 기대어 갖은 악행을 저지르는 것으로 변형하고 있다.

유연수 집 문객 동청은 유연수의 첩 교씨와 눈이 맞아 사통하고 교씨가 사씨를 내쫓고 유연수의 적처가 되도록 돕고 유연수를 미워하는 엄숭과 결탁하여 엄숭이 유연수를 제거하도록 한다. 동청은 자신을 엄숭의 양자라고 일컫고 엄숭의 천거를 받아 진류 현령이 된다. 진류 현령이 된 동청은 백성의 고혈을 짜서 반은 자신이 갖고 반은 엄숭에게 보

316 한국 고전소설의 중국 역사 소설화 방식과 동인

내고 더욱 높은 벼슬을 청탁하여 계림 태수까지 된다.

동청의 이러한 행동은『명사』에서 엄숭의 무리였던 조문화, 언무경
이 했던 행동과 매우 비슷하다. 조문화와 언무경은 엄숭의 양자(養子),
가자(假子)라고 칭하고 엄숭에게 아첨하여 벼슬을 얻고 다른 사람들의
뇌물을 엄숭과 엄세번에게 바치며 엄숭과 엄세번의 충복이 된다. 〈사
씨남정기〉의 동청은 바로『명사』의 조문화와 언무경을 모방하여 구성
한 인물이라고 할 수 있을 것이다. 엄숭의 패망과 더불어 동청의 식객
이었던 냉진이 등문고를 올려 동청이 저지른 12가지 죄상을 진술하자
천자는 동청을 저자에서 참수하고 가산을 적몰한다. 그런데 동청의 말
로는『명사』의 엄세번의 말로와 매우 유사하게 서술되어 있다.

> ⑦ 냉진은 동청이 백성을 학대하고, 사람들을 죽이거나 겁박하여 재
> 물을 빼앗고, 도적질을 일삼고, 편당을 모아 변란을 일으킨 등의 열두
> 가지 죄상을 조목조목 진술하였다. 법관은 그것을 천자에게 올렸다.
> 〈중략〉 마침내 천자는 동청을 저자에서 참수하고 그 가산은 적몰하게
> 하였다. 그의 가산은 황금이 삼만 냥이요 백금이 오십만 냥이었다. 주옥
> 과 비단은 이루 헤아릴 수조차 없었다.   - 〈사씨남정기〉, 146쪽

『명사』에서 서계와 황광승 등은 엄세번이 나용문 등과 함께 음모를
꾸미고 세력을 키워 반란을 일으키려고 하고 후에 일본으로 투항하려
고 한다는 내용의 편지를 황제에게 올리자 황제는 엄세번을 참수하게
한다.『명사』에서는 "엄세번은 마침내 저자거리에서 참수당하였다. 그
집을 뒤지니 황금이 삼만 여랑이었고 백금은 이백만 여랑이었으며 진
귀한 보석과 노리개의 가치는 수백만 량이었다"[58]라고 하면서 엄세번
의 후일담을 기록하고 있다. 이처럼 〈사씨남정기〉의 동청의 후일담은

『명사』의 엄세번의 후일담을 염두하고 서술한 것이라고 할 수 있다. 〈사씨남정기〉에는 엄숭의 측근인 역사적 인물은 등장하지 않지만 허구적 인물 동청을 형상화하여 『명사』의 엄숭 측근들의 여러 가지 모습을 농축하면서 허구적으로 만들어진 악인과 엄숭이 연합하는 양상을 반복하고 있는 것이다.

〈일락정기〉에서도 엄숭을 역사적 인물 언무경과 허구적 인물 조평과 연대하여 악인의 당파적 축조자로 구성하고 있다.

엄숭의 측근 언무경은 엄숭의 명령에 따라 권채운의 숙부 권시랑이 공금을 횡령했다고 모함한다. 엄숭과 언무경의 공조로 권시랑은 공금을 횡령한 죄로 감옥에 갇히고 유배를 가게 되는 것이다.

언무경이 『명사』의 역사적 인물이라면 조평은 엄숭의 문객으로 허구적 인물이다. 〈일락정기〉에서는 『명사』의 엄세번, 조문화는 등장하지 않지만 허구적 인물 조평이 엄숭과 공조한다. 조평은 엄숭의 권세를 빌려 서몽상을 관직에서 물러나게 하고 유배를 가게하며, 권채운에게 음녀와 살인 미수의 범죄를 씌워 죽이려는 악행을 저지른다. 조평은 엄숭이 서몽상과 권채운을 제거하고 싶어하는 것을 알고 음모를 만들어 엄숭을 만나고 엄숭과 조평은 서로의 목표점이 일치함으로써 연대하게 되는 것이다. 〈일락정기〉는 역사적 인물 엄숭과 허구적 인물 조평의 연대를 통해 악의 축을 만들고 엄숭은 악인의 연대를 만드는 기획자로 기능하는 것이다.

한편으로 〈낙천등운〉에서도 『명사』의 인물과 허구적 인물이 엄숭을

---

58 "遂斬於市. 籍其家, 黃金可三萬餘兩, 白金二百萬餘兩, 他珍寶服玩所值又數百萬."(『명사』 권318 열전 제196, 〈엄세번〉)

중심으로 악인의 연대를 구성하는 양상을 발견할 수 있다. 『명사』의 인물인 엄세번, 언무경, 호종헌, 나용문, 엄홍, 엄곡, 만채, 방상 등이 〈낙천등운〉에 등장하고 이들은 엄숭의 지시에 따라 왕석작과 동예아의 고난을 가중시킨다. 그러나 〈낙천등운〉에서는 『명사』 인물들의 악행은 구체적이지 않고 엄숭이 악행을 저지를 때 이름만 호명되고 악행은 엄숭이 도맡아서 하는 것으로 구성된다.

〈낙천등운〉에서는 허구적 인물인 후선, 초정, 동전채가 엄숭과 연대하여 왕석작과 동예아의 고난을 가하고 악의 당파를 이루게 된다. 〈낙천등운〉에서도 엄숭은 역사적 인물과 허구적 인물로 악인의 연대를 만들고 그 무리의 수장이 되는 것이다.

(3) 엄숭에서 촉발되는 남녀의 새로운 인연담의 구성 양상

고전소설에서 엄숭의 소설화와 관련해서 사건 구성의 측면에서 포착되는 또 하나의 특징은 엄숭의 고난에서 촉발되는 남녀의 새로운 인연담이다. 〈창선감의록〉, 〈일락정기〉, 〈낙천등운〉에서는 엄숭이 가하는 고난을 피해 길을 떠나는 남녀가 새로운 인연을 만드는 서사가 창안되고 있다. 남녀의 새로운 인연담은 앞에서 살펴본 엄숭의 인물 구성과 다른 사건 구성의 소설화 양상이다.

먼저 〈창선감의록〉에서 진채경과 윤여옥이 만드는 새로운 인연담이 대표적이다. 조문화는 진형수의 딸 진채경이 아름답다는 소문을 듣고 자신의 아들과 혼인시키려는 뜻을 진형수에게 전했으나 거절당하자 엄숭에게 사주하여 진형수에게 누명을 씌워 금위옥에 가둔다. 진채경은 아버지를 구하기 위해 조문화에게 혼인을 허락하는 척하고 아버지를 구하고 남자 옷으로 갈아입고 탈출하게 된다. 진채경은 백련교에서 선비 백경을 만나게 되는데 자신을 정혼자 윤여옥이라고 속이고 백경의 여동생과 혼인을 약속한다. 엄숭의 권세가 약해지고 진형수가 유배지에서 돌아오자 윤여옥과 진채경, 백소저는 한날한시에 혼인함으로써 진채경이 기획한 윤여옥과 백소저의 인연이 이어지게 되는 것이다. 엄숭의 측근 조문화의 악행에 의해 비롯되는 진채경의 고난담은 윤여옥과 백소저의 새로운 인연을 만드는 사건으로 구성되고 〈창선감의록〉에서 매우 흥미로운 대목이 된다.

엄숭과 그 측근들의 악행을 피하는 과정에서 남녀의 인연을 새롭게 만드는 구성은 윤화옥의 고난담에서도 발견된다. 장평과 화춘이 공모하여 윤화옥을 엄세번의 후처로 보내는 계략을 세우자 윤화옥을 만나러 왔던 쌍둥이 남동생 윤여옥은 누이를 대신해 여자의 복장으로 엄세번의 집으로 들어간다. 엄세번은 누이동생 월화를 시켜 윤화옥으로 변장한 윤여옥과 함께 취침하도록 한다. 윤여옥은 여자인 척하며 월화와 동침하다가 탈출 전 자신의 정체를 월화에게 밝힌다. 월화는 윤여옥이 엄부를 탈출할 수 있도록 도와주고 윤여옥은 월화와의 인연을 약속하고 엄부를 빠져나간다. 시간이 흐른 후 엄숭이 패망하고 윤혁, 남표가 모여 있는 곳에 우연히 엄숭이 나타나 자신의 잘못을 사과하면서 자신의 딸 월화와 윤여옥의 혼인을 부탁한다. 윤혁은 월화를 윤여옥의 첩으로 받아들이게 하고 윤여옥과 월화가 인연을 맺도록 한다. 엄세번의 악행을 피하는 과정에서 새로운 남녀의 인연을 만드는 이와 같은 서사 구성은 『명사』의 엄숭의 역사를 매개로 하면서도 완전히 새로운 서사 구성을 창안한 것이라고 할 것이다.

〈일락정기〉에서도 이러한 남녀의 새로운 인연담이 구성된다. 엄숭의 위협을 피해 도망가던 권채운이 서몽상의 새로운 인연을 만드는 삽화

가 구성되어 있다. 엄숭이 권시랑을 감옥에 가두고 권채운과 자기 아들
의 혼인을 강요하자 권채운은 거짓으로 이를 받아들이는 척하고 집을
빠져나온다. 권채운은 운모역 쌍백촌에서 호원공주 댁 유모를 만나게
되는데 유모는 권채운의 아름다움에 반하여 자기 댁 아가씨인 정소저
와의 혼인을 주선하고 권채운과 정소저는 혼인하게 된다.

특히 〈일락정기〉에는 권채운이 서몽상인 것처럼 변복하고 정소저와
혼인하여 신혼밤을 보내는 장면이 자세히 나온다.

> ⑧ 혼례가 끝나고 시중드는 사람이 권소저를 이끌고 응향각에 들어
> 갔다. 기이한 꽃과 신이한 돌이 바깥에 들쭉날쭉 줄지어 있었고 구름
> 같은 병풍과 채색한 발이 안에 구불구불하고도 넓게 펼쳐져 있었다. 권
> 소저가 층층이 열고 들어가니 마치 요지연 그림 속에 있는 것 같았다.
> 황혼녘이 되어서야 시중되는 시녀가 신부를 이끌고 화촉 아래에 앉게
> 하였다. 이때 권소저는 올연히 단정히 앉아 아무 말 없이 서로 바라보고
> 단지 마음속으로 서공자에게 축하하였다. 권소저는 효경 십여 편을 읽
> 고 시경 이남 십여 편을 외우고는 드디어 이불을 당겨 침상에 들고 정소
> 저도 역시 침상에 들었다. 새벽녘이 되어 정소저는 일어나 세수하고 공
> 주의 처소로 갔다. 이에 권소저도 역시 침상에서 일어나 세수하고 드디
> 어 독서하다 아침이 되었다. 이와 같이 한 것이 여러 밤이 되었다.
> — 〈일락정기〉 58쪽[59]

권채운은 밤마다 책을 읽다가 정소저와 함께 동침하지만 부부간의
사랑을 나누지는 않는다. 이렇게 3일간을 보내다가 정소저의 어머니
호원공주가 결혼한 정소저의 팔뚝에 앵혈이 그대로 남아있는 것을 보

---

59 인용문의 해석은 필자가 하였다.

고 그 연유를 묻게 되고 정소저는 남복한 권채운에게 자신을 가까이하지 않는 이유를 묻는다. 권채운은 자신의 정체와 변복한 이유를 말하고 정소저 같은 숙녀를 정혼자 서공자에게 천거하여 신의를 어긴 잘못을 면하려고 한다고 말한다. 호원공주는 권채운의 딱한 사정을 이해하고 권채운을 양녀로 삼아 엄숭의 화를 모면하게 해준다.

이처럼 〈일락정기〉의 권채운이 엄숭의 화를 피해 변복하여 자신의 정혼자 서몽상의 새로운 인연을 매개하는 구성은 〈창선감의록〉의 진채경의 경우보다 훨씬 흥미롭게 구성되어 있다. 〈창선감의록〉의 진채경의 인연담은 정혼자 윤여옥을 위해 백소저를 매개하여 백경과의 정혼을 약속하는 것으로 끝나지만 〈일락정기〉의 경우는 남복한 권채운이 정소저와 혼인하여 신혼밤을 보내는 것으로 구성하기 때문이다. 정소저의 처소인 의향각의 신혼방도 남녀 이성지합을 예고하는 분위기를 조성하고 남복한 권채운이 정소저와 앞으로 어떻게 될까 하는 궁금증을 자아내게 한다. 권채운은 정소저와 동침은 하지 않으면서도 3일 동안을 남자인 것처럼 행동하면서 정소저와 부부 생활을 해나간다. 〈일락정기〉는 〈창선감의록〉의 모방에서 한걸음 나아가 변복한 여성이 혼인을 하고 같은 여성과 부부가 되어 신혼 밤을 보내는 새로운 삽화를 만들어 독자의 흥미를 끄는 대목이라고 할 수 있을 것이다.

〈낙천등운〉에도 〈창선감의록〉과 〈일락정기〉에서처럼 동예아가 엄숭의 마수를 피해 남복하고 길을 떠나면서 남녀의 새로운 인연을 만드는 구성이 드러난다.

엄숭의 화를 피해 왕석작과 동예아, 시녀 화연까지 남복하여 함께 길을 떠나면서 갖은 고생을 하다 정허관이란 비구니 절에 며칠을 머문다. 비구니들은 자기의 연정을 거부한 세 사람에게 원한을 품고 도둑 누명을 씌우고 이들을 관가에 고발한다. 관의 지현 왕치는 왕석작의 풍모와 사람됨을 보고는 왕석작의 무죄를 밝혀낸다. 왕지현은 왕석작의 외사촌 동생이라고 속인 남복한 동예아를 마음에 두고 자신의 딸 왕소저와 혼인시키고자 한다. 동예아는 동생 동준을 대신해서 자신이 혼인하고 나중에 사실을 밝히자고 하고 왕지현의 딸 왕소저와 혼인한다. 이처럼 〈낙천등운〉의 남녀의 새로운 인연담은 여성 주인공 동예아가 남편을 위해서 새로운 인연을 만드는 것이 아니라 동생을 위해서 새로운 인연을 만드는 것으로 변형하고 있다.

> ⑨ 동예아가 신부와 함께 밤을 보내는데, 첫날은 취해 자면서 이따금 베개를 벤 채로 말하였다. "밤이 깊었으니 편히 누우시오." 다음 날은 함께 침상에 올라서 편하게 잤다. 셋째 날에는 야식을 먹고 창을 여는데 추부인이 서 있다가 들어가는 것이 보였다. 혹시라도 자신의 정체가 탄로가 날까 걱정되어 촛불을 끄고 가만히 살펴보니 또 엿보고 있었다. 왕씨를 권하여 자리에 눕히고 춥다는 핑계로 이불을 함께 덮고 한 베개를 하고 누워서는 왕석작이 자신에게 하던 이러런 행동을 그대로 따라하였다. 그리고는 일부러 큰 소리로 말하였다. "오늘은 아직 그대를 범하지 않겠소. 그렇지만 내일은 말이 빈말이 아닌 줄 알게 될 거요. 백년 동안 함께 할 사이인데 뭘 그리도 부끄러워 하시오?"〈중략〉 이를 본 추부인은 기쁜 나머지 마음이 놓여 이후로는 다시 엿보지 않았다.
>
> - 〈낙천등운〉, 240~241쪽

왕소저와 혼인한 동예아는 주변 사람들이 자신의 정체를 알지 못하도록 실제 부부인 것처럼 행동한다. 동예아는 왕소저의 어머니 추부인이 방 밖에서 엿보는 것을 눈치채고 남편이 아내에게 하는 것처럼 말하고 행동하면서 부부가 원만하다는 것을 과장하고 추부인은 이에 속아 딸과 사위 사이가 좋다고 생각하게 되는 것이다. 동예아와 왕소저는 동침하지 않으면서도 실제 부부처럼 사이가 좋고 정이 날로 깊어간다. 왕석작은 동예아가 왕소저와 지내면서 자신을 보러 나오지 않자 이를 은근히 질투하며 동예아와 왕소저의 처소로 찾아가 동예아를 만나고 농담을 하기도 한다. 왕석작과 동예아는 다른 사람의 눈을 피해 만나고 안부를 물으면서 지내게 되는 것이다. 이처럼 동예아가 왕소저와 혼인하고 가짜 부부로 지내는 생활과 왕석작과 동예아가 남의 눈을 피해 실제 부부로 지내는 이중 생활을 유지하면서 오랜 시간동안 부부 관계를 지속하는 스토리를 구성하여 남녀의 연애 상황을 만들어 독자의 관심을 끌게 되는 것이다.

〈낙천등운〉의 동예아와 왕소저의 새로운 인연담은 〈창선감의록〉 등에서 영향을 받은 단위담이지만 〈창선감의록〉보다 훨씬 남녀의 만남과 연정 등을 확장하는 서사로 구성하고 있다. 〈낙천등운〉에서는 동예아가 왕소저와 혼인하고 가짜 부부 생활과 진짜 부부 생활을 하는 이중적인 남녀의 인연담을 만듦으로써 남녀의 연정과 연애의 판을 본격적으로 펼치는 보다 적극적인 서사 창안을 보여주고 있는 것이다.

3) 고전소설의 엄숭과 소설화 동인

(1) 소설 흥미 강화를 위한 유희적 동인

앞장에서 우리는 〈창선감의록〉, 〈사씨남정기〉, 〈일락정기〉, 〈낙천등운〉에서 『명사』의 엄숭을 모방하여 엄숭이 충신과 갈등하고 충신의 자녀에게도 고난을 가하는 갈등의 복합적 유발자로 구성되는 것을 살펴보았다.

〈창선감의록〉, 〈사씨남정기〉, 〈일락정기〉, 〈낙천등운〉은 가정내 악인이 남녀 주인공에게 고통을 주고 보다 강력한 고난을 만드는 서사를 구성해나간다. 가정내 악인이 남녀 주인공에게 가하는 고난도 가볍지 않지만 소설의 흥미를 위해서는 고난을 보다 강화하고 확대하기 위한 모티브가 필요하게 된다. 고전소설에서 주인공에게 강력한 고난을 가할 수 있는 외부적 힘은 무소불위의 권력을 가진 악인을 적대자로 만드는 것이다. 이런 이유로 역사상 강한 권력을 가지고 자신의 이익을 위해 많은 충신을 해친 엄숭과 같은 인물은 주인공에게 강력한 고난을 가하는 전형적 인물로 선택될 수 있는 것이다.

국가적 악인인 엄숭이 남녀 주인공에게 가하는 고난은 가정이나 국가에서 남녀 주인공을 축출하는 보다 강력한 고통이 된다. 이 때문에 남녀 주인공이 당하는 고통의 강도는 절정이 되고 극도의 고통 상황이 만들어지면서 남녀 주인공의 삶은 고단해지지만 소설적 흥미는 배가 되는 것이다. 이처럼 엄숭이 〈창선감의록〉, 〈사씨남정기〉, 〈일락정기〉, 〈낙천등운〉에서 갈등의 복합적 유발자로 재현되는 것은 소설의 흥미를 강화하기 위한 유희적 동인이 작용하기 때문이다.

『명사』에서 엄숭의 악행은 일일이 다 열거하기 힘들 정도로 많다. 엄숭은 도교에 빠진 세종에게 아부하여 20년간 국가 권력을 대신 맡아서 휘두른다. 세종의 분노를 이용해 엄숭은 많은 사건을 만들어 자신과 대립하는 사람을 제거하고 자신의 욕심을 채웠다. 『명사』에 따르면 엄숭은 장경, 이천룡, 왕여의 죽음을 만들었으며 자신과 엄세번을 탄핵했던 사유, 섭경, 동한신, 조금, 왕종무, 하유백, 왕엽, 진개, 여여진, 심련, 서학시, 양계성, 주부, 오시래, 장충, 동전책 등을 조정에서 모두 파직시키거나 유배보냈다. 섭경, 심련, 양계성은 모함하여 죽음에 이르게 하였다.**60** 또한 아들 엄세번과 조문화, 언무경, 호종헌, 만채, 방상, 오봉, 구양팔진, 고요, 허론 등이 엄숭의 권력에 의지하여 엄숭을 섬기며 요지에 앉아 비리를 저지른다.**61**

　엄숭은 이처럼 『명사』에서 대표적 간신이자 악인으로 서술되고 조선에서도 명사류 사서와 『명사』를 통해 엄숭의 간신의 면모는 널리 알려지게 되는 것이다. 『조선왕조실록』에는 명나라에 사신을 갔다 온 조선 사신단이 엄숭의 악행을 상세하게 전하는 부분**62**도 있으며, 조정에서 정사를 논하는 자리에서 엄숭과 그 측근의 행적이 언급**63**되기도 한다. 또한 임금과 신하의 소대(김對)에서도 『명사』에서 발췌된 엄숭의 악행이 자주 언급**64**되고 있으며, 사대부의 문집류에서도 엄숭에 대한 비판**65**이 자주 등장한다. 고전소설에서 국가를 위태롭게 하고 충신의 가문을 풍비박산으로 만드는 간신으로 엄숭을 반복적으로 재구성하는 것은 엄숭에 대한 이와 같은 부정적 인식에 기반한 것이다.

---

60 『명사』 권318 열전 제196 〈엄숭〉.

61 『명사』 권318 열전 제196 〈엄숭〉.

62 장흔, 앞의 논문, 27~29쪽.

63 『숙종실록』 9권, 숙종 6년 4월 12일, 5월 6일의 기록과 『정조실록』 15권, 정조 7년 1월 15일, 『정조실록』 22권, 정조 10년 10월 27일 기록 등이 대표적이다. 한국고전번역원, 『한국고전종합 DB』(https://db.itkc.or.kr.)

64 『승정원일기』, 영조 3년 정미 7월 7일, 7월 13일, 8월 1일, 영조 4년 무신 6월 20일, 영조 9년 계축 12월 16일의 기록과 『일성록』, 정조 7년 계묘 1월 15일, 정조 10년 병오 10월 27일 기록 등이 대표적이다. 한국고전번역원, 『한국고전종합 DB』(https://db.itkc.or.kr.)

65 기대승, 「논사록」 하권, 『고봉전서』, 이항복, 「백사별집」 2권, 『백사집』, 허봉, 『조천기』 상, 중, 하, 이덕무, 『청장관전서』 61권, 남구만, 『약천집』 14권, 황경원, 『강한집』 8권, 이익, 『성호사설』 5권, 이의현, 『도곡집』 28권 등의 문집류가 대표적이다. 한국고전번역원, 『한국고전종합 DB』(https://db.itkc.or.kr.)

『명사』에서 발견되는 엄숭의 악행은 다채로워 이것을 조금만 변형하여도 소설적 구성을 만들 수 있다. 역사적 인물 엄숭의 행적은 역사를 유사하게 모방하여 소설적 사건으로 재구성할 수 있는 악인의 서사이기 때문에 악인의 악행을 보다 허구화하여 고전소설에서 남녀 주인공에게 고난을 가하는 서사로 변형하기 쉽다. 고전소설의 작가는 세종에게 아부하여 권력을 얻고 자기 뜻에 부합하는 이들을 모아 당파를 만들어 충신과 자신의 반대파를 제거하는『명사』의 인물 엄숭에서 간신의 전형을 포착하고 이것을 모방하여 갈등의 복합적 유발자로서의 인물 엄숭을 구성하여 독자에게 소설적 재미를 전달한다.

역사적 인물과 그의 행적을 모방하여 소설화하는 역사 유사화는 창작자와 독자에게 이미 잘 알려진 엄숭의 이해를 바탕으로 창작과 해석을 손쉽게 할 수 있다는 이점이 있기 때문에 선호된다. 창작자의 입장에서는 이미 역사에서 널리 알려져 있는『명사』의 인물을 차용하여 인물 구성과 서사 구성을 용이하게 할 수 있다.『명사』의 인물 엄숭이 지닌 간신과 악인으로서의 행적은 작가가 어렵게 상상력을 발휘하지 않아도『명사』의 인물 엄숭을 모방하여 완벽하고 총체적인 간신의 모습을 손쉽게 만들 수 있는 것이다. 독자의 입장에서는 역사 유사화 방식으로 인물을 구성한 소설을 읽으면서 역사 속 엄숭과 소설 속 엄숭을 동일시하고 역사에서 얻은 엄숭에 대한 부정적 인식을 그대로 소설 속에 투사하여 적대적 감정으로 엄숭을 바라보고 소설에 몰입하면서 재미를 느낄 수 있는 것이다.

결국 〈창선감의록〉, 〈사씨남정기〉, 〈일락정기〉, 〈낙천등운〉에서 공통적으로 나타나는 갈등의 복합적 유발자로서의 엄숭의 소설적 재현은 소설을 보다 흥미있게 만들고자 하는 소설의 유희적 동인이 만든 역사의 허구화 방법이라고 할 수 있다. 이것은 역사 유사화의 방식으로 역사적 인물의 익숙한 악행을 근간으로 하여 역사와 유사한 허구를 만들어 독자의 몰입과 소설적 흥미를 이끌어내는 것이다.

(2) 복선화음의 유교 윤리적 동인

우리는 〈창선감의록〉, 〈사씨남정기〉, 〈일락정기〉, 〈낙천등운〉에서 엄숭이 악인의 연합적 축조자로 기능하며 엄숭을 중심으로 역사적 인물과 허구적 인물이 연대하여 강력한 힘을 만들어 주인공과 대립하는 서사를 구성하는 것을 논의하였다.

〈창선감의록〉에서는 엄숭뿐만 아니라 『명사』의 엄세번, 조문화, 언무경을 모방하였고, 허구적 인물 장평과 범한이 가세하여 화진, 남채봉, 윤화옥에게 고난을 주는 서사를 만들었다. 〈사씨남정기〉에서는 『명사』의 인물은 나타나지 않지만 『명사』의 엄세번, 조문화의 자질과 형상을 모방한 허구적 인물 동청을 구성하였다. 〈일락정기〉에서는 『명사』의 언무경과 허구적 인물인 조평이 엄숭과 연합하였으며, 〈낙천등운〉에서는 『명사』의 엄세번, 언무경, 호종헌 등이 모방되고 다수의 허구적 인물이 엄숭의 측근으로 활동하며 악의 축으로 구성되었다.

그런데 고전소설에서 엄숭과 그 측근들과 허구적 인물이 연합하여 주인공과 그 주변 인물들에게 고난을 가하는 서사 구성뿐만 아니라 선인들의 연대도 활발하게 드러나는 점에 주목할 필요가 있다. 〈창선감의록〉에서는 허구적 인물 화진과 『명사』의 인물 서계, 척계광, 임윤 등이 서로 도우며 엄숭의 무리와 맞서게 된다. 〈사씨남정기〉에서는 허구적 인물 유연수와 『명사』의 인물 해서, 서계가 선인들의 연대를 보여준다면, 〈낙천등운〉에서는 허구적 인물 왕석작과 『명사』의 인물인 양계성, 동전책, 추응룡, 임윤, 해서 등을 친인척, 사제지간, 동료로 설정하여 엄숭의 무리들에게 맞서는 구성을 보여준다.

주인공과 연대하는 역사적 인물은 선인이며 이들은 충신으로 설정되고, 엄숭과 연대하는 역사적 인물은 악인이며 이들은 간신으로 이분화된다. 엄숭과 그 무리들이 강력한 힘을 발휘하여 고난을 가할 때마다 주인공과 선인들도 이에 맞서 활발하게 결속하여 고난의 고비를 넘기게 되는 것이다. 주인공이 엄숭에게 고난을 받으면 다른 사람이 나서서 상소를 올리거나 목숨을 구해주고, 다른 사람이 곤경에 처하면 주인공이 나서서 도움을 주는 시은과 보은의 서사가 구성되어 있기도 하다. 이처럼 선인과 충신은 의로움과 정도를 추구하고 끈끈한 인간관계를 가지면서 악인과 맞서는 하나의 힘이 된다. 엄숭과 악인의 연대와 주인공과 선인의 연대는 고전소설에서 선악의 힘이 대칭적으로 유지되어 악인에 의해 선인이 패배하지 않도록 하는 서사 구성이다.

고전소설에 나타나는 이와 같은 엄숭과 악인들의 연대와 주인공과 선인들의 연대는 『명사』와 비교해보면 고전소설이 복선화음의 유교 윤리에 강하게 견인되고 있다는 것을 알 수 있다. 고전소설에서 선인이나 충신으로 형상화된 인물들은 『명사』에서도 현명한 관리이거나 충신이며 직간신의 자질을 가졌다. 그러나 『명사』에서는 충신이나 직간신들이 서로 연대하거나 공조하지는 않는다. 오히려 『명사』에서는 엄숭과 엄세번, 조문화, 언무경, 호종헌 등이 엄숭과 당을 만들어 엄숭에 반대하는 사람과 충신을 제거하기 위해 활발한 공조 양상을 보여주고 충신들은 이들에 의해 속수무책으로 조정에서 축출되거나 죽음을 맞는다. 『명사』 엄숭의 역사에서는 엄숭의 비리를 말하고 탄핵하는 충신들은 엄숭과 엄숭의 무리에 의해 응징되는 결과를 보여주는 것이다. 그러

나 고전소설에서는 주인공과 『명사』에서 모방된 역사적 인물은 의로
움과 정도를 내세우며 결속하는 것으로 변형되고 있다. 『명사』의 역사
적 사실과 달리 고전소설에서 충신과 직간신은 서로 연대하여 엄숭의
무리와 맞서는 것이다. 이와 같이 고전소설에서 충신과 직간신이 활발
하게 연대하는 이유는 고전소설의 서사가 악의 축으로 기울지 않고 선
의 힘이 악에 맞서서 승리한다는 것을 보여주기 위해서이다.

『명사』에서는 악인과 간신의 힘이 강해 선인과 충신이 제거되고 간
신과 악인의 승리로 막을 내렸지만 고전소설에서는 선인과 충신의 연
대로 악인과 간신의 힘에 맞서는 방어막을 만들어 선인과 충신이 종국
에는 승리하고 회복된다는 믿음의 서사를 만드는 것이다. 이것은 『명
사』의 충신과 간신의 자질은 모방하되 이들의 활약은 변형하여 선과
악이 병립하도록 변형한 것이다. 이러한 역사의 변형에는 간신과 악인
의 공조로 충신과 직간신이 제거되는 역사와 달리 선인과 충신은 인간
이 돕고 하늘이 도와 결국에는 복을 받는다는 복선화음의 세계를 재현
하고자 하는 욕망이 들어가 있다. 고전소설의 작가는 있는 그대로의 현
실인 역사를 다시 쓰기하여, 있어야만 하는 현실로 변형하여 고전소설
향유층이 바라는 세계를 만들어가는 것이다. 이것은 소설 향유층이 가
지고 있는 복선화음에 대한 믿음이 역사를 재해석하여 소설화하는 중
요한 동인임을 보여주는 것이다.

(3) 연애에 대한 낭만적 동인

마지막으로 〈창선감의록〉, 〈일락정기〉, 〈낙천등운〉에는 엄숭에서 촉
발되는 남녀의 새로운 인연담이 재현되고 있다는 것을 살펴보았다. 남
녀의 새로운 인연담이란 여성이나 주변 인물이 엄숭과 엄숭 측근의 고

난을 피해 도망가거나 길을 떠나는 과정에서 자기 정체를 숨기고 변복하여 정혼자나 아우의 새로운 인연을 만드는 것이다. 이것은 엄밀히 말하면 엄숭과 엄숭의 측근이 가하는 고난에서 파생되는 삽화로 역사 모방과 거리가 있는 새로운 소설적 서사 구성이기도 하다.

〈창선감의록〉에서는 진채경이 남복해 정혼자 윤여옥의 새로운 인연을 만들고, 윤여옥은 여복하여 월화와 새로운 인연을 맺는다. 〈일락정기〉에서는 남복한 권채운이 정소저와 혼인하여 신혼 밤을 보내고 〈낙천등운〉에서는 동예아가 남복하여 왕소저와 혼인하여 부부 생활을 한다. 특히 〈낙천등운〉은 〈창선감의록〉과 〈일락정기〉보다 남녀의 새로운 인연담 구성을 전폭적으로 변형하여 풍부한 서사를 구성하고 있다.

그렇다면 세 작품에서 남녀의 새로운 인연담이 반복적으로 만들어지는 이유는 무엇일까? 남녀의 새로운 인연담의 구성은 남녀의 연애에 대한 호기심과 남녀간의 연정을 펼쳐보고 싶은 욕망을 상상적으로 재현한 것으로 연애에 대한 낭만적 동인이 개입되어 있다. 〈창선감의록〉의 윤여옥이 여장을 하고 월화와 하룻밤을 보내면서 인연을 맺고 훗날을 기약하고, 〈일락정기〉의 권채운이 남장하여 정소저와 혼인하고 몇 날 밤을 함께 보내며 부부의 정을 나누며, 〈낙천등운〉의 동예아가 남장하여 왕소저와 혼인하여 여러 달을 함께 보내며 부부애를 나눈다는 설정은 남녀의 연애에 대한 호기심과 욕망을 소설적으로 드러낸 것이다.

〈창선감의록〉의 윤여옥은 진채경과 가문끼리 정혼한 사이이고, 〈일락정기〉의 권채운도 서몽상과 가문끼리 정혼한 사이이며, 〈낙천등운〉의 동예아는 이미 왕석작과 혼인한 사이이다. 이들은 이미 가문끼리 정혼하여 곧 부부가 될 사이이거나 숙부가 맺어준 인연으로 이미 부부가 되었다. 조선시대에 일반화된 혼인은 부모가 개입하여 집안과 집안이 맺어준 남녀가 이에 순응하여 부부가 되는 것이었다. 이런 점에서 윤여옥과 진채경, 권채운과 서몽상, 동예아와 왕석작은 부모와 숙부가 맺어진 조선시대의 전형적인 혼인을 하고 이 부부 관계에는 남녀의 연애가 개입될 여지가 별로 없다. 조선시대 양반가의 혼인에 남녀가 자유롭게 만나 연정을 느끼고 연애를 하는 과정은 현실에서는 찾아보기 힘든 일이 되는 것이다.

그러나 〈창선감의록〉, 〈일락정기〉, 〈낙천등운〉의 남녀의 새로운 인연담의 구성은 현실에서 불가능한 남녀의 연애를 상상적으로 실현시키는 소설적 시도이다. 여성이 변복하여 남성이 되고, 남성이 여성이 되어 다른 사람을 위해 대신 연인을 탐색하고 연정을 나누면서 연애하는 경험을 소설적 상상으로 펼쳐보이는 것이다. 여기에는 연애에 대한 기대와 동경이 내재해 있고 연애에 대한 낭만적 인식이 자리 잡고 있다. 소설을 통해 연애를 경험해보고 이를 실현하고자 하는 열망이 이러한 소설적 구성을 창안하게 하는 것이다. 고전소설에서 공통적으로 드러나는 남녀의 새로운 인연담의 구성은 『명사』의 엄숭과 엄숭의 측근이 주인공과 주변 인물에게 고난을 가하는 과정에서 파생되는 것이지만 『명사』의 역사적 인물이나 사건의 모방과는 관련 없는 완전히 허구적 구성이자 새로운 소설적 창안이다.

〈창선감의록〉에서부터 시작되는 남녀의 새로운 인연담의 구성은 〈일락정기〉와 〈낙천등운〉과 같은 후대 소설에 이르러서 더욱 정교하게 허구화되어 하나의 독자적 단위담이 된다. 후대 소설로 갈수록 남녀의 새로운 인연담의 구성은 보다 흥미성을 더하는 방식으로 변형되고 있다. 이것은 연애에 대한 낭만적 동인이 개입되어 현실에서는 실현될 수 없는 연애를 상상적으로 실현하는 것으로 허구적 상상력이 가장 적극적으로 개입하여 만든 소설적 창안이다. 이를 통해 자칫 역사를 소설화하는 소설이 지닐 수 있는 스테레오 타입의 서사를 생동감 있게 변화시키고 소설의 흥미를 불러일으킬 수 있는 것이다.

5. 고전소설의 명사(明史)의 소설적 재현의 특징과 의미

본 장에서는『명사』의 만귀비, 엄숭이 고전소설에서 재현되는 서사 양상과 소설화 동인을 논의하였다. 16~18세기 조선에서는 역사사찬 명사류인『명사기사본말』,『황명통기집요』,『명기집략』,『명기편년』과 정사(正史)인『명사』가 유입되어 널리 읽히고 있었다. 이 역사서들은 조선시대에 왕과 신료, 문인, 선비 등이 지속적으로 향유하던 명사(明史)였다. 만귀비는『명사』에, 엄숭은『명사기사본말』,『황명통기집요』,『명기편년』과 정사(正史)인『명사』에 그 행적이 기록되어 있다.

만귀비와 엄숭은 명사의 대표적인 악녀와 간신이다. 고전소설에서 이들을 소설적 사건과 인물로 재구성하는 것은 만귀비와 엄숭의 역사적 기록이 강한 악행의 서사성을 지니기 때문이다.

먼저 만귀비의 소설화의 선행 텍스트가 되는 야사류인『만력야획편』의 〈효종생모〉와 〈만귀비〉에서는 만귀비의 투기와 악행에 치중하지 않았지만 정사인『명사』의 〈효목기태후〉와 〈공숙귀비만씨〉에서는 만귀비의 투기와 악행, 효종의 고난이 보다 자세하게 기록되어 있다. 야사류인『만력야획편』의 만귀비 기록보다 정사인『명사』의 만귀비 기록이 보다 허구적인 성격이 강하고 우리 고전소설에 와서는 새로운 서사적 사건과 악인형 여성 인물 구성으로 만귀비를 허구화하는 소설적 상상력이 꽃을 피운다고 하겠다.

　〈류황후전〉에서 만귀비의 서사는 전체 서사로 구성되고 남녀 주인공의 고난 강화적 서사 프레임이라는 서사적 사건으로 재현된다. 〈유효공선행록〉과 〈화문록〉에서는 만귀비의 서사가 후반부 서사로 구성되고 핵심 서사와 상동적 관계를 가질 수 있는 부차적 서사로 재현되고 있다. 〈이씨효문록〉에서는 만귀비를 모방한 새로운 악인형 여성 인물 만씨를 형상화하는 인물 구성을 보여주고 있다.

　〈유효공선행록〉은 18세기 전반에, 〈화문록〉은 18세기 후반에 창작되었다고 추정되고, 〈이씨효문록〉은 18세기 전반에, 〈류황후전〉은 19세기 후반에 창작되었다고 추정되기 때문에 고전소설에서 재현되는 만귀비 서사가 고전소설의 창작 시기에 따른 일정한 흐름이나 연속성을 드러내지는 않는다. 그러나 만귀비 서사가 소설적 사건이나 인물로 재구성될 때 관통하는 소설화의 동인과 상상력은 정리해볼 수 있다.

　〈류황후전〉에서 만귀비의 서사는 남녀 주인공의 고난 강화적 서사 프레임으로 재현되고, 〈이씨효문록〉에서는 만귀비를 모방한 만씨라는 악인형 여성 인물을 구성하고 있는데 여기에는 악과 욕망을 재현하려는 유희적 동인과 상상력이 작동된다. 역사적 인물 만귀비는 고전소설에서 주인공에게 고난을 가하고 인간의 욕망을 표출하고자 하는 의도에서 역사에서 선택된 인물이고 고전소설의 유희적 동인에 의해 역사보다 더욱 강화된 악인형 여성 인물의 서사와 인물이 창조되게 되는 것이다. 〈유효공선행록〉과 〈화문록〉의 만귀비의 서사는 부차적 서사로 구성되고 이 부차적 서사는 핵심 서사와 상동적 구조를 지니는데 부차적 서사와 핵심적 서사 모두에서 어리석은 가부장과 임금에 대한 반감이 드러난다. 작가는 『명사』의 만귀비 서사를 어리석은 가부장과 임금에 대한 비판적 시각으로 해석하고 고전소설에서는 부차적 서사로 변형하여 핵심 서사와 유사한 의미로 해석될 수 있도록 하는 것이다. 여기에는 당대의 현실적 문제를 직시하고 소설화하려는 현실 비판적 동인이 강하게 개입되어 있다. 마지막으로 〈유효공선행록〉, 〈화문록〉, 〈이씨효문록〉, 〈류황후전〉의 결말에서 만귀비에 대한 관대한 처분을 내리는 결말을 공통적으로 반복하고 있다. 이러한 만귀비에 대한 처분은 아들의 지극한 인효를 강조할 뿐만 아니라 소설 향유층이 윤리적 시각을 반영한 것이기도 하다. 유가의 핵심적 윤리인 인효를 드러내고 유교적 윤리를 강조하고자 하는 윤리적 동인과 상상력이 이러한 소설 결말을 공통적으로 만드는 것이다.

이와 같이 역사적 인물 만귀비를 고전소설에서 사건과 인물로 재현하는 소설화의 동인과 상상력을 통해 고전소설이 역사적 인물 만귀비의 사건이나 인물을 소설화하는 이유와 계기가 무엇인가를 생각해볼 수 있다. 역사적 기록인 만귀비의 서사는 악과 욕망을 재현하고자 하는 유희적 동인, 어리석은 가부장에 대한 반감을 재현하고자 하는 비판적 동인, 인효와 관용을 재현하고자 하는 윤리적 동인에 의해 촉발되는 소설적 상상력을 최대치로 보여줄 수 있는 질료이기 때문에 고전소설에서 선택되는 것이다. 고전소설 작가는 명사를 참조하고 모방하여 만귀비의 악행과 투기의 서사와 인물 자질은 그대로 반복하지만 허구적 소설 세계 속에서 만귀비를 되살리면서 악과 욕망을 재현하고, 현실에서 일어나는 어리석은 가부장에 대한 비판을 드러내며, 인효와 관용이라는 윤리적 시각을 재현하는 것이다.

엄숭도 고전소설에서 반복적으로 소설화되는 대표적 인물이다. 엄숭은 〈창선감의록〉, 〈사씨남정기〉, 〈일락정기〉, 〈낙천등운〉에서 공통적으로 갈등의 복합적 유발자, 악인의 연합적 축조자로서 재현되고, 남녀의 새로운 인연담을 재현하는 방식으로 소설화된다. 엄숭은『명사』의 대표적인 간신인데,『명사』에 기록된 엄숭의 악행은 임금에게 아부하여 권력을 잡고 부정을 저지르고 자신에게 반대하는 충신을 제거하는 것이었다. 이러한 엄숭의 악행은 고전소설에서 국가적 갈등을 만드는 반동인물의 서사로 소설화하기에 적합한 참고 자료가 된다 하겠다.

갈등의 복합적 유발자로서의 엄숭의 소설적 재현은『명사』의 엄숭의 기록을 유사하게 모방하여 소설적으로 구성한 역사 유사화의 방식이고, 악인의 연합적 축조자로서의 엄숭의 소설적 재현은 소설적 재해석과 변형의 방식이다. 이에 비해 엄숭에서 촉발되는 남녀의 새로운 인연담의 재현은『명사』의 기록에 기반한 것이라기보다는 남녀의 연정이나 연애에 대한 기대와 상상을 표현하는 고전소설의 새로운 시도이자 창안이라고 할 수 있다.

이러한 고전소설의 엄숭의 3가지 소설적 재현 양상은 역사를 소설화하는 3가지 창작 동인이 들어가 있다. 소설의 흥미를 강화하기 위한 유희적 동인이 남녀 주인공의 고난을 강화하는 서사를 창안하게 되고, 선인은 인간과 하늘이 돕고 악인은 종국엔 멸망한다는 유교 윤리적 동인이 선인과 악인의 연대를 통해 선인이 승리한다는 서사를 만들게 되는 것이다. 또한 현실에서는 경험할 수 없는 남녀의 연정과 연애에 대한 기대와 욕구가 남녀의 새로운 인연담을 만들게 되는데 이것은 역사의 소설화와는 꽤 거리가 있는 소설 특유의 낭만적 상상력이 만드는 소설화 방식이라고 할 수 있다.

결국『명사』의 만귀비와 엄숭은 악인의 역사 기록이자 악인의 서사이다. 고전소설에서 만귀비와 엄숭을 반복적으로 소설화하는 이유는 소설 장르가 추구하는 서사성과 강력한 악인 인물의 자질을 만귀비와 엄숭이 내포하기 때문일 것이다.

『명사』의 만귀비와 엄숭은 고전소설 장르가 추구하는 소설적 흥미, 유교 윤리인식, 현실 반영, 낭만적 인식 등의 여러 동인에 의해 역사와 유사하거나 다른 서사를 구축하게 되는 것이다. 소설적 흥미를 강화하기 위해서는 만귀비의 역사에서는 악과 욕망을 재현하는 서사를 만들고, 엄숭의 역사에서는 엄숭이 갈등을 복합적으로 유발하여 주인공의 고난을 가중시키게 한다. 유교 윤리적 의미를 드러내기 위해서 만귀비의 역사에서는 인효와 관용을 재현하는 서사를 만들고, 엄숭의 역사에서는 선인과 악인이 연대하는 복선화음의 서사를 만들게 되는 것이다. 또한 가부장과 봉건제가 지니는 현실의 문제를 드러내기 위해서 만귀비의 역사에서는 어리석은 가부장의 모습을 재현하는 서사를 만들게 되는 것이다. 한편으로 엄숭의 역사에서 파생되는 남녀의 새로운 인연담을 만들어 현실에서 실현될 수 없는 연애를 상상적으로 그려내기도 한다. 만귀비와 엄숭의 역사를 소설화하는 데에는 역사를 바라보고 해석하는 작가와 소설 향유층의 소설 장르에 대한 기대, 낭만적 인식과 윤리적 인식, 현실적 인식이 깊이 관여하고 이것에 의해 역사의 소설적 변형이 가능하게 되는 것이다. 소설 장르의 특성과 소설 향유층의 윤리 의식, 당대 현실에 대한 인식에 의해 역사적 인물 만귀비와 엄숭은 고전소설의 악녀와 간신이라는 허구적 인물과 사건으로 재탄생하는 것이다.

제5장

고전소설의 중국 역사
소설화 방식과 동인 그리고 상상력

1. 고전소설의 중국 역사 소설화 방식과 동인

중국 역사를 소설화하는 고전소설은 일정한 역사적 사건과 인물을 반복적으로 차용하는 경우가 많다. 이러한 반복적 차용은 고전소설의 소재가 되는 중국의 역사적 사건과 인물이 고전소설의 창작에 적합한 소재가 되기 때문이다. 본 연구에서는 고전소설에서 반복적으로 나타나는 중국 역사의 프레임을 중국 고대사의 인물인 우순(虞舜)과 이비 (二妃), 송대 인종의 곽황후 폐위, 구법당과 신법당의 정쟁, 명대의 만 귀비와 엄숭의 역사로 설정하였다.

중국 고대사의 인물인 우순(虞舜)을 소설화하는 고전소설은 『서경』, 『맹자』, 『사기』를 선행 텍스트로 하여 고전소설에서 우순의 인물과 사건을 새롭게 재구성하고 있다. 이비(二妃)를 소설화하는 고전소설 은 『열녀전』과 민간에서 구전되는 〈이비전설〉을 선행 텍스트로 하여 고전소설에서 이비의 서사를 새롭게 재구성하고 있다. 우순의 서사가 고전소설에서 메인 플롯으로 인물과 사건으로 재구성되는 것과 달리 이비의 서사는 부차적 인물과 삽화적 사건으로 재구성된다. 선행 텍스트인 역사 텍스트에서 우순은 고통과 고난을 온몸으로 받으면서 지극한 효우로 제가(齊家)하고 어진 정치를 폈기 때문에 고전소설에서도 우순형 인물은 고전소설의 남성 주인공으로 형상화되고, 이비는 우순의 아내로 우순의 고통과 고난을 도와주고 조력하는 역할을 하기 때문에 고전소설에서도 주인공을 구원하고 원조하는 삽화적 서사로 구성되고 부차적 인물로 형상화되는 것이다.

우순의 서사를 소설화하는 고전소설은 〈유효공선행록〉, 〈창선감의록〉, 〈현몽쌍룡기〉이다. 이 세 작품은 우순의 서사를 고전소설에서 유사하게 모방하기도 하고, 부분적으로 변개하기도 한다. 고전소설에서 우순의 서사는 첫째, 지극한 효우의식을 실천하는 어진 아들과 형의 이야기로 구성하고, 둘째, 남녀 주인공의 고난의 누적적 구성과 그 극복의 서사를 구성하며, 셋째, 가부장제 가족 구성원의 갈등 구조로 구성한다. 이러한 소설적 구성은 소설 향유층이 가지고 있는 유교 윤리적 동인, 소설의 유희적 동인, 현실 비판적 동인이 개입되어 중국의 고대사의 우순의 서사를 변형한 것이다.

이비의 서사를 소설화하는 고전소설은 〈사씨남정기〉, 〈성현공숙렬기〉, 〈현씨양웅쌍린기〉, 〈화씨충효록〉, 〈장백전〉, 〈백학선전〉, 〈여와전〉, 〈황릉몽환기〉, 〈춘향전〉, 〈심청전〉 등이다. 이 작품들은 이비의 서사를 부분적으로 변개하면서 고난에 대한 조력과 천정원리 구현의 서사 구성, 역사와 허구적 현부, 열녀와 동일화의 서사 구성, 비애에 대한 공감적 서술의 재현과 같은 서사를 구성한다. 이러한 서사 구성을 만드는 기저에는 천정원리를 공고하게 하는 유교 윤리적 동인, 여성의 교양과 지식을 재현하고자 하는 서사 동인, 여성의 감성적 서술을 표현하고 자 하는 서사 동인이 개입되어 있다. 무엇보다 이비 서사를 소설화하는 고전소설은 역사적 기록인 이비 서사를 사건 구성의 측면뿐만 아니라 서술의 측면에서 여성의 내면 감정을 표현하는 새로운 서술 방법을 구 축한다는 특징을 지닌다.

중국 고대사 인물인 우순과 이비의 서사는 공통적으로 소설 향유층 의 유교 윤리적 동인에 의해 지극한 효우의식을 실천하는 이야기 구성 과 고난에 대한 조력과 천정원리 구현의 서사를 구축한다는 것을 지적 할 수 있다. 현실 반영의 측면에서 우순의 서사는 가부장제 가족 구성 원의 갈등 구조를 창안하며, 소설 흥미의 측면에서 남녀 주인공의 고난 의 누적적 구성과 그 극복의 서사를 구성한다. 또한 이비의 서사를 고 전소설에서 구성할 때는 여성의 지식과 감성을 표출하는 표현의 측면 을 새롭게 구축한다는 것을 지적해볼 수 있다.

송대의 역사적 사건인 인종의 곽황후 폐위는 『송사』와 『송감』에 자 세히 기록되어 있다. 『송사』와 『송감』은 조선에 유입되어 임금과 신 료, 사대부, 문인, 무인 등이 널리 읽은 역사서이다. 조선에서 『송사』 와 『송감』의 인종의 곽황후 폐위는 황후의 투기와 폐위, 가장의 처첩 에 대한 공평한 대우와 임금의 간신과 충신의 올바른 기용의 문제를 생각할 수 있는 역사적 사건으로 해석되었다. 인종의 곽황후 폐위 사 건에 대한 조선시대의 이러한 역사적 해석은 〈소현성록〉, 〈현몽쌍룡 기〉, 〈조씨삼대록〉의 부차적 스토리 라인인 삽화 구성의 근간이 된다.

〈소현성록〉에서는 투기와 부덕(婦德)을 대조적으로 재현하기 위해 곽황후 폐위 사건을 소설화한다. 〈소현성록〉에서는 『송사』와 『송감』 의 다른 내용은 소거한 채 곽황후의 투기와 징치의 역사 프레임을 모방하고 부덕(婦德)을 갖춘 소수주를 창조하여 곽황후의 투기와 소수주의 부덕을 대조하는 방식으로 〈소현성록〉의 곽황후와 소황후의 서사를 구성한다. 여기에는 투기를 제어하고 부덕을 강조하는 유교 윤리적 동인이 강하게 개입되어 있다. 〈조씨삼대록〉은 역사의 곽황후 폐위 사건을 부분적으로 변개하여 어리석은 가부장을 재현하는 방식으로 곽황후 폐위 사건을 소설화한다. 여기에는 암혼한 가부장과 임금에 대한 비판적 동인이 개입되어 있고 역사적 인물 인종보다 〈조씨삼대록〉의 인종을 더욱 어리석은 가부장의 모습으로 재현한다. 또한 〈현몽쌍룡기〉와 〈조씨삼대록〉에서는 곽황후 폐위 사건을 가장 적극적으로 변형시킨 아내의 남편 구타담을 만들어 현실의 전도된 부부상을 재현하는 서사를 구성한다. 이러한 아내의 남편 구타담은 여성의 내면적 욕구와 감정을 분출하기 위한 서사 동인이 개입된 것으로 이것은 곽황후 폐위 사건을 적극적으로 비틀기한 것이다.

구법당과 신법당의 정쟁은 『송사』와 『송감』, 『송명신언행록』과 같은 역사서를 통해 조선에 널리 알려진 역사적 사건이었고 〈옥원재합기연〉과 〈난학몽〉은 구법당과 신법당의 갈등 상황과 역사적 인물을 차용하여 허구적 사건과 인물로 소설화하고 있다.

〈옥원재합기연〉에서 구법당과 신법당의 정쟁은 메인 스토리와 삽화 차원에서 주인공의 고난과 이합의 서사 구성, 군자와 소인이 연대하는 서사 구성, 사제 관계와 인척 관계를 재현하는 삽화 구성으로 소설화된다. 〈옥원재합기연〉의 주인공의 고난과 이합의 서사 구성은 남녀 주인공의 고난의 점진적 연쇄와 이합의 서사를 통해 소설적 긴장을 쌓아올리고 흥미를 유발하기 위해 송사를 선택하고 변형하는 유희적 동인이 작동한 것이다. 군자와 소인이 연대하는 서사 구성에서는 주인공은 군자로 유교적 가치를 실현하는 주체이며, 반동인물은 소인으로 유교적 가치를 위배하는 주체로 군자와 선의 가치가 우위에 있다는 것을 보여준다. 여기에는 유교 윤리적 동인이 개입되어 있다. 또한 사제 관계와 인척 관계를 재현하는 삽화 구성은 송대의 사회상과 풍속을 재현하는 서사 동인에 의해 만들어진 것으로 소설 속에 북송대의 사회적 분위기를 배경화하는 효과를 발휘한다. 이것은 송사를 유사하게 모방하여 소설화하는 것이다.

〈난학몽〉에서도 구법당과 신법당의 정쟁은 핵심 구성인 메인 스토리와 삽화에서 소설화되고 있다. 〈난학몽〉의 메인 스토리에서 구법당과 신법당의 정쟁은 주인공의 사직의 계기로 구성되거나 고난의 심화 그리고 약화의 계기로 소설화된다. 이 서사 구성에는 당대의 정치, 사회적 현실을 반영하고자 하는 현실 반영적 동인과 소설 장르가 근원적으로 추구하는 흥미를 강화하기 위한 유희적 동인이 개입되어 있다. 구법당과 신법당의 정쟁은 〈난학몽〉에서 복선화음을 재현하는 삽화로 구성되기도 하는데 이 구성은 복선화음과 같은 가치를 강화하는 유교 윤리적 동인에 의해 만들어진 것이다. 또한 역사적 지식을 재현하는 삽화의 구성은 작가가 자기 지식을 과시하고자 하는 지식 재현적 서사 동인이 만든 구성이라고 할 수 있다. 〈난학몽〉의 경우도 구법당과 신법당의 정쟁이라는 역사를 유사하게 모방하기도 하고 역사를 부분적으로 변개하는 방식으로 소설화하고 있다. 이중 역사적 지식 재현의 삽화 구성은 역사를 유사하게 모방한 것이고, 사직과 고난의 서사 구성과 복선화음 재현의 삽화 구성은 역사를 부분적으로 변개한 것이다.

고전소설에서 인종의 곽황후 폐위 사건을 소설화할 때는 여성의 관심사와 문제에 더욱 밀착하여 소설화한다는 특징을 지닌다. 인종의 곽황후 폐위 사건은 고전소설에서 조선시대 여성의 투기 문제와 가부장의 문제를 드러내는 소재가 되고 인종의 곽황후 폐위 사건에서 곽황후의 투기를 비판적으로 볼 것인가, 아니면 가부장으로서의 인종의 어리석음을 비판적으로 볼 것인가에 따라 세 가지의 서사 구성을 창안해내게 되는 것이다.

구법당과 신법당의 정쟁을 소설화할 때도 군자와 소인의 대립과 갈등의 문제를 전면에 내세우며 이와 관련된 서사 구성을 만든다. 구법당을 군자와 충신으로 인식하고, 신법당을 소인과 간신으로 바라보았던 당대의 역사인식이 〈옥원재합기연〉의 고난과 이합의 서사 구성, 군자와 소인 연대의 구성과 〈난학몽〉의 사직과 고난의 구성, 복선화음의 서사 구성을 만들게 되는 것이다.

명대의 역사적 인물 만귀비와 엄숭은 명사의 대표적인 악녀와 간신이다. 이 두 사람은 명사류 사서와 『명사』에서 자세히 기록되어 있다. 16~18세기 조선에서는 역사사찬 명사류인 『명사기사본말』, 『황명통기집요』, 『명기집략』, 『명기편년』과 정사(正史)인 『명사』가 유입되어 왕과 신료, 문인, 선비 등에게 지속적으로 향유되었다. 고전소설에서 명사의 인물 중에서 만귀비와 엄숭이 반복적으로 재구성되는 이유는 만귀비와 엄숭의 역사가 강한 악행의 서사성을 지니기 때문이다.

먼저 만귀비를 고전소설의 인물로 재구성한 작품은 〈류황후전〉, 〈이씨효문록〉, 〈유효공선행록〉, 〈화문록〉이다. 〈류황후전〉에서 만귀비의 서사는 작품 전체에서 구성되고 남녀 주인공의 고난 강화적 서사로 구성되었으며, 〈이씨효문록〉에서는 만귀비를 모방한 새로운 악인형 여성 인물 만씨를 형상화하는 인물 구성을 보여주고 있다. 여기에는 악과 욕망을 재현하려는 유희적 동인과 상상력이 작동된다. 〈유효공선행록〉과

〈화문록〉에서는 만귀비의 서사가 후반부 서사로 구성되고 핵심 서사와 상동적 관계를 가질 수 있는 부차적 서사로 재현되고 있다. 부차적 서사와 핵심적 서사 모두에서 어리석은 가부장과 임금에 대한 반감을 드러내는데 여기에는 당대 현실적 문제를 직시하고 소설화하려는 현실 비판적 동인이 강하게 개입되어 있다. 〈류황후전〉, 〈이씨효문록〉, 〈유효공선행록〉, 〈화문록〉의 결말에서는 만귀비에 대한 관대한 처분을 내리는 결말을 공통적으로 반복하고 있다. 이러한 만귀비에 대한 처분은 아들의 지극한 인효를 강조할 뿐만 아니라 소설 향유층의 윤리적 시각을 반영한 것이기도 하다.

고전소설 작가는 명사를 참조하여 만귀비의 악행과 투기의 서사와 인물 자질은 그대로 모방하여 남녀 주인공의 고난 강화적 서사 구성과 악인형 여성 인물을 구성하지만 만귀비의 역사를 고전소설에서 변개하여 현실에서 일어나는 어리석은 가부장에 대한 비판을 드러내며, 인효와 관용이라는 윤리적 시각을 재현하는 것이다.

엄숭은 〈창선감의록〉, 〈사씨남정기〉, 〈일락정기〉, 〈낙천등운〉에서 소설화된다. 이들 작품에서 엄숭은 갈등의 복합적 유발자, 악인의 연합적 축조자로 재현되고 엄숭에게서 촉발되는 남녀의 새로운 인연담이 공통적으로 재현된다. 갈등의 복합적 유발자로서 엄숭을 고전소설에서 재현하는 기저에는 소설의 흥미를 강화하기 위한 유희적 동인이 내재해 있다. 이것은 『명사』의 엄숭을 그대로 모방한 역사 유사화의 방법이다. 악인의 연합적 축조자로서 엄숭을 고전소설에서 재현하는 것은 선인은 인간과 하늘이 돕고 악인은 결국 멸망한다는 복선화음의 유교 윤리적 동인이 개입되기 때문이다. 이것은 명사를 모방하면서도 한편으로 부분적으로 변형하는 시도라고 할 수 있다. 엄숭에게서 파생되는 남녀의 새로운 인연담은 『명사』에 기반한 것이라기보다는 남녀의 연정이나 연애에 대한 기대와 상상을 표현하는 고전소설의 새로운 시도이며 창안이라고 할 수 있는데 이것은 연애에 대한 낭만적 동인이 만든 소설 구성이라고 할 수 있다.

만귀비와 엄숭의 역사를 소설화하는 데에는 역사를 바라보고 해석하는 소설 작가와 독자의 역사 인식과 함께 소설 장르의 속성, 윤리적 인식, 현실적 인식이 작동하고 이것에 의해 만귀비와 엄숭의 역사가 허구적 인물로 재탄생하게 되는 것이다.

2. 중국 역사를 소설화하는 고전소설의 상상력

고대사의 인물인 우순과 이비, 송대 인종의 곽황후 폐위, 구법당과 신법당의 정쟁, 명대의 만귀비와 엄숭이라는 역사적 사건과 인물을 소설화할 때는 역사를 해석하는 작가의 시각과 소설 향유층의 인식이 일차적으로 개입된다. 역사를 어떻게 해석할 것인가에 따라 역사를 소설화하는 방식은 세 가지로 대별될 수 있다. 역사 텍스트를 유사하게 모방할 것인가, 부분적으로 변개할 것인가, 완전히 변형할 것인가에 따라 역사를 유사하게 모방하기, 역사를 부분적으로 변개하기, 역사를 완전히 비틀기하기 같은 방식으로 역사의 허구화를 시도하게 되는 것이다.

우순과 이비의 서사는 역사를 유사하게 모방하기와 역사를 부분적으로 변개하기의 방식으로 역사를 소설화한다. 송대 인종의 곽황후 폐위 사건을 소설화하는 고전소설에서는 역사를 유사하게 모방하기, 역사를 부분적으로 변개하기, 역사를 완전히 비틀기하기의 방식을 모두 활용한다. 특히 〈현몽쌍룡기〉와 〈조씨삼대록〉의 현실의 전도된 부부상 재현의 구성은 인종의 곽황후 폐위 사건을 완전히 비틀기하여 웃음을 창출하는 소설화 방식이다. 송대의 구법당과 신법당의 정쟁을 소설화하는 고전소설인 〈옥원재합기연〉과 〈난학몽〉은 역사를 유사하게 모방하기, 역사를 부분적으로 변개하기의 두 가지 방식으로 역사를 소설화하고 있다. 명대의 만귀비를 소설화한 고전소설인 〈류황후전〉, 〈이씨효문록〉, 〈유효공선행록〉, 〈화문록〉에서도 만귀비의 역사를 유사하게 모방하기도 하고 부분적으로 변개하여 소설화한다. 엄숭을 소설화한 〈창선감의록〉, 〈사씨남정기〉, 〈일락정기〉, 〈낙천등운〉에서는 갈등의 복합적 유발자, 악인의 연합적 축조자로서 엄숭의 소설적 재현과 함께 엄숭에게서 촉발되는 남녀의 새로운 인연담이 공통적으로 재현된다. 이러한 소설적 재현에도 역사를 유사하게 모방하기, 역사를 부분적으로 변개하기, 역사를 완전히 비틀기하기의 방식이 모두 활용된다. 이중 남녀 인연의 매개적 구성은 역사를 완전히 비틀기하여 연애에 대한 새로운 기대와 상상을 소설 속에 불어 넣는 것이다.

우순과 이비의 서사, 인종의 곽황후 폐위, 구법당과 신법당의 정쟁, 만귀비, 엄숭은 고전소설에서 작가의 상상력에 의해서 허구적 인물과 사건으로 재구성된다. 많은 중국의 역사 중에서 작가는 고전소설에 적합한 역사적 소재를 선택하게 되는데, 이 역사적 소재를 선택하고 소설화하는 데는 작가뿐만 아니라 독자를 포함한 소설 향유층의 윤리적 인식, 소설 장르적 속성, 현실 반영적 측면, 지성과 감성의 표현이라는 요소가 강력하게 작용한다. 우순과 이비의 서사, 인종의 곽황후 폐위, 구법당과 신법당의 정쟁, 만귀비, 엄숭의 역사는 바로 이러한 소설 창작의 요소와 함께 작가의 상상력이 개입하여 소설의 인물과 사건, 그리고 서술로 재구성되는 것이다.

이처럼 소설 향유층의 윤리적 인식, 소설의 장르적 속성, 현실 반영적 측면, 지성과 감성의 표현이라는 요소와 작가의 상상력이 결합함으로써 만들어지는 고전소설의 4가지 상상력을 정립해볼 수 있다. 이 4가지 상상력을 윤리적 상상력, 유희적 상상력, 비판적 상상력, 지성과 감성의 상상력이라고 명명할 수 있을 것이다.

이중 윤리적 상상력은 중국의 역사적 서사 프레임을 소설화하는 데 가장 먼저 작동하는 상상력이다. 우순과 이비의 서사, 인종의 곽황후 폐위, 구법당과 신법당의 정쟁, 만귀비와 엄숭을 소설화할 때 창안되는 고전소설의 서사 구성 중 많은 것이 유교 윤리적 동인에 의해 만들어지는 윤리적 상상력의 소산이라고 할 수 있다. 우순과 이비의 서사를 소설화할 때 나타나는 효우의식의 주제화, 천정원리의 공고화의 서사 구성은 윤리적 상상력에 의해 만들어지는 소설적 변형이다. 송대의 곽황후 폐위의 역사적 사건을 소설화할 때 나타나는 부덕(婦德)의 강조와 구법당과 신법당의 정쟁을 소설화할 때 나타나는 군자와 선의 가치 재현, 복선화음의 재현 또한 윤리적 상상력에 의해 만들어지는 소설적 변형이다. 또한 명대의 만귀비, 엄숭의 명사를 소설화할 때 나타나는 인효와 관용 재현, 복선화음의 재현도 윤리적 상상력이 작동하여 만드는 소설적 변형이라고 할 수 있다.

이렇게 본다면 역사적 소재를 고전소설로 소설화할 때 가장 먼저 소설 향유층의 윤리적 인식과 가치관이 작동하여 소설의 구성을 만든다는 것을 알 수 있다. 소설 향유층은 유교적 윤리와 가치관이 기반이 된 윤리적 상상력에 의해 소설의 사건과 인물을 창안하게 되는 것이다. 효우의식과 인효와 관용은 부모와 형제간에 가져야할 중요한 유교적 윤

리라면, 부덕(婦德)은 여성이 가져야할 중요한 유교적 윤리이고, 천정
원리, 복선화음, 선은 모든 인간에게 적용되는 중요한 유교적 가치이
다. 작가가 역사를 바라보고 소설화할 때도 이와 같은 유교적 윤리와
가치관에 견인되어 소설적 인물과 사건을 재구성하게 되는 것이다. 중
국 역사를 소설화할 때 가장 먼저 작동하는 윤리적 상상력은 작가와
소설 향유층이 중요하게 생각하는 가치를 우선적으로 소설 속 주제로
새기고 이를 통해 독자와의 공감대를 만드는 중요한 상상력이 되고 있
는 것이다.

유희적 상상력은 소설 장르의 속성에서 작용하는 상상력이다. 소설
의 흥미를 강화하기 위해 역사적 사건과 인물을 변형하여 소설화하는
서사 구성과 연애에 대한 낭만적 인식을 드러내는 서사 구성에서 유희
적 상상력이 활성화된다. 앞에서 살펴본 주인공의 고난의 누적적 구성
과 그 극복, 고난과 이합의 서사 구성, 사직과 고난의 서사 구성, 남녀
주인공의 고난 강화적 서사 구성, 남녀의 새로운 인연담 구성 등이 바
로 소설적 흥미를 강화하고자 하는 유희적 상상력에 의해 창안되는 것
이다.

무엇보다 중국 역사 중에서 소설 창작을 위한 역사적 사건과 인물을
선택하는 소재 선택에서부터 소설의 흥미와 재미를 구축하기 위한 유
희적 상상력이 활성화되고 있다. 고대사의 우순의 서사는 효우의식을
지닌 성인(聖人)의 고난과 그 극복의 역사이고, 구법당과 신법당의 정
쟁은 군자와 소인의 지난한 갈등과 대립의 역사이며, 만귀비의 역사는
만귀비의 악행과 명효종의 고난의 서사이고, 엄숭의 역사는 간신 엄숭
의 득세와 충신의 고난의 서사이다. 소설 장르가 추구하는 흥미 창출을
위해 고난과 그 해소라는 서사상이 강한 역사적 소재를 선택하게 되는

것이다. 고전소설은 역사가 지닌 갈등의 발생과 갈등의 지속, 갈등의 해결이라는 서사성에 기반하고 유희적 상상력은 주인공의 고난을 더욱 강화하고 그 과정에서 악행을 최대치로 만들어 긴장을 조성하고 이를 극복하는 서사를 창안한다. 한편으로 고난의 상황에서 남녀의 새로운 인연을 맺는 서사를 만들어 연애에 대한 기대와 욕구를 충족시키기도 한다.

유희적 상상력은 소설 장르가 본질적으로 추구하는 장르의 속성에서 기인하는 것이고, 이것은 소설 속에 갈등과 대립을 만들고 주인공의 고난을 강화하여 긴장을 만들어 소설의 흥미를 불어넣는다. 한편으로 악과 인간의 욕망을 소설 속에 자유롭게 풀어냄으로써 현실에서 금지된 욕망을 상상적으로 해소하여 소설적 즐거움을 만들기도 한다. 또한 현실에서 경험하지 못하는 연애나 연정을 소설화하여 독자의 흥미와 호기심을 이끌어내기도 한다. 이것은 역사를 적극적으로 변형하여 허구화하는 소설 장르의 본질적이고 핵심적인 상상력이라고 할 수 있을 것이다.

비판적 상상력은 역사적 사건과 인물을 통해 현실을 반영하고 현실의 문제를 비판하는 상상력이다. 비판적 상상력은 역사를 소설화하는 고전소설에 가부장제 가족 문제의 재현, 어리석은 가부장 재현의 구성, 암혼한 위정자 재현의 구성 등을 만드는 근원이 되는 상상력이다. 우순의 서사를 소설화하는 고전소설에서는 가부장제하의 가족 구성원의 갈등이 구성되고, 곽황후 폐위를 소설화하는 고전소설에서는 어리석은 가부장과 임금을 재현하는 서사가 구성된다. 또한 구법당과 신법당의 정쟁을 소설화하는 고전소설에서는 당대의 혼란스러운 정치와 사회상을 재현하는 서사가 구성되고, 만귀비와 엄숭의 역사를 소설화하는 고전소설에서도 어리석은 가부장과 암혼한 위정자를 재현하는 서사가 구성되고 있는데, 이것은 모두 비판적 상상력이 개입되어 만들어지는 소설 구성인 것이다.

비판적 상상력은 과거의 역사를 현실의 문제와 관련해서 해석하고 현실의 문제를 반영하고자 하는 소설적 상상력이다. 소설의 선행 텍스트인 역사에서는 가부장제와 봉건제의 문제를 도드라지게 드러내지 않았지만 역사를 해석하는 작가는 소설 밖 현실의 가부장제와 봉건제의 문제에 주목하고 이것을 소설 속 사건으로 만들게 된다. 그러므로 비판적 상상력은 역사를 해석하고 평가하는 역사 비평과 당대의 현실을 반영하고자 하는 서사 충동이 결합하는 지점에서 만들어지는 상상력이라고 할 수 있다. 자식의 어짊을 제대로 판단하지 못하는 아버지, 처첩을 공평하게 대우하지 못하는 남편, 간신과 충신을 구별하지 못하고 제대로 기용하지 못하는 임금은 조선시대 가부장제와 봉건제의 문제를 야기하는 원인 제공자였을 것이다. 중국 역사를 소설화할 때 현실에서 일어나는 가부장제와 봉건제의 문제를 소설 속에 적극적으로 반영하려는 시도는 역사를 통해 현실을 비판하는 것이다. 이 때문에 비판적 상상력은 과거의 역사를 현재의 관점에서 재해석하는 메타적 상상력이라고 할 수 있다. 이러한 비판적 상상력은 어리석은 아비, 남편, 임금의 역사에 주목하고 고전소설에서 이와 유사한 인물과 사건을 허구화하여 현실의 문제를 중첩시켜 바라보려고 하는 것이다.

마지막으로 지성과 감성의 상상력은 작가의 지식과 교양을 드러내기 위해 송사를 소설화하거나 여성의 감성과 감정을 드러내기 위해 송사를 소설화할 때 작용하는 상상력이다. 지성의 상상력은 송사를 소설화하여 역사에 대한 지식이나 당대의 교양을 과시하고자 하는 것이다.

〈난학몽〉에서는 송사의 역사적 지식을 과시하기 위한 삽화가 구성되는데, 이것은 송사에 대한 지식을 과시하고자 하는 지성의 상상력이 작용한 것이다. 이비 서사를 소설화는 고전소설 중에서는 여성 주인공이 역사와 소설 속 현부(賢婦)와 열녀들과 동일시되는 서사 구성이 있는데, 이것도 여성의 교양과 지식을 과시하고자 하는 지성적 상상력의 소산이라고 할 수 있을 것이다.

한편으로 감성의 상상력은 여성의 감성적 서술을 표현하는 것과 여성의 욕구와 감정을 분출하는 서사 구성을 만드는 원동력이 된다. 이비 서사에서는 감성의 상상력이 작동하여 여성의 내면 감정을 표현하는 서술이 만들어진다. 또한 곽황후 폐위에서 구성되는 현실의 전도된 부부상을 재현하는 아내의 구타담은 여성의 욕구와 감정을 분출하고자 하는 또 다른 감성의 상상력이 작동한 것이다. 감성의 상상력은 여성적 서술과 여성의 서사를 창안하는 상상력으로 여성의 감성과 감정을 드러내는 표현과 여성의 욕구와 감정을 드러내는 서사를 만들 때 관여하는 것이다. 그러나 이러한 감성의 상상력은 역사를 소설화하는 많은 소설에 널리 편재하는 것은 아니다.

결국 소설 향유층의 윤리적 인식, 소설 장르적 속성, 현실 반영적 측면, 지식과 감성의 표현 욕구는 중국 역사를 소설화하는 과정에서 윤리적 상상력, 유희적 상상력, 비판적 상상력, 지성과 감성의 상상력을 활성화하여 역사를 허구화하는 우리 고전소설의 핵심적인 창작 동력이 된다 하겠다.

참고문헌

1. 기본자료

『고대소설 쟝빅젼』, 대성서림, 1936.

〈여와전〉, 한국학중앙연구원 소장본.

〈화씨충효록〉, 한국학중앙연구원 소장본 37권 37책.

〈황릉몽환기〉, 고려대학교 도서관 소장본(장효현, 「〈황릉몽환기〉에 대하여」, 『한 국고전소설사연구』, 고려대 출판부, 2002)

〈이씨효문록〉, 『김광순 소장 필사본 한국고소설전집』 6~7, 경인문화사, 1993.

구인환 옮김, 〈백학선전〉, 『운영전 – 우리 고전 다시 읽기』, 신원문화사, 2003.

김기동 편, 〈옥원재합기연〉, 『필사본 고전소설전집』 27~30, 아세아문화사, 1980.

_____, 〈유효공선행록〉, 『필사본 고소설전집』 15~16, 아세아문화사, 1980.

김만중 지음, 이래종 옮김, 『사씨남정기』, 태학사, 2004.

김문희·조용호·장시광 역주, 『현몽쌍룡기』 1~3, 소명출판, 2010.

김문희·조용호·정선희·전진아·허순우·장시광 역주, 『조씨삼대록』 1~5, 소명출 판, 2010.

김현룡 편저, 『새롭게 풀어쓴 열여춘향수절가』, 아세아문화사, 2008.

사마천, 정범진 외 옮김, 『사기본기』, 까치, 1994.

성백효 역주, 『현토완역 맹자집주』, 전통문화연구원, 1993.

_____, 『현토완역 서경집주』, 전통문화연구원, 1998.

유섬 편집, 장광계 정정, 『增修附註資治通鑑節要續篇』, 한국학중앙연구원 장서각 소장본, MF35-785-787.

유향 지음, 이숙인 옮김, 『열녀전』, 예문서원, 1996.

이래종 역주, 『창선감의록』, 고려대 민족문화연구원, 2003.

이윤석, 이다원 교주, 『현씨양웅쌍린기』 1~2, 경인문화사, 2006.

인천대학교 민족문화연구소 편, 〈류황후전〉, 『구활자본 고소설전집』 20, 은하출 판사, 1981.

임치균·김태환·허원기·이지영 교주, 『화문록』, 한국학중앙연구원출판부, 2011.

임치균·송성욱 옮김, 『화문록』, 한국학중앙연구원출판부, 2011.

장영 편역, 〈拗相公飮恨半山堂〉, 『삼언 20선 역주』, 송산출판사, 2011.

장효현 편, 〈난학몽〉 국문본, 『정태운전집』 1~2, 태학사, 1998.

장효현·윤재민·최용철·지연숙·이기대, 〈난학몽〉, 『(교감본 한국한문소설) 가정
　가문소설』, 고려대 민족문화연구원, 2007.

정하영 역주, 『심청전』, 고려대 민족문화연구소, 1995.

조혜란·정선희·최수현·허순우 역주, 『소현성록』 1~4, 소명출판, 2010.

주희 편, 『宋名臣言行錄』, 국립중앙도서관 소장본, 한古朝57-416.

2. 단행본

강정만, 『명나라 역대 황제 평전』, 주류성, 2017.

김균태 외, 『한국고전소설의 이해』, 박이정, 2012.

김기동, 『한국고전소설연구』, 교학연구사, 1983.

루샤오펑 지음, 조미원·박계화·손수영 옮김, 『역사에서 허구로』, 길, 2001.

루쉰 저, 조관희 역, 『중국소설사』, 소명출판, 2004.

서울대학교 동아문화연구소 편, 「가전체」, 『국어국문학사전』, 신구문화사, 1989.

우응순, 「고전문학에서 역사를 허구화한 장르들」, 『대중서사의 모든 것-②역사
　허구물』, 이론과실천, 2009.

이근명, 『왕안석 자료 역주』, 한국외국어대학교 지식출판원, 2017.

이상택, 「〈낙천등운고〉」, 『한국고전소설의 탐구』, 중앙출판, 1981.

이지하, 『옥원재합기연 연작 연구』, 보고사, 2015.

이태진·김백철 엮음, 『조선후기 탕평정치의 재조명』하, 태학사, 2011.

정길수, 『한국 고전장편소설의 형성과정』, 돌베개, 2005.

제임스 류 저, 이범학 역, 『왕안석과 개혁정책』, 지식산업사, 1991.

지연숙, 『장편소설과 여와전』, 보고사, 2003.

3. 논문

구선정, 「〈옥환기봉〉의 인물 연구: 역사 인물의 소설적 재현」, 이화여대 박사논문,
　2011.

구희경, 「낙천등운 연구」, 이화여대 석사논문, 1981.

김경미, 「〈난학몽〉 연구」, 『이화어문논집』 12, 이화어문학회, 1992.

＿＿＿, 「『열녀전』의 보급과 전개」, 『한국문화연구』 13, 이화여대 한국문화연구
　원, 2007.

김대경, 「조선후기『皇明通紀輯要』의 간행과 유통」, 한국학중앙연구원 석사논문, 2018.

김동욱, 「고전소설의 정난지변(靖難之變) 수용 양상과 그 의미」, 『고소설연구』41, 한국고소설학회, 2016.

김문식, 「『宋史筌』에 나타난 이덕무의 역사의식」, 『동아시아문화연구』33, 한양대학교 동아시아문화연구소, 1999.

_____, 「조선후기 지식인의 자아인식과 타자인식 - 대청교섭을 중심으로」, 『대동문화연구』39, 성균관대 동아시아학술원, 2001.

김문희, 「고전소설에 나타난 이비고사(二妃故事)의 변용과 의미」, 『한국고전여성문학연구』28, 한국고전여성문학회, 2014.

_____, 「〈유효공선행록〉의 다층적 상호텍스트 서사 구성과 독서 과정」, 『한국고전연구』31, 한국고전연구학회, 2015.

_____, 「고전소설에 나타난 우순(虞舜)의 서사의 상호텍스트적 구성 방식과 기제 연구」, 『한국학연구』59, 고려대학교 한국학연구소, 2016.

_____, 「〈난학몽〉의 송사(宋史) 소설화 양상과 소설화의 동인」, 『어문론총』78, 한국문학언어학회, 2018.

_____, 「고전소설의 명사(明史)의 소설적 재현과 인물 구성의 상상력 - 명사(明史)의 만귀비를 중심으로 -」, 『한국고전연구』46, 한국고전연구학회, 2019.

_____, 「송대(宋代) 곽황후 폐위 사건과 국문장편소설의 소설화 방향 - 〈소현성록〉, 〈현몽쌍룡기〉, 〈조씨삼대록〉을 중심으로 -」, 『국제어문』84, 국제어문학회, 2020.

_____, 「고전소설의 엄숭의 소설화 양상과 의미」, 『한국고전연구』53, 한국고전연구학회, 2021.

김민현, 「『增修附註資治通鑑節要續篇』의 유통과 활용에 대한 연구」, 『규장각』52, 서울대 규장각 한국학연구원, 2018.

김서윤, 「〈쌍녈옥소록〉의 정난지변 서술시각과 그 시대적 의미」, 『고전문학연구』50, 한국고전문학회, 2016.

김용기, 「〈화문록〉의 서술방식과 주제의식의 관계」, 『한민족어문학』66, 한민족어문학회, 2014.

김종군, 「고소설에 나타난 이비고사(二妃故事) 수용의 심리적 요인」, 『문학치료연구』2, 한국문학치료학회, 2005.

김탁환, 「〈쌍천기봉〉의 창작방법 연구」, 『관악어문연구』18, 서울대 국문학과, 1993.

문선규, 「창선감의록고」, 『어문학』 9, 한국어문학회, 1963.

민관동, 「유향 문학작품의 국내 유입과 수용」, 『중국학보』 76, 한국중국학회, 2016.

박영희, 「쌍렬옥소삼봉의 구조와 문학적 성격」, 『어문연구』 90, 한국어문교육연구회, 1996.

_____, 「長篇家門小說의 明史 수용과 의미 -정난지변을 중심으로」, 『한국고전연구』 6, 한국고전연구학회, 2000.

_____, 「〈쌍렬옥소삼봉〉의 중국 역사 수용」, 『새국어교육』 82, 한국국어교육학회, 2009.

박은정, 「〈난학몽〉에 나타난 향촌 지식인의 욕망, ㄱ 이중성」, 『한민족어문학』 58, 한민족어문학회, 2011.

박일용, 「〈유효공선행록〉의 형상화 방식과 작가의식 재론」, 『관악어문연구』 15, 서울대 국어국문학과, 1995.

서대석, 「한국소설문학에 반영된 신화적 양상」, 『관악어문연구』 20, 서울대 국어국문학과, 1995.

신동익, 「일락정기 연구」, 『관악어문연구』 8, 서울대 국어국문학과, 1983.

심경호, 「낙선재본 소설의 선행본에 관한 일고찰 -온양정씨 필사본 〈옥원재합기연〉과 낙선재본 〈옥원중회연〉의 관계를 중심으로」, 『정신문화연구』 38, 한국정신문화연구원, 1990.

안소라, 「英祖代 史册辨誣에 관한 研究 -『明史』의 朝鮮奇事를 中心으로-」, 성균관대 박사논문, 2017.

엄기영, 「〈옥원재합기연〉에 나타난 王安石의 인물 형상」, 『어문논집』 71, 민족어문학회, 2014.

_____, 「〈창선감의록〉의 창작과 명나라 역사 차용의 의미」, 『고전문학연구』 53, 한국고전문학회, 2018.

옥비연, 「난학몽 연구」, 고려대 석사논문, 2010.

우정임, 「'言行錄'類 서적의 수입과 이해과정을 통해 본 16세기 道統 정립 과정 연구」, 『역사와 세계』 47, 효원사학회, 2005.

우쾌제, 「열녀전의 한, 일 전래와 그 수용양상 고찰」, 『어문연구』 21, 어문학연구회, 1991.

_____, 「二妃傳說의 小說的 受容 考察」, 『고소설연구』 1, 한국고소설학회, 1995.

_____, 「황릉몽환기 연구」, 『어문학』 58, 한국어문학회, 1996.

우태웅, 「조선시대 〈맹자〉류의 간행과 판본」, 경북대 석사논문, 2005.

윤지훈, 「조선후기 문인의 『사기』 인식과 평가에 대한 일고」, 『동방한문학』 35, 동방한문학회, 2008.

이근명, 「『송명신언행록』의 편찬과 후세 유전」, 『기록학연구』 11, 한국기록학회, 2005.

_____, 「왕안석 신법의 시행과 당쟁의 발생」, 『역사문화연구』 46, 한국외대 역사문화연구소, 2013.

_____, 「왕안석 신법의 시행 경과와 구법당의 비판」, 『중앙사론』 44, 중앙대학교 중앙사학연구소, 2016.

이기대, 「〈난학몽〉에 나타난 역사의 변용과정과 작가의식」, 『고소설연구』 15, 한국고소설학회, 2003.

이병직, 「〈난학몽〉의 구성원리와 작가의식」, 『문창어문논집』 36, 문창어문학회, 1999.

이성규, 「『宋史筌』의 편찬배경과 그 특색」, 『진단학보』 49, 진단학회, 1980.

_____, 「조선후기 사대부의 〈사기〉 이해」, 『진단학보』 74, 진단학회, 1992.

이성원, 「고대 중국 여성상의 이해를 위한 시론－『열녀전』의 분석을 중심으로」, 『중국학보』 66, 한국중국학회, 2012.

이승복, 「〈일락정기〉의 전대소설 수용과 작자의식」, 『관악어문연구』 23, 서울대 국어국문학과, 1998.

_____, 「〈옥환기봉〉과 역사의 소설화」, 『선청어문』 28, 서울대 국어교육과, 2000.

_____, 「〈옥환기봉〉의 이본을 통해본 역사소설 수용의 한 양상」, 『덕성어문학』 10, 덕성여대 국어국문학과, 2000.

_____, 「〈옥환기봉〉의 역사 수용 양상과 그 의미」, 『한국문학논총』 50, 한국문학회, 2008.

이승신·채수민·송정화, 「〈만력야획편·사인〉 번역 및 주석」, 『중국어문논총』 79, 중국어문연구회, 2017.

이지영, 「〈낙천등운〉의 텍스트 특징과 형성 배경에 대한 고찰」, 『국문학연구』 19, 국문학회, 2009.

이지하, 「〈난학몽〉 속 주동인물과 이중성과 그 의미」, 『국문학연구』 25, 국문학회, 2012.

이현주, 「〈성현공숙렬기〉 역사수용의 특징과 그 의미－정난지변과 계후문제를 중심으로」, 『동아인문학』 30, 동아인문학회, 2015.

이현호, 「조선후기 『사기』 비평 연구」, 부산대 박사논문, 2011.

이혜경, 「맹자 『맹자』」, 『철학사상』 별책 제3권 제2호, 서울대학교 철학사상연구소, 2004.

임치균, 「18세기 고전소설의 역사수용 일양상-〈옥환기봉〉을 중심으로」, 『한국고전연구』 8, 한국고전연구학회, 2002.

_____, 「고전소설의 역사 수용 양상 고찰」, 『우리문학연구』 31, 우리문학회, 2010.

장원연, 「조선후기 금속활자인쇄 교정의 실증적 연구-戊申字本 『명기편년』을 중심으로-」, 『서지학연구』 74, 한국서지학회, 2018.

장흔, 「한국 고전소설에 나타난 중국 실존 인물 연구-〈사씨남정기〉와 〈창선감의록〉을 중심으로」, 한국학중앙연구원 석사논문, 2010.

정병설, 「〈옥원재합기연〉: 탈가문소설적 시각 또는 시점의 맹아」, 『한국문화』 24, 서울대 규장각 한국학연구원, 1999.

_____, 「조선후기 정치현실과 장편소설에 나타난 小人의 형상-〈완월회맹연〉과 〈옥원재합기연〉을 중심으로」, 『국문학연구』 4, 국문학회, 2000.

정종대, 「〈난학몽〉에 대한 고찰」, 『국어교육』 75, 한국어교육학회, 1991.

정창권, 「난학몽 연구」, 고려대 석사논문, 1996.

조관희, 「이야기와 역사」, 『중국소설론고』 20, 한국중국소설학회, 2004.

조광국, 「고전소설에서의 사적 모델링, 서술의식 및 서사구조의 관련양상-「옥호빙심」, 「쌍렬옥소삼봉」, 「성현공숙렬기」, 「쌍천기봉」을 중심으로-」, 『한국문화』 28, 서울대 규장각 한국학연구원, 2001.

_____, 「19세기 고소설에 구현된 정치이념의 성향-〈옥루몽〉, 〈옥수기〉, 〈난학몽〉을 중심으로」, 『고소설연구』 16, 한국고소설학회, 2003.

조희웅, 「낙선재본 번역소설 연구」, 『국어국문학』 62~63, 국어국문학회, 1973.

지연숙, 「옥원재합기연의 역사소설적 성격 연구」, 『고소설연구』 12, 한국고소설학회, 2001.

_____, 「고전소설의 공간의 상호텍스트성」, 『한국학연구』 36, 고려대 한국학연구소, 2011.

최길용, 「성현공숙렬기 연작소설 연구」, 『국어국문학』 95, 국어국문학회, 1986.

_____, 「〈구래공정충직절기〉 연구: 역사적 인물의 소설화 문제를 중심으로」, 『전주교육대학교 논문집』 27, 전주교육대학교, 1991.

최윤희, 「〈육염기〉 연구」, 『고소설연구』 19, 한국고소설학회, 2005.

탁원정, 「일락정기 연구-구성방식을 중심으로」, 이화여대 석사논문, 1996.

한길연, 「〈옥원재합기연〉 연작의 서사 양식 연구: 史傳 전통의 소설적 轉化 양상을 중심으로」, 『고소설연구』 22, 한국고소설학회, 2006.

한명기, 「17·8세기 韓中關係와 仁祖反正 – 조선후기의 '仁祖反正의 辨誣' 문제」, 『한국사학보』 13, 고려사회, 2002.

허순우, 「〈현몽쌍룡기〉 연작의 〈소현성록〉 연작 수용 양상과 서술시각」, 『한국고전연구』 17, 한국고전연구학회, 2008.

4. 기타 자료

김동준, 「《강한집(江漢集)》 해제 – 강한(江漢) 황경원(黃景源)의 삶과 그의 문집 《강한집(江漢集)》–」, 『한국고전종합 DB』(https://db.itkc.or.kr)

심경호, 「서경」, 『동양의 고전을 읽는다』(https://terms. naver.com/entry.nhn?docId)

이응백, 김원경, 김선풍, "기사본말체", 『국어국문학자료사전』(https://terms.naver. com/entry.nhn?docId)

中央研究院·歷史語言研究所, 「宋史」, 「明史」, 『漢籍電子文獻資料庫』 (https://hanchi.ihp.sinica.edu.tw/ihpc/hanjiquery)

"기로회", 〈조선왕조실록전문사전〉(https://waks.aks.ac.kr/rsh/dir/rview.aspx?rshID)

「서경」, 『한국민족문화대백과』(https://encykorea.aks.ac.kr)

「宋史」, 「明史」, 『維基文庫』(https://zh.wikisource.org/wiki/)

「宮闈」, 『萬曆野獲編』 권3(https://zh.wikisource.org/wiki/)

『기묘록별집』, 한국고전종합DB(https://db.itkc.or.kr)

『기묘록보유』, 한국고전종합DB(https://db.itkc.or.kr)

『승정원일기』, 한국고전종합DB(https://db.itkc.or.kr)

『조선왕조실록』, 한국고전종합DB(https://db.itkc.or.kr)

찾아보기

논문출처

고전소설에 나타난 이비고사(二妃故事)의 변용과 의미
『한국고전여성문학연구』 28, 한국고전여성문학회, 2014.

〈유효공선행록〉의 다층적 상호텍스트 서사 구성과 독서 과정
『한국고전연구』 31, 한국고전연구학회, 2015.

고전소설에 나타난 우순(虞舜)의 서사의 상호텍스트적 구성 방식과 기제 연구
『한국학연구』 59, 고려대학교 한국학연구소, 2016.

〈난학몽〉의 송사(宋史) 소설화 양상과 소설화의 동인
『어문론총』 78, 한국문학언어학회, 2018.

고전소설의 명사(明史)의 소설적 재현과 인물 구성의 상상력
 ─ 명사(明史)의 만귀비를 중심으로 ─
『한국고전연구』 46, 한국고전연구학회, 2019.

송대(宋代) 곽황후 폐위 사건과 국문장편소설의 소설화 방향
 ─ 〈소현성록〉, 〈현몽쌍룡기〉, 〈조씨삼대록〉을 중심으로 ─
『국제어문』 84, 국제어문학회, 2020.

고전소설의 엄숭의 소설화 양상과 의미
『한국고전연구』 53, 한국고전연구학회, 2021.

김문희(金文姬)

경기대학교 교양학부 교수.
부산외국어대학교 국어국문학과를 졸업하고 서강대학교 국어국문학과에서 석사, 박사학위를
받았다. 논저로는 『아방가드로 고전소설』(공저), 「〈운영전〉과 〈봉이재롱필완기〉의 안평대군
에 대한 문학적 상상력과 의미」, 「〈현몽쌍룡기〉와 〈조씨삼대록〉의 웃음의 서사미학」, 「고전장
편소설 속 여성들의 유머 담화와 웃음의 성격」 등이 있다. 역서로는 『현몽쌍룡기』(공역), 『조
씨삼대록』(공역)이 있다.

한국 고전소설의 중국 역사 소설화 방식과 동인

2022년 2월 25일 초판 1쇄 펴냄

지은이 김문희
펴낸이 김흥국
펴낸곳 보고사

책임편집 이소희
표지디자인 손정자

등록 1990년 12월 13일 제6-0429호
주소 경기도 파주시 회동길 337-15 보고사
전화 031-955-9797(대표), 02-922-5120~1(편집), 02-922-2246(영업)
팩스 02-922-6990
메일 kanapub3@naver.com / bogosabooks@naver.com
http://www.bogosabooks.co.kr

ISBN 979-11-6587-284-7   93810
ⓒ 김문희, 2022

정가 27,000원